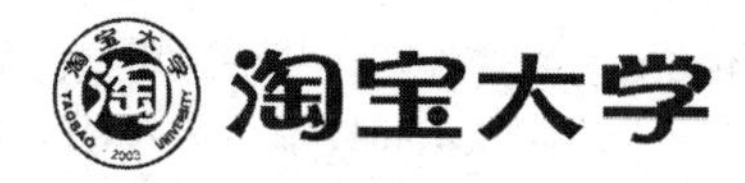

完美的网店
——淘宝网店装修技术

闵智和　主　编

電子工業出版社
Publishing House of Electronics Industry
北京 • BEIJING

内 容 简 介

本书结合作者多年的开店经验，借鉴了多位资深买家的友情提示，从普通店铺的装修再到旺铺的装修，最后是装修实例介绍，全面介绍了网上装修知识和技术，其内容翔实、层次分明，为想开店或已经开店的卖家提供了很好的参考。

本书共分为13章，第1～2章着重讲解装修的使用工具、装修的准备工作和对普通店铺及旺铺的认识与区别；第3～10章详细介绍了普通店铺和旺铺的装修细节；第11～13章分别以普通店铺和旺铺的装修实例为主，全面系统地介绍了装修的流程。综观全书，既有宏观的指导，也有微观细节的介绍；既有生动的实例讲解，也有典型经验的分享。

通过阅读本书，可以使读者快速掌握网店装修的相关知识和技巧，制作出精美的店铺页面。本书是广大淘宝卖家的装修参考宝典，也是新店主装修入门的必备书。

图书在版编目（CIP）数据

完美的网店：淘宝网店装修技术 / 闵智和主编. —北京：电子工业出版社，2011.7
（淘宝大学）
ISBN 978-7-121-14108-9

Ⅰ. ①完… Ⅱ. ①闵… Ⅲ. ①电子商务－商业经营－中国 Ⅳ. ①F724.6

中国版本图书馆 CIP 数据核字（2011）第139200号

策划编辑：刘宪兰
责任编辑：刘宪兰　　文字编辑：侯　儒
印　　刷：三河市鑫金马印装有限公司
装　　订：三河市鑫金马印装有限公司
出版发行：电子工业出版社
　　　　　北京市海淀区万寿路173信箱　邮编 100036
开　　本：720×1000　1/16　印张：17.75　字数：237千字
印　　次：2011年7月第1次印刷
印　　数：4 000册　定价：39.00元

凡所购买电子工业出版社图书有缺损问题，请向购买书店调换。若书店售缺，请与本社发行部联系，联系及邮购电话：（010）88254888。

质量投诉请发邮件至 zlts@phei.com.cn，盗版侵权举报请发邮件至 dbqq@phei.com.cn。

服务热线：（010）88258888。

前　言

淘宝网经过十几年的发展，从最初的举步维艰，到目前的红红火火，现今很多SOHO一族都把在淘宝网上经营网店作为一种职业追求，甚至有刚从学校毕业的大学生们步入社会就以网店创业为主。网络的影响力正在改变着人们的生活方式和购物习惯。

淘宝的业绩也一路走红，从每年十几亿的销售额到如今突破千亿大关，超越了国内许多零售商的业绩。相信淘宝还会创造更多的奇迹。

写作本书的目的

在电子商务迅猛发展的今天，已经有越来越多的人加入到"C2C"的行列，有的甚至已经把经营网店作为一种事业。据统计，如今有几百万人在全职经营网店，也就是说，C2C网店已经成为了许多人的创业基地和就业首选。本书正是在这样一个大环境下写就的。

本书充分考虑了新店主的需求，以淘宝网店装修为主线，综合了普通店铺的装修和旺铺的装修内容。其中每一部分内容都由浅入深，由易至难，循序渐进，特别是书中提供了大量实例。总的来说，本书主要是告诉新店主如何把网店装修得更好。

本书的主要内容

本书由长期经营网店的专业卖家和资深买家联合完成，其中既有一般常识问题的阐述，也有专业技术问题的讲解；既有深入浅出的流程分析，也有精彩纷呈的实例介绍；既有普通店铺的装修心得，也有淘宝旺铺的装修经验。

本书共分为 13 章。

第 1 章主要介绍淘宝店铺装修前的准备工作，包括认识店铺有哪些部分是可以装修的，装修流程的介绍，装修素材的获取。

第 2 章主要介绍店铺装修的常用工具，包括图片制作工具，动画制作工具，以及 HTML 语言等装修必备的工具。

第 3 章着手介绍普通店铺的装修，主要讲解普通店铺中店标的制作，包括静态店标的制作和动态店标的制作。

第 4 章重点介绍装修过程中使用图片的获取途径，包括从网络中搜索，亲自拍摄等。特别介绍了亲自拍摄照片时的方法及需要注意的问题。

第 5 章主要介绍了普通店铺公告区的制作，包括纯文字公告区的制作，文字加图片公告的制作及纯图片公告区的制作，以及如何把公告区制作成网页格式以便于在网络中发布。

第 6 章主要介绍了分类导航的制作，包括分类导航中纯文字导航区的制作和纯图片导航区的制作与发布。

第 7 章主要介绍了普通店铺商品描述模板的制作与发布，并特别介绍了如何把商品描述页制作成网页格式，包括 HTML 语言的使用及 Dreamweaver 的应用。

第 8 章主要介绍了淘宝旺铺的制作和淘宝旺铺的相关知识，包括什么是淘宝旺铺，旺铺与普通店铺的区别，还有旺铺中哪些地方可以装修。

第 9 章介绍旺铺店招的制作与发布，包括静态店招的制作和动态店招的制作。

第 10 章介绍旺铺促销区的制作与发布，同样包括静态和动态促销区两种；以及如何把促销区制作成网页格式，以方便在店铺中发布。

第 11 章介绍了店铺装修的相关细节，如给店铺添加计数器，设计可爱的自定义鼠标效果，为店铺加上背景音乐及滚动信息的制作。

第 12 章介绍了一个完整的普通店铺的装修实例，包括从店标、公告区到导航区及商品描述页的制作介绍。

第 13 章介绍了一个完整的旺铺装修实例，包括店招、促销区与商品描述页的设计与制作。

本书的特色

1. 突出技巧，效果精美

全书主要围绕各种装修技巧进行讲解，包括网店各部分设计的原则和规范，以及店铺装修需要注意的事项。本书所有的案例都经过精心设计，从内容到表现形式都非常切合店铺的主题，是读者学习和参考的最佳范本。

2. 结构严谨，逻辑清晰

本书讲解了店铺中的具体装修位置以及普通店铺与旺铺的区别；普通店铺和旺铺各部分的装修技巧；普通店铺的装修实例和旺铺的装修实例等内容。循序渐进、由浅入深地讲解了淘宝店铺的装修方法。

3. 实例丰富，实用性强

本书绝大部分章节都配有一个以上的实例讲解，让读者轻松地了解装修中的细节，并能够方便地应用到自己的店铺装修实践中。

4. 图文并茂，易于阅读

全书每章都配有大量的图例说明，并附以生动的文字讲解，阅读门槛低，无论是淘宝的新手还是老卖家都可以方便地阅读。

作 者

2011 年 1 月

目　录

第 1 章　店铺装修的准备 ······ 1
1.1　店铺有哪些部分可以装修 ······ 1
1.1.1　商品的美化 ······ 2
1.1.2　店标的设计 ······ 3
1.1.3　公告模板设计 ······ 4
1.1.4　分类导航设计 ······ 5
1.1.5　商品描述模板设计 ······ 5
1.2　店铺装修的一般流程 ······ 6
1.3　图片素材的获取 ······ 7
1.3.1　图片的格式分类 ······ 8
1.3.2　从网络中寻找图片素材 ······ 8
1.4　将素材图片放到网络上 ······ 10
1.4.1　使用淘宝网图片空间 ······ 10
1.4.2　将图片链接到店铺中 ······ 11
1.5　店铺装修的成功案例 ······ 12
本章小结 ······ 14

第 2 章　店铺装修的常用工具和 HTML 语言 ······ 15
2.1　装修店铺不同部分的方法及使用工具 ······ 15

2.1.1 修改图片的工具······15
2.1.2 修改页面显示效果的语言······16
2.1.3 制作动画的工具······17
2.1.4 制作特效的语言······17
2.2 使用 Photoshop 处理图片······19
2.2.1 调整图片大小及亮度······20
2.2.2 为图片打上水印······22
2.2.3 合并图片······23
2.2.4 给图片加上边框······25
2.2.5 抠图······27
2.2.6 批量处理图片······28
2.3 使用 ImageReady 制作简单动画······29
2.3.1 简单动画的原理······29
2.3.2 制作一个简单的动画······30
2.4 使用 HTML 语言修改页面效果······32
2.4.1 HTML 语言的写法和原理······32
2.4.2 怎样修改 HTML 代码······33
2.4.3 在 HTML 代码中控制显示效果的代码······33
2.4.4 一个简单的修改 HTML 代码的实例······34
本章小结······35

第 3 章 设计店标······37

3.1 淘宝店标的规定······37
3.2 店标的分类······38
3.3 制作一个静态的店标······39
3.3.1 做好店标的构思······39
3.3.2 寻找相应的素材······39
3.3.3 制作店标中的图片内容······40
3.3.4 制作店标中的文本内容······43
3.3.5 保存店标······45

3.4 制作一个动态的店标…………45

3.4.1 做好店标的构思…………46

3.4.2 制作店标动画…………46

3.5 发布店标…………47

本章小结…………48

第 4 章 商品照片的获取和美化…………49

4.1 购买一台合适的数码相机…………49

4.1.1 相机选择的具体指标…………49

4.1.2 相机购买的注意事项…………53

4.2 学会拍摄和取景…………54

4.2.1 数码相机的拍摄技巧…………55

4.2.2 拍摄过程中需要注意的问题…………56

4.3 有瑕疵照片的处理…………58

4.3.1 调整偏色的照片…………58

4.3.2 调整曝光错误的照片…………59

4.3.3 使模糊的照片清晰化…………60

4.4 为照片更换背景…………61

4.5 不同类型商品的照片实例…………65

本章小结…………66

第 5 章 公告模板设计…………67

5.1 公告模板设计的相关规定…………68

5.2 在公告模板中使用图片…………69

5.2.1 制作公告图片…………69

5.2.2 网络上保存图片…………71

5.2.3 公告中使用图片…………71

5.3 美化公告模板中的文字…………73

5.4 图片公告的制作…………75

5.4.1 图片公告的构思及素材搜索…………75

5.4.2 制作图片公告…………76

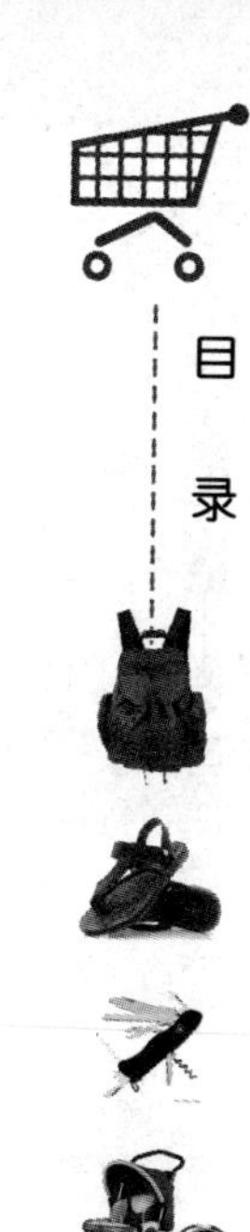

5.4.3 发布在网店上 ······80
5.5 公告模板的进一步处理 ······81
5.5.1 使用代码控制公告模板 ······81
5.5.2 将公告模板生成网页 ······86
5.5.3 在店铺中应用公告模板源代码 ······86
5.6 一个公告模板的实例 ······88
5.6.1 搜索图片素材 ······88
5.6.2 制作公告模板 ······89
本章小结 ······93

第 6 章 分类导航设计 ······95

6.1 分类导航的相关规定 ······95
6.2 制作分类导航中的图片 ······98
6.2.1 收集图片素材 ······98
6.2.2 处理欢迎部分图片 ······99
6.2.3 处理分类部分图片 ······103
6.3 制作分类导航中的文字 ······106
6.3.1 欢迎图片中的文字制作 ······107
6.3.2 分类项中的文字制作 ······108
6.4 制作分类导航动画 ······109
6.5 在网店中使用图片导航 ······111
6.6 关于分类和子分类 ······114
6.7 一个分类导航的实例 ······115
6.7.1 制作导航的背景图片 ······115
6.7.2 制作导航的文本内容 ······117
6.7.3 在店铺中应用导航条 ······117
本章小结 ······117

第 7 章 商品描述模板设计 ······119

7.1 商品描述模板的相关规定 ······119
7.2 商品描述模板的制作流程 ······122

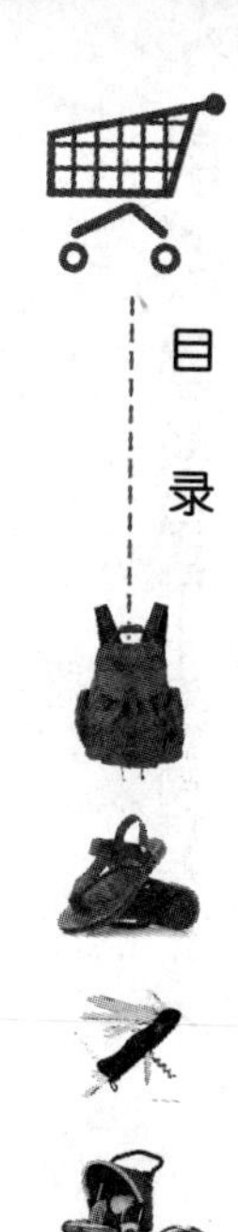

7.3 一个简单的商品模板实例 …… 122

7.3.1 设计商品描述模板的效果图 …… 123

7.3.2 切图并整理 …… 135

7.3.3 制作模板中的动画 …… 138

7.3.4 制作页面代码 …… 141

7.3.5 将页面代码进行整理 …… 148

7.3.6 发布商品描述模板 …… 151

7.4 制作商品描述模板需要注意的问题 …… 158

本章小结 …… 159

第 8 章 关于淘宝旺铺 …… 161

8.1 什么是淘宝旺铺 …… 161

8.2 申请成为淘宝旺铺 …… 162

8.3 在淘宝旺铺中都可以做什么 …… 163

8.3.1 拥有全新的店招 …… 164

8.3.2 拥有促销区 …… 164

8.3.3 可以更加灵活地控制页面效果 …… 165

8.4 淘宝旺铺可以带来什么好处 …… 167

8.4.1 更加丰富的店铺首页 …… 168

8.4.2 更方便的产品展示 …… 168

本章小结 …… 169

第 9 章 旺铺店招设计 …… 171

9.1 旺铺店招的简介 …… 171

9.2 旺铺店招的设计流程 …… 172

9.2.1 设计店招中的图片 …… 172

9.2.2 制作店招中的文字 …… 175

9.2.3 制作店招中的动画 …… 178

9.2.4 应用店招 …… 180

9.3 店招设计中要注意的问题 …… 181

9.4 一个精美的店招实例 …… 182

9.4.1 设计店招的背景图片……183
9.4.2 制作店招的文本内容……184
9.4.3 制作店招动画……186
9.4.4 整合店招的内容并发布……187
本章小结……188

第 10 章 旺铺促销区设计……189

10.1 旺铺促销区的简介……190
10.2 旺铺促销区的设计流程……192
10.2.1 设计促销区的效果图……192
10.2.2 切图和整理……195
10.2.3 制作促销区的动画……196
10.2.4 制作促销区的代码……198
10.2.5 发布促销区……203
10.3 促销区设计中要注意的问题……205
10.4 一个精美的促销区实例……206
10.4.1 设计促销区的效果图……206
10.4.2 切图和整理……209
10.4.3 制作促销区的动画……210
10.4.4 制作促销区的代码……211
10.4.5 发布促销区……214
本章小结……215

第 11 章 店铺装修的细节和辅助工具……217

11.1 添加计数器……217
11.2 设计可爱的鼠标效果……222
11.3 加入背景音乐……224
11.4 制作滚动评价……225
11.5 使用分割线……227
本章小结……229

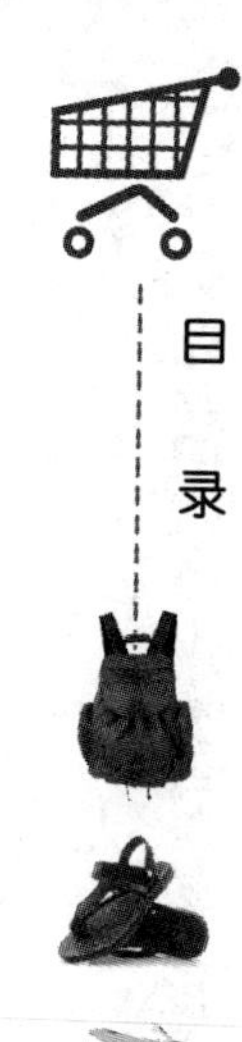

第 12 章　一个普通店铺的装修实例……231

12.1　店铺的整体构思……231

12.2　制作店标……232

12.2.1　制作店标的内容……232

12.2.2　制作店标动画……234

12.3　制作公告模板……236

12.3.1　添加公告图片……236

12.3.2　添加公告文本……237

12.3.3　使用代码控制公告模板……237

12.3.4　将公告模板生成网页……238

12.4　制作分类导航……239

12.4.1　制作的图片和文本……240

12.4.2　控制分类导航的显示效果……241

12.5　制作商品模板……241

12.5.1　制作模板页效果图……241

12.5.2　制作模板中的动画……244

12.5.3　制作页面代码……245

12.5.4　将页面代码进行整理……247

12.5.5　商品描述模板页的网络效果……248

12.6　星期衣店铺首页实图……249

本章小结……250

第 13 章　一个旺铺的装修实例……251

13.1　化妆品店铺的整体构思……251

13.2　制作店招……252

13.2.1　制作店招的内容……252

13.2.2　制作店招动画……252

13.3　制作促销区……253

13.3.1　制作促销区图片……253

13.3.2　制作促销区文字……255

13.3.3 使用代码控制促销区模板 ······ 257

13.3.4 将促销区模板生成网页 ······ 258

13.3.5 把制作的店招和促销区应用于网店中 ······ 258

13.4 制作商品模板 ······ 259

13.4.1 制作描述页效果图 ······ 259

13.4.2 制作模板中的动画 ······ 261

13.4.3 制作页面代码 ······ 263

13.4.4 将页面代码进行整理 ······ 264

13.4.5 发布商品描述模板 ······ 265

本章小结 ······ 266

第 1 章

店铺装修的准备

在淘宝网上开店俨然成为一种时尚生活，也渐渐成为一种职业，几年之间，淘宝网的职业卖家增加到近 100 万。随着 C2C 模式的成熟，服务商提供的服务也越来越个性化。现在走进淘宝世界，再也不是几年前千篇一律的门面，而是丰富多彩，个性十足的店铺。这就是店铺装修，现在越来越多的卖家注重店铺装修，一方面展示个性；另一方面吸引人气。网店装修也因此风靡起来。

1.1 店铺有哪些部分可以装修

虽然现在网店的装修渐渐分离出来成为一种新的“职业”，交给专门人员装修省事又省心，但却难以体会到其中的快乐。同时，如果自己动手装修网店，也可以省下一小笔钱。如果自己亲手打造一个完全个性的空间，快乐自不待言。接下来介绍店铺装修的基本知识，网店中哪些部分可以装修美化。

淘宝店铺基本可分为两种，一种是普通店铺，如图 1.1（A）所示；另一种是淘宝旺铺，如图 1.1（B）所示。从界面上看就有明显的不同之处。两种店铺的可装修美化之处也不同，从图中标志之处可见：普通店铺可装修处包括店标、店铺公告、分类导航

等，而淘宝旺铺可装修处则包括店招、促销处、分类导航等。

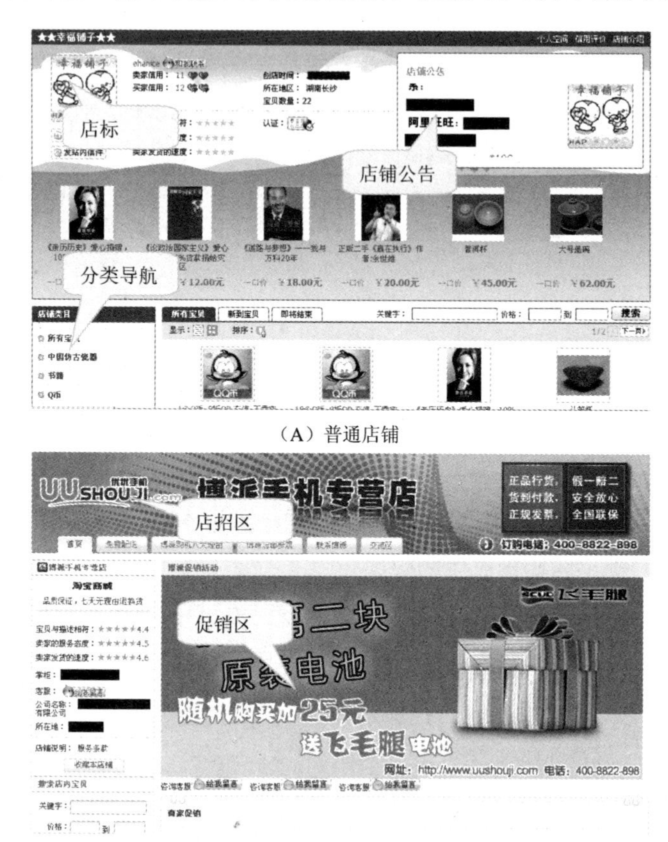

（A）普通店铺

（B）淘宝旺铺

图 1.1　普通店铺与淘宝旺铺

1.1.1　商品的美化

确切地讲，这里所讲的商品美化其实并非商品本身的美化，因为网店出售的大部分商品都是生产厂家生产的，卖家并不需要再对商品进行加工。这里所讲的商品的美化，实际上是指对商品的展示形式进行必要的美化。网上购物与实体店的购物体验是完全不一样的，买家很难第一时间看到实物商品，那么要激起买家的购买欲望，就需要花一定的工夫了。网店的商品展示最通用的形式如图 1.1（A）和图 1.1（B）所示。该图能比较

直观地体现商品的质地和形式。

先来看一组图片对比，很明显就能看出图 1.2（A）中的瓷器表现比较到位，不论是光泽还是细节都表现出来了，买家看到这幅图片，基本可以判断商品的质地、颜色、品质、纹理等性质，对其做出是否购买的行动有比较好的帮助，而图 1.2（B）则不然，不论色泽还是质地都无法通过这幅图片表现出来。通过图片表现出商品的特征并不是一件简单的事，这其中一个最重要的因素是拍照技术。

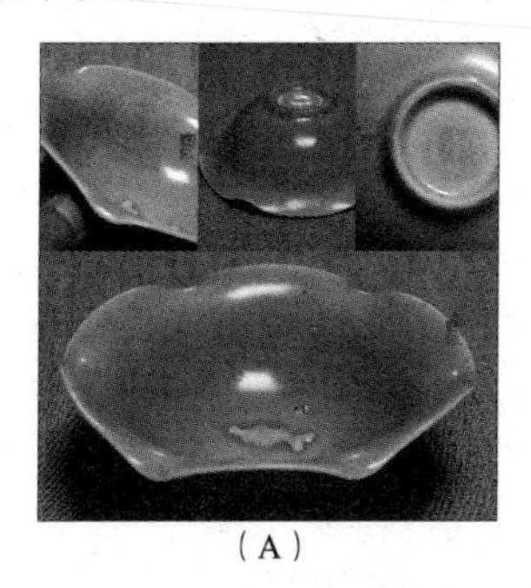

（A）

（B）

图 1.2　图片质量的比较

1.1.2　店标的设计

店标指的是普通店铺的 Logo，相当于实体店的店招，一个好的店招自然会给进店的买家一个良好印象。图 1.3 所示的是某淘宝店铺的一个店标位置。

图 1.3　淘宝店铺店标位置

相比普通店铺的店标，淘宝旺铺的店招则是一个区域更大，表现形式更丰富的区域。

店标/店招好像一个人的眼睛，是一个店铺的传神之处。店标的设计是一个非常细致的活儿。在一个方寸之地既要表现店铺的主题同时也要充分吸引眼球。

店标/店招一般有静态店标和动态店标之分。静态店标/店招就是用图片处理工具合成的一个标志性质的图片，而动态店标/店招则采用了动画形式，效果自然要好些。店标/店招的制作在以后的章节会有详细地介绍，在此不再赘述。

1.1.3 公告模板设计

淘宝普通店铺在店铺首页都会有一个固定区域作为商店公告区，如图 1.4 所示。此区域根据店家的需要安排内容，可以公告店主的联系方式，也可以公告店铺的打折优惠等促销信息，还可公告一些注意事项。卖家可以在此区域做必要的装饰，可以把其制作成精美的图片，也可以利用网页制作的相关知识进行合理地安排布局，尽量利用有限的空间表现重要的信息。

图 1.4 淘宝店铺的公告区

在淘宝旺铺中，没有安排店铺公告的位置，但增加了专门的促销区，此区域可以完全由卖家个性化制作设计，相比普通店铺的公告区域固定的形式和格式，旺铺中的促销区则可以完全灵活的设计，可以采用图片、动画等多种表现形式，而且空间相对比较大，表现内容的局限性比公告区小得多。

1.1.4 分类导航设计

不论是普通店铺还是淘宝旺铺，分类导航区域都是最重要的部分，一般位于店铺主页左下部分的狭长区域，如图 1.1 所示。

分类导航可以采用纯文字形式，如图 1.5（A）所示，这种形式简单易做，而且一目了然，不需要花多少时间设计，是很多初级卖家的首选。还可采用图片加文字的形式，如图 1.5（B）所示，加上精美的图片，使整个页面充满活力，避免了纯文字的枯燥无味。缺点是页面加载的速度要慢些。

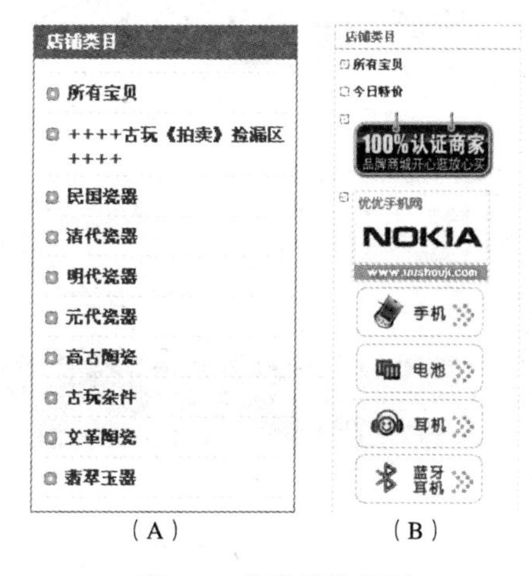

图 1.5　分类导航类别

1.1.5 商品描述模板设计

对于商品描述模板的设计，不论是普通店铺还是旺铺都是一样的。此页面可以通过文字、图片等形式表现商品的特征，当然，商品描述页还有一个可以自由发挥的地方就是可以做成网页的形式，直接把源文件上传至淘宝店铺管理中相应的位置即可显示为打开的网页形式。图 1.6 为商品描述页面，其中图 1.6（A）为普通店铺的商品描述页面，为上下两栏式布局，图 1.6（B）为旺铺的商品描述页面，为左右两栏式布局。

图 1.6　商品描述页面

1.2　店铺装修的一般流程

目前淘宝店铺分为普通店铺和旺铺，旺铺又分为标准版、拓展版及旗舰版。针对中小卖家淘宝特别推出了旺铺扶植版，当然条件是为达到 5 星以上的卖家店铺免费开放。淘宝店铺装修分为普通店铺装修和旺铺装修两种，从流程上而言大同小异，具体如图 1.7 所示。

在图 1.7 中，商品描述页面的装修可以做成网页格式或者直接发布。在淘宝发布宝贝页面，有宝贝描述一栏，如图 1.8 所示，其中有源文件和编辑器切换按钮，在图 1.8（A）中单击编辑源文件按钮，即切换到图 1.8（B）所示的页面，把网页源文件粘贴到此页文本框内，发布后即可见网页效果的商品描述页。

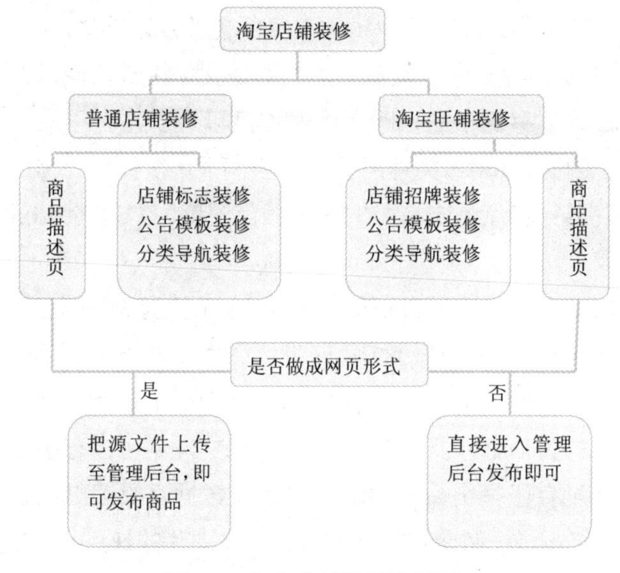

图 1.7 淘宝店铺装修流程图

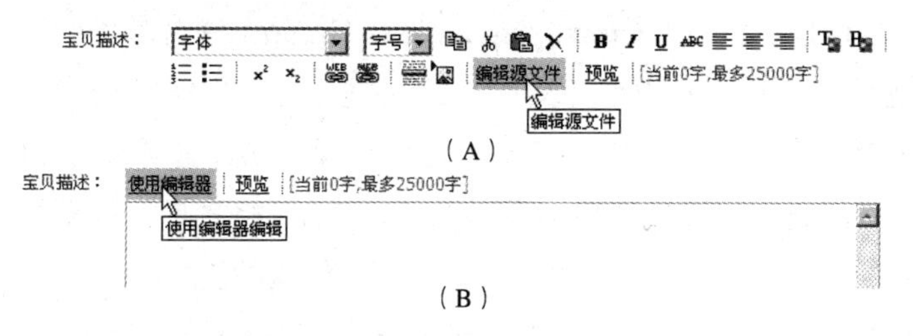

图 1.8 宝贝描述页

1.3 图片素材的获取

装修的艺术在于把不同的材料组合在一起变成一件艺术品。虽然材料很重要，但很少有人苛求材料本身的原创性。网店的装修，最重要的材料就是图片。图片素材能原创当然很好，但在网络上找到现成的图片也不失为一件事半功倍的事。本节着重介绍图片素材的获取。

1.3.1 图片的格式分类

常见的图片格式有 BMP、GIF、JPG、PNG 等。每种图片格式都有自身的优缺点，可以根据自身的需要加以选择。

BMP 是一种与硬件设备无关的图像文件格式，使用非常广。它采用位映射存储格式，除了图像深度可选以外，不采用其他任何压缩，因此，BMP 文件所占用的空间很大。同时 BMP 不支持 Web 浏览器；优点是支持 1～24 位颜色深度，并是与 Windows 程序广泛兼容。

GIF（Graphics Interchange Format）的原义是"图像互换格式"，是 CompuServe 公司在 1987 年开发的图像文件格式。目前几乎所有的软件都支持此格式。它的显著特点是压缩比较大，能达到 50%左右。它的另一个特点是其在一个 GIF 文件中可以存多幅彩色图像，如果把存于一个文件中的多幅图像数据逐幅读出并显示到屏幕上，就可构成一种最简单的动画。GIF 图片的缺点是只支持 1～8 位的颜色深度，所以最多支持 256 色的图像。

JPEG 是 Joint Photographic Experts Group（联合图像专家组）的缩写，是最常用的图像文件格式，是一种有损压缩格式，能够将图像压缩在很小的储存空间，图像中重复或不重要的资料会被丢失，因此容易造成图像数据的损伤。JPEG 格式是目前网络上最流行的图像格式，是可以把文件压缩到最小的格式。

PNG（Portable Network Graphics）的原名称为"可移植性网络图像"，是网上可接收的最新图像文件格式。PNG 能够提供长度比 GIF 小 30%的无损压缩图像文件。它同时提供 24 位和 48 位真彩色图像支持，以及其他诸多技术性支持。

1.3.2 从网络中寻找图片素材

寻找网络中的图片素材一般可以通过两个途径，一是通过搜索引擎的图片搜索功能实现；另一个是直接寻找图片素材网站。

如图 1.9 所示，即是通过搜索引擎完成图片搜索。其中

图 1.9（A）为打开某搜索引擎的图片搜索页面，输入需要搜索的图片内容，如“花鸟”，确认搜索，即可得到图 1.9（B）所示的图片素材，当然还可以对搜索进行筛选，可以选择是搜索大图、小图还是壁纸等。

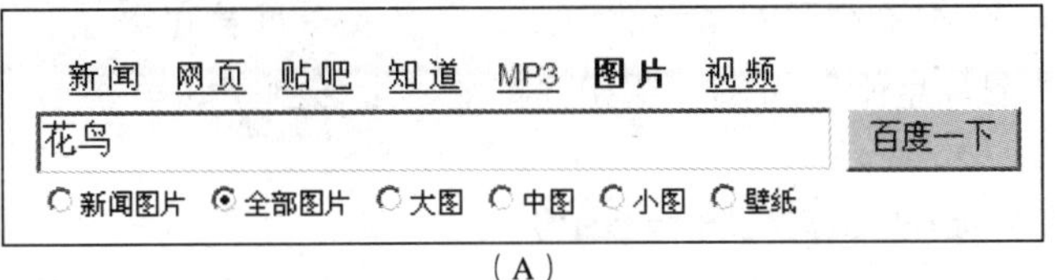

（A）

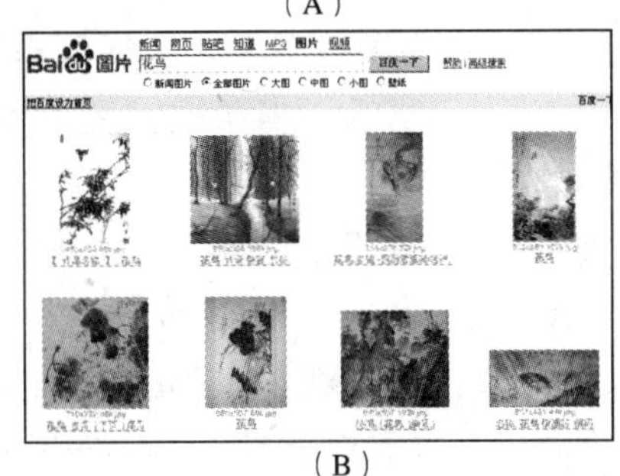

（B）

图 1.9　通过搜索引擎搜索图片

除了通过搜索引擎直接搜索需要的图片外，还可以直接进入图片素材网站寻找需要的图片。如图 1.10 所示通过图片素材网站搜索图片，这类网站图片素材数以万计，而且分类明晰，方便查找。从某种意义上来说简直就是个人的图片库。

图 1.10　通过图片素材网站搜索图片

1.4 将素材图片放到网络上

网店装修的图片都必须要放到网上才能引用，即需要上传到网络中的某个地方，目前淘宝提供了免费的图片空间可存放，不过只有 30M 免费空间，当然对于大多数卖家而言足够了。下面以淘宝“图片空间”为例介绍如何把图片上传到空间里。

1.4.1 使用淘宝网图片空间

登录“我的淘宝”，在左侧工具栏“店铺管理”栏中单击“图片空间”如图 1.11（A）所示；当单击“图片空间”后进入如图 1.11（C）所示的页面。

第一次使用淘宝网的图片空间，需要进行如下操作：

（1）单击“图片空间”里“上传图片”按钮，打开如图 1.11（B）所示的页面，此时浏览器地址栏的下方会跳出黄色提示条，提示是否安装“淘宝图片空间”控件，右键单击此提示条，选择“安装 ActiveX 控件”，如图 1.11（D）所示。当安装完毕控件后，在上传图片的页面会显示“添加图片”按钮，如图 1.11（E）所示。

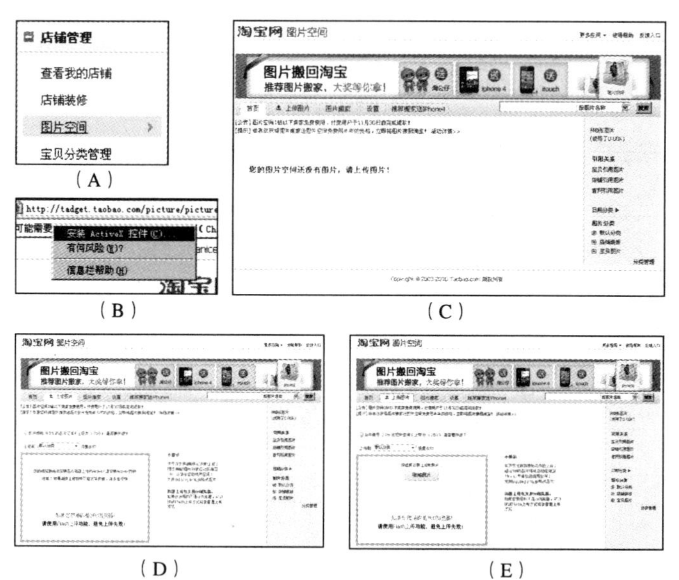

图 1.11 打开淘宝图片空间

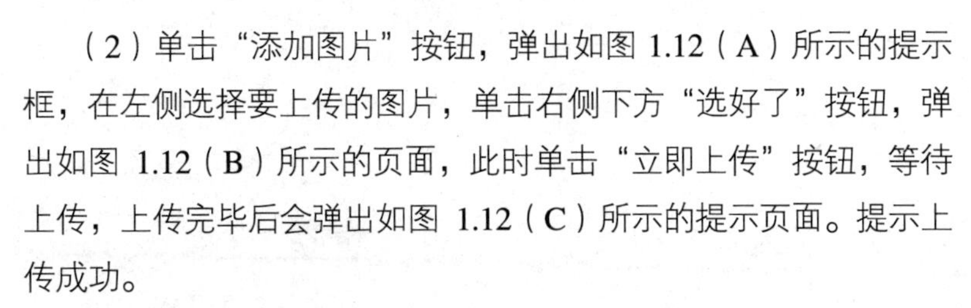

（2）单击“添加图片”按钮，弹出如图 1.12（A）所示的提示框，在左侧选择要上传的图片，单击右侧下方“选好了”按钮，弹出如图 1.12（B）所示的页面，此时单击“立即上传”按钮，等待上传，上传完毕后会弹出如图 1.12（C）所示的提示页面。提示上传成功。

（3）单击“完成”按钮后即可在淘宝图片空间里看到刚上传的图片，如图 1.12（D）所示。

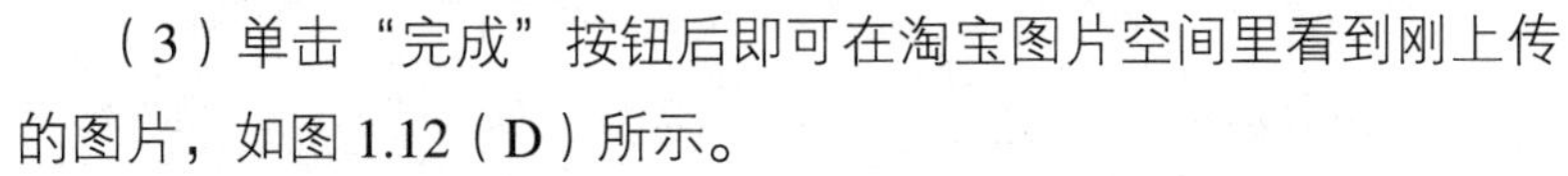

（A）

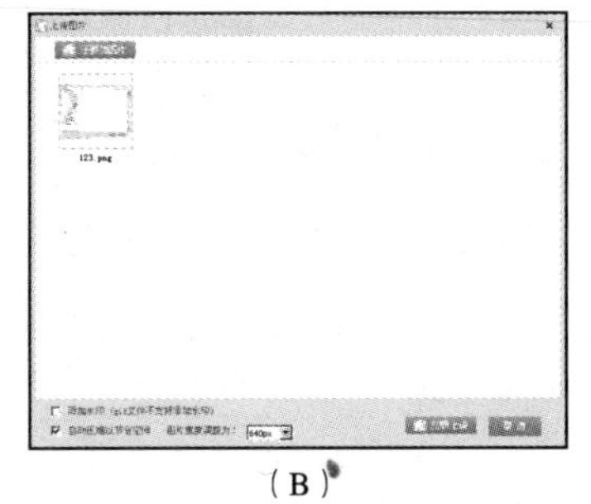

（B）

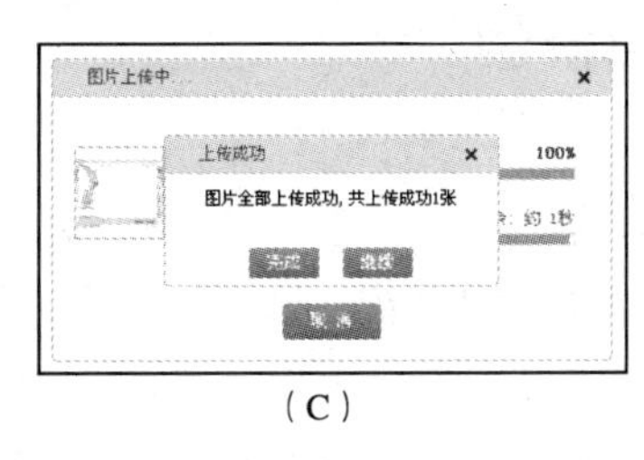

（C）

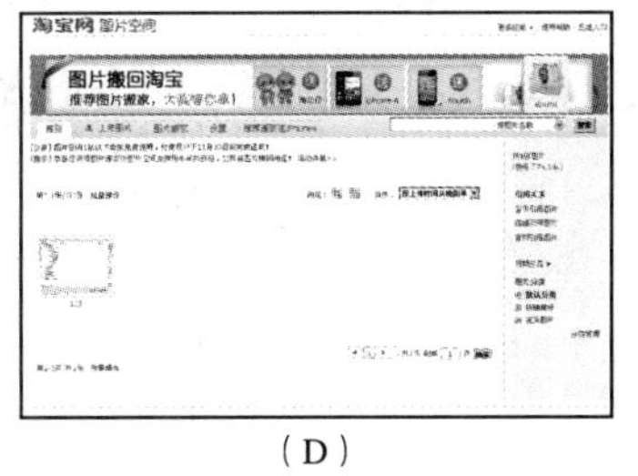

（D）

图 1.12　上传图片

1.4.2　将图片链接到店铺中

1．获取网络中图片的地址

打开淘宝图片空间，如图 1.12（D）所示，当鼠标指向上传的图片里，会出现如图 1.13（A）所示的链接。单击“复制链接”会弹出如 1.13（B）所示的文本框，提示图片的地址已保存到剪贴板了，可以引用了。

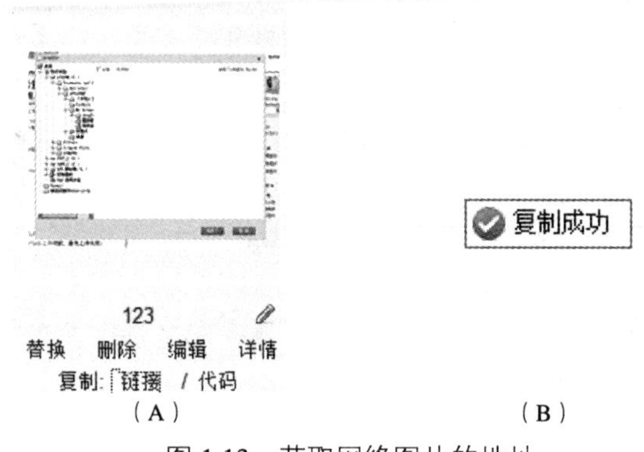

（A） （B）

图 1.13 获取网络图片的地址

2．将图片链接到店铺中

在上一步中把图片的网络地址复制下来，即可实现对图片的引用，在网店中把需要链接此图片的地方粘贴上此地址即可。

1.5 店铺装修的成功案例

本节中介绍几个装修比较成功的网店，并作简单的评析。如图 1.14 所示为某婴童用品店，整体的色调清新，店标采用活泼可爱的儿童形象，虽然有点简单但很好的体现了网店的性质。而公告区采用图片加文字的形式，相得益彰。导航区比较有特色，两层的导航区顶层都采用图片的形式，第二层全采用文字形式。简单明了，又不失美感。

如图 1.15 所示为某化妆品店的装修效果，是一个旺铺。从首页可以看出与普通店铺有明显不同，顶部的横幅制作精美，富有质感。右下部分为促销信息区，花了大片区域来进行店铺促销活动的宣传。而且全是用图片制作的，非常精美，相信不论是男士还是女士都能被其吸引。

图 1.14　某婴童用品店

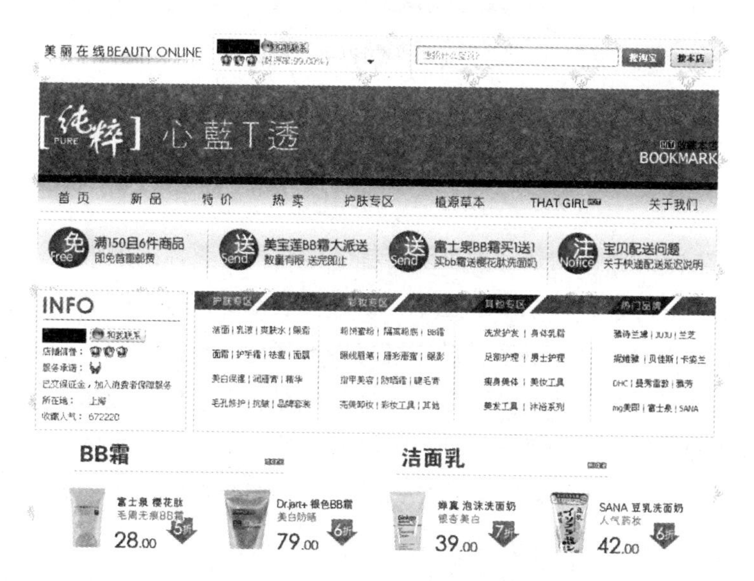

图 1.15　某化妆品店的装修效果

如图 1.16 所示为某零食店首页效果图，也是属于旺铺。顶部

的横幅部分非常吸引眼球，而且制作的相当精美。右下部是最有特色的地方，进入这个网店就能感受到实体店的与众不同，因为它就是采用非常精美的图片加上适当的修饰效果得来的，效果非常好。

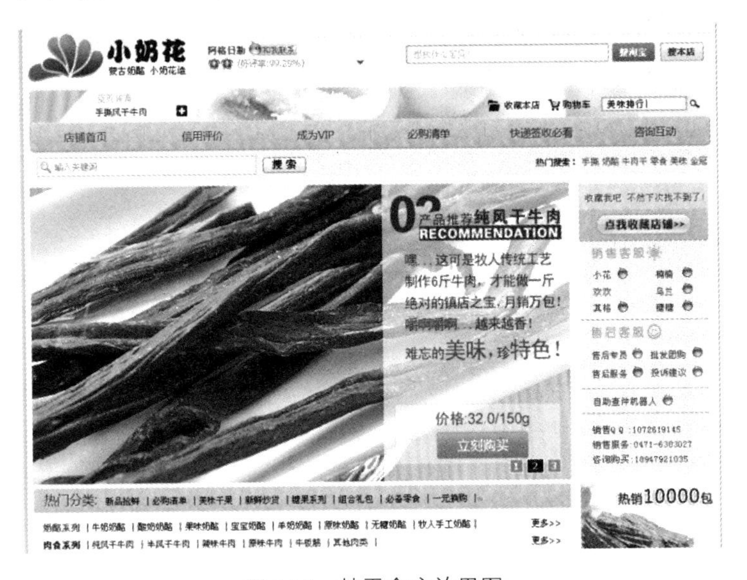

图 1.16　某零食店效果图

本章小结

本章主要目的是让大家对店铺装修有一个整体的感性认识，通过本章的学习大家可以基本了解店铺装修的部分，以及一般的流程。同时本章还讲解了店铺装修中最基础的相关知识，比如图片的格式以及图片的获取等。这些知识是整个装修的根基，也是店铺装修的更好的源泉。通过对各种装修好的、成功店铺的分析和借鉴，可以让你的装修的眼界更高，同时也可以激发你对装修的灵感。所以多看多想是提高店铺装修的关键。

本章的内容是整个店铺装修的起点，在后面学习的内容中会经常使用本章中所讲解的知识。

第 2 章 店铺装修的常用工具和HTML语言

我们知道实体店铺的装修对于吸引顾客眼球、提升产品销量有着重要作用，网店的装修也同样重要，不同的是网店的装修不需要砖土木石，不需要墙漆地砖，也不需要铁锤电锯等，但凡用到装修二字，当然需要一些工具，不过这些工具更特殊，下面就来一一介绍。

2.1 装修店铺不同部分的方法及使用工具

使用不同的工具装修店铺会有不同的效果，而店铺不同的地方也需要用不同的装修工具才能达到理想的效果。

2.1.1 修改图片的工具

修改图片的工具比较多，在这里介绍一种相对专业的图处理软件——Photoshop，是 Adobe 公司旗下最为出名的图像处理软件

之一。图 2.1 即为 Photoshop 的操作界面。在以后的章节中会有详细的使用介绍，在此不再赘述。

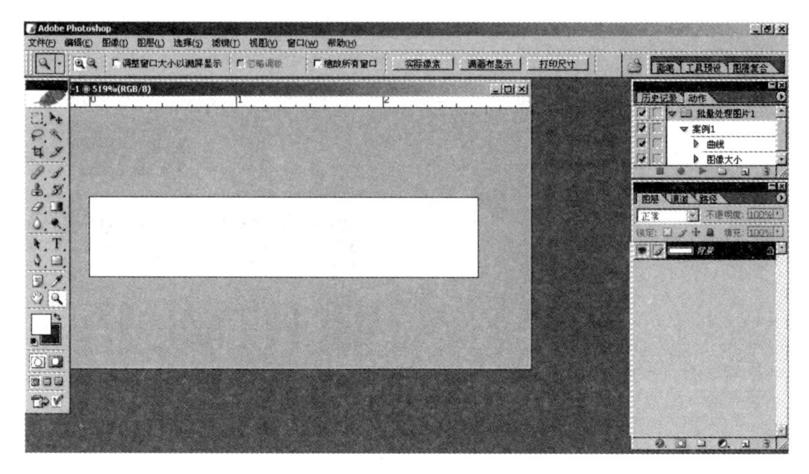

图 2.1　Photoshop 的操作界面

2.1.2　修改页面显示效果的语言

网页的显示效果是由一种叫 HTML 超文本标记语言所控制。虽然现在的网页效果千奇百怪，也引申出许多网页显示效果的小软件小语言，但万变不离其宗，都是在 HTML 的框架内实现的。

HTML（Hyper Text Mark-up Language）是 WWW 的描述语言。设计 HTML 语言的目的是为了能把存放在一台计算机中的文本或图形与另一台计算机中的文本或图形方便地联系在一起，形成有机的整体，人们不用考虑具体信息是在当前计算机上还是在网络的其他计算机上。我们只需使用鼠标在某一文档中点取一个图标，Internet 就会马上转到与此图标相关的内容上去，而这些信息可能存放在网络的另一台计算机中。HTML 文本是由 HTML 命令组成的描述性文本，HTML 命令可以说明文字、图形、动画、声音、表格、链接等。HTML 的结构包括头部（Head）、主体（Body）两大部分，其中头部描述浏览器所需的信息，而主体则包含所要说明的具体内容。

另外，HTML 是网络的通用语言，一种简单、通用的全置标记语言。它允许网页制作人建立文本与图片相结合的复杂页面，这些页面可以被网上任何其他人浏览，无论使用的是什么类型的计算机或浏览器。

2.1.3 制作动画的工具

在网络中制作动画的工具也有许多，在此介绍一种相对专业的动画制作工具——Flash。平时在网页中看到的精美的广告动画，绝大部分都是由 Flash 制作出来的。

Flash 由 Adobe 公司推出的交互式矢量图 Web 动画的标准。网页设计者使用 Flash 创作出既漂亮又可改变尺寸的导航界面以及其他奇特的效果。图 2.2 为 Flash 软件的操作界面。

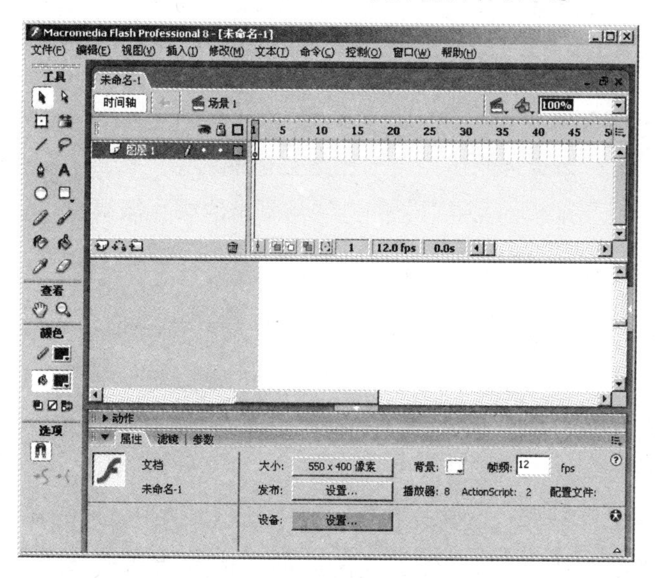

图 2.2 Flash 软件的操作界面

2.1.4 制作特效的语言

网页特效一般用 JavaScript 来制作。JavaScript 是一种基于对象（Object）和事件驱动（Event Driven）并具有安全性能的脚本语

言。使用它的目的是与HTML超文本标记语言、Java脚本语言（Java小程序）一起实现在一个Web页面中连接多个对象，与Web客户交互作用。从而可以开发客户端的应用程序。它是通过嵌入或调入到标准的HTML语言中实现的。它的出现弥补了HTML语言的缺陷，它是Java与HTML折中的选择，具有以下5个基本特点。

1．JavaScript是一种脚本编写语言

JavaScript是一种脚本语言，它采用小程序段的方式实现编程。像其他脚本语言一样，JavaScript同样也是一种解释性语言，它提供了一个简易的开发过程。它的基本结构形式与 C、C++、VB、Delphi 十分类似。但它不像这些语言一样，需要先编译，而是在程序运行过程中被逐行地解释。它与HTML超文本标记语言结合在一起，从而方便用户的使用操作。

2．基于对象的语言

JavaScript是一种基于对象的语言，同时可以看作一种面向对象的。这意味着它能运用自己已经创建的对象。因此，许多功能可以来自于脚本环境中对象的方法与脚本的相互作用。

3．简单、安全

JavaScript的简单性主要体现在：首先它是一种基于Java基本语句和控制流之上的简单而紧凑的设计，从而对于学习Java是一种非常好的过渡；其次它的变量类型是采用弱类型，并未使用严格的数据类型。

JavaScript是一种安全性语言，它不允许访问本地的硬盘，并不能将数据存入到服务器上，不允许对网络文档进行修改和删除，只能通过浏览器实现信息浏览或动态交互。从而有效地防止数据的丢失。

4．动态性

JavaScript是动态的，它可以直接对用户或客户输入作出响应，无须经过Web服务程序。它对用户的反映响应，是采用以事件驱

动的方式进行的。所谓事件驱动，就是指在主页（Home Page）中执行了某种操作所产生的动作，就称为“事件”（Event）。比如按下鼠标、移动窗口、选择菜单等都可以视为事件。当事件发生后，可能会引起相应的事件响应。

5. 跨平台性

JavaScript 是依赖于浏览器本身，与操作环境无关，只要能运行浏览器的计算机，并支持 JavaScript 的浏览器就可正确执行。从而实现了“编写一次，走遍天下”的梦想。实际上 JavaScript 最杰出之处在于可以用很小的程序做大量的事。无须有高性能的计算机，软件仅需一个字处理软件及一个浏览器，无须 Web 服务器通道，通过自己的计算机即可完成所有的事情。

综合所述，JavaScript 是一种描述语言，它可以被嵌入到 HTML 的文件之中。JavaScript 语言可以做到回应使用者的需求事件（如：form 表单的输入），而不用任何的网路来回传输资料，所以当一位使用者输入一项资料时，它不用经过传给服务器端（Server）处理，再传回来的过程，而直接可以被客户端（Client）的应用程序所处理。

正因为 Java 程序与 HTML 的共性，所以现在网络中有许多现成的特殊小程序，直接拿来修改一定的参数就可以用于 HTML 网页中。有的甚至根本不需要修改就能用。这就是它跨平台的一个集中体现。

2.2 使用 Photoshop 处理图片

本节主要介绍 Photoshop 的几个重要的图片处理方法。在平时的网店装修中经常会要用到。比如调整图片的大小、抠图、图片的合成等。

2.2.1 调整图片大小及亮度

在 Photoshop 中调整图片大小及亮度的基本操作步骤如下：

（1）打开需要调整的图片：选择菜单栏内的“文件”—“打开”命令，如图 2.3（A）所示，打开文件打开对话框，如图 2.3（B）所示，选择需要操作的图片，单击“打开”按钮，即可打开文件，如图 2.3（C）所示。

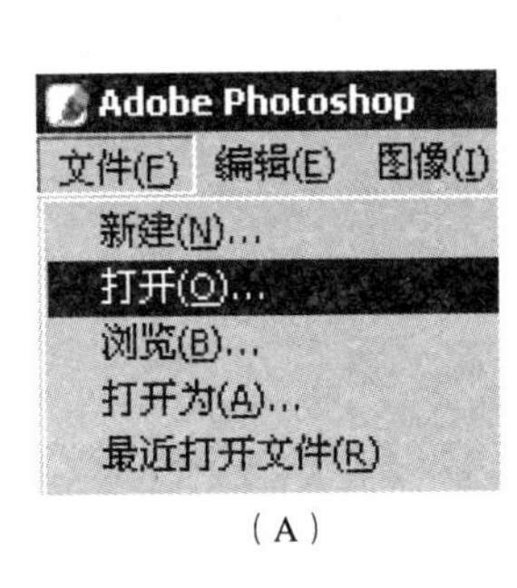

（A）

（B）

（C）

图 2.3 打开图片

（2）调整图片大小：依次选择“图像”—“图像大小”命令，如图 2.4（A）所示，打开调整图像大小对话框，如图 2.4（B）所

示。输入适当的宽度和高度，单击“好”按钮即可调整图片大小。如果勾选“约束比例”，则图片的长宽会按相同的比例变化，否则只会调整长度或才宽度。

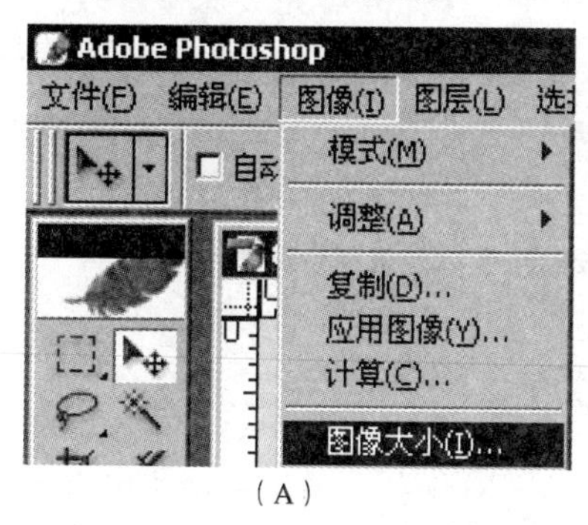

（A）

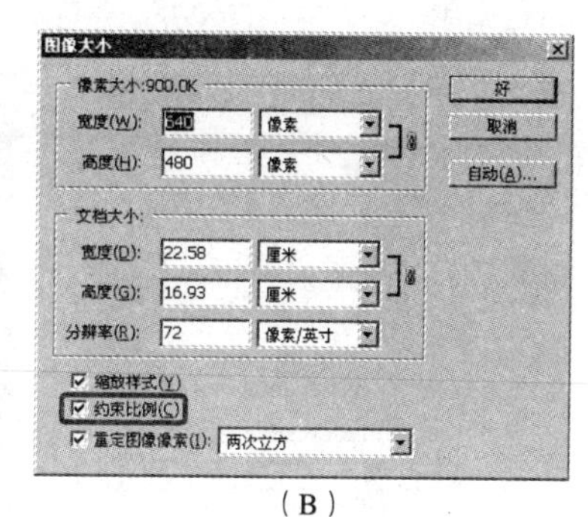

（B）

图 2.4　调整图片大小

（3）调整图片亮度：选择“图像”—“调整”—“曲线”命令，如图 2.5（A）所示，打开“曲线”对话框。按住鼠标左键，拖动对话框中的曲线，直到目标文件达到合适的亮度。然后单击“好”按钮，实现对文件亮度的调节，如图 2.5（B）所示。

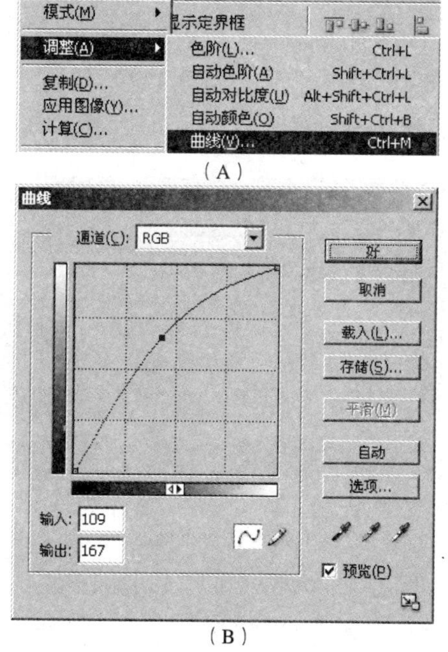

（A）

（B）

图 2.5　在 Photoshop 中调整图片亮度

（4）保存修改：选择“文件”—“另存为”命令，如图 2.6（A）所示，打开“存储为”对话框，选择保存类型，如图 2.6（B）所示，选择完保存类型后，单击“保存”按钮即可完成保存修改。

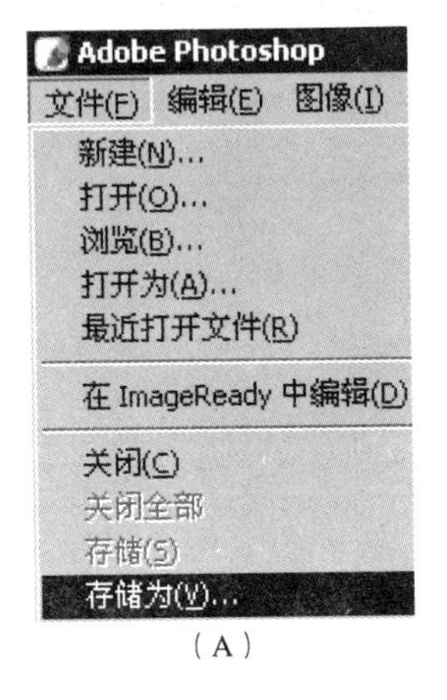

（A）

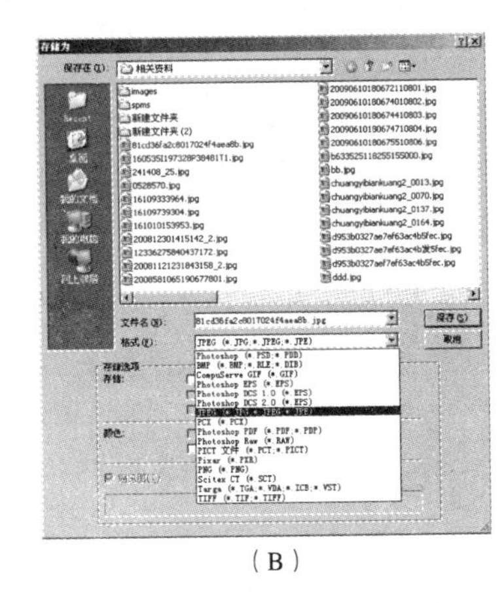

（B）

图 2.6　保存修改

2.2.2　为图片打上水印

经常在网上看到某张图片上有特别的标志，如图 2.7 所示，那就是所谓的水印。为图片打上水印可以标示图片的所属人，很好的保护了版权，难以被别人盗用。

图 2.7　图片中的水印

下面介绍如何在 Photoshop 中为图片加上水印，流程介绍如下。

（1）打开文件，如图 2.8 所示。

（2）在图片上添加文字水印：单击常用工具栏内的文字工具 T，输入文字，如“Hanice”，设置好字体和大小，在样式面板中选择某样式，如图 2.9（A）所示；调整文字的斜度，效果如图 2.9（B）所示。

图 2.8　打开文件

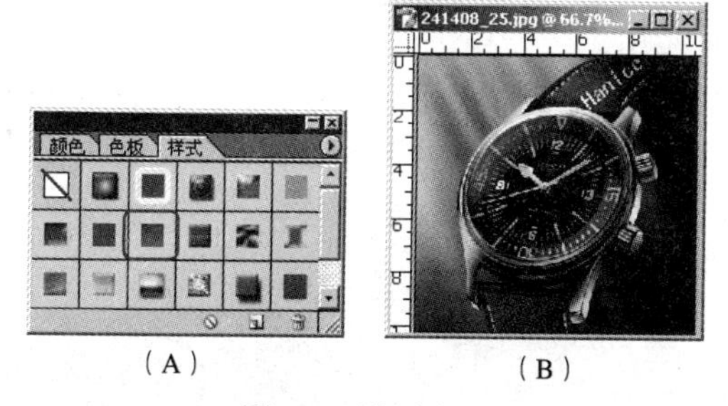

（A）　　　　（B）

图 2.9　设置水印

（3）保存修改：选择“文件”—“另存为”命令，在打开的对话框中选择保存类型，单击“好”按钮即可完成对图片的修改保存。

2.2.3　合并图片

有时候需要把几张图片拼接起来，这就需要用到 Photoshop 的图片合并功能，当然这并不是 Photoshop 的一个单独功能，而是

说通过一系列动作可以实现图片的无缝拼接。

下面就从一简单的实例来介绍如何实现图片的合并，如图 2.10 所示，图 2.10（A）、图 2.10（B）本是毫不相干的两幅图，现在需要通过 Photoshop，把它们拼接成图 2.10（C）所示的样子。

（A）

（B）

（C）

图 2.10　图片的合并

实现上面的效果，具体的操作如下：

（1）在 Photoshop 中分别打开图 2.10（A）和图 2.10（B）所示的图片，如图 2.11（A）所示。

（2）把玫瑰花图片的背景去掉，留下花朵，如图 2.11（B）所示（具体操作详见 2.2.5 节抠图）。

（3）选择常用工具栏中的移动工具，将鼠标置于花朵上，按住鼠标左键不动拖到卡通人物图片中，如图 2.11（C）所示。

（A）（B）（C）

图 2.11　实现图片的初步合并

（4）调整图 2.11（C）中花朵的大小，选择玫瑰花图层，选择菜单栏“编辑”—“自由变换”命令，如图 2.12（B）所示，在出现的变换选项中，调整玫瑰花的长宽比例，如图 2.12（A）所示，调整后大小如图 2.12（C）所示，多复制几层玫瑰花图层，调整为不同的大小和不同的角度，即可实现如图 2.12（D）所示的效果。

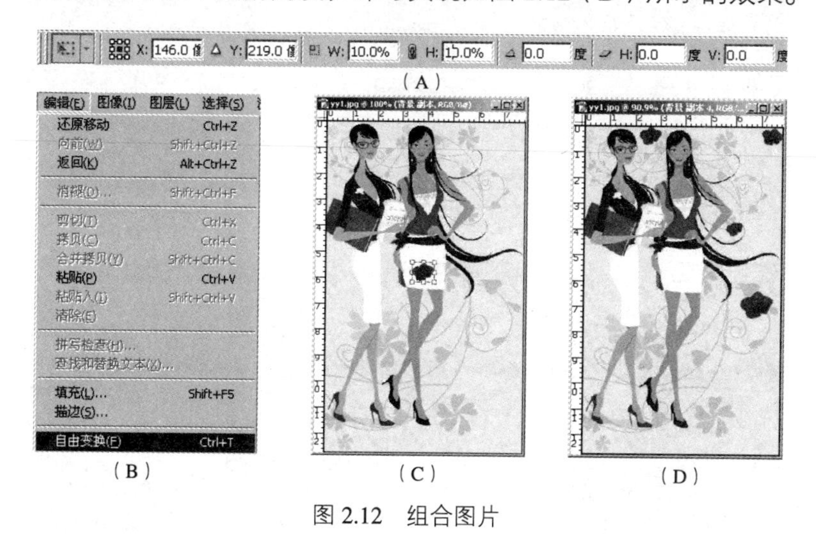

图 2.12　组合图片

2.2.4　给图片加上边框

给图片加上边框是基本的操作，下面简要介绍其流程。

（1）用 Photoshop 打开需要添加边框的图片。

（2）建立选区：选择常用工具栏中的“矩形选框工具”，在图片上拖出虚线型的选框，如图 2.13（A）所示。

（3）复制图层：拖动背景图层到新建图层按钮上，实现复制图层，因为默认的背景图层是不能操作的，图层后面有一个小锁。

（4）建立快递蒙版：选择“选择”—“反选”命令，选中边框部分后，单击软件常用工具栏里的“以快速蒙版模式编辑”按钮，如图 2.13（B）所示，生成蒙版，如图 2.13（C）所示。

（5）创建边框：首先一定要选择“选择”→“重新选择”命令，否则下面的操作就是针对整张图片而不仅是边框了。在“滤

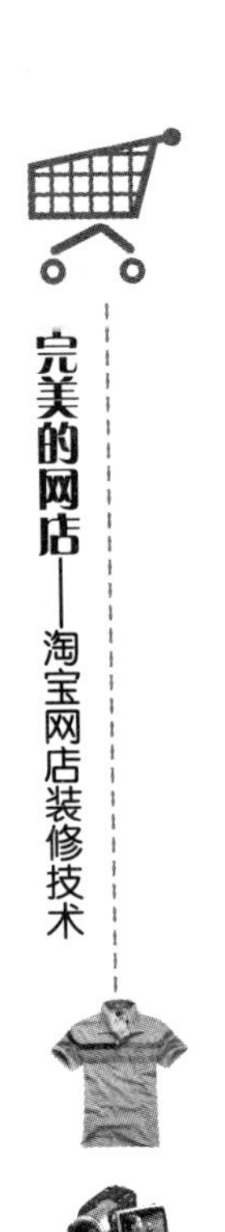

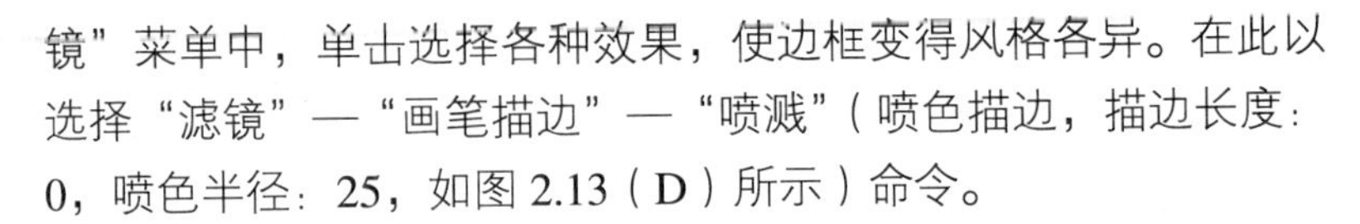

镜”菜单中，单击选择各种效果，使边框变得风格各异。在此以选择“滤镜”—“画笔描边”—“喷溅”（喷色描边，描边长度：0，喷色半径：25，如图 2.13（D）所示）命令。

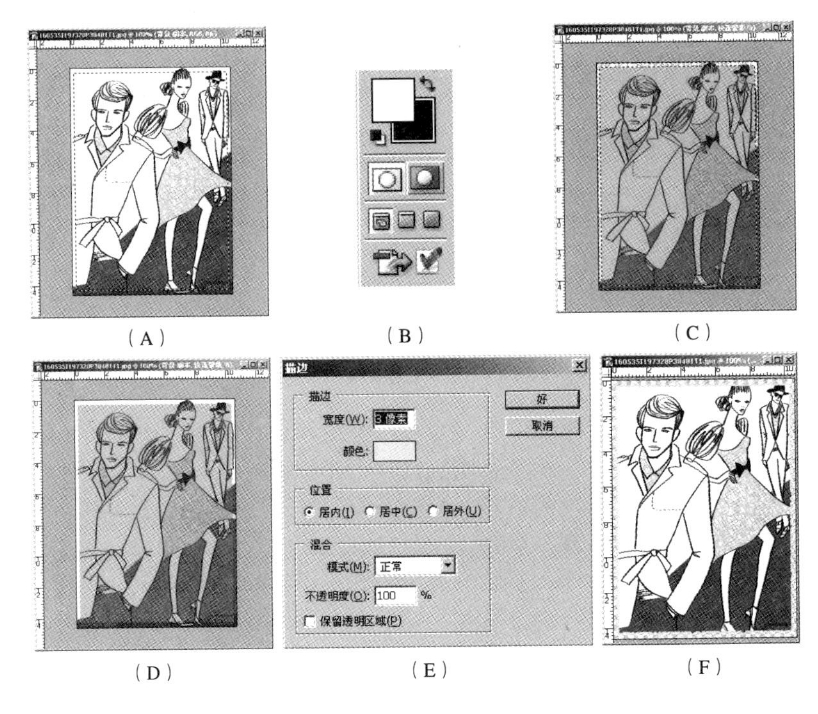

（A）（B）（C）

（D）（E）（F）

图 2.13　给图片加上边框

（6）为边框上色：单击“以标准模式编辑”按钮，退出蒙版模式。按“Delete”键，去除边框涂层。反选后右击，单击选中“描边”命令，在新弹出的对话框中输入希望想得到的边框像素和颜色，如图 2.13（E）所示，确定后单击“好”按钮。其中，输入的像素越大，边框就越宽。而颜色的选择只要双击“颜色”后的颜色框，就能自由设定。

（7）完成边框的添加：最后一步是在图上右击，再单击选中“取消选择”命令，最终效果如图 2.13（F）所示，保存图片后，添加边框的整个过程就完成了。

由于 Photoshop 的滤镜效果非常多，各种组合更是不计其数。所以不用到网上找，就能拥有独特的边框，为宝贝加分。

2.2.5 抠图

抠图是指在一张比较复杂的图片中把某一物体或者一部分取下来，用于其他图片或对其进行专门处理。抠图技巧很重要，下面介绍其中比较简单的一种抠图技巧的使用方法。

（1）打开目标图片，如图 2.14（A）所示。

（2）制作图层，选中背景图层，按住鼠标拖动到新建图层按钮上即可制作背景图层。

（3）选中制作图层，单击选择常用工具栏中的魔棒工具，容差设置为 50，单击玫瑰花周围的单色区，使其周围被选中，如图 2.14（B）所示。

（4）按“Delete”键删除选中部分，如图 2.14（C）所示，以同样的方法把花朵周围的绿叶也去掉，如果还有少量残余没有去掉，可以在花朵下方建立一新图层，填充为黑色，就会非常明显的看到没有被去掉的部分，可以单击橡皮工具，一点一点擦掉就行了。图 2.14（D）为抠出的玫瑰花，在黑色背景下可以看出是比较成功的抠图。

图 2.14 抠图

2.2.6 批量处理图片

所谓批量处理图片，就是指一次处理多张图片，如一次给多张图片添加文字，修改图片大小，调整图片亮度等。具体的实现步骤如下：

（1）用 Photoshop 打开多张图片，并选择其中一个文件作为原始处理文件，如图 2.15（A）所示。

（2）建立新序列：选择“历史纪录/动作”面板，单击“动作”按钮，打开动作面板，单击该面板右边的按钮，在下拉框中选择“新序列”命令，如图 2.15（B）所示。在弹出的新序列对话框中输入新序列的名称，如“导航栏图标”，单击“好”按钮提交，如图 2.15（C）所示。

（3）建立批处理动作：单击动作面板中的按钮，在下拉框中选择“新动作”命令，在弹出的“新动作”对话框中输入新动作名称，如“示例 1”，并选择将其归入“导航栏图标”序列，单击“记录”按钮提交，如图 2.15（D）所示。

（4）处理文件，并设置动作：分步处理原文件，如本例中图片批处理的步骤为：第一用曲线调整图片亮度；第二设定图片大小为 120×30 像素；第三步添加文字水印。当三个步骤完成后，会在动作面板中显示这几个步骤，如图 2.15（E）所示。

（5）设置批量处理：选择菜单栏中“文件”—“自动”—“批处理”命令，打开如图 2.15（F）所示的对话框，在弹出的“批处理”对话框中，设置如下参数：

- 组合，选择刚才建立的序列，本案例中为“导航栏图标”；
- 动作，选择刚才建立的动作，本案例中为“示例 1”；
- 源，选择“打开的文件”命令；
- 目的，选择为“存储并关闭”。这个选项的意思是：软件将会全自动批量处理图片并自动保存图片。

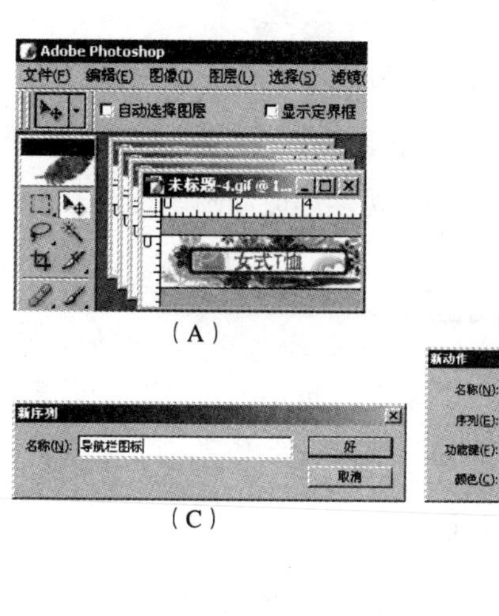

(A)　　(C)

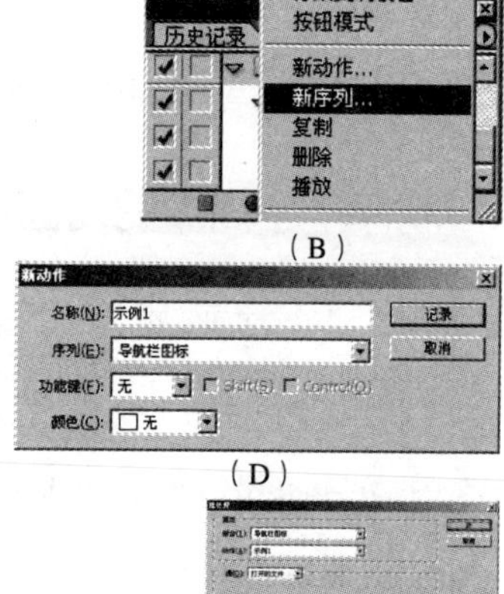

(B)　　(D)

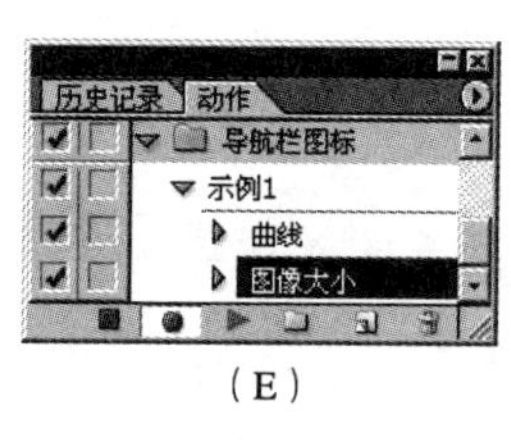

(E)

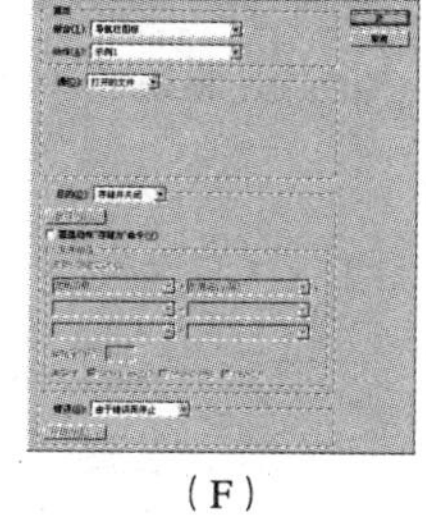

(F)

图 2.15　用 Photoshop 批量处理图片文件

 2.3　使用 ImageReady 制作简单动画

ImageReady 作为 Photoshop 静态图片处理工具的一个补充，能制作简单的动画，完全能满足日常的一些动画需求。例如，店铺装修、网页图标等。接下来简单讲一讲如何制作动画。

2.3.1　简单动画的原理

ImageReady 的动画原理非常简单，类似于电影，在胶片电影时代，电影的每一个动作都记录在胶片中，电影在录制的时候是 24 帧/秒，播放的时候也是 24 帧/秒，这样人眼就看到了连续的播放画面。实际上电影的每个画面都是以帧为单位存储在胶片上的。而 ImageReady 的原理跟上面讲的一样，把不同的画面以帧频为单

位存储，然后连续播放即形成了动画。举个例子，如我们把“好”存储在第一帧上，把“坏”存储在第二帧上，然后让这两帧连续起来播放会“好”、“坏”接连地出现，形成动画。

2.3.2 制作一个简单的动画

ImageReady 动画的制作要与 Photoshop 结合起来。用 Photoshop 制作图片，然后用 ImageReady 制作动画。步骤如下：

1. 用 Photoshop 制作图片

用 Photoshop 制作图片的步骤如下。

（1）打开 Photoshop，新建一 150×100 大小的文件，如图 2.16（A）所示。

（2）单击常用工具栏内的文字工具T，输入文字，如“春夏秋冬”四个字，如图 2.16（B）所示，并且把 4 个字分别建成 4 层，每层一个字。

（3）新建 4 个空白图层，分别为每个图层加添上绿、红、橙、白背景色，如图 2.16（C）所示。

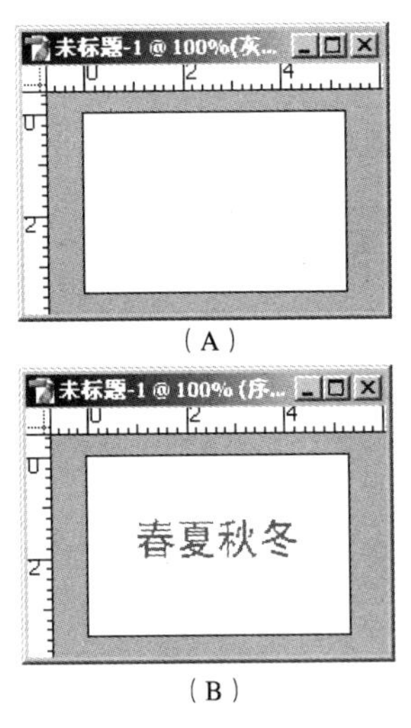

（A）

（B）

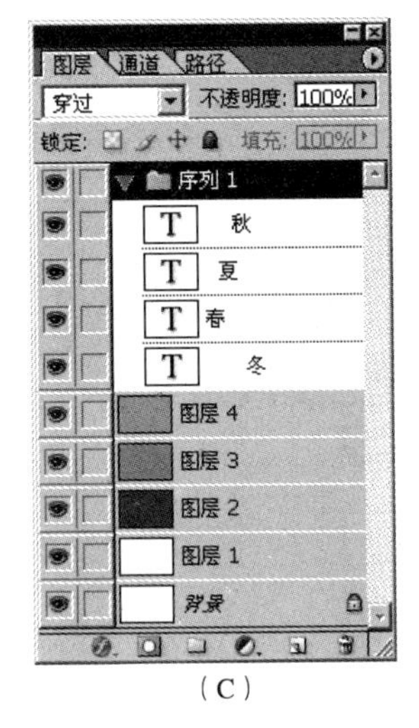

（C）

图 2.16　用 Photoshop 制作图片

2. 用 ImageReady 制作动画

接下来介绍如何用 ImageReady 制作出简单的动画，步骤如下。

（1）用 ImageReady 打开上面制作的图片：在 Photoshop 中选择“文件”—“在 ImageReady 中编辑”命令，即可用 ImageReady 打开刚制作的图片，如图 2.17（A）所示。

（2）单击动画面板中的复制当前帧按钮，连续复制 4 帧，如图 2.17（B）所示。

（3）为每一帧设置不同的动画：如为第 2 帧设置的是，隐藏除了春字图层和绿色背景图层外的所有图层，为第 3 帧设置为隐藏除了夏字图层和红色背景图层外的所有图层，依此类推，设置完接下来的两帧。

（4）预览动画效果：单击动画面板中的播放按钮，即可预览到动画效果。为第 1 帧设置停留时间，因为第 1 帧是完整的图片，没有隐藏任何图层，所以为第一层设置较长的停留时间，在每一帧底部有“0 秒”的显示，右键单击第一帧底下的“0 秒”，在下拉框中选择 5，如图 2.17（C）所示。

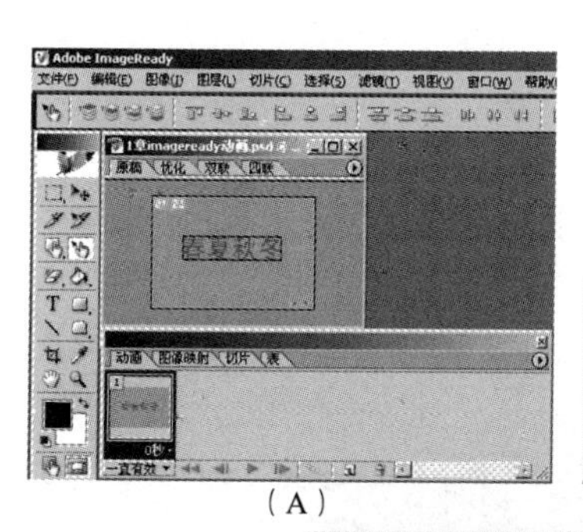

（A）

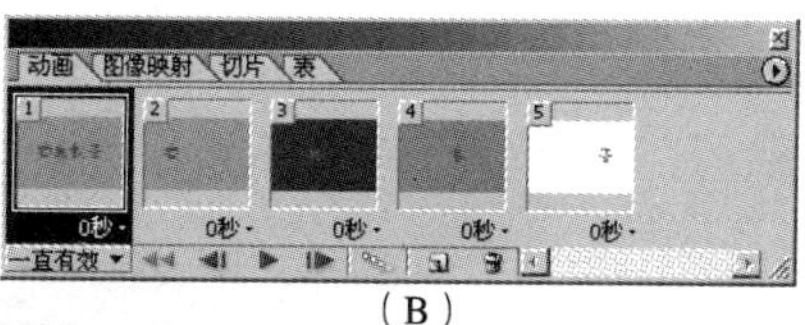

（B）

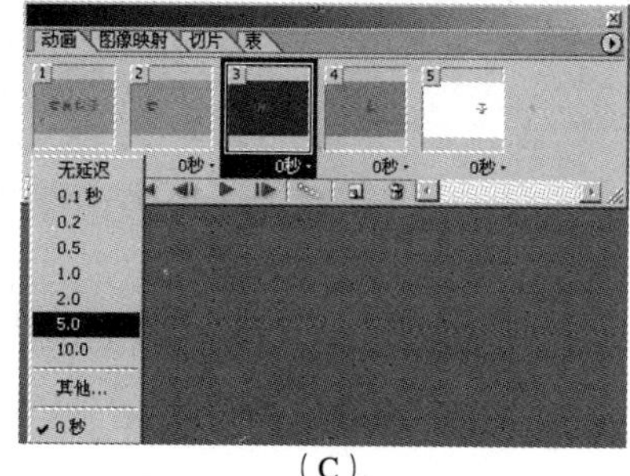

（C）

图 2.17 在 ImageReady 中设置动画

2.4 使用 HTML 语言修改页面效果

HTML（HyperText Mark-up Language）即超文本标记语言或超文本链接标示语言，是目前网络上应用最为广泛的语言，也是构成网页文档的主要语言。

2.4.1 HTML 语言的写法和原理

HTML 语言的原理在于为了能把存放在一台计算机中的文本或图形与另一台计算机中的文本或图形方便地联系在一起，形成有机的整体，人们不用考虑具体信息是在当前计算机上还是在网络的其他计算机上。我们只需使用鼠标在某一文档中点取一个图标，Internet 就会马上转到与此图标相关的内容上去，而这些信息可能存放在网络的另一台计算机中。HTML 文本是由 HTML 命令组成的描述性文本，HTML 命令可以说明文字、图形、动画、声音、表格、链接等。HTML 的结构包括两部分，即头部（Head）和主体（Body）部分，其中头部描述浏览器所需的信息，而主体部分则包含所要说明的具体内容。

一个最简单的 HTML 文件格式如下：

```
<html>
 <head>
  <title>示例</title>
 </head>
<body>
一个简单的网页文件
 </body>
</html>
```

上面这段代码在浏览器中的显示效果如图 2.18 所示。

图 2.18 简单的网页文件

从图 2.18 中可见，代码<title>示例</title>显示在浏览器的顶部

标题栏，而<body>表示一个简单的网页文件</body>则显示在浏览器的内容区。其实在<head></head>区域还可以包括文件格式的相关说明。

2.4.2　怎样修改 HTML 代码

在修改 HTML 代码前需要打开代码状态，在浏览器中打开网页文件，选择“查看”—“源文件”命令，如图 2.19（A）操作即能打开网页的源文件，如图 2.19（B）所示。

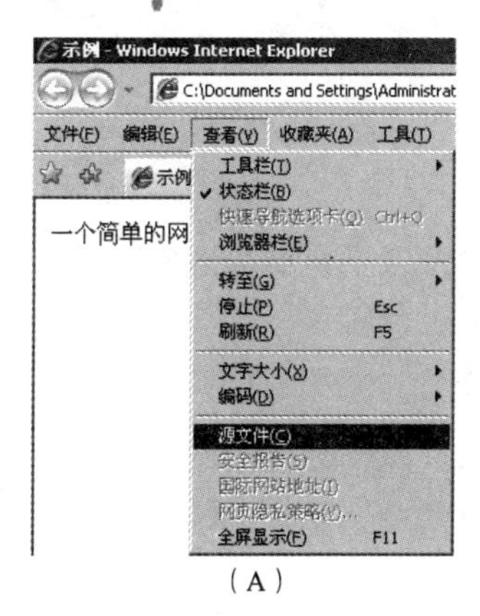

（A）

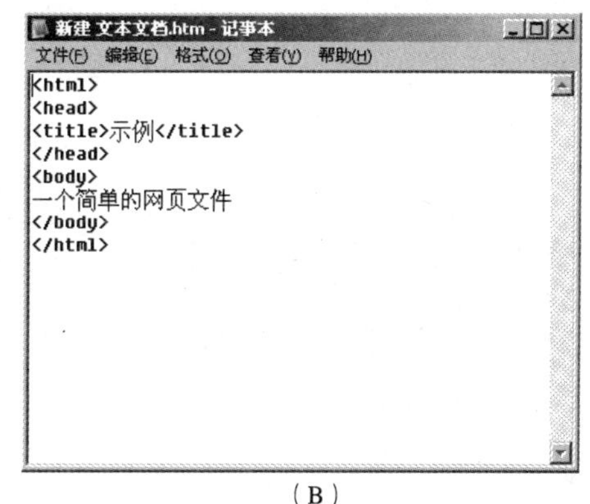

（B）

图 2.19　查看源文件

当打开源文件状态后，即可以在源文件里修改相应的属性，即可实现对 HTML 文件的修改。

2.4.3　在 HTML 代码中控制显示效果的代码

在 HTML 中显示效果主要指文字大小、背景、颜色等。例如，以下属性代码可以控制页面显示效果，当然不仅限于以下这些。

Bgcolor：表示背景颜色，如表格的背景颜色；

Size：指文字的大小，可以用正整数来表示；

Color：指文字颜色，一般用十六进制表示，如#FFFFFF 表示纯白色；

Align：表示水平对齐方式，有 right/center/left 可供选择；

Valign：表示垂直对齐方式，有 top/middle/bottum 可供选择；

Br：表示插入一个换行符。

控制页面显示效果的代码及属性有很多，这里不一一列举，接下来用实例说明。

2.4.4 一个简单的修改 HTML 代码的实例

图 2.18 所示的页面的源文件为例进行修改，这是一个简单的实例，现在需要把它修改成如下效果：背景用黑色表示，文字用白色显示，字体为黑体，文字大小为 14PX，效果如图 2.20 所示。

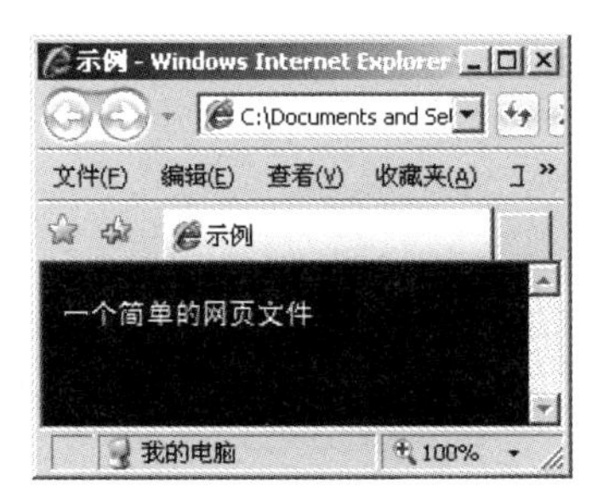

图 2.20　网页的修改效果

具体的修改流程为：

（1）打开源文件状态，即通过选择“查看”—“源文件”命令可打开源文件编辑模式。

（2）修改源文件如下：

```
<html>
 <head>
  <title>示例</title>
 </head>
 <body bgcolor=#000000>
   <span style="font-size:14px;font-family:黑体;color:
   #FFFFFF">一个简单的网页文件</span>
 </body>
</html>
```

在 body 里增加了“bgcolor=#000000”表示网页背景为黑色，“span”表示插入一个属性控制标志，“font-size:14px;”表示文字大小为 14PX，“font-family:黑体；”表示字体为黑体，“color`#FFFFFF”表示文字为白色显示。

以上只是一个简单的网页修改动作，如果需要修改复杂的网页

文件，就需要掌握更多的HTML语言知识，深入研究一些大型网站的网页源程序，才能轻而易举地做到在源文件状态下修改网页。

本章小结

本章主要讲解了店铺装修的各种工具和语言，让大家对店铺装修有一个整体的了解，通过对这些内容的了解，大家可以更方便的掌握即将学习的各种店铺装修的细节。同时本章主要讲解了图像处理软件Photoshop的使用方法。因为它是整个店铺装修的基础，只有熟练运用Photoshop，才能够方便地制作出各种需要的效果。

本章的内容是整个店铺装修的基础，但是由于篇幅的限制，本章对各种软件的使用和代码的编写都选取了最基础的内容，如果大家想做得更好，可以参考Photoshop的相关书籍。

第 3 章

设计店标

大到国际连锁品牌，小到零售店铺，一般都会有自己的独特标志。标志能够代表一个品牌、一种形象，更能够让顾客留下深刻的印象，稳定并扩展自己的客户群。淘宝店标正是担当这一重任的载体。淘宝店标一般位于网店的左上部分，是一个 100×100 像素的小图标，如图 3.1 所示。

图 3.1　店标的搁置

 3.1　淘宝店标的规定

对于普通店铺来说，店标是一个核心，是一个店铺的招牌，

虽然只是一个小小的图片，但能传达店铺文化、核心价值等很多东西给顾客。在淘宝网店中，不论是店标的大小还是显示位置都作了一般性的规定。

普通店铺首页显示的店标大小是刚好 100×100 像素，文件大小要控制在 80KB 以内，而且到目前为止只接受 GIF 和 JPG 两种格式。店铺首页显示的位置是固定的，都位于左上部的位置。

在淘宝（www.taobao.com）首页，选择搜索店铺后，搜索出来的结果页中，店标显示在页面的左侧，比淘宝店铺首页的店标要略微小一点。如图 3.2 所示，即为店铺搜索显示页面中店标的显示位置。

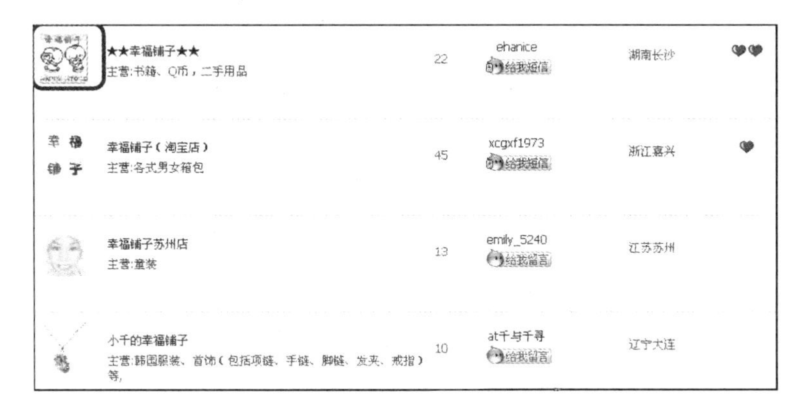

图 3.2　店标显示在搜索页的左侧

3.2　店标的分类

最常见的店标分类是根据图片的不同显示效果来划分的，即分为静态店标和动态店标两种。静态店标是指店标的图片是静态表现的，如一张花鸟图，人物或动物肖像画；而动态店标则是一种动作的表现，是一幅动态的图片。现在动态店标的格式一般为 GIF 格式。这种格式能再现简单的动画效果。图 3.3 为某淘宝店铺的动态店标，是由三幅简单的图片组成的一组切换显示的动态店标。

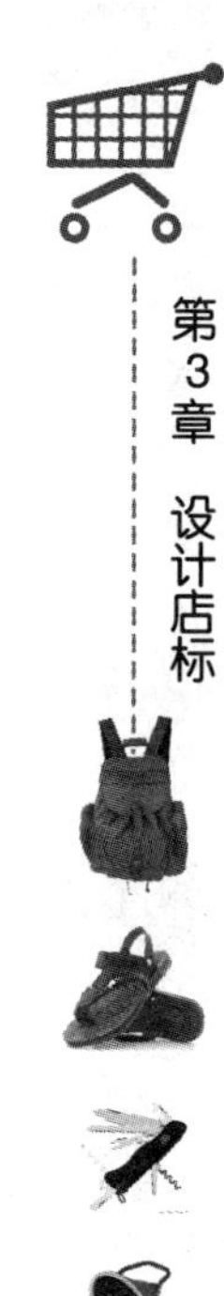

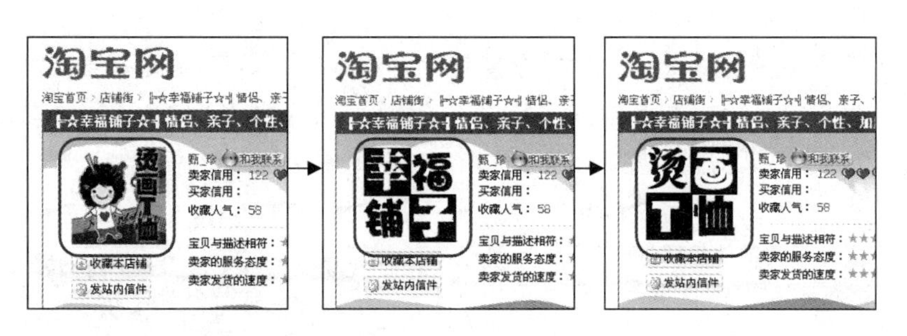

图 3.3 动态店标

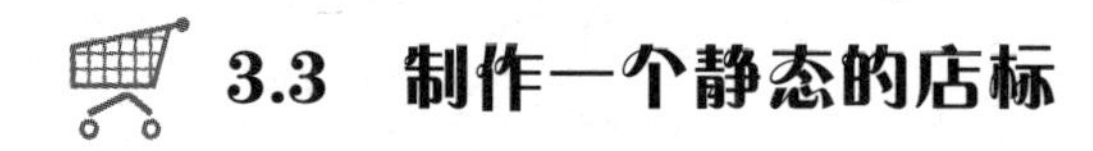

3.3 制作一个静态的店标

静态店标一般使用 Photoshop 来制作。因为 Photoshop 处理的图片失真是最小的，所以虽然店标的显示很小，也会比较清晰。制作起来也不会很难。

3.3.1 做好店标的构思

设计店标，首先要做好构思。具体以设计“幸福铺子”的店标为例。

第一步整体构思，切合主题。这个主题可以凸显铺店的主营业务，也可以强调“幸福铺子”中幸福的内涵。在此选择表现“幸福”这个主题。

第二步围绕主题选择素材：幸福可以通过花鸟等动植物来表现，也可以通过人来表现，但是相对狭小的空间里人物的表现会有太大的局限性，可以考虑卡通人物，或者可爱的小动物或者盛开的鲜花来表现。在此选择卡通人物加玫瑰花的形式来表现幸福这一主题。

最后要考虑色调的问题，如幸福的主题最好是用暖色调的色彩来表现，这样给人的视觉效果和心灵感受都会更舒服。

3.3.2 寻找相应的素材

通过上一步的构思，知道了大概需要用到哪些素材，就可以

寻找相应的素材了。这里选择在网络中寻找，打开搜索引擎。如图 3.4（A）打开百度图片搜索，搜索“卡通人物”，在显示的搜索结果中单击选中的图片素材，右键选择“图片另存为”，如图 3.4（B）所示，即可把图片保存到本地计算机中。

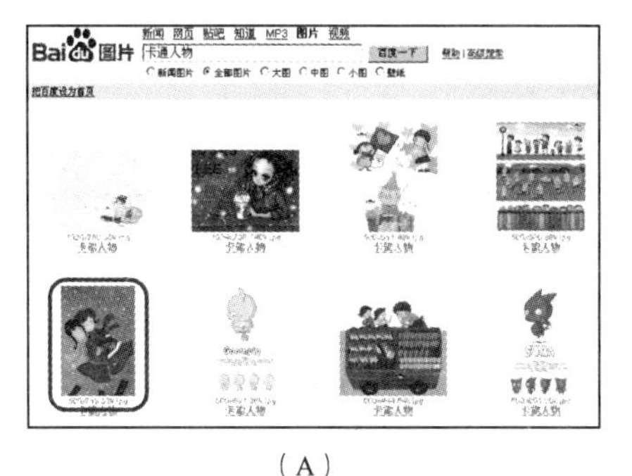

（A）

（B）

图 3.4　网络上搜索素材

使用这种方法找到其他相关素材，接下来就可以着手制作店标了。

3.3.3　制作店标中的图片内容

通过上一步中找到了需要用的图片素材，接下来用 Photoshop 制作店标的图片内容。

1．用 Photoshop 打开图片

打开 Photoshop 软件，依次选择“文件”—“打开”命令，如图 3.5（A）所示，打开“打开”对话框，如图 3.5（B）所示，选择文件位置，双击选中的图片文件即可打开。

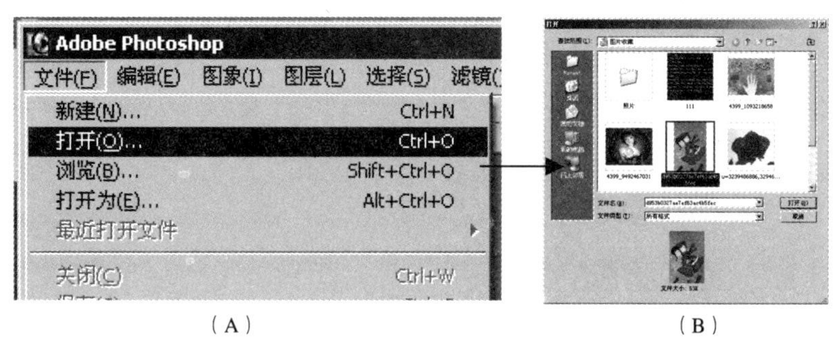

（A）　　　　（B）

图 3.5　用 Photoshop 打开图片文件

2. 调整图片

打开文件后，要对图片进行调整。步骤如下：

（1）调整图片大小：因在网络中搜索的图片太大，比 100×100 像素大太多，所以需要调整图片大小以适合店标的制作。依次单击图像—图像大小，如图 3.6（A）所示，打开“图像大小”对话框，如图 3.6（B）所示。在宽度和高度后的文本框内输入数值，并勾选“约束比例”复选框，以保证图片缩小后不会变形失真。调整后的图片显示如图 3.7 所示。

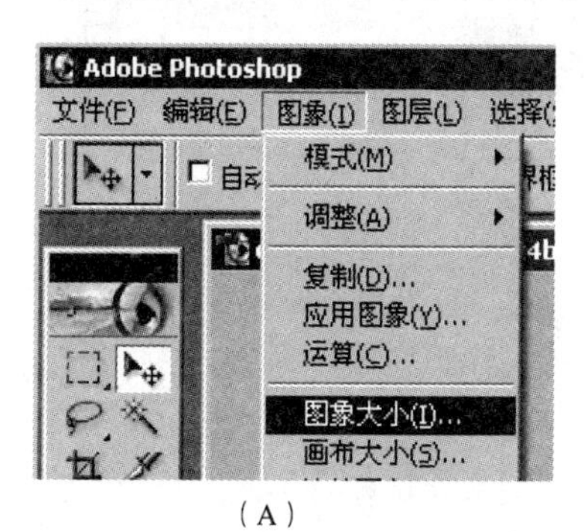

（A）

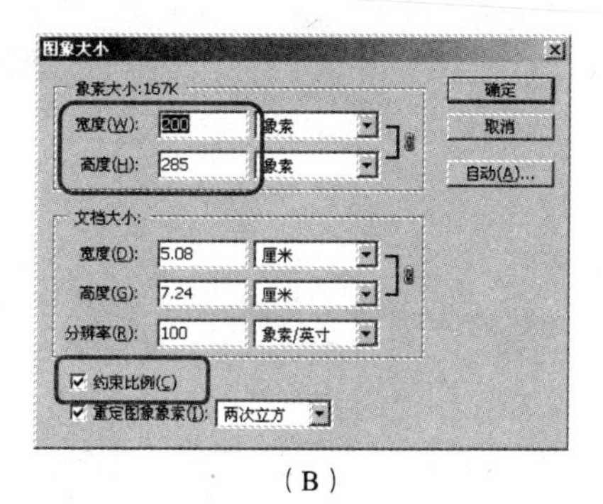

（B）

图 3.6 调整图片大小

图 3.7 调整后的显示效果

（2）剪切图片：上一步调整后的图片仍然有 100×143 像素大小，而在店标的构思中，刚好不需要使用全部的图片，只需要截取人物的上半部分即可，在此截取一个 100×100 像素的图片区间。

单击工具栏中的“矩形选框工具”，如图 3.8（A）所示，在出来的对话框中样式选择“固定大小”，宽度和长度分别输入 100 像素，如图 3.8（B）所示。单击图片，出现虚线选择框，调整到适当位置，如图 3.8（C）所示。此时按“Ctrl+C”组合键和“Ctrl+V”组合键进行复制和粘贴操作，复制了新的图层“图层 1”，单击背景图层前的小眼睛，隐藏掉背景图层，如图 3.8（D）所示，但此时图片则显示为如图 3.8（E）所示的效果，出现了多余的空白像素。

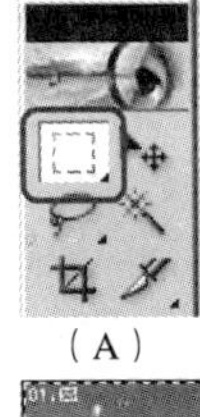

(A)

(B)

(C)

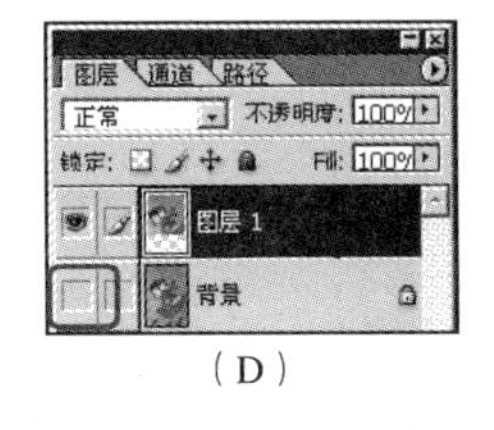

(D)

(E)

图 3.8 截取图片

(3)去掉多余的空白像素，使图像和画布大小适合。

依次单击“图像”—“修整”，如图 3.9(A)所示，打开如图 3.9(B)所示的对话框，选择“透明像素”前的复选框，并勾选项目前的所有复选框，单击确定即可得到如图 3.9(C)所示大小适合的图片。

(A)

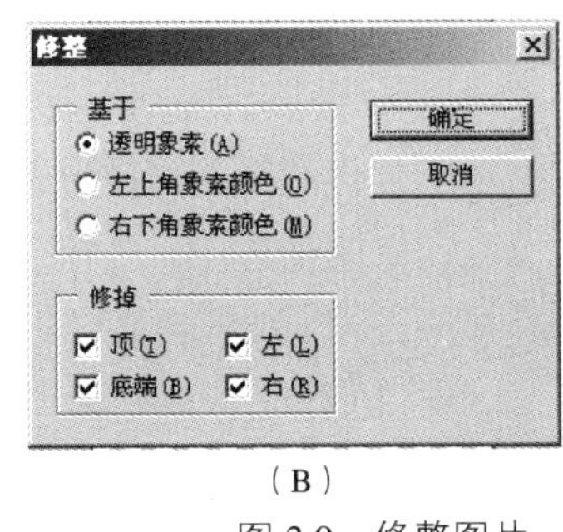

(B)

(C)

图 3.9 修整图片

3. 抠图

这个步骤需要把另一幅图中的一朵玫瑰花单独抠出来，用于与前面一幅画合并成一幅浪漫的图景。

(1)打开玫瑰花图片，复制图层。单击工具栏中的“魔棒工具”，如图 3.10(A)所示，按住“Shift”键单击除玫瑰花外的其他地方，使玫瑰花外的其他地方被选中，如图 3.10(B)所示，然

后按“Delete”键，删除被选中的区域，结果如图 3.10（C）所示。

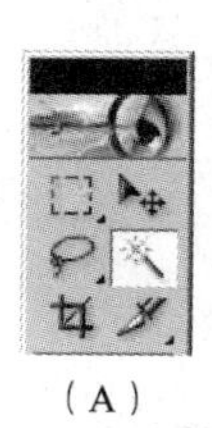

（A）

（B）

（C）

图 3.10　抠图

（2）缩小玫瑰花图片：把玫瑰花图片调整到 20×20 像素以内，以方便把其放置在 100×100 像素的空间内。

（3）在卡通图片里放置玫瑰花朵。

同时打开两幅图，如图 3.11（A）所示，使玫瑰花图处于可操作界面，单击工具栏中的“移动工具”，图中标示红框处，将鼠标置于玫瑰花上，按住鼠标左键不动，将其拖至卡通人物画面，即完成了两幅图片的合并，如图 3.11（B）所示。

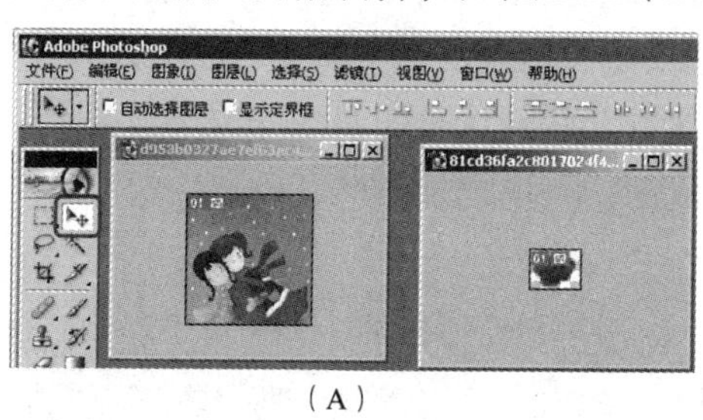

（A）

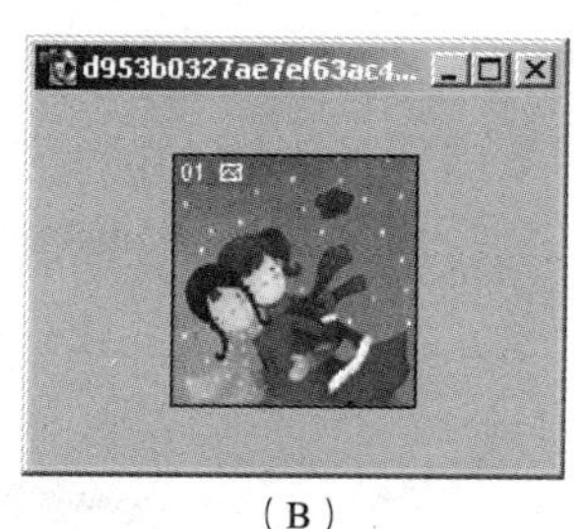

（B）

图 3.11　两幅图的合并

（4）适当修饰图片，完成店标图片的制作。增加一些玫瑰花，并使其大小不一，让画面看起来更美观合理，如图 3.12 所示。

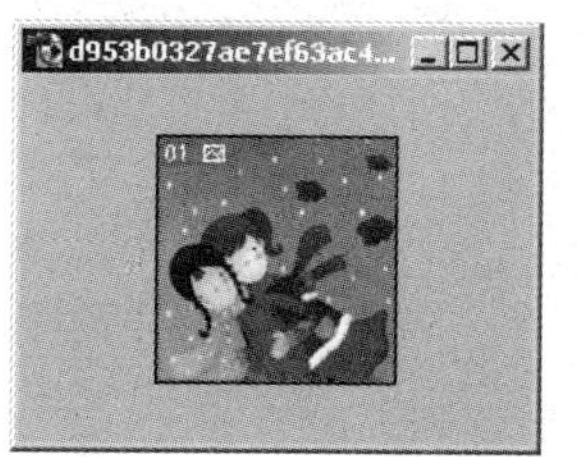

图 3.12　完成后的店标图片

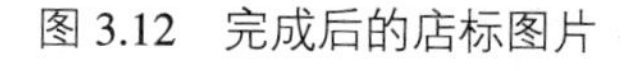

3.3.4　制作店标中的文本内容

考虑到图片只有 100×100 像素，所以不宜使用太多的文字，就加上店铺的

名字“幸福铺子”好了。

（1）打开图片，单击工具栏中的“文字工具”，在图片中输入“幸福铺子”几个字，如图 3.13（A）所示。

（2）修饰文字：将文体设置为“方正舒体”，大小设置为 14 像素，颜色选择白色，如图 3.13（B）所示。

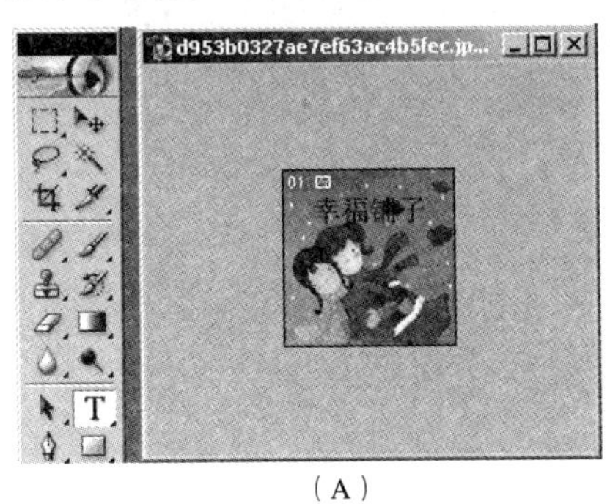

（A）

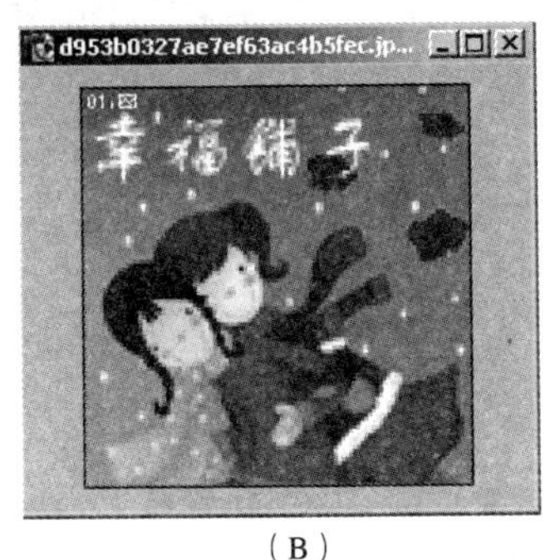

（B）

图 3.13　修饰文字

（3）加入阴影和描边效果：首先需要把文字图层栅格化，右键单击文字图层，选择像素化图层，如图 3.14（A）完成文字图层的栅格化，然后双击栅格化后的图层，出现如图 3.14（B）所示的“图层样式”对话框，勾选投影和描边选项，并在描边选项中大小设置为 1 像素，位置选择外部，颜色选择黑色，设置完成后单击“确定”按钮完成操作。

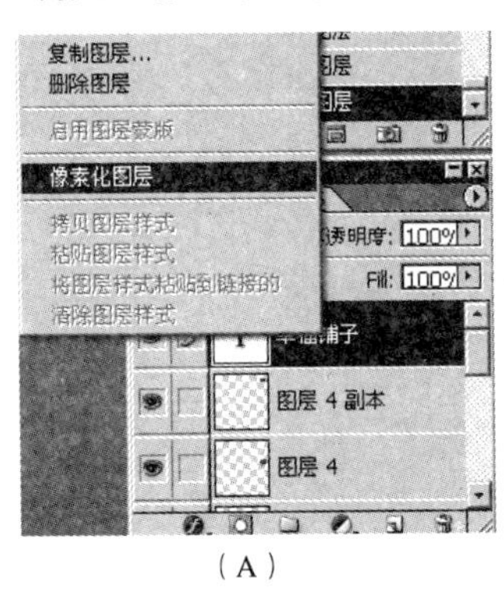

（A）

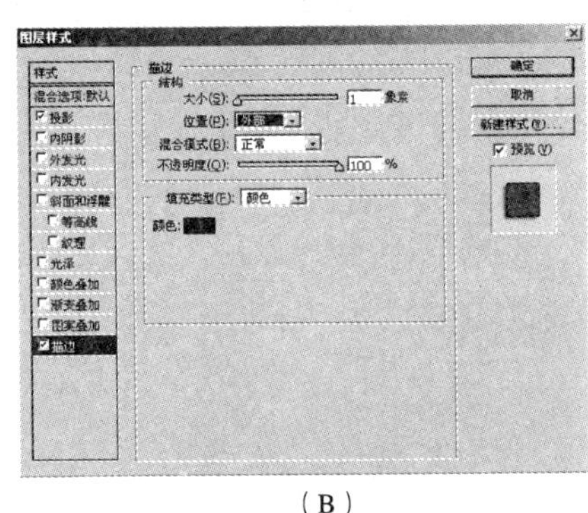

（B）

图 3.14　为文字加入阴影和描边效果

完成所有操作的图片的最终效果如图 3.15 所示。

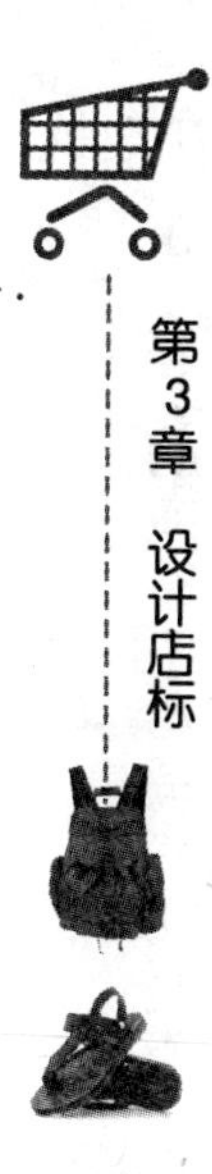

3.3.5 保存店标

图 3.15 完成后的店标

在 Photoshop 界面中把图片制作完成后，需要保存为图片格式，因为 Photoshop 默认的保存格式为 PDF 可操作格式。流程如下：

依次单击文件—另存为，如图 3.16（A）所示，打开另存为对话框，如图 3.16（B）所示，在此选择文件的保存类型 JPEG，单击“保存”按钮，出现“JREG 选项”对话框如图 3.16（C）所示，在品质选项中选择“最佳”，然后单击“确定”按钮即可完成图片的保存。

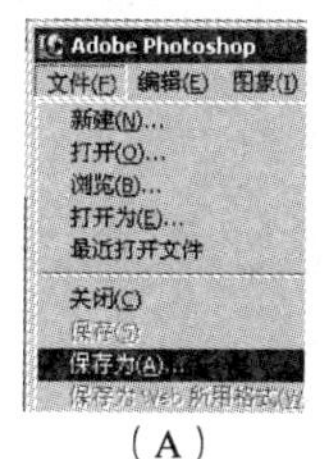

（A）

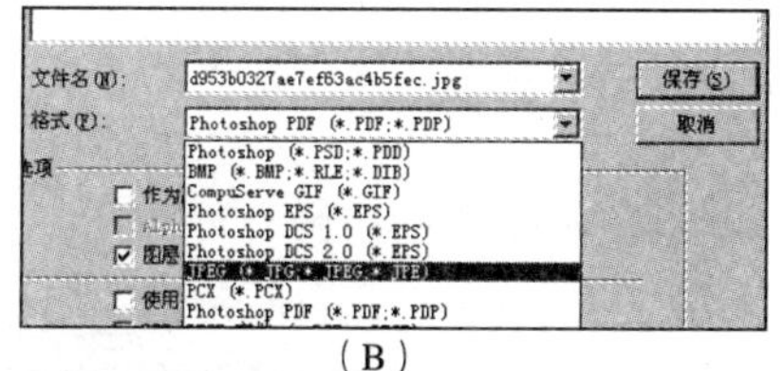

（B）

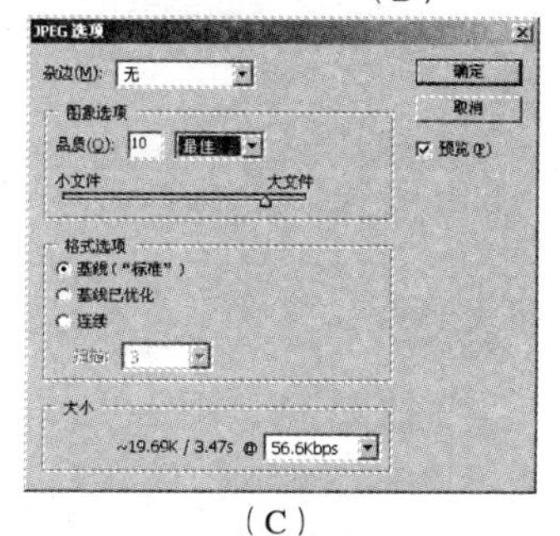

（C）

图 3.16 图片的保存

注意：JPEG 选项中，品质数值越大，图片的效果越好，返之变然，但品质数值越大，文件的大小也越大。品质越低则文件大小越小。

3.4 制作一个动态的店标

还是以上面的例子为例来制作动态店标，在第 2 章中有介绍

如何用 ImageReady 来制作简单的动画，本节要制作的简单动态店标也将用到 ImageReady，接下来介绍制作流程。

3.4.1 做好店标的构思

既然已经有上面的店标内容在了，这里的构思主要集中在如何实现动画这一步上。考虑到店标的大小及其位置，动画的动作不宜过频过大，最好是比较简单的重复动画。那么这里的设计就主要集中在店名和玫瑰花上。可以把店名制作成闪烁效果，把玫瑰花也制成一闪一闪的效果。效果构思好了，接下来开始一步一步的制作过程。

3.4.2 制作店标动画

制作店标动画的流程如下：

（1）用 ImageReady 打开上面制作的店标，如图 3.17（A）所示。

（2）单击动画面板中的复制当前帧按钮，连续复制 4 帧，如图 3.17（B）所示。

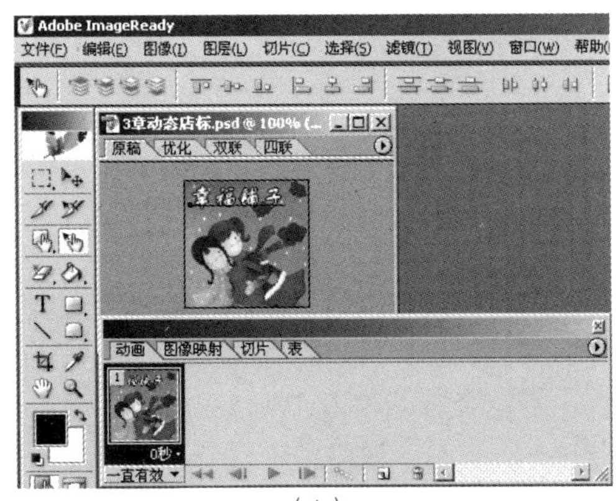

（A）

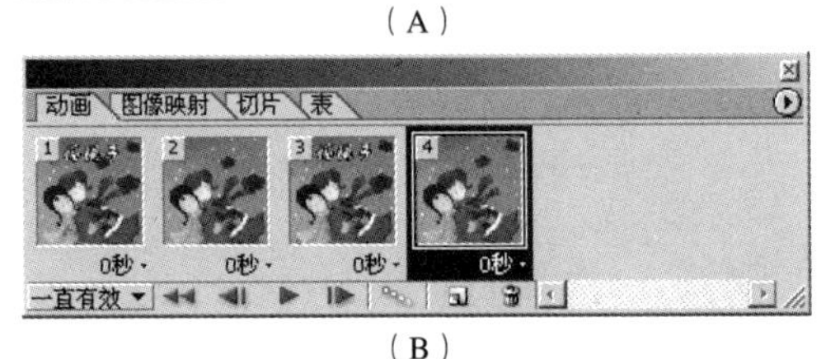

（B）

图 3.17 设置动画

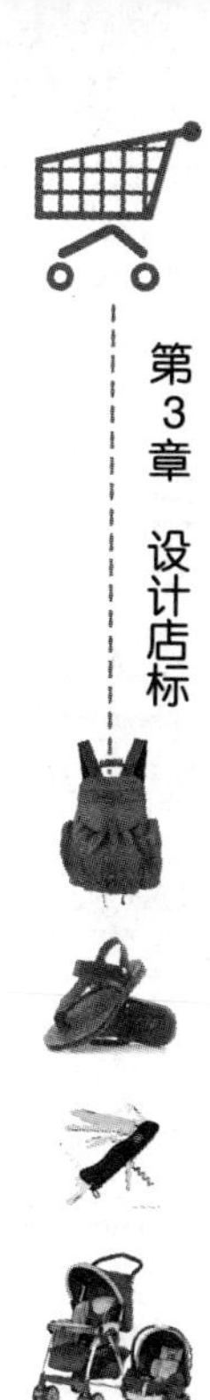

（3）设置动画：分别在第 2 帧和第 4 帧中把“幸福铺子”文字图层隐藏，把其中任意一朵玫瑰花图层隐藏，并在第 3 帧中把另外一朵玫瑰花图层隐藏，单击“播放”按钮可预览效果。

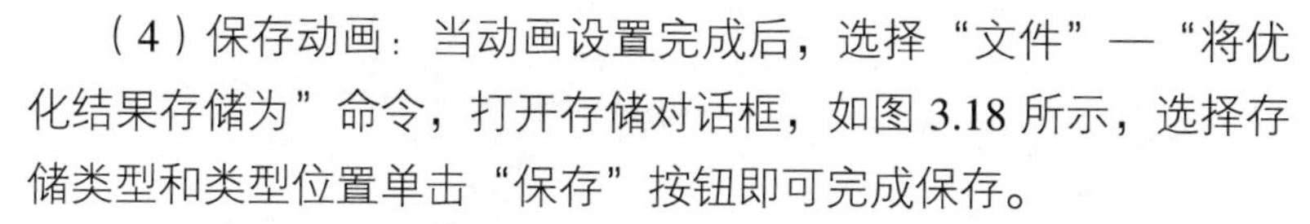

（4）保存动画：当动画设置完成后，选择“文件”—“将优化结果存储为”命令，打开存储对话框，如图 3.18 所示，选择存储类型和类型位置单击“保存”按钮即可完成保存。

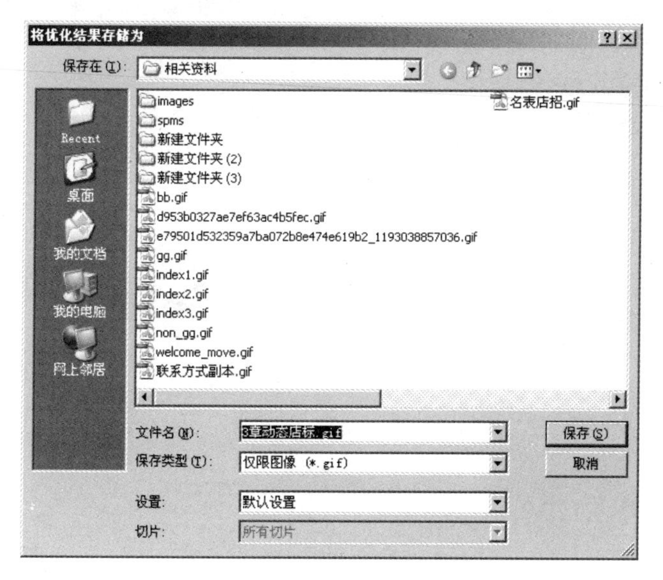

图 3.18　存储动画

3.5　发布店标

现在把在前几节中制作的店标发布在淘宝店铺中。首先需要把制作的店标保存在网络中，在此选择保存在“淘宝图片空间”，用 1.4.2 节所示的方法获得图片保存的地址，以备下一步使用。

发布店招有如下步骤：

（1）登录“我的淘宝”，在“店铺管理”区域选择“店铺基本设置”，如图 3.19（A）所示，进入店铺管理平台。

（2）发布店标：在店铺基本设置页面，单击“更换店标”按钮，如图 3.19（B）所示，打开对话框，如图 3.19（C）所示，在

地址栏中粘贴进上一步复制下来的地址就可以，当然也可以单击“浏览”按钮，直接把本地盘中的文件打开，单击“确定”按钮即可上传到网店中。发布完成后的效果如图 3.19（D）所示。

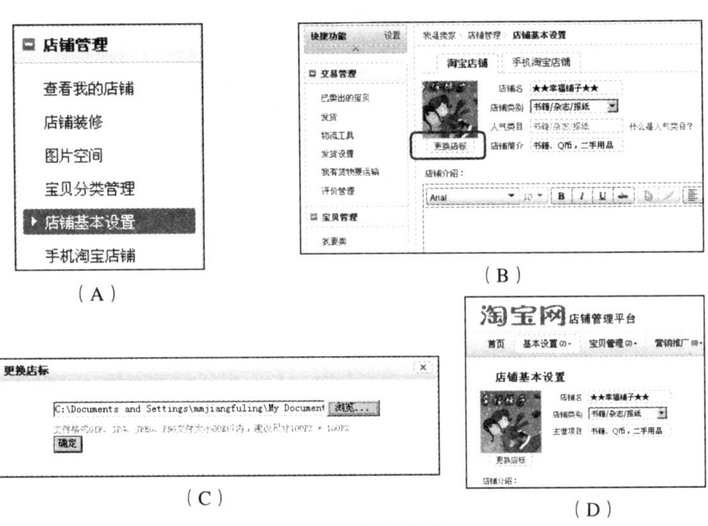

图 3.19　发布店标

本章小结

本章从店标的一般规定和分类出发，主要介绍了静态店标和动态店标的制作方法，并阐述了如何有效地发布店标。

重点介绍了静态店标和动态店标的具体制作过程：

（1）静态店标的制作：先根据店铺主题做好静态店标的构思并寻找相应的素材，紧接着详细介绍了如何利用 Photoshop 制作、修改和调整店标的图片内容和文字内容，并特别提醒了保存时的注意事项。

（2）动态店标的制作：在做好动态店标构思的基础上重点介绍了如何制作并保存店标动画。

最后介绍了如何在店铺管理平台中发布店标。

第 4 章

商品照片的获取和美化

网店装修中的图片很多可以来自网络、光盘或者其他地方，但是在网店中出售的商品的照片大多数不能用拿来主义，只能亲自拍摄。这章主要介绍的就是照片的拍摄与美化。

4.1 购买一台合适的数码相机

首先确定价格范围，根据自己的财力和拍摄需要决定购买相机的价格档次，然后根据你定的价格档次，结合下面的这些问题，上网选定合适的品牌型号后，直接去当地计算机城购买或在网上购买。

4.1.1 相机选择的具体指标

1. 根据需要确定相机类型

根据你店铺装修所需照片的精确度确定相机类型。如果所需照片的精确度不是很高，而你的摄影技术又不是很好的话，比较适合买全自动傻瓜机，只需要开机，然后按下快门就行了。反之，照片质量要求比较高，你又有一定的摄影基础，你可以选择全手动机或者单反。当然，如前所述，财力也是你选择机型的前提条件。

2. 确定合适的像素

通常，像素是我们购买相机时考虑的重要指标。但像素越高越好吗？答案是否定的！你需要多少像素，取决于你需要怎样的照片。下面是常见的像素值，列出了可冲印照片的完美尺寸：

300万适用于5英寸×7英寸；400万适用于8英寸×10英寸；500万适用于11英寸×14英寸；600万适用于13英寸×19英寸；800万适用于16英寸×20英寸；1000万～1200万适用于24英寸×36英寸。

上述尺寸是国际顶级摄影专家Scott Kelby在书中写的。对于网店装修而言，300万像素其实足够了。但是现在这么低像素的机器已经绝迹。所以，我们没有必要追求超高像素，厂商推出的千万像素的机型只是噱头，真正需要这么高像素的是海报，广告行业，我们只要在价格允许的范围内，挑选一款像素合适的相机即可，即挑选一款能达到你店铺装修所需图片质量要求的相机。

3. 选定感光元件

如果你购买单反相机，基本不用考虑这条，因为单反的感光元件都是很好的。这里提醒一下，单反领域，CMOS感光和CCD感光没什么区别，成像同样清晰锐利，但是DC领域，暂时还是CCD的天下，所以如果你看到哪款DC用了CMOS感光，建议不考虑，或者最起码要看看拍摄效果，和CCD的相机对比一下才行。

感光元件的另一个参数是像素。这里我们需要看有效像素。比如柯达P850最大像素是530万，有效像素是510万，那么我们要以510万为准。很多杂牌DC号称1200万像素，但是你仔细分析就会发现是通过插值算法，把原图数码放大（类似数码变焦）人为提升的，其真实像素往往只有600万甚至300万。

感光元件还需要考虑大小问题。目前的感光元件大小分为很多种，主要可以分为以下类型：

（1）135全幅，即感光元件和135胶卷一样大，当然这是最昂贵的。

（2）APS幅面，目前大多数单反采用的尺寸，兼顾画面质量

与成本的方案。

（3）4/3 系统，主要是奥林巴斯相机采用的尺寸。

（4）DC 的感光元件。目前大致有 2/3 英寸，1/1.7/1.8/2.5/2.7/3.2 英寸这些常用尺寸，从前到后，感光元件大小依次变小。对于我们消费者而言，在确定像素的情况下，最好尽量选择感光元件大的相机，越大，则相机的画面纯净度越高（相对而言），而且如果你需要在高ISO状态下拍摄的话，大感光元件能大大降低画面噪感。

4. 尽量选择品牌镜头

如果某相机强调自己用的是莱卡，卡尔蔡斯，施耐德镜头，而价格又和你原先选定的相机没多少差距，那就尽量选镜头好的吧。至于这三大镜头孰优孰劣，也是见仁见智的事情。总之，一个好的镜头成像锐利，透光度高，不是一般的杂牌镜头可以比拟的。

5. 确定变焦倍数

一般来说，三倍光学变焦是比较合适的，因为焦距太短难以拍出高清的图片。作为网店装修之用的相机质量不用太高，而我们又不是专业的摄影者，长焦机的使用要求有较高的技术含量，携带起来也很不方便，价格还比较昂贵。相比起来，既有一定质量也不需要太多技术含量、价格还比较适中的三倍光学变焦机就是首选。

6. 防范高 ISO 的陷阱

通常情况下，你的商品图片都可以在光线良好的情况下拍摄，但如果有时候必须在夜晚拍摄或者需要有夜晚背景的话，建议你最好选择单反。现在越来越多的 DC 支持 ISO1600/3200 甚至更高的感光度了。广告宣传时会和你说高感光度能让你在黑暗环境下用高速快门抓拍。但是一般 DC 的高感光度功能还不完善，超过 ISO200 就不好用了。如果你想在高感光度下拍摄，还是考虑单反吧，多数单反在 ISO800 的时候还能保持出片干净，这是 DC 无法比拟的。

7. LCD 取景器像素的选择

很多品牌会强调自己的取景器是多大多大，但是却回避取景

器像素。我见过取景器有三英寸大，像素却只有 11 万，这种屏幕想要靠它来判断拍摄质量是不可能的。对于 2.5 英寸的 LCD，起码要 23 万像素才能保证比较真实的还原拍摄效果。

8. 能否调节白平衡

对于图片颜色的准确度来说，白平衡是一项重要性能，尤其对于要放置在网络上作为店铺装修用的图片，色彩是很重要的。即使你购买的是傻瓜相机，也尽量要选择能调节白平衡的机型。你不想拍出全屏泛蓝或者泛红的相片吧？除非你真的追求那种效果（当然这属于摄影技巧了），大多数情况下我们都希望拍摄出来的照片颜色是准确的。我们不要求相机能自定义白平衡，但是至少要提供以下白平衡给你选择：日光、白炽灯、荧光灯、阴天、阴影、夕阳。

9. 对焦方式和测光方式

如果是全手动机，至少要提供多点对焦、中央重点对焦、点对焦这三种对焦方式，至少要提供中央重点测光，多点测光，点测光这三种测光方式。而傻瓜相机，如果只有一种对焦方式，或者一种测光方式，还是不要考虑了吧。当然现在仅采用一种方式的机器很少，购买时要注意根据实际需要做恰当的选择。

10. 存储卡的指标

数码相机的好处就在于不用胶卷而用存储卡，那么存储卡怎么选择呢？除了容量尽可能大之外，在资金允许的范围内，尽量买高速的，而且要避免买到假货。高速是指写入速度，不要相信读取速度，那和我们拍摄没关系。比如，SanDisk 2G SD Ultra II 型存储卡，写入速度能达到 10Mb/s，对于连拍抓拍是非常合适的。而某些 50X 或者 60X 的存储卡，写入速度只有 2Mb/s 甚至更低，单张拍摄都要等很久（800 万像素的相机用高品质 JPEG 出图就能达到单张 3Mb 左右的大小了），这种卡根本不能胜任抓拍连拍等任务。

11. 相机的场景模式

基本上每款相机都有场景模式，一般来说如果能达到如下几

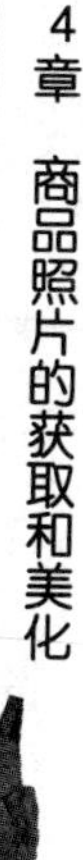

种模式，这款相机对于绝大多数人来讲都能满足要求了：

肖像、夜间肖像、运动、风景、夜间风景、雪景、海滩、文字、花卉、日出/夕阳、烛光、逆光、礼仪/博物馆、烟花和聚会。

需要提醒的是，买的时候一定要仔细观察一下，尤其是要有自己店铺装修图片所需要的场景模式。

12. 短片功能的选择

一般来说，作为专门用来拍摄店铺装修静态图片的机型，短片功能是可有可无的，我也向来不建议将短片功能放在相机购买的考虑因素之内，相机就是拍照的，就好比手机就是通信的，功能多是好事，但是很多事情还是专职设备做得好。在对相机整体性能没有太大影响的情况下，多一个短片功能也无妨碍，只是提醒你最好选择一款有麦克风的相机，因为你不希望自己拍的片子是哑巴片吧！而且真实的声音说不定在装修的时候还可以用得上。

13. 相机操作的简便性

操作简便也是相机的一项重要指标。很多卡片机为了机身小巧，取消了很多按键，当你需要一个功能的时候，可能需要进几层目录才能找到设置项，这样的设置很不合理。单反上的按键出奇得多，尽量让拍摄者可以一键到达设置区。就算必须以菜单形式出现，也不会多于两层菜单。当然我们店铺装修拍摄用的 DC 要求没有这么高，但是我觉得合理的设置菜单至少要满足一个条件：不能超过两层菜单。

4.1.2 相机购买的注意事项

1. 购买时一定要试拍并测试

DeadPixel Test 这个免费软件，每个购买 DC 的用户都要带上。购买时试拍两张，一张是正常的照片，用来查看相机的成像清晰度；另一张是遮住镜头拍的全黑照片，用来在测试软件中测试感光元件有没有坏点，如果坏点超过标准，绝对不能妥协，坚决换机。

2. 三号合一才是正品

包装，相机机身，机器内部三个序列号要完全相同才是正品。如果任何一个号码对不上，那绝对不可能是正品。

3. 购机前了解针对该品牌的隐藏模式

比如柯达 P850 机器，按住“Delete”键进入 About（关于）菜单，可以看到 PC、TC、SC 计数。

PC 是开机次数，如果是全新机，应该是计数 1（因为你开机也算一次）。

TC 是快门次数，基本等同于拍了几张照片。

SC 是闪光灯次数，闪光灯闪过多少次的意思。

正常的全新机，开机以后，除了 PC 计数是 1 外，别的都应该是 0 才对，如果不是，那就要小心可能是换过的。

4. 行货一定要索要发票

这个是毋庸置疑的，我高价买了行货，如果没有发票，就不能保修，那和水货有什么区别？所以别听商家所谓的不开票给你便宜多少什么的，行货坚决开票，也就是 4 个点而已，很多商家要求开票加 7 个点甚至 10 个点，甚至还有 17 个点的，很可能根本就不是正常渠道过来的货，或者就是故意宰客。

5. 买相机都有赠品

除了相机原配的一些东西（一般厂商都会给一个电池，充电器，数据线），商家通常都送相机包，存储卡，LCD 保护膜，兼容电池，甚至小三脚架。如果你买机器时商家没送这些东西，完全可以要求其附赠。当然如果说某些确实非常廉价的机器，你能确定商家确实低价给你了，那么不要赠品也行。

4.2 学会拍摄和取景

产品照片也许不能做到很富有艺术性，但也需要有一定的观

赏性，同时又要突出产品的性能。在此简单介绍一下用数码相机拍摄照片的方法。

4.2.1 数码相机的拍摄技巧

总的来说，用数码相机拍摄，有如下技巧是需要注意的，这样拍摄出来的照片才有观赏性又实用。

1．控制好闪光灯进行拍摄

最好使用自动闪光灯模式，让相机自动检测环境，以达成最佳拍摄状况。如果你在室内外拍照都使用闪光灯的话，部分数码相机的表现会有明显的改善，但是不见得就可以拍出好效果。例如，在室内或大白天遇到逆光的情形，比如夕阳西下、背景是光线强烈的霓虹灯景观等，仍旧可以使用闪光灯来补光，将光线打在主题部位上，以免使拍出来的图像一片黑的尴尬结果。但是你也要确定一下你手中数码相机的闪光灯指数，也就是闪光灯有效范围，一般来说在0.5m～3m之间。超过这个范围，可能会使闪光灯无效。这里需要特别强调的是，如果近距离拍摄（产品图片很多都需要近距离拍摄），如在15cm～20cm之间，请选择强制不闪光，否则容易过度曝光。

2．调大光圈扩充进光量

如果想在夜晚等光线不足的情况下进行拍摄，要尽量将光圈调大以扩充进光量。如想在晚上拍摄烟花，可先将光圈调大或调到最大，快门调到1/15秒～1/30秒。数码相机的好处就在于可以多拍，由于烟花稍纵即逝，是属于一瞬间的景色，大家不妨平时就多拍多练，才能拍出美丽的烟花。

3．调小光圈限制进光量

如果想在雪地等光线过强的情况下进行拍摄，要尽量将光圈调小以限制进光量。因为雪地会折射阳光，产生强光，常常会造成背景明亮、主要景象却暗淡的结果。所以在拍摄时，光圈要缩

小一点。也可使用闪光灯，直接对在目标景象上，这样景象与背景的光亮度才会相同，使得目标物更加清楚，并减低强光的折射。

4. 避免对着光源拍摄

避免对着光源拍摄，特别要注意光源是从玻璃、金属或水面等平滑表面反射出来的时候，以确保图像清晰。你可以试着以数码相机拍摄一个固定的反光体，如在打开闪光灯的情况下拍摄CRT 显示器，数码相机会让你得到一个聚光的亮光点。而且，这个图像不论你在计算机中如何用图像软件，都无法使照片中原有的图像还原。因此解决方法是避开这个光源，改变摄影的位置；或者关闭闪光灯，如果光源不足，请以其他光源补强。

5. 避免拍摄大面积同色块景色

由于受到像素与取样的影响，目前的数码相机无法将色块区分得太细。比如，一件黑色的衣服，在光线与阴影的作用下，其黑色色块就可以分为成百上千种黑，数码相机却只能将这种黑分为 24 种或 36 种，会与真实景象有所差距。所以，为了要拍出好的照片，最好选择既平顺又有明显的轮廓的对象，如人像、车子、建筑物等以便将前景与背景明显区隔开来，使图像更加生动。

4.2.2 拍摄过程中需要注意的问题

不论是新手还是老手，在实地的拍摄工作中都需要注意一些常见的问题，这些问题的存在往往使拍摄出来的照片不尽如人意，所以有必要有意识地加以克服。

1. 构图的设置

很多朋友喜欢将拍摄的主体居中放置，很多相机的对焦、测光装置也是设计在镜头的中央位置，一再地“误导”人们将主体居中。于是我们得到了构图呆板、毫无生气和美感的糟糕照片。按照“三分法则”可以有效地避免这类情况的发生，“三分法则”就是将整个画面在横、竖方向各用两条直线分割成等分的三部分，我们将拍摄的主体放置在任意一条直线或直线的交点上都是符合"黄金分割法"的，这样比较符合人类的视觉习惯，当然这是比较"教条"的做法，当你对"三分法则"运用娴熟后，也许会发现更多更富有创意和美感的构图方法，那么你已经成为一个"高手"了！对于对焦点位于中心的相机，可以先对准拍摄主体半按快门对焦，然后重新构图，过程中要注意保持半按快门状态不要松开，并且不能前后移动相机和变焦。

2. 背景的选择

背景的选择要衬托主题，而不能喧宾夺主。我们在出游拍照的时候，往往喜欢将人物放置在我们自己认为很美的地方，比如鲜艳的花丛，以期望能够达到以景衬人的目的，但是结果往往恰恰相反，照片上主次不分，背景和人物都没有得到很好的表达。解决的办法可以让人物距离背景稍远一些，并且开大光圈，拉长焦距，尽可能地使背景虚化。商品图片的拍摄也同理。另外可以尝试选择某些我们平时认为"不美"的景物，比如栅栏、砖墙，一些线条构成较为简单明确的背景往往会达到意想不到的效果，使你的照片效果更上一层楼。

3. 克服手抖

这是摄影中经常出现的问题。一般白天在户外，由于光照充足，快门速度较高，因此手抖的影响较小。然而在室内，考验你的时刻到了，任何的抖动都有可能使你的照片模糊不清。此时，除了要尽量端稳相机以外，还可以适当开大光圈以提高进光量，或者适当提升 ISO 感光度，都能够提高快门的速度，但要注意过度的 ISO 感光度会导致画面颗粒感增大。如果仍对自己没有信心，可以选择三脚架，一般的业余脚架足以稳定我们的 DC 了。如果条件不允许使用三脚架，可以借助树木、窗台、建筑物等、稳定身体或相机，手持相机要保持身体正直，不能前俯后仰，双肘尽量靠近身体，完全按下快门时要尽量减小动作，屏住呼吸，按下后不要立即松开，以减小相机的振动。只要多加练习，技术是肯

定会得到提高的。对于具有防抖功能的相机，也要注意以上的要点，毕竟没有绝对的防抖方法能避免相机的振动。

4.3 有瑕疵照片的处理

在拍摄照片的过程中，有时因拍摄时间、位置、曝光等问题，会导致拍摄出来的照片出现各种各样的小问题，如色彩较暗，曝光过度或曝光不足，画面模糊等状况。如果重新拍摄又不太可能，那么此时只能借助于照片处理软件加以处理，以达到理想的效果。

4.3.1 调整偏色的照片

在拍摄过程中，闪光灯的变化、周围环境的不同色调，如晨光暮霭等都会使图片产生偏色的问题。如图 4.1 所示，其中图 4.1（A）是有明显偏色的，而图 4.1（B）是没有偏色的照片，非常接近原物实际情况，两者的显示效果截然不同。

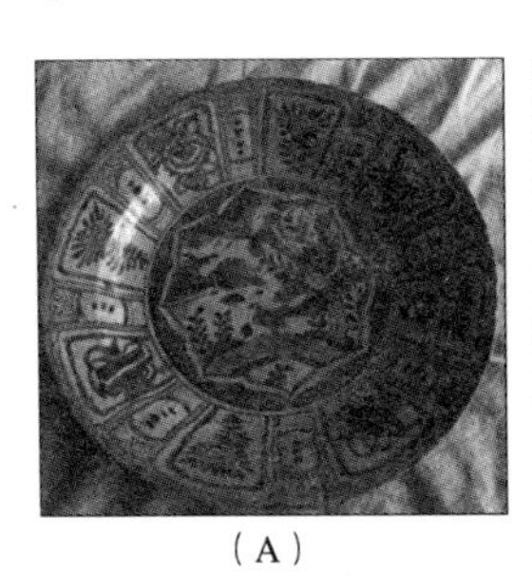
（A）

（B）

图 4.1　照片有偏色问题

下面介绍如何调整照片的偏色问题：

（1）用 Photoshop 打开有偏色问题的照片，如图 4.2（A）所示。

（2）依次选择“图像”—“调整”—“色相/饱和度”命令，打开对话框，如图 4.2（B）所示，调整色相的值到合适的位置，在此为–42 的位置，即可调整好照片的偏色问题，使图片达到图 4.2（C）的效果。

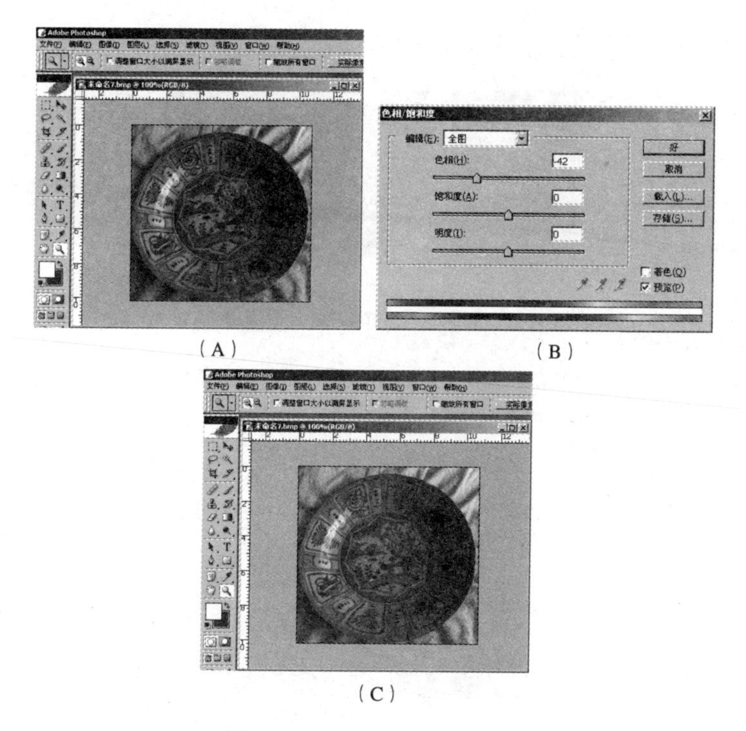

（A）（B）（C）

图 4.2　调整照片偏色问题

4.3.2　调整曝光错误的照片

在照片拍摄过程中，由于快门的设置或者闪光灯的调整不当，往往会使照出来的照片产生曝光不足或者曝光过度的问题，而对于一些难以重复的场景，如果拍摄出来的照片有曝光上的问题，那实在是一件美中不足的让人遗憾的事。下面介绍如何利用 Photoshop 软件解决这个问题。先来看一组照片，如图 4.3 所示的三幅照片分别是：曝光不足的、曝光正常的和曝光过度的照片。

如何用 Photoshop 调整曝光不足的问题：

（1）用 Photoshop 打开曝光不足的照片，如图 4.4（A）所示。

（2）依次选择“图像”—“调整”—“亮度/对比度”命令，打开对话框，如图 4.4（C）所示，调整亮度/对比度至合适的位置即可。

（3）调整完成，如图 4.4（B）所示，是调整完成的照片。

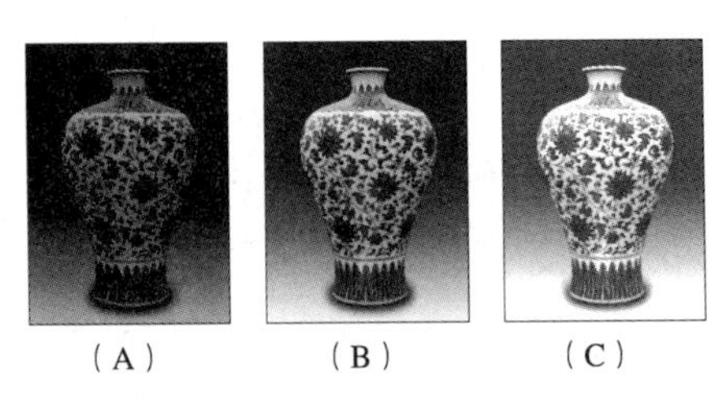
（A）　（B）　（C）

图 4.3　照片曝光的问题

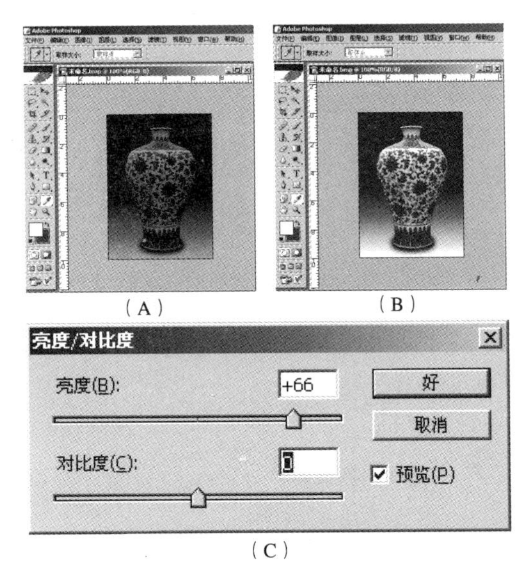

（A）　（B）

（C）

图 4.4　调整曝光不足的照片

曝光过度图片的调整与以上方法类似。

4.3.3　使模糊的照片清晰化

在拍摄过程中，有的时候手不小心抖动了，拍出来的照片会感觉有些模糊，这个时候也可以利用 Photoshop 的相关功能提高照片的清晰度。

（1）用 Photoshop 打开不清晰的照片，如图 4.5（A）所示。

（2）依次选择“滤镜”—“锐化”—“USM 锐化”命令，打开对话框，如图 4.5（B）所示，调整好适当的参数，单击“好”按钮完成。

（3）调整后的照片比原来的照片要清晰许多，图 4.5（C）为调整后的照片效果图。

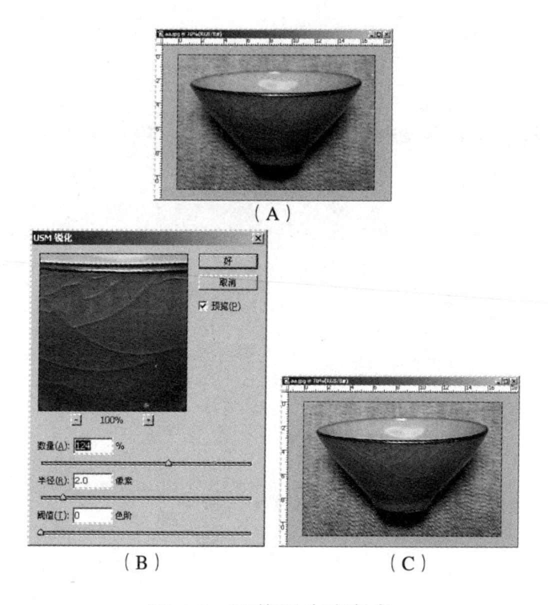

（A）

（B）　　（C）

图 4.5　调整照片清晰度

4.4　为照片更换背景

有时候为了突出照片的效果，需要为照片更换背景，如果照片的背景色比较单一，可以直接在 Photoshop 里选择魔棒工具选择即可完成。而对于背景色比较复杂的照片，则需要用到钢笔工具来进行选择。如图 4.6（A）、图 4.6（B）所示为用钢笔工具选择后进行的背景更换。

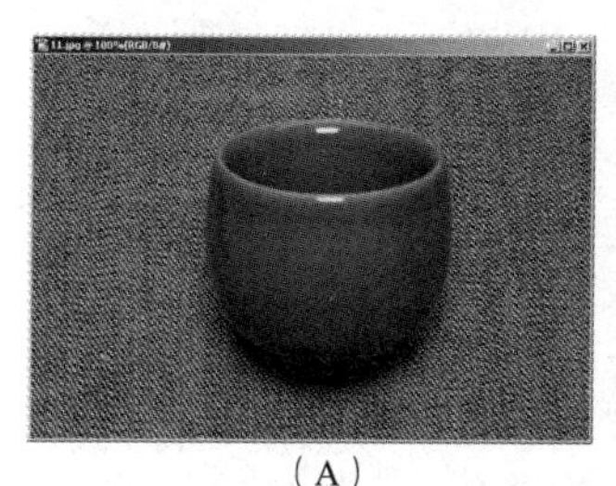
（A）

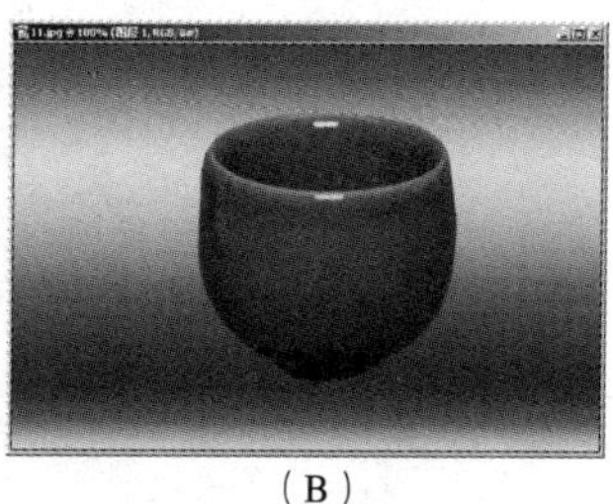
（B）

图 4.6　为照片更换背景

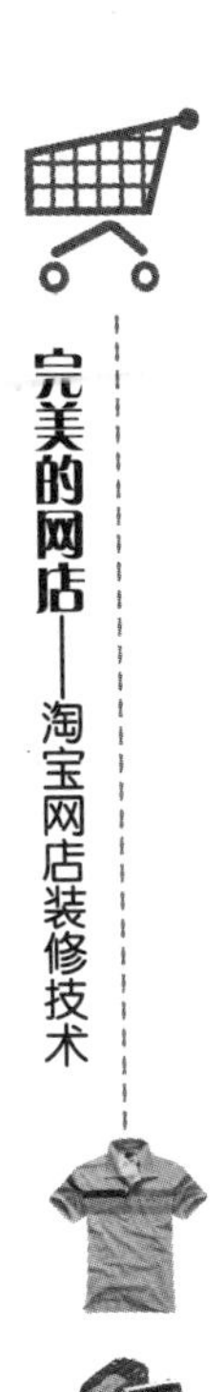

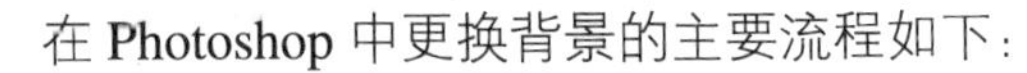

在 Photoshop 中更换背景的主要流程如下：

（1）用 Photoshop 打开需要置换背景的照片，如图 4.7 所示。

（2）在工具栏内单击“钢笔工具”按钮，打开钢笔工具选项栏，如图 4.8 所示，选择路径按钮。

图 4.7　用 Photoshop 打开需要处理的照片

图 4.8　钢笔工具选项栏

（3）添加节点：在照片中商品的每一个拐弯处单击，添加一个节点，每两个节点之间软件会自动连接成直线，如图 4.9 所示。

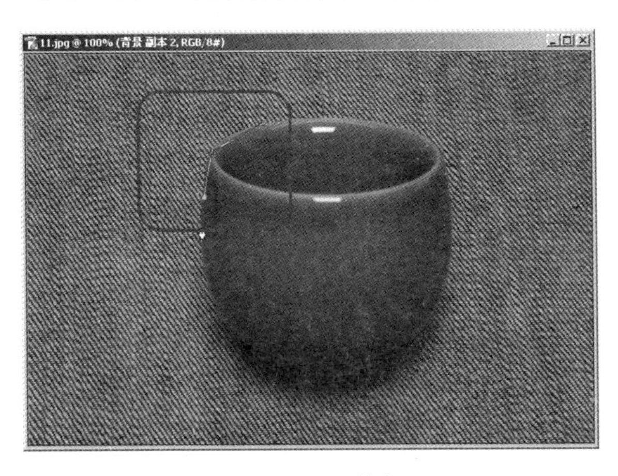

图 4.9　添加节点

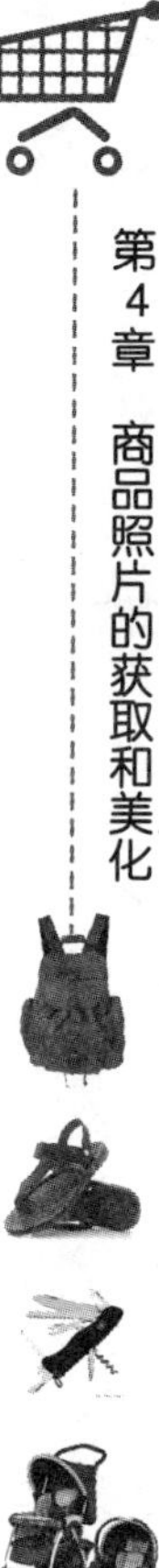

（4）勾勒轮廓：将整个物品的轮廓用钢笔工具全部勾勒完毕，使其形成一个完整的闭合区域，如图 4.10 所示。

图 4.10　用钢笔工具勾勒出完整的闭合区域

（5）上一步中的两节点之间是直线相连的，显然与物品的原线条不符，需要把节点之间的直线变成弧线。单击“钢笔工具”按钮，在弹出的下拉菜单中选择“转换点工具”命令，如图 4.11（A）所示，适当放大图片，把鼠标置于某个节点上，适当拖动即可拖出想要的弧线，如图 4.11（B）所示。

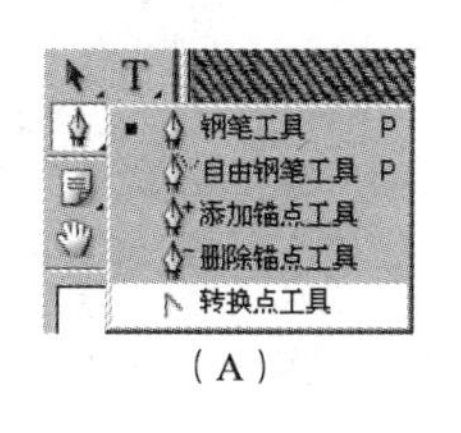

（A）

（B）

图 4.11　直线转换成弧线

（6）整个转换工具完成以后，在 Photoshop 路径面板中，选择“建立选区”命令，如图 4.12（A）所示，把路径转变为选区，照片中的路径变成了虚线的选区，如图 4.12（B）所示。

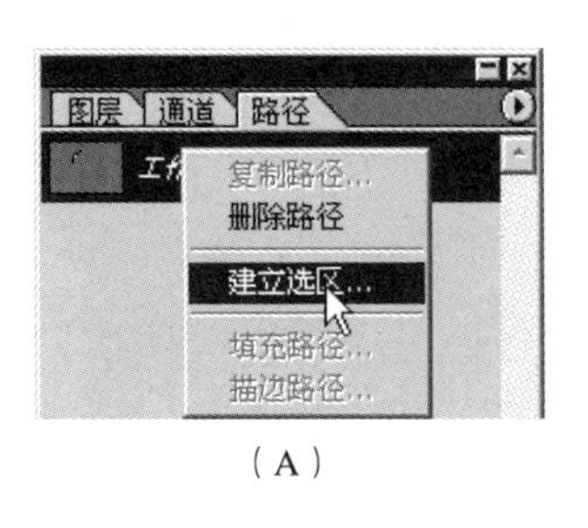

（A）

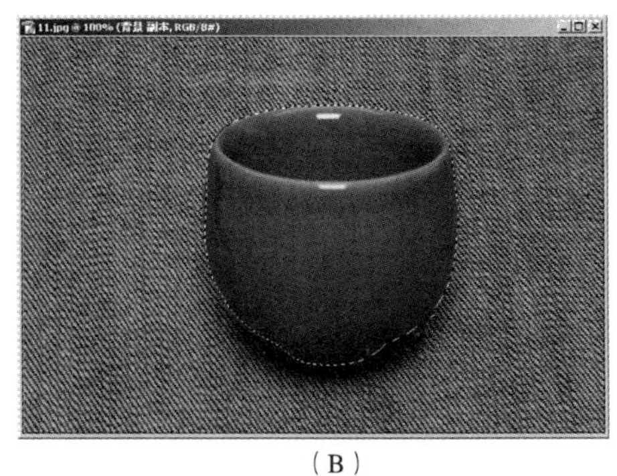

（B）

图 4.12　建立选区

（7）复制图层并反选：在上步的基础上，先复制图层，然后依次选择“选择”—“反选”命令，如图 4.13（A）所示，完成反选，如图 4.13（B）所示；反选后，按“Delete”键，删除背景，如图 4.13（C）所示。

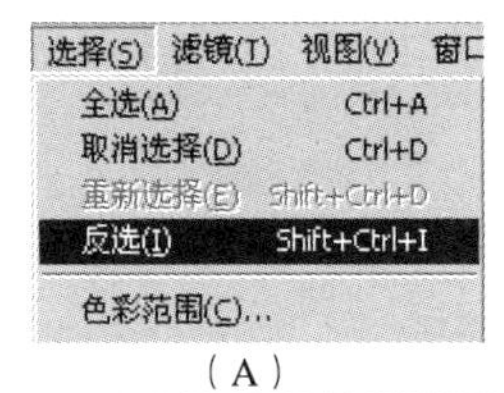

（A）

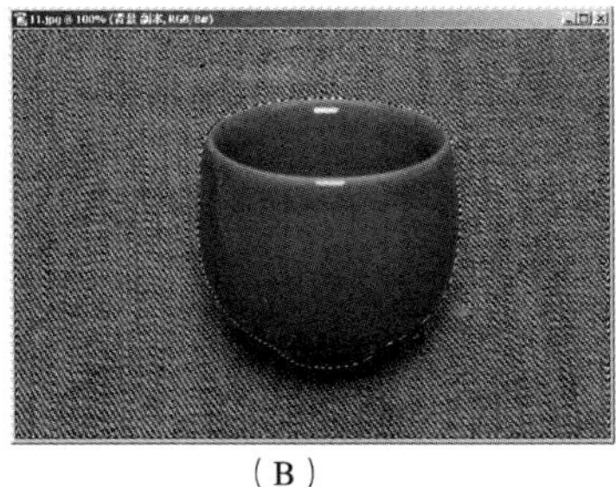
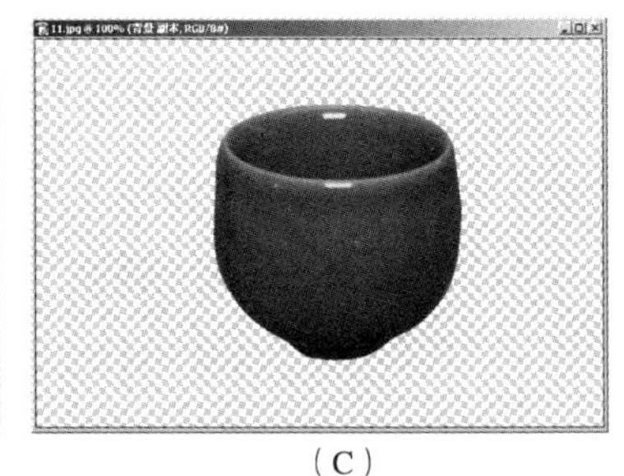

（B）　（C）

图 4.13　复制图层并反选

（8）制作背景：在上一步中复制的图层下新建一个透明图层并隐藏背景图层，如图 4.14 所示，给透明图层着上合适的色彩即成为新的背景，在此选择加上一个简单的渐变背景。在工具栏中选择“渐变工具”按钮，打开渐变工具栏选项，如图 4.15（A）所示，选择合适的渐变色对透明图层进行填充，完成后效果如图 4.15（B）所示。当然也可以加上相对复杂的背景，在此不一一介绍。

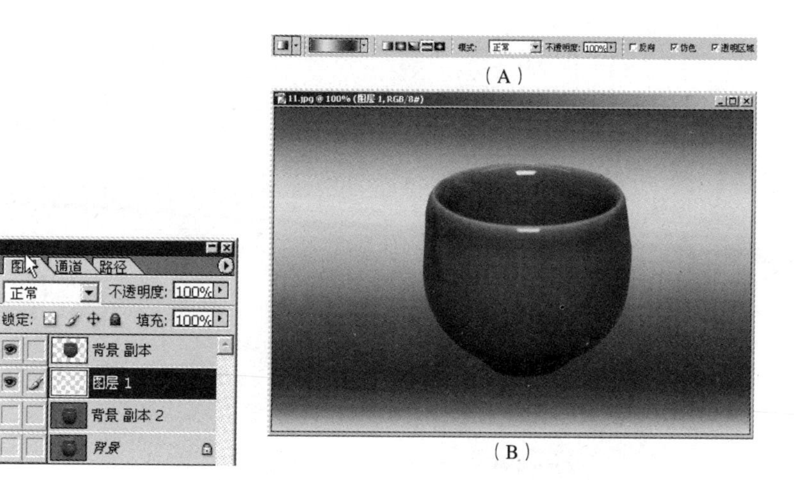

图 4.14 新建透明图层

图 4.15 渐变填充

4.5 不同类型商品的照片实例

接下来介绍一些不同商品拍摄的实例照片，并加以评析，以提供参考。

（1）普通商品的图片质量要求可以不太高。

如图 4.16 所示为图书的照片，这并不是很好的照片，因为只能看到封面和书名，而且照片感觉并不清晰。但对于书而言，这就足够了，因为很多时候人们买书不是因为书的封面好看，而是因为书名和书的内容有吸引力。

图 4.16 图书的照片

（2）视觉类商品的图片一定要有吸引力。

视觉类商品如服装、手机等的图片就需要非常注意了，制作一定要精细有吸引力。不像书籍，人们买衣服非常注意衣服的质感和色彩，买手机非常注意手机的外形和材质，如果所拍照片不能很好地体现这一点，对于进店的顾客而言就感觉花时间看劣质货一个样。

图 4.17 为模特身上的 T 恤照片，作为广告图片，这张照片是很有问题的。第一是照片无法体现衣服的质感，其次是光源没有控制好，色调比较暗淡。需要重新拍摄或者加以细致的处理。

而图 4.18 则不一样。该图为某手机照片，图片细腻清晰，立体感强，很好地突出了手机的质感，将其置于黑色的背景之下，更加提升了手机的档次，再稍加以上提到的技术处理效果会更好。

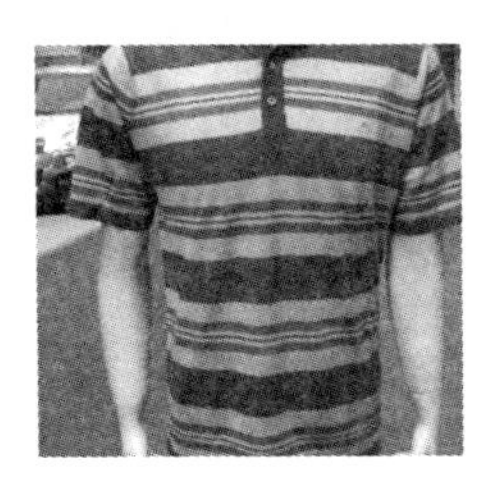

图 4.17　T 恤照片

图 4.18　手机照片

本章小结

本章主要介绍如何获取并美化商品的照片。

4.1 节从像素、感光元件、镜头、变焦倍数等方面简要介绍了如何选购一台合适的数码相机，并提醒读者购买相机的一般注意事项。

4.2 节从对光线、取景等方面简单介绍了数码相机的拍摄方法和拍摄过程中一些需要注意的问题。

4.3 节是本章的重点，从三个方面重点阐述如何利用 Photoshop 处理有瑕疵的照片：如何调整偏色的照片、如何调整曝光错误的照片、如何使模糊的照片清晰化。

4.4 节从进一步美化图片的角度出发详细介绍如何为照片更换漂亮的背景。

4.5 节提供了不同类型商品的照片实例，以供读者参考。

第 5 章

公告模板设计

淘宝店铺首页都预留有一个位置做公告窗口，如图 5.1 所示。当然，如果是淘宝旺铺，那么首页的位置会相对好安排，可以更自主灵活地进行设计，如图 5.2 所示。如果说店标好比深邃的眼睛，那公告栏就好比直白的嘴巴了。店主可以在此留下联系方式，方便顾客即时联系；可以发布商店的促销信息，让进店的顾客朋友们第一时间了解详细的活动内容；也可以提供一些特别的说明，如付款说明、邮寄信息等。总之，利用好这一小小空间，既方便了顾客也免去了一些不必要的重复沟通，节约了双方的时间。

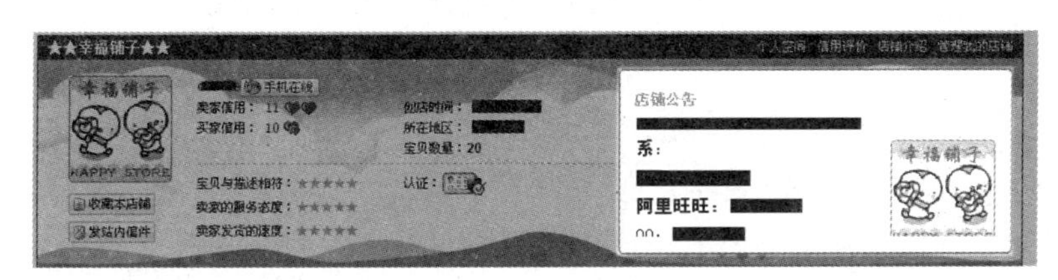

图 5.1　普通店铺的公告位置

图 5.2　淘宝旺铺的公告位置

5.1 公告模板设计的相关规定

普通店铺公告，内容不能超过1000个字，而且公告的显示框只有100像素高，上下滚动显示。如下还有一些严格的规范：

（1）未经淘宝许可，店标、店名、店铺公告及个人介绍页面禁止使用含有“淘宝网特许”、“淘宝授权”等含义的字词。

（2）店标、店名、店铺公告及个人介绍页面禁止使用淘宝网或其他网站信用评价的文字和图标。

（3）未经许可，严禁使用淘宝网专用文字和图形作为店铺宣传的文字和图形。

（4）店标、店名、店铺公告及个人介绍页面中禁止使用带有种族歧视、仇恨、性和淫秽信息的语言。

（5）店标、店名、店铺公告及个人介绍页面禁止使用不良言辞。

（6）店名、店标不得使用下列文字、图形：

① 与中华人民共和国的国家名称、国旗、国徽、军旗、勋章相同或者近似的。

② 与外国的国家名称、国旗、国徽、军旗相同或者近似的。

③ 与政府间国际组织的旗帜、徽记、名称相同或者近似的。

④ 与“红十字”、“红新月”的标志、名称相同或者近似的。

⑤ 与第三方标志相同或者近似的，例如：中国邮政、中国电信、中国移动、中国联通、中国网通和中国铁通等。

⑥ 如用户或店铺不具有相关资质或未参加淘宝相关活动，不允许使用与特定资质或活动相关的特定含义的词汇，例如：台湾馆，香港街，淘宝商城、消费者保障计划、先行赔付等。

⑦ 带有民族歧视性的。

⑧ 夸大宣传并带有欺骗性的。

⑨ 有害于社会主义道德风尚或者有其他不良影响的。

⑩ 县级以上行政区划的地名或者公众知晓的外国地名，不得作为店标，但是，地名具有其他含义的除外，已经注册的使用地名的店标继续有效。

（7）店铺名不允许命名为某某商盟。非商盟店铺不允许在店铺中使用商盟进行宣传。

（8）店铺公告及店铺“个人介绍”页面禁止使用下列文字、图形：

① 店铺公告及店铺“个人介绍”页面可以用于介绍卖家的业务，但不可以包含卖家个人网站的路径或链接。店铺公告及“个人介绍”中不能宣传淘宝网上禁止销售的物品或在宣传淘宝网以外销售的物品，也不能包含将多个卖家的物品由共同的搜索引擎集合在一起的商业网站的链接。

② 含有不真实内容或者误导消费者的内容。

③ 其他涉嫌违反法律的内容。

5.2 在公告模板中使用图片

使用图片能使公告栏看上去更有生机。如图 5.3 所示，在公告栏内加入“免费与我通话”按钮，一目了然，帮助顾客有效地找到信息。如果有相当的图片处理技巧，还可以做得更精致。

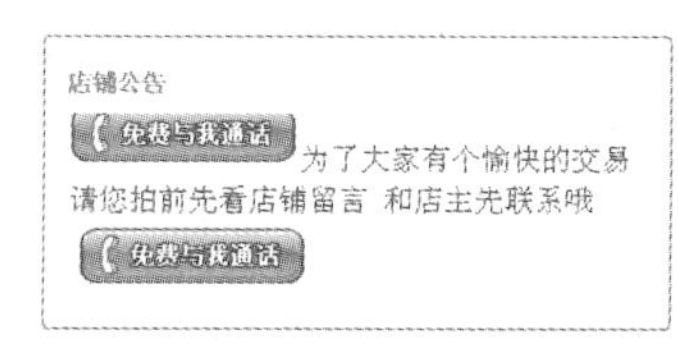

图 5.3 公告中的图片使用

5.2.1 制作公告图片

除了一些通用的图片外，如果要在公告栏内体现店主的特有个性，那么就不得不自己亲手制作图片了。下面简要介绍淘宝店铺中公告图片的制作。

1. 图片的设计

设计公告内使用的图片，要注意其特点：首先，公告内使用

的图片都不能太大，太大看不到全貌，影响美观；其次，公告是以往上滚动的方式显示的，要结合这个特点进行设计方能得到和谐美观的效果。

普通店铺的公告栏大约 368×172 像素大小，而能设计的区域又只有 355×110 像素大小，所以设计的图片要小于后者这个尺寸。结合图片的类型，可确定图片的实际大小。如果图片是按钮形的，自然就非常小。如果图片是用来装饰的，那么自然应该大些。如果图片是作为背景，则图片应该注意合适的尺寸，因为图片背景是通过平铺完成的，如果图案和公告栏大小不合适则显得不精致。

2. 图片元素的准备

如果是设计一个简单的按钮，需要准备的素材相对较少。如果要制作复杂的图案，则需要精心收集较好的图片元素，如边框、花鸟、人物、自然风景等。当然这些素材不需要亲手制作拍摄，很多网站上就提供网页图片。再把好的素材整合起来，加上良好的设计就能得到需要的图片。

3. 公告图片的制作

下面以制作一个简单的按钮为例，介绍 Photoshop 的使用。

打开 Photoshop，如图 5.4（A）所示，单击“文件”—“新建”，打开新建窗口，如图 5.4（B）所示。

在新建窗口内填充渐变色，如图 5.5（A）所示。按工具栏内的“T”型标志，添加文字，如图 5.5（B）所示。然后给文字添加必要的效果，如阴影，轮廓等，得到最终效果，如图 5.5（C）所示。

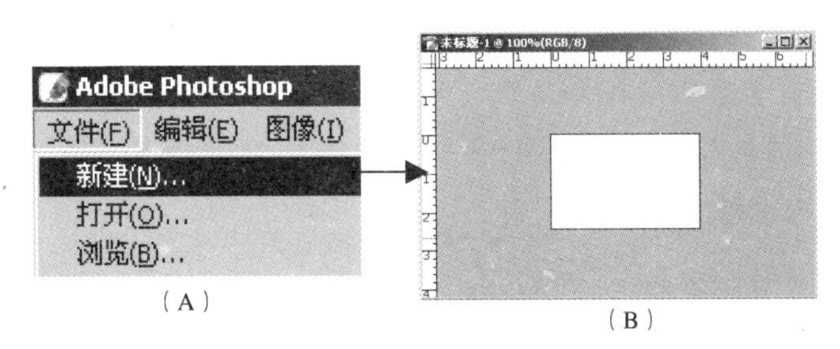

图 5.4　新建图片制作窗口

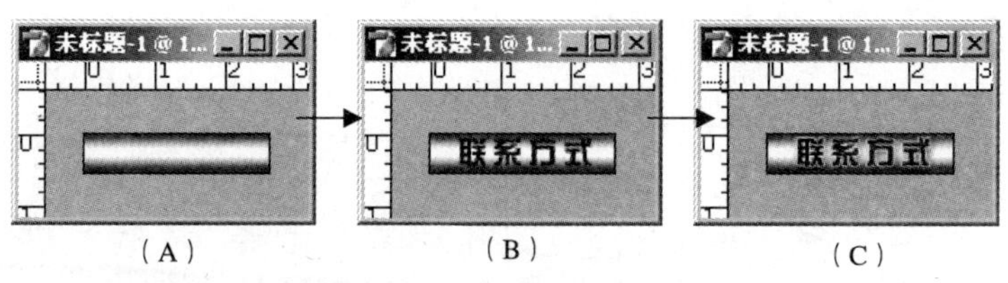

图 5.5　简单按钮的制作方法

5.2.2　网络上保存图片

因为制作的图片都是需要在网络上使用的，而任何在网络中显示的图片都一定有一个保存地址，知道了这个地址就能访问这个图片。所以当我们制作完图片后，首先需要把图片保存在网络中的某个地方。这也是本节所要讲述的内容。

如果自己有网络空间，只需要把图片用 FTP 类软件上传至网络空间即可使用。如 http://www.123game.cn/ images/logo.jpg，就是把名称为 logo.jpg 的图片传至 www.123game.cn 的网络空间里。在网络中只要知道这个图片的绝对存储地址就能在任何联网计算机上访问这个图片。

也可以使用淘宝提供的“图片空间”保存图片以便在淘宝店铺中使用，请参考第 1 章的相关内容。

5.2.3　公告中使用图片

在公告中使用图片，需要注意两个问题，一是需要知道图片的地址，而且是绝对地址，即包含（http://）前缀的。其次要把图片的网络地址插入公告设置中。

下面详细介绍如何在淘宝店铺公告中使用图片。

1．找到网络图片的地址

打开上传在网络地址中的图片，将鼠标置于图片之上，单击右键，选择“属性”选项，如图 5.6（A）所示。打开“属性”对话框，如图 5.6（B）所示，地址栏后的地址即为此图片的网络地

址，复制下来以备接下来使用。

（A）

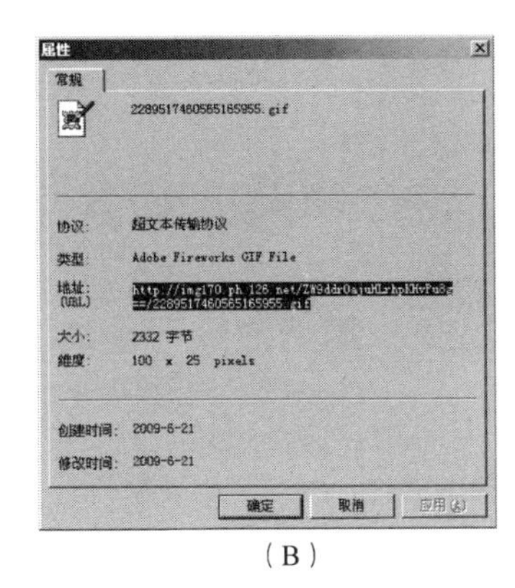

（B）

图 5.6　找到网络中图片的存储地址

2．在公告中使用图片

（1）登录淘宝店铺，打开店铺管理页面，如图 5.7 所示。

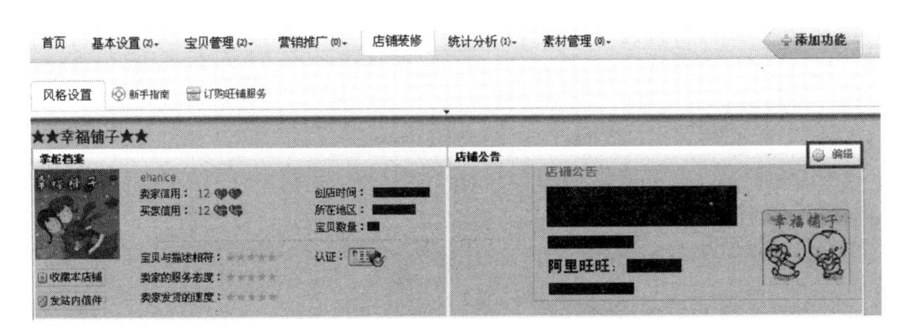

图 5.7　打开店铺管理页面

（2）在店铺管理页面中单击店铺公告区域的“编辑”按钮，图 5.7 中矩形框处，打开如图 5.8（A）所示的编辑框，把鼠标置于图中适当位置，单击图 5.8（B）图中矩形框处的，打开插入图片对话框，如图 5.8（B）所示，把在上一步中复制的图片网络地址粘贴到“图片地址”后的文本框内，单击“确定”按钮插入图片，再单击“保存”按钮完成图片的插入。

（3）第二步动作完成后，在店铺首页显示的店铺公告效果如图 5.9 所示。

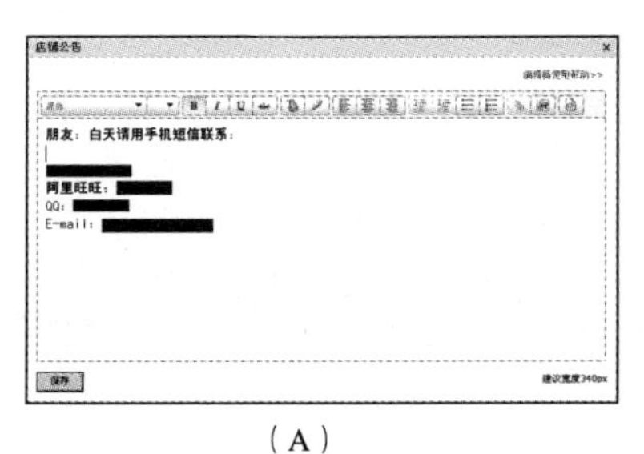

（A）

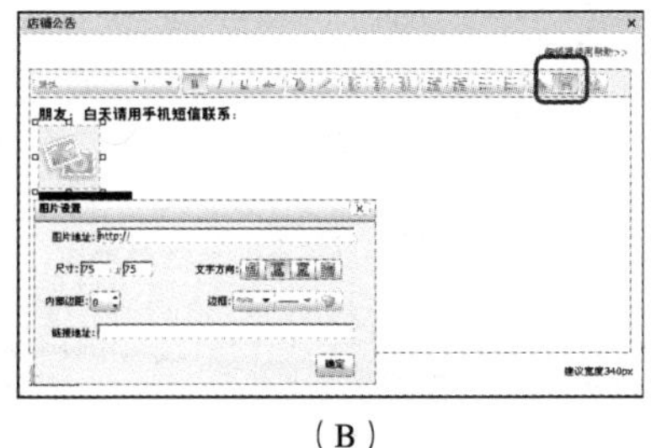

（B）

图 5.8 插入图片

图 5.9 插入图片后的店铺公告效果

 5.3 美化公告模板中的文字

公告中不可避免地要使用一定的文字，可以对文字进行必要的修饰，以期更美观。公告中的文字进行修饰只限于纯文字公告或者文字加图片的公告。纯图片的公告当然就没有修饰文字之说了。下面介绍如何对纯文字公告进行修饰。图 5.10 为一个纯文字公告，其中的文字使用了一些效果，接下来介绍这些效果是如何实现的。

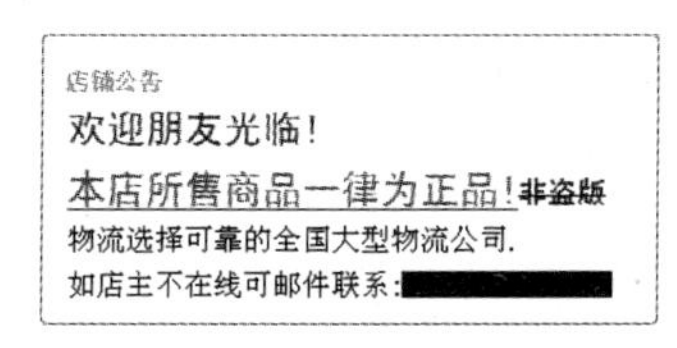

图 5.10 纯文字公告

（1）打开公告编辑对话框，输入需要处理的文字，如图 5.11 所示。

（2）用鼠标选中第一行文字，如图 5.12（A）所示，字体选择黑体，字号选择 18，单击文字颜色设置按钮，调出颜色选框，如图 5.12（C）所示，选择红色，即完成第一行文字的设置，如图 5.12（B）所示。

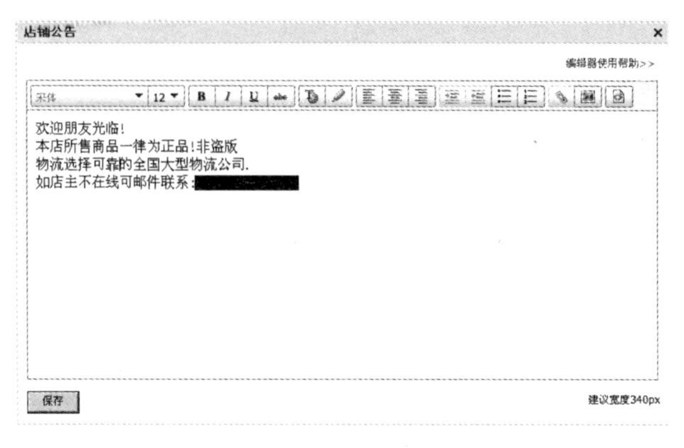

图 5.11　打开公告编辑对话框

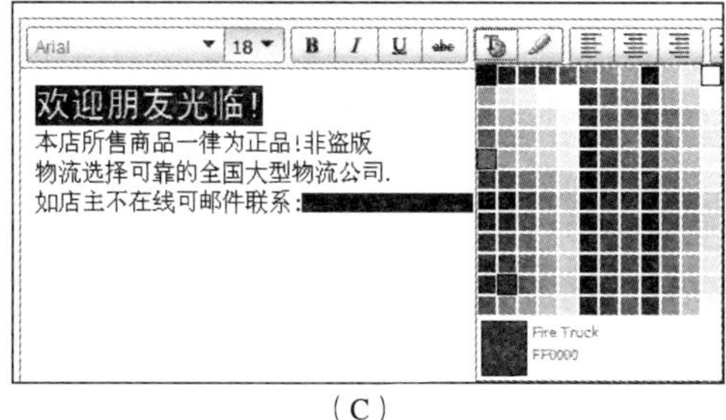

图 5.12　设置第一行文字

（3）设置第二行文字，第二行文字因为设置了不同的效果，所以需要分别设置。先选择前半句，文字大小设置为 18，字体仍为黑体，颜色设置为绿色。后半句“非盗版”三字采用了另外的效果。先用鼠标选中，颜色设置为红色，大小为 14，单击工具栏上的删除线按钮 abc，好可设置完毕，效果如图 5.13 所示。

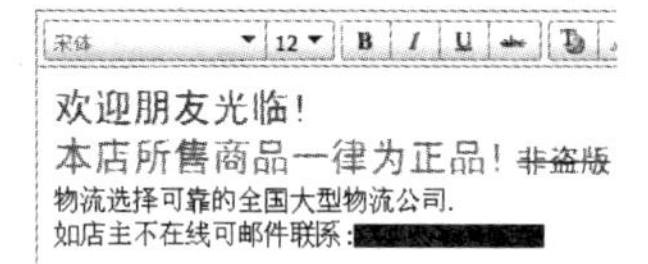

图 5.13　设置第二行文字

（4）第三行文字只是进行简单的字体和大小设置，不再赘述。第四行文字里有一个电子邮件地址，设置了一个橙色的背景，在此进行简单的讲解。选中电子邮件，单击文字背景按钮，打开颜色选框，如图 5.14（A）所示，选择合适的背景，最后设置的效果如图 5.14（B）所示。

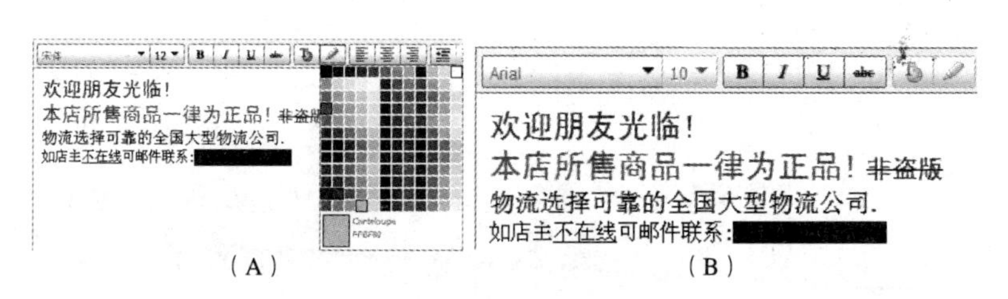

图 5.14　设置第四行文字

5.4　图片公告的制作

所谓图片公告，与纯文字公告是相对的，即整个公告做成一幅图片，利用公告对于图片的支持，可以制作出相当精美的公告显示效果，与纯文字的实用性相比，图片公告更注重美观，同时又不失实用。当然图片文件因为较大，所以在打开网页时显示速度会相对较慢，不过在网速不断提高的时代，这已经不是问题了。

图 5.15 所示即为纯图片公告的显示效果，接下来介绍如何制作精美的图片公告。

图 5.15　纯图片公告

5.4.1　图片公告的构思及素材搜索

店铺的主营业务是书籍，在图片公告中一定要用书的元素突出主题，与书的古典风格相符，不能太活泼，用色要不失典雅又活泼明亮，所以设计可采用暖色调。

首先在网络寻找相关书的图片元素，如图 5.16（A）在百度图片里搜索“打开的书”的素材，选择并打开所需要的图片元素，如图 5.16（B）所示是“打开的书”的矢量图。

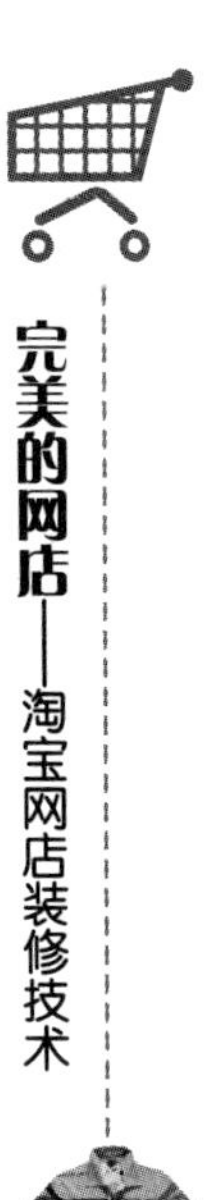

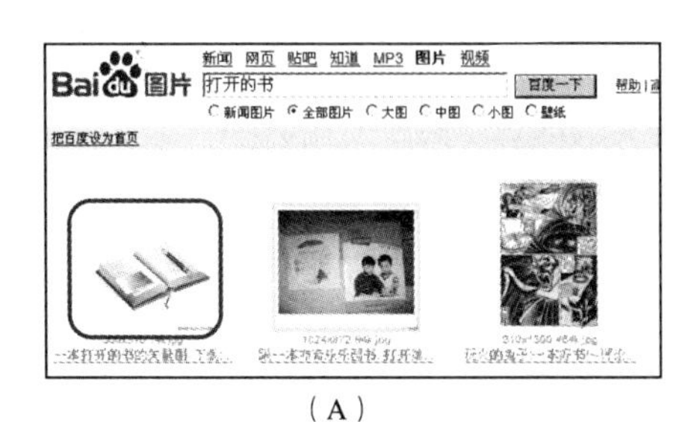

（A）

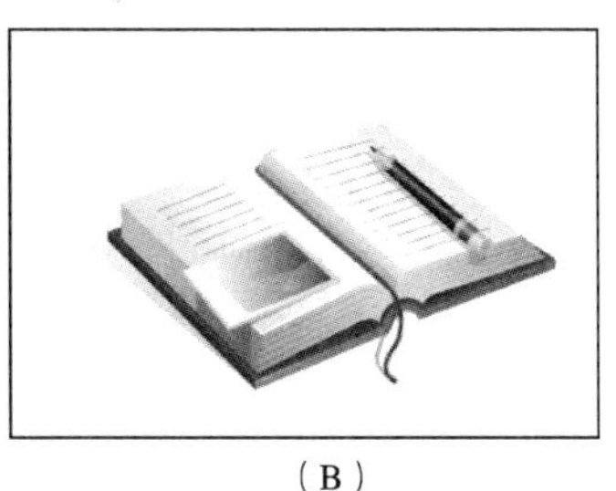

（B）

图 5.16　元素搜索

5.4.2　制作图片公告

经过上一步的构思及元素的收集，接下来着手制作图片公告。

（1）打开 Photoshop，新建一个 348×300 像素大小的文件，如图 5.17 所示。

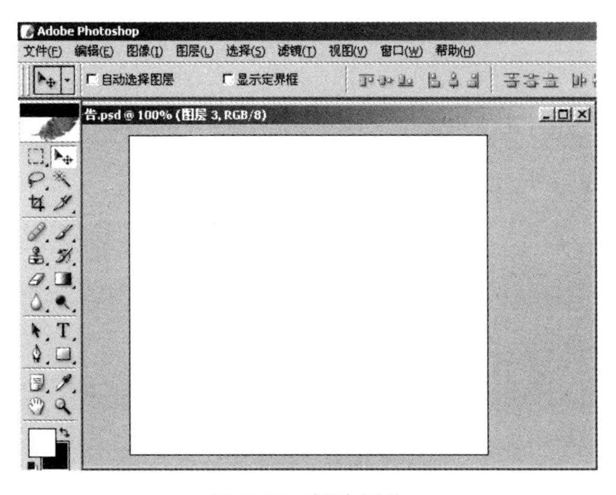

图 5.17　新建图片

（2）用 Photoshop 打开刚才搜索到的“打开的书”的图片，单击移动工具，按住鼠标把书本图片拖至新建的文件内，如图 5.18（A）所示。此时会发现书本图片比较小，需要进行调整，依次单击“编辑”—“自由变换”按钮，如图 5.18（C）所示，工作区出来了可拖动的边框，如图 5.18（B）所示，调整图片的大小并置于适当的位置，如图 5.19 所示。

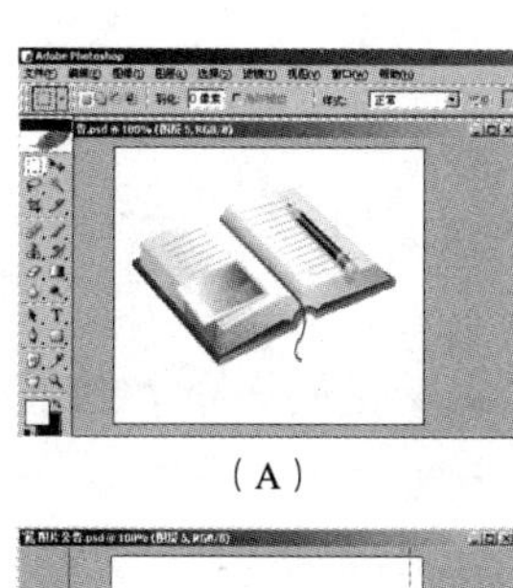

（A）

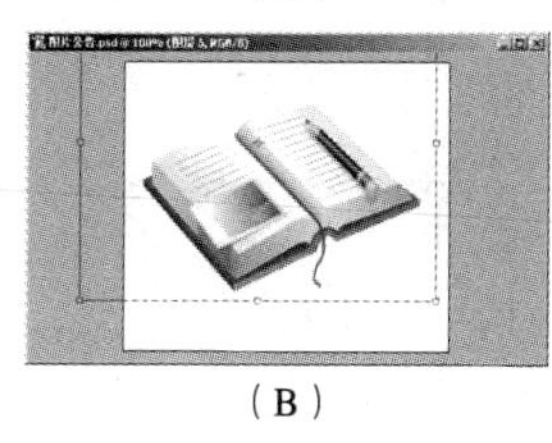

（B）

编辑(E) 图像(I) 图层(L) 选择(S)
还原自由变换 Ctrl+Z
向前(W) Shift+Ctrl+Z
返回(K) Alt+Ctrl+Z
消褪(D)... Shift+Ctrl+F
剪切(T) Ctrl+X
拷贝(C) Ctrl+C
合并拷贝(Y) Shift+Ctrl+C
粘贴(P) Ctrl+V
粘贴入(I) Shift+Ctrl+V
清除(E)
拼写检查(H)...
查找和替换文本(X)...
填充(L)... Shift+F5
描边(S)...
自由变换(F) Ctrl+T

（C）

图 5.18　合并图片并调整图片大小

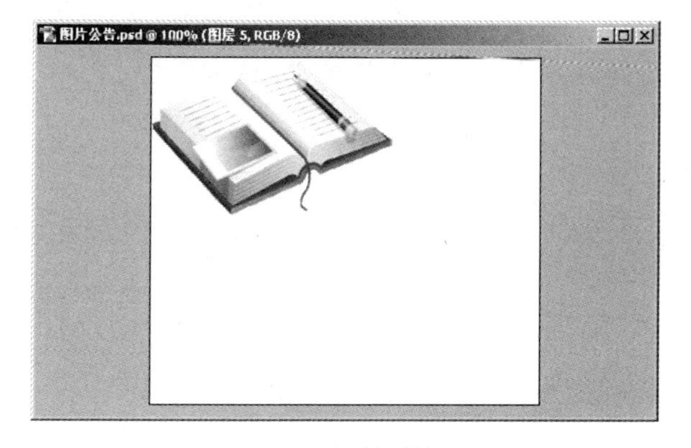

图 5.19　调整后效果

（3）为图片加入一个方框，效果如图 5.20 所示。

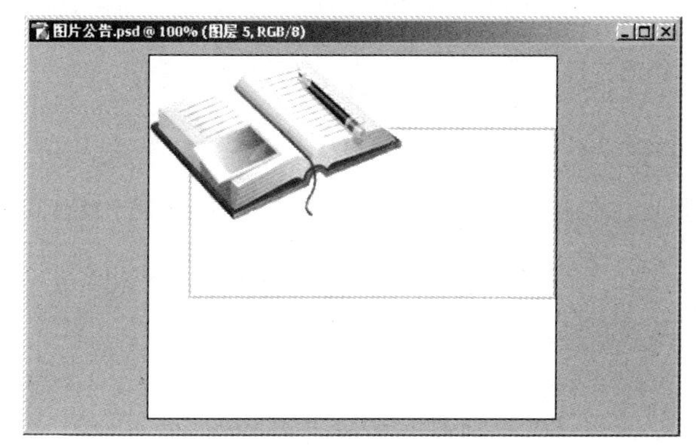

图 5.20　为图片加框

实现步骤如下：首先在打开书的图层下新建一空白图层，单击工具栏中的“矩形选框工具”，选择一个合适的尺寸，如图 5.21（A）所示；双击新建图层，打开“图层样式”对话框，勾选“描边工具”前的复选框，调整参数：大小为 2 像素，位置为内部，颜色为橙色，不透明度调整为 80%，如图 5.21（B）所示。完成后单击“好”按钮，即可实现图 5.20 的效果。

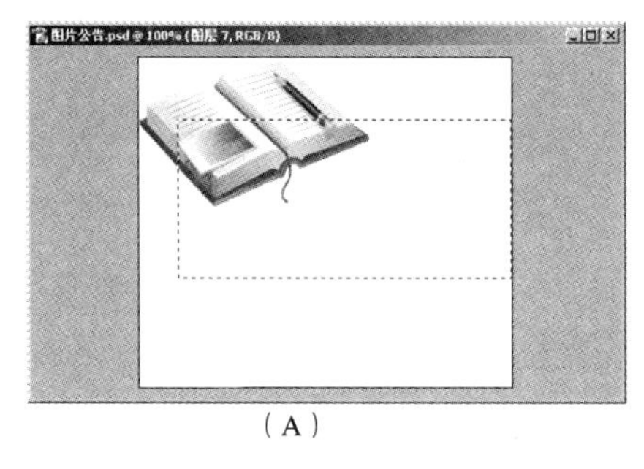

（A）

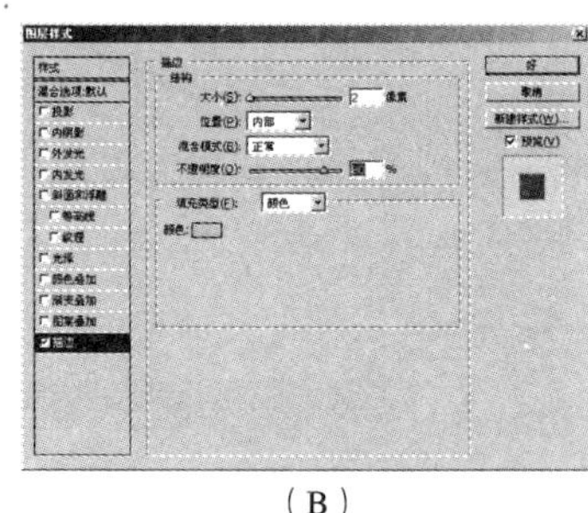

（B）

图 5.21　实现为图片加上方框

注意：在上一步中，新建的图层一定要在书本图层下方，方框的左上角才会被书本遮蔽掉，不然就会浮现在书本上面，达不到效果。当然如果书本的背景不是透明的，而是白色的，也达不到效果，那就需要用前面讲过的方法进行抠图，把书本单抠出来，背景才会成为透明的，方框才能完整显现出来。

（4）在方框内制作内容：首先制作“欢迎光临”标题。在工具栏内单击“文字”按钮 T，输入“欢迎光临”几个字，选择字体及大小，调整位置，如图 5.22（A）所示。为了给文字加上其他效果，需要对文字图层进行栅格化，右键单击文字图层，选择“栅格化图层”，如图 5.22（C）所示。完成栅格化后，双击此图层，打开“图层样式”对话框，勾选合适的效果，在此选择阴影和描边效果。完成后的效果如图 5.22（B）所示。

（5）加入其他文字内容，如必要的宣传内容，并调整位置，适当加以修饰，最终完成效果如图 5.23 所示。

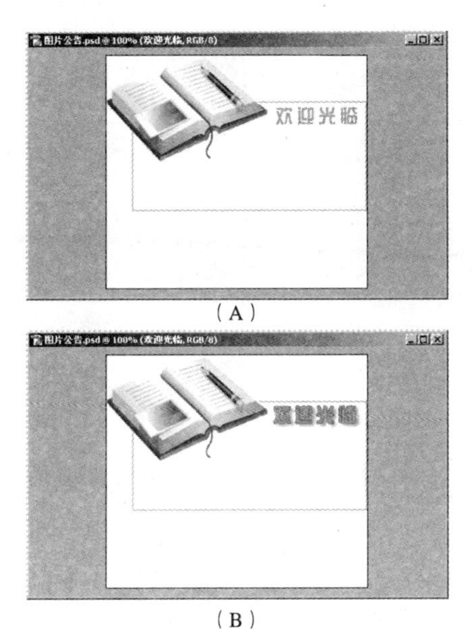

（A）

（B）

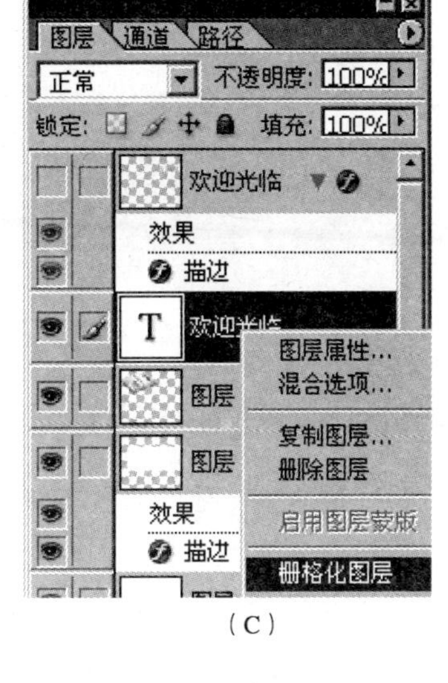

（C）

图 5.22 制作欢迎光临效果

图 5.23 加入其他文字内容

（6）细心的读者会发现，此图下部有一大块空白，是不需要的。这只是在设计中为了更好地布局所以适当调整了画布的大小。在此需要对多余的部分做切除处理。单击工具栏内的“裁切工具”，在画面上选择适当的位置，如图 5.24（A）所示，然后单击右键选择“裁切”即可完成对画面多余部分的切除，效果如图 5.24（B）所示。

（A）

（B）

图 5.24　裁切多余画面

5.4.3　发布在网店上

通过以前章节内容的学习，相信把图片发布在网店上已经不是难事了，但在此还是多说两句，把流程整理一下：一是把图片存储在网络空间里，具体做法如 1.4.1 节所述；二要获得图片的网络地址，把地址保存下来以备用；三是在网店中引用网络地址，如图 5.25（A）所示，保存以后，在网店首页显示的效果如图 5.25（B）所示。到此完成了图片公告的制作到发布的全过程。

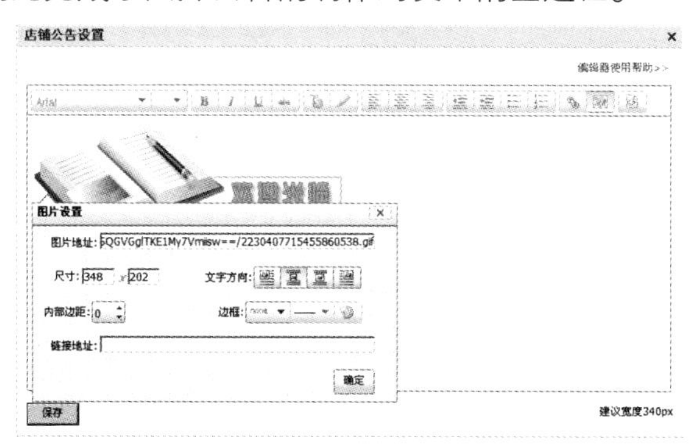

（A）

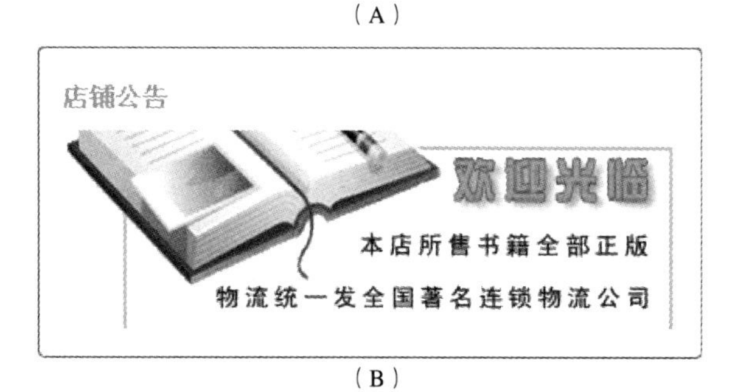

（B）

图 5.25　发布图片公告

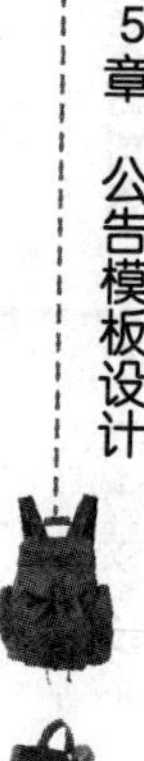

5.5 公告模板的进一步处理

在前面的几小节中，分别介绍了纯文字公告的制作、文字与图片结合的公告制作以及纯图片公告的制作。还有一种更复杂更有技术含量的公告形式，那就是把公告制作成源代码形式，即网页形式，能更灵活地安排和调整公告区的内容。

图 5.26 公告背景

在发布公告模板中，有一个编辑源代码模式，只需要把做成网页格式的公告模板粘贴到此，即可完成网页公告模板的制作。不过这样的网页公告模板的制作会更难些。需要掌握一些源代码的知识。在此也需要用到在 5.4 节中描述的图片背景，如图 5.26 所示。

5.5.1 使用代码控制公告模板

要把公告模板制作成网页格式，需要借助一定的 HTML 知识。当然用 Frontpage 和 Dreamweaver 也可以制作出来，但却不知道原理，以后很难进行独立修改，在 2.4 节中有专门介绍 HTML 的应用，不过比较简单，在这里由浅入深地介绍 HTML 的布局应用。

复习一个简单的 HTML 文件：

```
<html>
<head>
<style>
body{font-size:12px;
</style>
<title>简单的 HTML 文件</title>
</head>
<body>
这是一个简单的网页文件
</body>
</html>
```

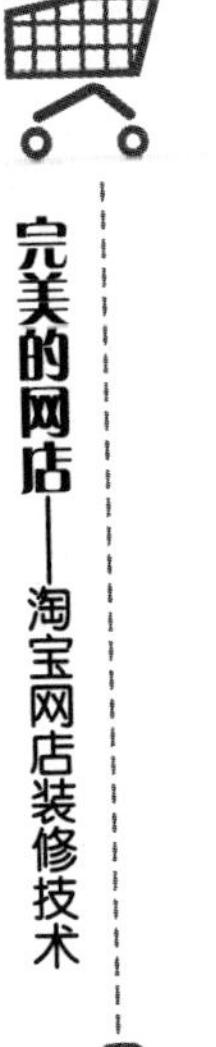

网页效果如图 5.27 所示。<title>控制浏览器的标题栏，<body>里的内容显示在浏览器的网页显示区，格式由<style>语句控制，在上例是表示文字大小为 12px。

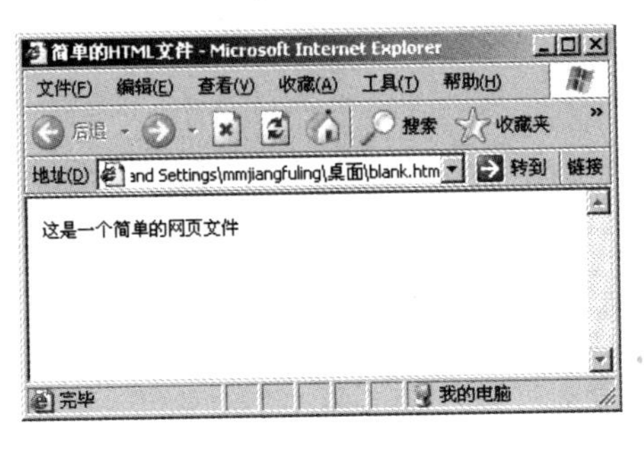

图 5.27　网页效果

网页制作中另一个重要的内容就是布局，如何把整体的内容放置在一个小小的页面内，这是需要重点考虑的，而布局又需要另外的标志来控制，在 Web 1.0 时代一般通过<table></table>表格来进行布局，但由于表格布局本身的局限性，现在慢慢开始由 CSS 即样式表来统一布局。它的特点是布局灵活，而且没有表格布局显示速度慢的问题。

下面再来看一个表格布局的简单网页。

```
<html>
<head>
<style>
body,table,td{font-size:12px;}
td{text-align:center;}
</style>
<title>简单的 HTML 文件</title>
</head>
<body>
<table border=1 width=344 height=100>
<tr>
<td colspan=3>这是一个简单的网页文件</td>
</tr>
<tr>
```

```
<td>1</td>
<td>2</td>
<td>3</td>
</tr>
<tr>
<td colspan=3>4</td>
</tr>
</table>
</body>
</html>
```

上面这段代码的显示效果如图 5.28 所示。

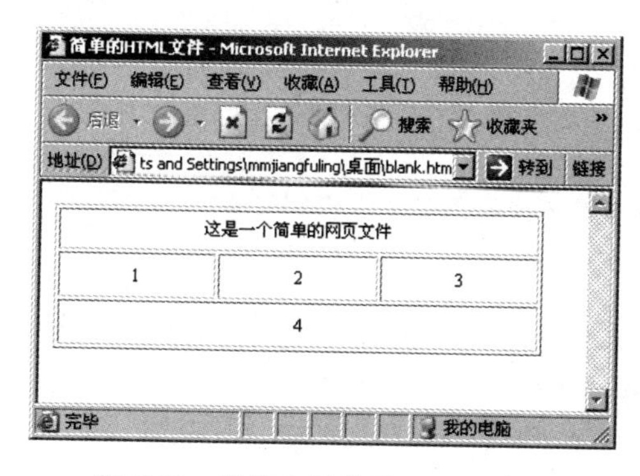

图 5.28　表格布局的网页显示效果

相比上一个网页文件，此文件多出了一个表格，而且是一个相对复杂的表格。

在 HTML 中，表格是由<table></table>控制的，表格的边框由 border 控制，0 表示没有边框，数字越大表示边框越粗。表格中的行由<tr></tr>控制，列由<td></td>控制，colspan 表示合并列，相应的合并行则用 rowspan 表示。在<style></style>中增加了 td{text-align:center;}这一句，表示在表格的单元格中，文字的水平对齐方式为居中。

图 5.29 是网页公告模板的雏形，是由表格布局的，仍然使用了书本的背景。

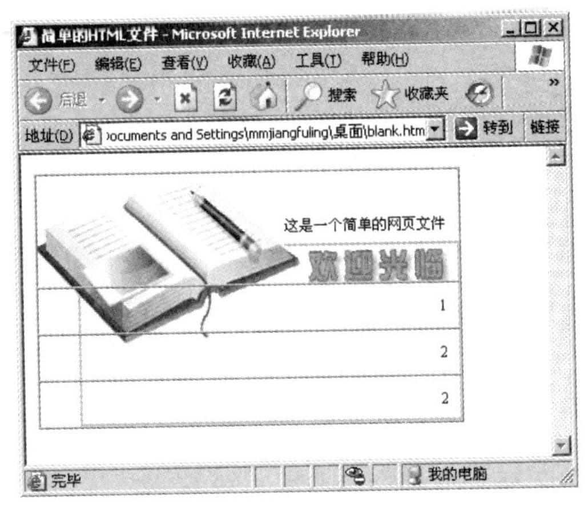

图 5.29　网页公告的雏形

实现上图的效果是用如下代码完成的：

```
<html>
<head>
<style>
body,table,td{font-size:12px;}
td{text-align:right;}
</style>
<title>简单的 HTML 文件</title>
</head>
<body>
<table border=1 width=347 height=200 background="http:
//www.123game.cn/use/non_gg.gif" cellspacing=0px  cellpadding
=10px >
<tr>
<td colspan=0 height=90px>这是一个简单的网页文件</td>
</tr>
<tr>
<td>1</td>
</tr>
<tr>
<td colspan=0>2</td>
</tr>
<tr>
<td colspan=0>2</td>
```

```
</tr>
</table>
</body>
</html>
```

在表格中用 backgroung 来增加背景，cellspacing=0px 和 cellpadding=10px 表示单元格中的内容与表格边框有 10 像素那么宽。

图 5.30 为一个完整的网页公告的显示效果，同样是由表格布局，只是把表格的边框隐藏显示而已，隐藏表格的边框用 border=0 控制。

图 5.30　完整的网页公告的显示效果

实现以上效果是用如下代码完成的：

```
<html>
<head>
<title>简单的 HTML 文件</title>
</head>
<body>
<table border=0 width=344 height=200 background="http:
//www.123game.cn/use/non_gg.gif" cellspacing=0px cellpadding
=5px>
<tr>
<td colspan=0 height=94px> </td>
</tr>
<tr>
<td  style="font-family: 黑 体 ;font-size:14px;color:
```

```
#333333;font-weight:bold;letter-spacing:2.8px;text-alig
n:right;" >本店所售书籍全部为正版
    </td>
    </tr>
    <tr>
    <td  style="font-family: 黑 体 ;font-size:14px;color:
#333333;font-weight:bold;letter-spacing:2.8px;text-alig
n:right;">物流统一发全国著名连锁物流公司</td>
    </tr>
    <tr>
    <td  style="font-family: 黑 体 ;font-size:14px;color:
#333333;font-weight:bold;letter-spacing:2.8px;text-alig
n:right;" >如店主不在线,可联系:<a href=mailto:"hanice@126.
com"  style="letter-spacing:0.5px;"  >Hanice#126.com</a>
</td>
    </tr>
    </table>
    </body>
    </html>
```

5.5.2 将公告模板生成网页

要将模板生成网页是一件挺简单的事，把上面的任意一段代码复制粘贴到记事本里，然后将文件另存为后缀名为.htm 或.html的文件，即可见图 5.31 所示的效果。

5.5.3 在店铺中应用公告模板源代码

在店铺中应用公告模板的流程如下：

（1）登录淘宝店铺，打开“店铺公告设置”对话框，如图 5.31（A）所示。

（2）单击对话框右上部“编辑 HTML 源代码”按钮，切换到源码编辑器，如图 5.31（B）所示。

（3）把上面制作的源代码复制粘贴到文本框内，当然里面的所有内容都需要先清除掉。当粘贴完后，再次单击按钮，切换到“所见即所得”模式，如图 5.31（C）所示，表示设计是成功的。

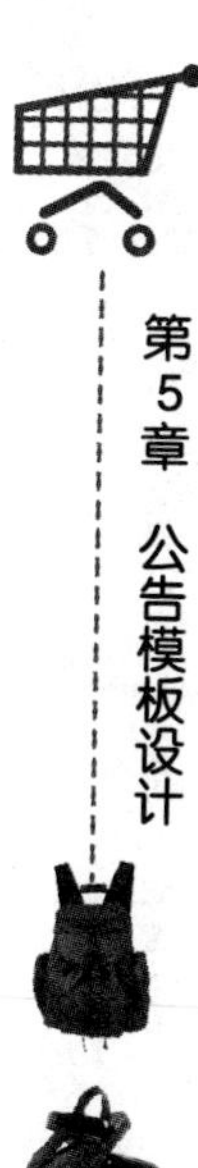

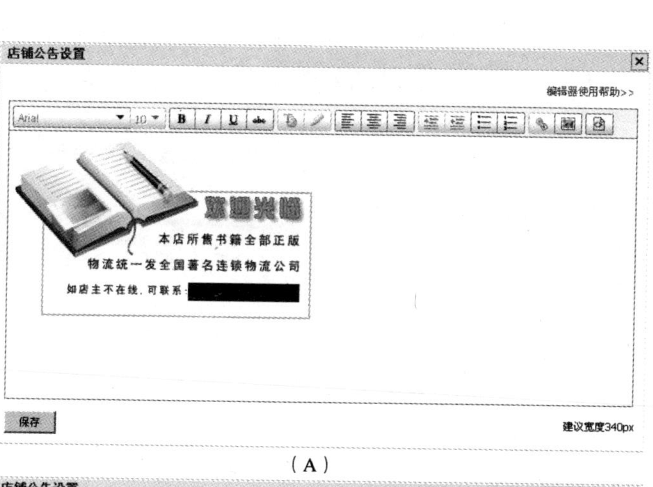

（A）

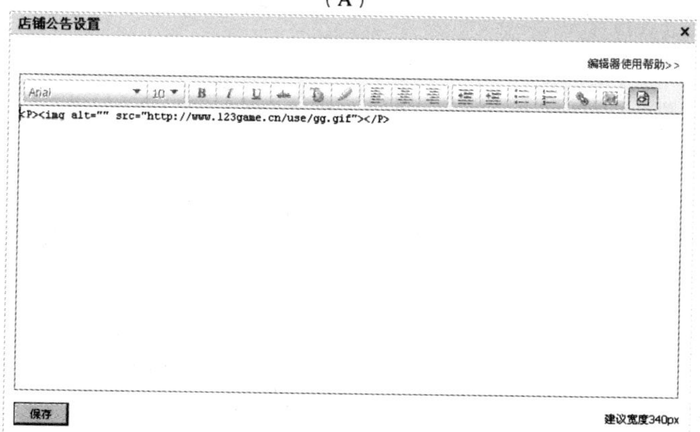

（B）

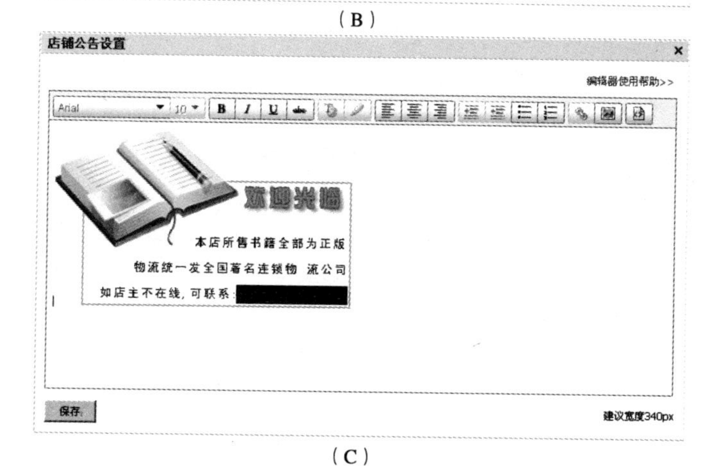

（C）

图 5.31　实现网页公告模板的设计

5.6 一个公告模板的实例

本节以图片结合文字的形式来设计一个完整的公告实例，效果如图 5.32 所示。

图 5.32 公告实例

5.6.1 搜索图片素材

在网络中搜索图片的流程如下：

（1）打开谷歌网站，选择图片搜索，在搜索框中输入“信封图标”，即可搜索到相应的信封图标，如图 5.33 所示。

图 5.33 搜索图标

（2）依同样的方法再把 QQ 图标和电话图标搜索出来，如图 5.34 所示。

图 5.34 公告图片素材

5.6.2 制作公告模板

在 Photoshop 中制作公告模板的流程如下：

（1）在 Photoshop 新建 350×100 大小的文件，同时打开图 5.35 所示的图片素材，如图 5.35 所示。

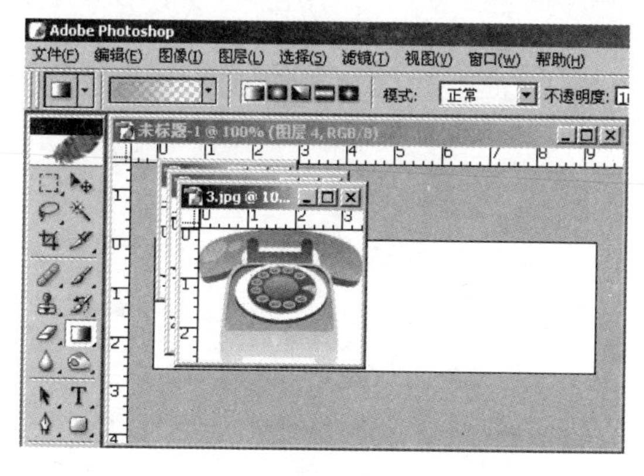

图 5.35 新建图片文件

（2）选择常用工具栏中的移动工具，把图片素材一个一个拖至新建文件中，如图 5.36 所示，当鼠标变成如图 5.36 所示的标志时表示移动成功。采用同样的方法把其他两个图标移动到新建文件中。每移动成功一个图标文件，就在新建文件中新建一个图层。

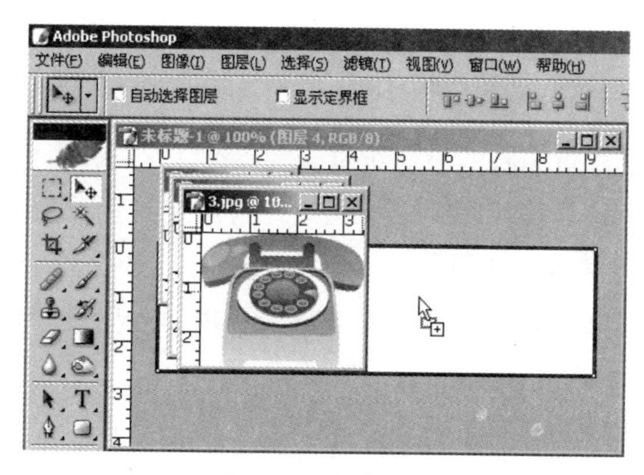

图 5.36 移动图标

（3）调整图标的大小：刚移入的图标大小不一，需要调整好图标素材的大小。选择需要调整的图标所在的图层，单击“编辑”—“自由变换”，则图标变成如图 5.37（A）所示样子，周围有八个拖动点的方框。拖动四角上的任意一点可以按比例缩放。用同样的方法把其余两个图标的大小调整好，如图 5.37（B）所示。

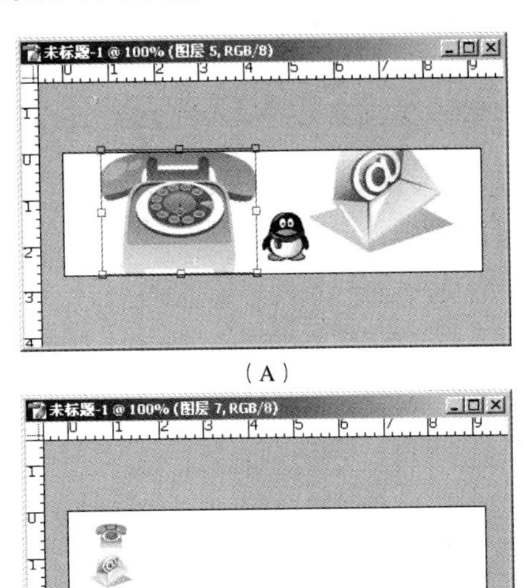

图 5.37　调整图标大小

（4）建立边框选区：在背景图层的上面新建一层，即先选择背景图层，使其变成蓝底白字显示，然后单击创建新的图层按钮，即可在背景图层的上面新建一层。按住“Alt+Del”组合键填充为前景色，这里为白色。然后选择常用工具栏中的圆角矩形工具，在新建图层中画出一个圆角矩形，如图 5.38（A）所示；单击右键选择“建立选区”，如图 5.38（B）所示，出现虚线选框，如图 5.38（C）所示。

（5）建立边框：双击建立选区的图层，打开“图层样式”对话框，勾选描边效果，大小选择 1，位置在外部，颜色选深蓝色，如图 5.39（A）所示，效果如图 5.39（B）所示。

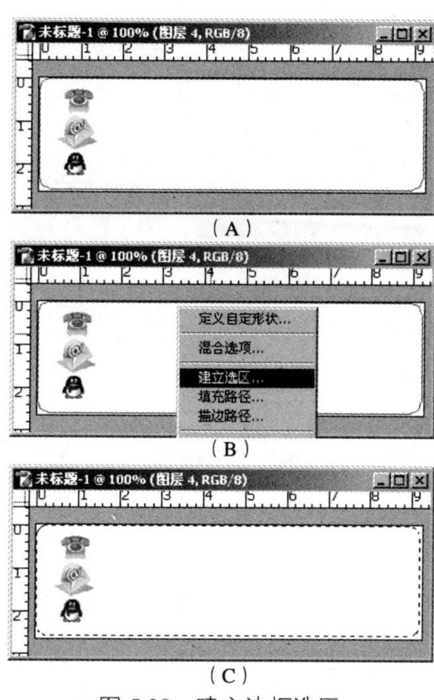

（A）

（B）

（C）

图 5.38　建立边框选区

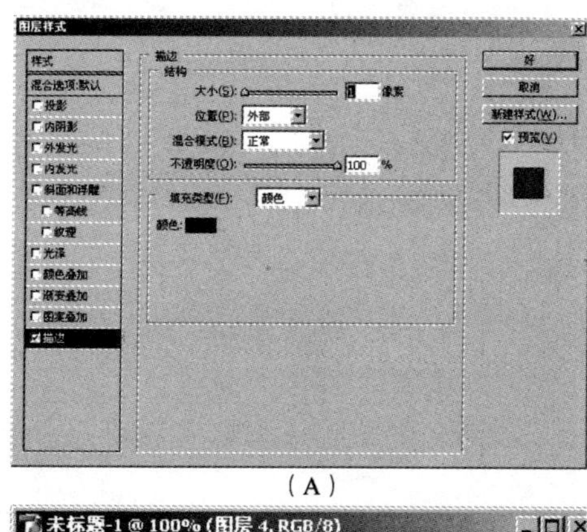

（A）

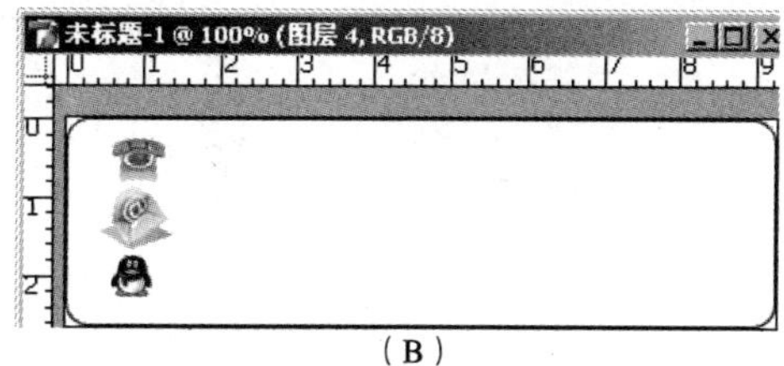

（B）

图 5.39　建立边框

（6）输入文字内容：选择常用工具栏中的文字工具T，在文字图层中分别输入相应的内容，如图 5.40 所示。

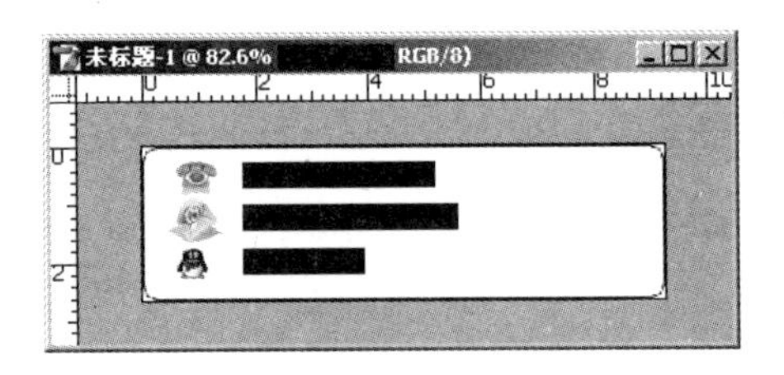

图 5.40　输入文字内容

（7）加入其他修饰：公告区的右半部分没有内容，需要加入其他元素，以丰富页面效果。在这里加入“欢迎光临”几个竖排字。鼠标置于文字工具上，右键选择直排文字工具，如图 5.41（A）所示。输入文字并为文字加上描边效果，如图 5.41（B）所示。

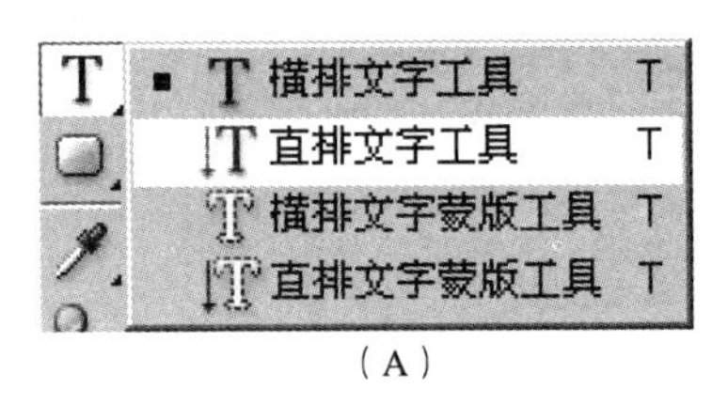

（A）

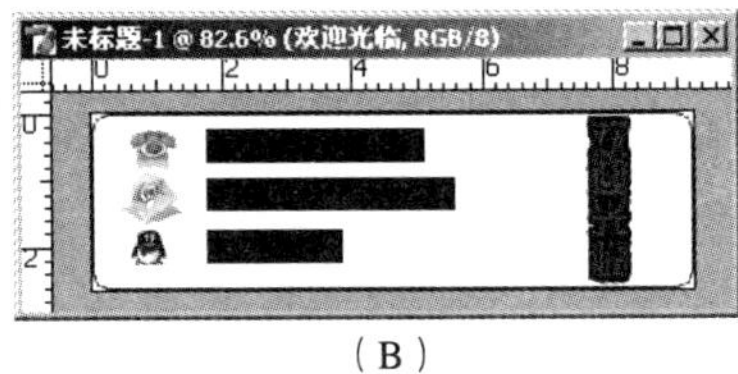

（B）

图 5.41　修饰公告区

（8）预览效果：保存文件后用图片工具预览效果如图 5.42 所示。发布公告在这里就不再赘述，前面 5.4.3 节已有介绍。

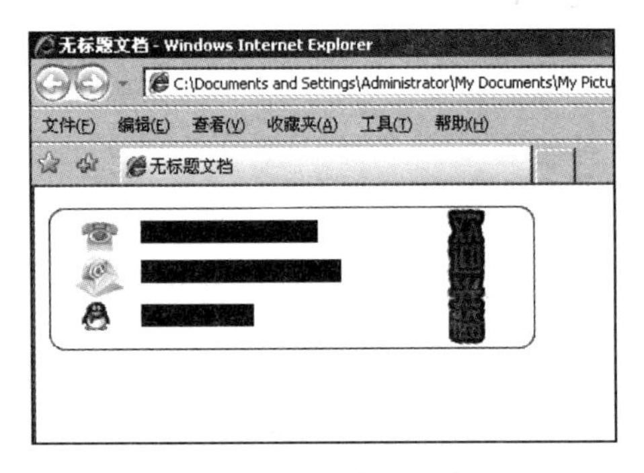

图 5.42　公告的网页效果

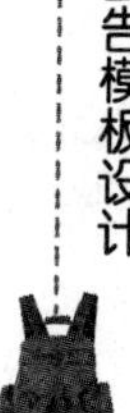

本章小结

在普通店铺中，公告区域是最引人关注的一个板块。普通店铺的公告区是一个由下往上滚动的小区域，这里容纳不了太多的内容，但足以设计得引人注目。本章主要介绍了纯文字公告的制作，这是最简单的一种公告形式，可以直接进入淘宝店铺管理后台进行编辑；也介绍了在公告中使用图片，它能更好地美化公告区，文字和图片的结合会给访问者传递更丰富的信息。最后还介绍了纯图片公告的制作。这种公告的好处在于有整体感，更好地渲染细节，但不足之处是后期的维护与修改不容易，同时图片的显示在网页打开时会稍慢些，影响浏览速度。

总之，每种公告形式都各有其利弊，卖家在选择装修店铺时可以根据自身的需要进行选择。

第6章 分类导航设计

网店的分类导航就像是一本字典的索引一样，让买家在进入一个网店时，在多达上百种的商品中快速找到想要的商品，那么商品的分类索引就非常重要。淘宝给网店提供了文字和图片两种导航类型。图6.1（A）所示即为某网店的图片导航类型，图6.1（B）所示为文字导航类型。

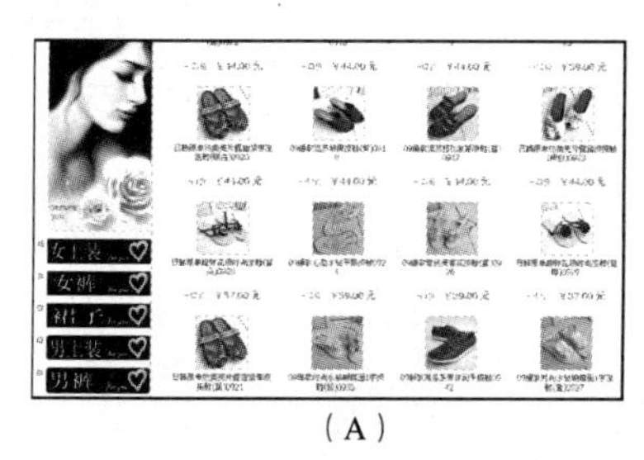

（A）

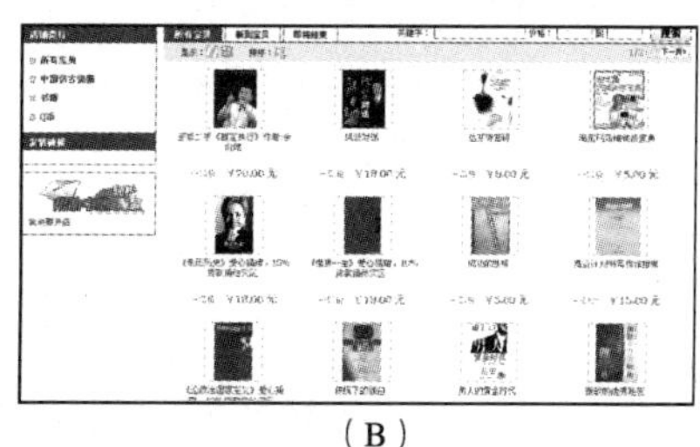

（B）

图6.1　淘宝网店商品导航条

6.1　分类导航的相关规定

在淘宝店铺中，分类导航没有严格的要求，除了从美观的角度来看图片的宽度不要超过180像素外，没有其他的强制性规定。下面是几个分类导航的例子，加以评析。以帮助读者更深地理解分类导航的要求。

图 6.2 所呈现的是一个女鞋类网店的分类导航条，用图片组成，顶部还有新品发布区的大图显示。整个导航区颜色淡雅、设计精美、大小合适，而且采用挂链装饰有几分浪漫色彩，充分迎合了女性的心理，是难得的佳作。

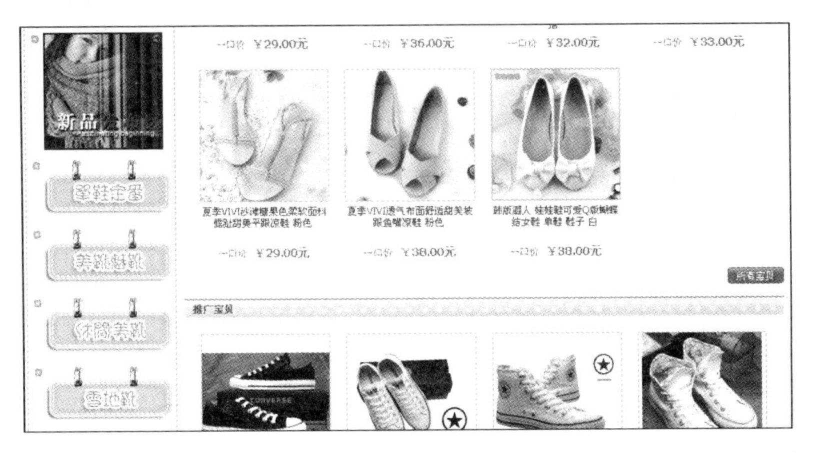

图 6.2　添加新品发布区的分类导航

图 6.3 所示是某女鞋网店的导航样式。它代表的是一类追求简约可爱人士所喜欢的类型。所以它的导航栏采用的是卡通形象，色彩也新鲜活泼。很好地迎合了时尚可爱的女孩的喜好。

图 6.3　添加欢迎图片的导航栏

图 6.4 所示是户外用品网店，从店面风格看用的是比较粗犷很

有个性的黑色，导航条图片也是用的男士背影，更显野性。这个网店的风格与主题很好地吻合了。

图 6.4 户外用品网店的导航栏

图 6.5 为女装网店的首页。自定义为公主世界。所出售服饰均为比较可爱的韩版装。整个颜色基调也清新淡雅，导航栏采用粉色的新体字，活泼可爱，很好地与主题相衬。

图 6.5 女装网店的导航风格

图 6.6 为某 IT 网店的首页。采用黑色与蓝色格调，突出现代感和科技感。导航条采用文字加图片格式，也突显简约风格，与

主题相映成趣。

图 6.6　某 IT 类网店的简约导航栏

总的来说，网店的风格特别是导航栏的设计并没有一成不变的死规定，你可以在不断完善和学习中找到适合自己店铺的装修风格。

6.2　制作分类导航中的图片

淘宝网店的导航栏中通常包括两个部分，欢迎内容和宝贝分类。欢迎部分的内容当然可以比较随意，而且不一定非得写上“欢迎”几个字，可以是其他内容，如工作时间，联系信息等。商品分类部分自然就是在售商品的归类，目的是要让进店的买家能快速找到想要的商品。本节着重介绍网店导航条的制作，图 6.7 所示即为制作完成的网店导航栏的效果。

6.2.1　收集图片素材

先在网上收集素材图片，相信在网上搜索图片素材不是一件难事。打开搜索引擎搜索边框图片即可找到相应的边框素材，如图 6.8 所示。

图 6.7　网店导航栏的效果

6.2.2　处理欢迎部分图片

接下来的工作就是调整图片的大小以适应网店导航栏的需要。

（1）打开图片素材：打开 Photoshop，依次单击“文件”—“打开”，打开收集到的两幅图片素材，如图 6.9 所示。可见此图片已经非常接近需要，只是要适当调整大小即可。

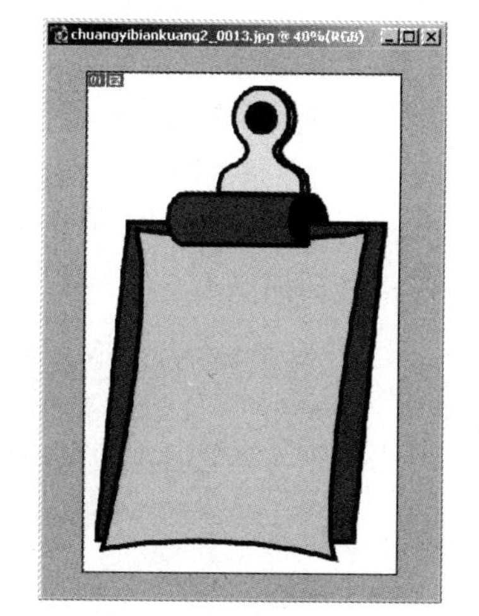

图 6.8　搜索的网络素材

图 6.9　用 Photoshop 打开图片素材

（2）调整图片大小：第一幅图准备做欢迎部分的背景图片，只需要适当调整大小即可。单击顶部菜单栏“图像”—“图像大小”，如图 6.10（A）所示，打开调整图片大小对话框，勾选“约束比例”，并把图片宽度调整为 160 像素，高度会自动调整到与宽度匹配的大小，如图 6.10（B）所示。

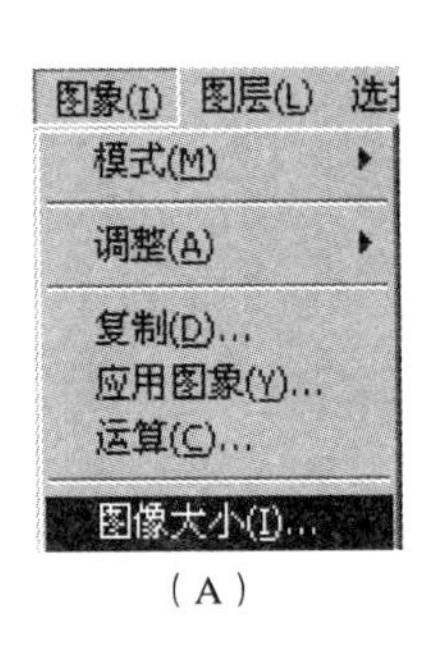

（A）

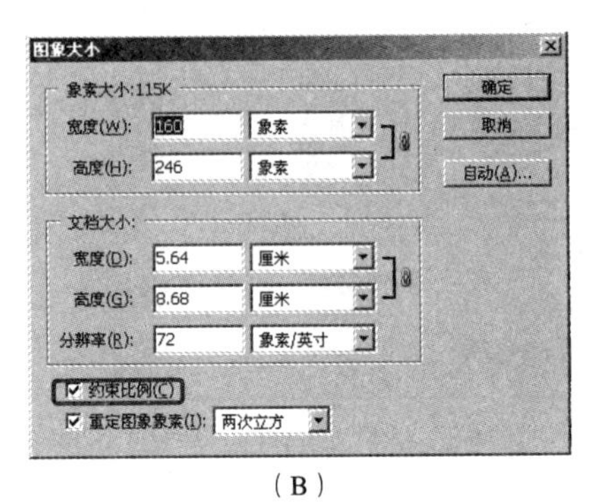

（B）

图 6.10　调整图片大小

调整大小后的图片如图 6.11 所示。

（3）适当修改图片：因为图 6.11 中的一大片淡蓝色与主体风格有些不相符，所以需要对这一块进行适当的修改。

制作图层：把鼠标置于“背景”图层上，按住鼠标左键拖动至图标 上即可复制原来的图层，如图 6.12（A）所示。选中“背景图层，单击图标 ，新建一层空白透明图层，如图 6.12（B）所示。

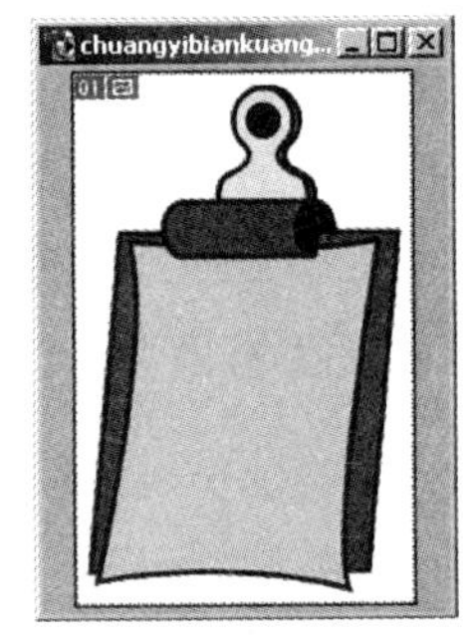

图 6.11　调整大小后的图片

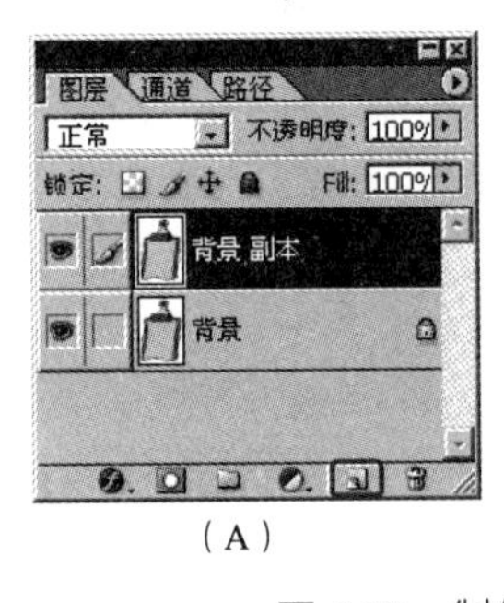

（A）

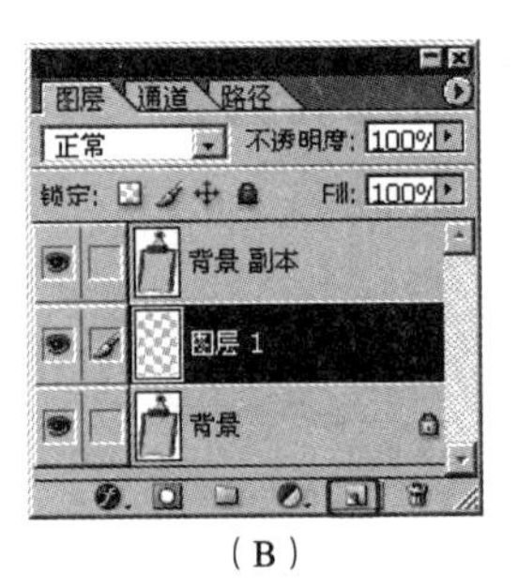

（B）

图 6.12　制作和新建图层

给“背景 副本”图层取一个新名字，双击“背景 副本”图层文字，变成可编辑状态，如图 6.13(A)所示，输入新名字“Lay1”，如图 6.13（B）所示。

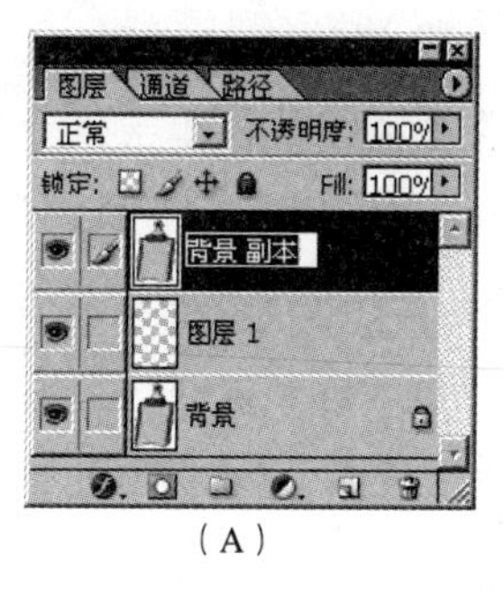

（A）

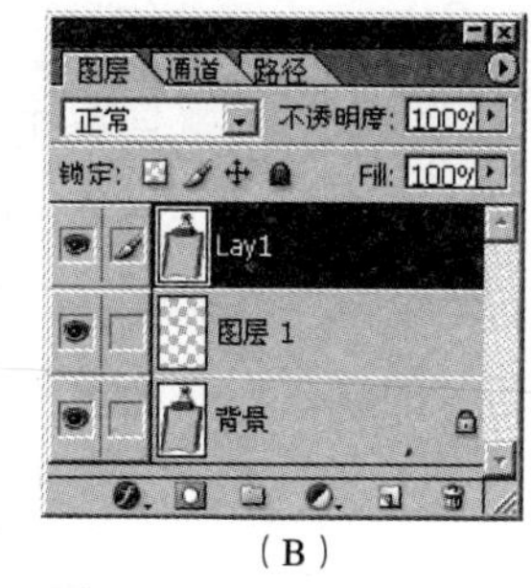

（B）

图 6.13　修改图层名字

隐藏背景图层：单击背景图层前的图标，即可隐藏背景图层，如图 6.14 所示。

选中 Lay1 图层：即把鼠标置于 Lay1 图层上单击即可，此时图层面板中显示为蓝底白字，如图 6.14 所示即表示选中了背景图层，只有选中某图层才可对其进行编辑。

选中 Lay1 图层后，单击工具栏中的魔棒工具，在图片淡蓝色区域单击即可选中所有蓝色区域，如图 6.15 所示。

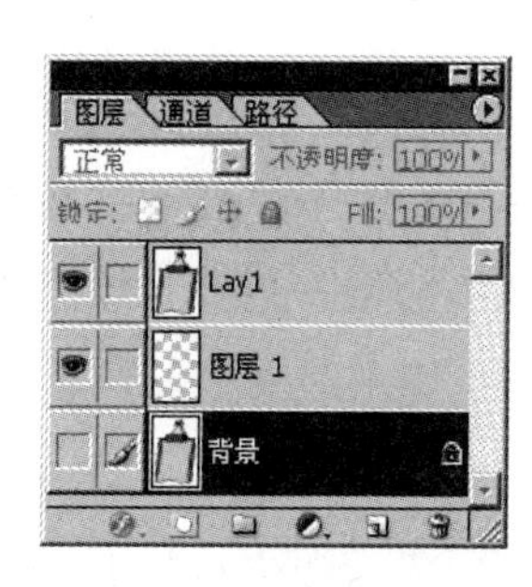

图 6.14　隐藏背景图层

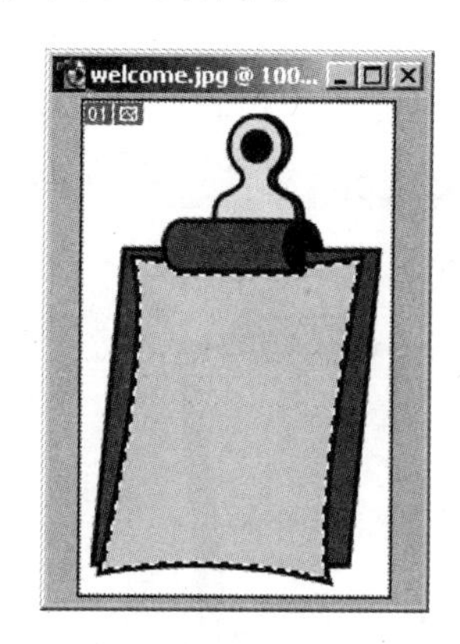

图 6.15　选中淡蓝色区域

保存选区：实际上保存选区并非必要步骤，在这里介绍只是方便以后修改图片，并能够举一反三。所谓保存选区就是把上一步中所选择的区域保存下来，以备将来要修改相同的区域时再选择会有偏差，如果保存了选区就能保证两次选择的区域完全一样，方便以后的操作。

在上一步骤中，把鼠标置于淡蓝色区域，单击鼠标右键，选择“保存选区”，如图 6.16（A）所示，打开“保存选区”对话框，如图 6.16（B）所示，给选区加上合适的名字，单击“确定”按钮即完成了选区的保存。在将来要重新选择选区时，只需要依次单击“选择”—“载入选区”即可重新装载选区并对其进行操作。

（A）

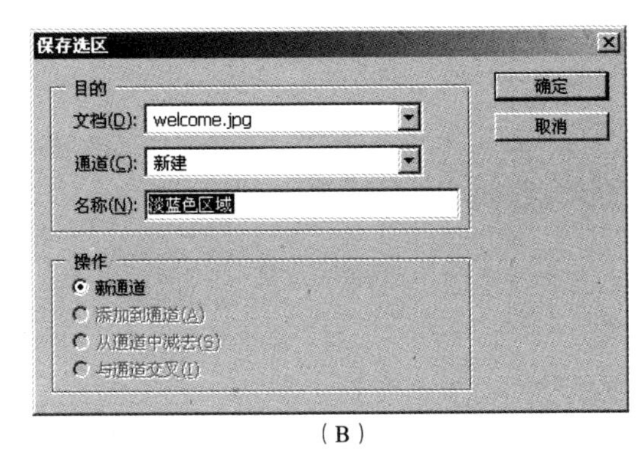

（B）

图 6.16　保存选区

经过上一步后，按“Delete”键即可把图中的淡蓝色删除掉，如图 6.17 所示。

图 6.17　删除淡蓝色区域

着色：为所删除的区域重新着上颜色。依次单击菜单栏“编辑”—“填充”，如图 6.18（A）所示，打开“填充”对话框，内容框中使用选择“图案”，单击自定图案后的小三角，选择合适的图案，如图 6.18（B）所示，在混合框内不透明度定义为 100，如图 6.18（C）所示，完成后单击“确定”按钮，即可见如图 6.18（D）所示的完成效果。

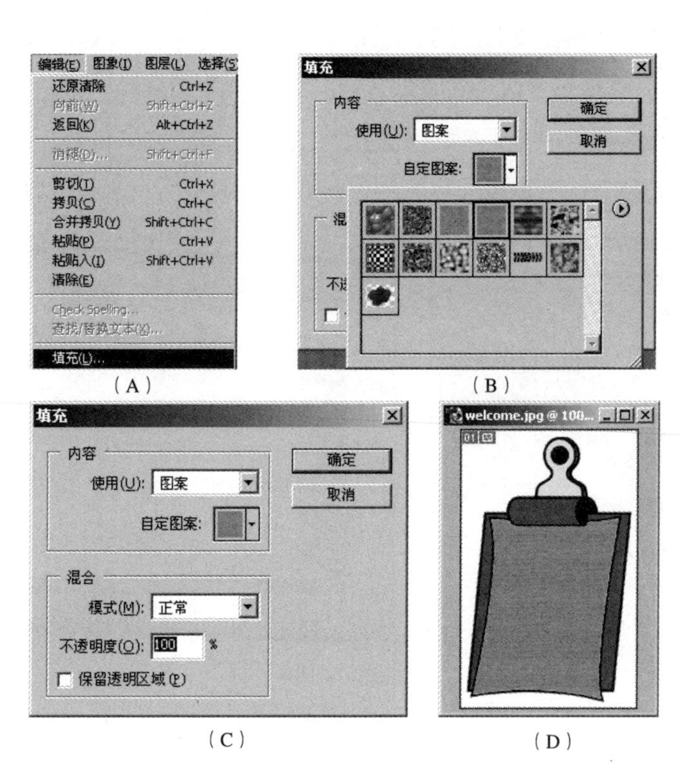

图 6.18　填充选择区域

6.2.3　处理分类部分图片

首先，用 Photoshop 打开要处理的图片，如图 6.19 所示。此图片有几个地方是需要修改的，先是大小尺寸的问题，分类图片是长方形的，长宽比约 150×29 像素，此图是一个正方形状，所以大小需要调整，其次，图片中有 noto 几个字样需要去掉，如果能涂上颜色也许效果就更好了。

图 6.19　用 Photoshop 打开图片

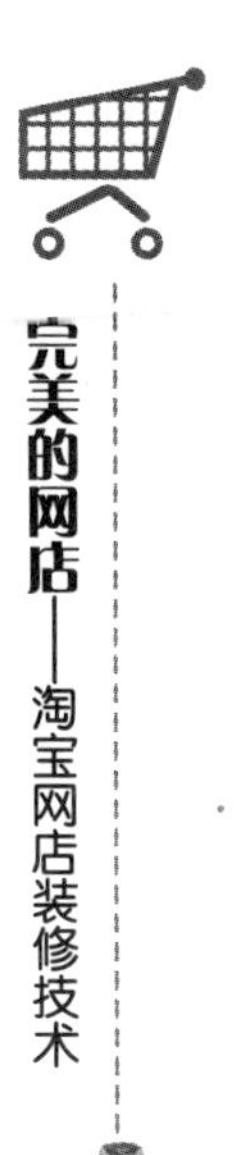

1. 调整图片大小

首先需要把图片翻转过来，逆时针方向旋转 90° 即可，依次单击“图像”—“旋转画布”—“90 度（逆时针）”，如图 6.20（A）所示，即可完成整个图片的旋转，如图 6.20（B）所示。

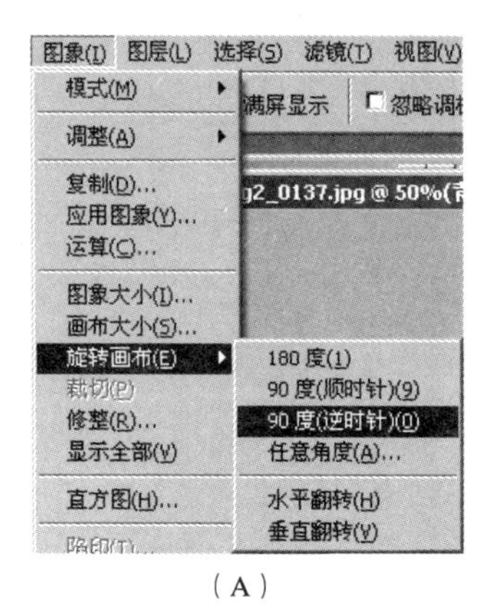

（A）

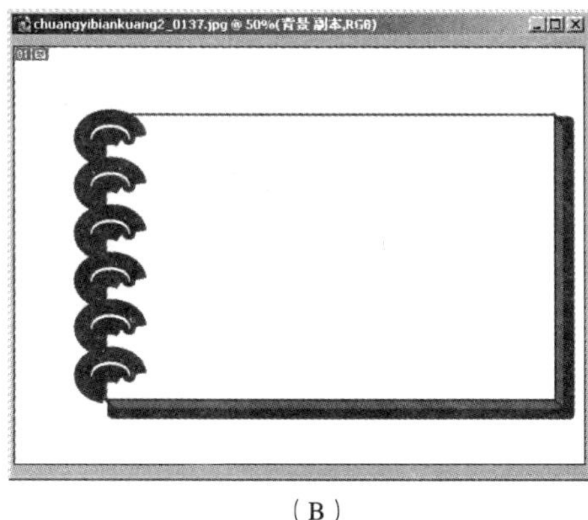

（B）

图 6.20　旋转画布

截切四周多余的部分：单击工具栏中的截切工具，选择图像部分，如图 6.21（A）所示；单击右键，选择截切即可完成图片的截切，如图 6.21（B）所示。

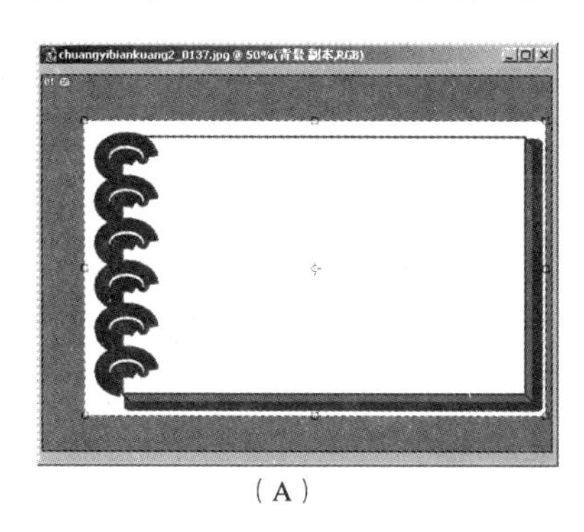

（A）

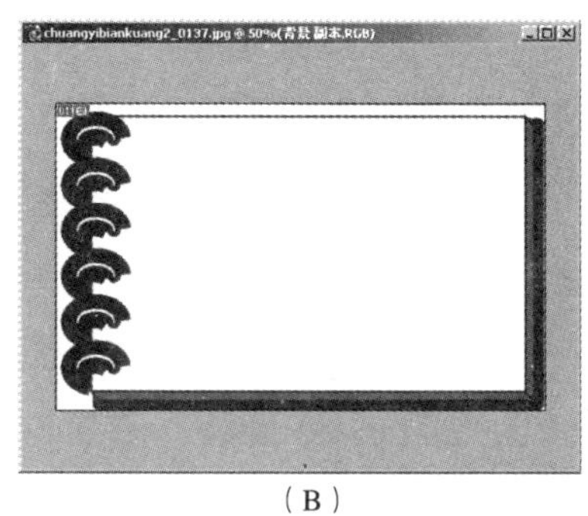

（B）

图 6.21　截切多余部分

调整图片大小：把宽度调整为 155 像素，即从宽度上先符合要求。这时发现高度还是有 91 像素高，离 29 像素高的要求有距离，这里需要处理高度。

2. **裁切图片**

先把图片扩大290%大小，选择工具栏中的矩形选框工具，在图片中选择1/3高度的一个区域，如图6.22（A）所示，右键选择“通过剪切的图层”，如图6.22（B）所示，可以新建一个图层并把原图中所选择的部分剪切到了新图层中。选中新建图层，并选择工具栏中移动工具，按键盘的向下键来移动新图层往下覆盖原图部分，注意移动中不要有左右移动，否则不能完全重合。移动后效果如图6.22（C）所示，当完成这一步后，需要合并图层，依次单击“图层”—“向下合并”，即可向下合并一个图层，如图6.22（D）所示。

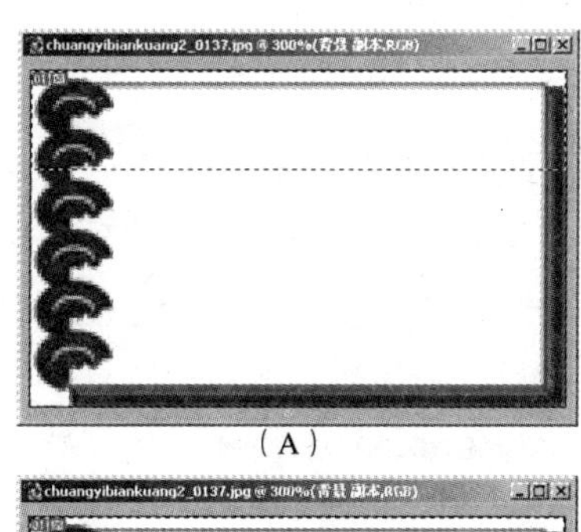

（A）

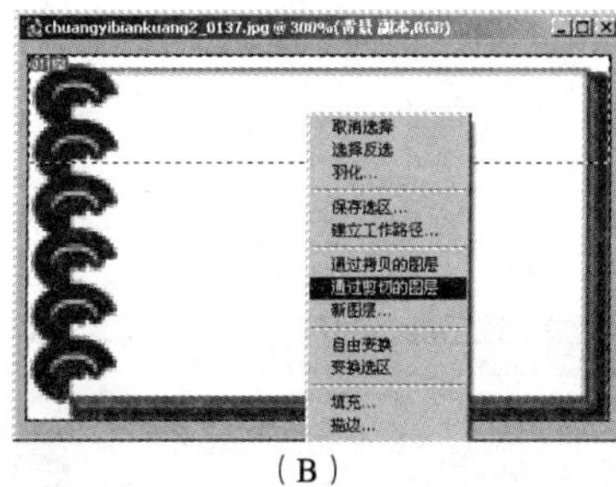

（B）

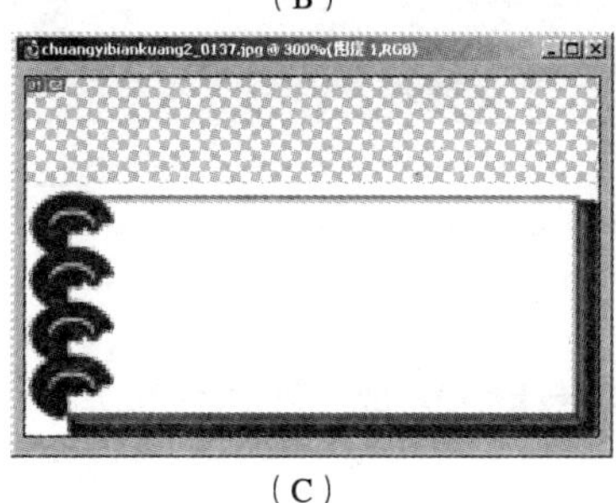

（C）

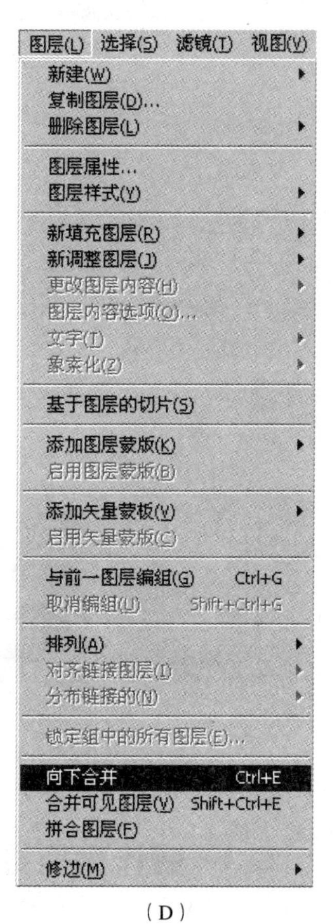

（D）

图6.22 缩小图片的高度

此时发现高度还是有点高，所以需要重复前面的步骤，使高度降到合适的大小，如图 6.23 即为两次调整后的高度，这个高度刚好和 29 像素的要求接近。

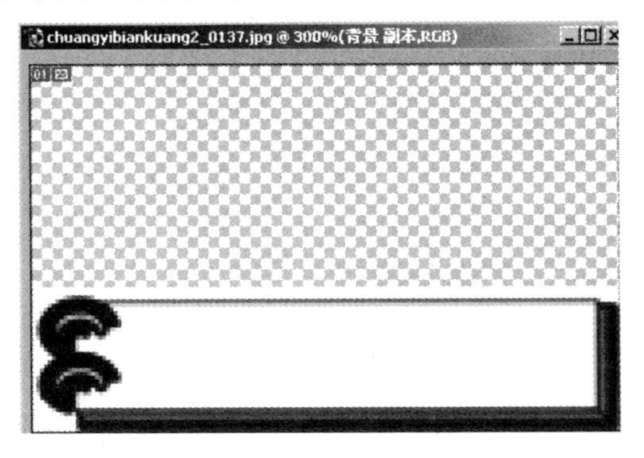

图 6.23　调整高度完成

调整画布大小与图像大小相匹配：依次单击“图像”—“修整”，如图 6.24（A）所示，打开“修整”对话框，默认选项，单击“确定”按钮，如图 6.24（B）所示，即可完成匹配，如图 6.24（C）所示。

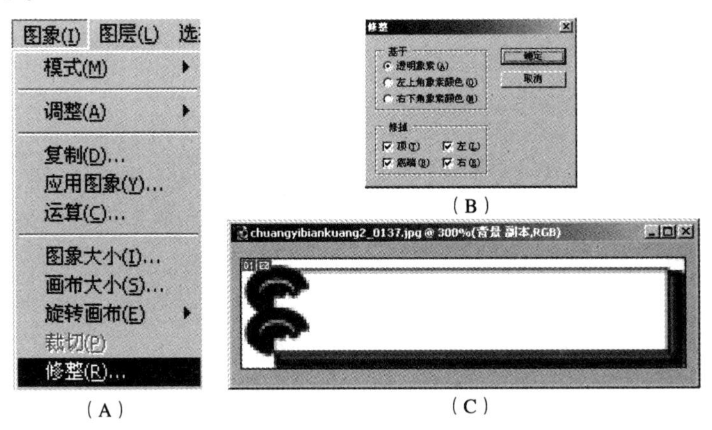

图 6.24　使画布大小与图像匹配

 6.3　制作分类导航中的文字

分类导航中的文字内容就比较随意了，一般情况下，欢迎图

片中可以提供卖家的相关信息或者提供一些打折优惠信息。而分类中的文字则需要简约概括，能代表某一类商品特征。下面分别介绍欢迎图片和分类图片中的文字制作。

6.3.1 欢迎图片中的文字制作

欢迎图片中的文字制作流程如下：

（1）用 Photoshop 打开欢迎图片，如图 6.25 所示。

图 6.25 欢迎图片

（2）单击工具栏中的文字工具按钮 T，在文字工具选项中选择字体“方正舒体”，大小选择 24 点，颜色输入#AA0B28（深红色），如图 6.26 所示。

图 6.26 文字工具选项栏

输入文字“幸福铺子”，调整到适当的位置，如图 6.27（A）所示。从图中可以看到，纯文字没有加任何修饰效果显得很平淡单调，应该为文字加一些效果。双击文字图层，打开图层样式面板，如图 6.27（B）所示，为文字选择“投影”和“打边”效果，并对参数进行适当调整，最后效果如图 6.27（C）所示。

（3）在欢迎图片中加入其他文字内容：可以在剩下的空间里加入其他的文字内容，如联系信息，打折优惠等相关信息。添加

文字后对文字作适当修饰，加上一些特殊效果，最终得到如图 6.28 所示的效果。

（A）

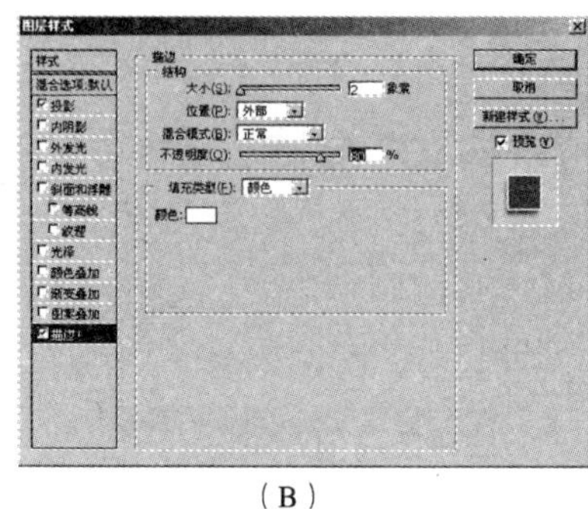

（B）

（C）

图 6.27　为文字加上效果

图 6.28　欢迎图片制作完成

6.3.2　分类项中的文字制作

参照 6.3.1 节的方法制作分类项中的文字内容。效果如图 6.29 所示。

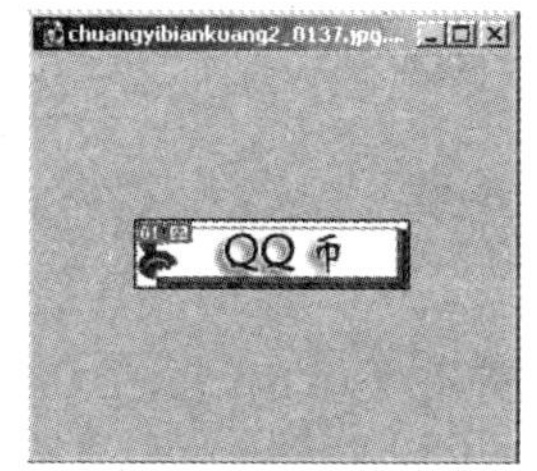

图 6.29　制作分类项中的文字内容

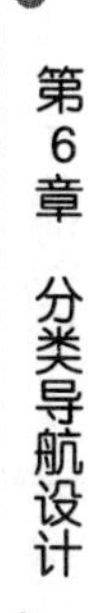

6.4　制作分类导航动画

分类导航也可以使用动画，其实因为动画可以用 GIF 格式存取，而 GIF 格式又是一种能普遍接受的图片格式，所以只要是能用 GIF 图片的地方都可以用上动画。本节所要讲述的内容是怎么制作动画分类导航栏。并且以制作动画欢迎图片为例加以说明。

接下来要制作的动画效果是比较简单的闪烁效果。

（1）用 ImageReady 打开欢迎图片，如图 6.30 所示。

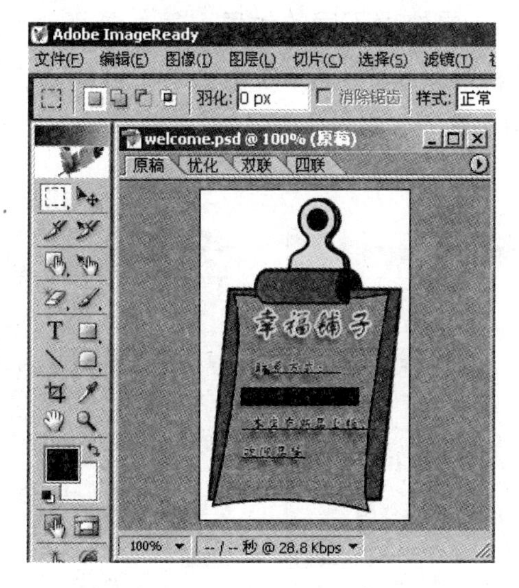

图 6.30　ImageReady 打开欢迎图片

（2）依次单击“窗口”—“动画”，如图 6.31（A）所示，打开“动画”对话框，如图 6.31（B）所示。

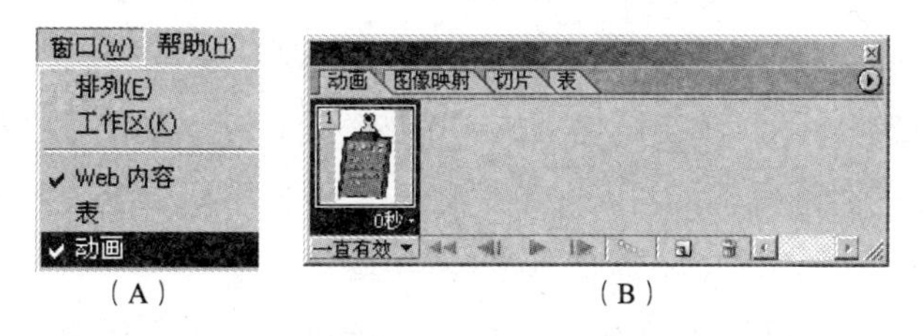

图 6.31　打开“动画”对话框

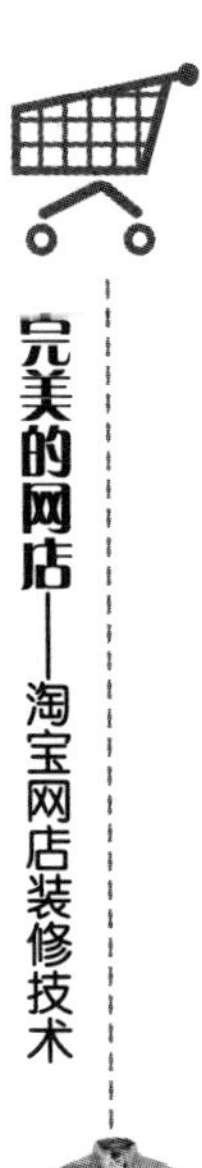

（3）复制当前图层：单击动画面板中的“复制当前帧”按钮 ，制作当前图层，并连续复制五次，如图 6.32 所示。

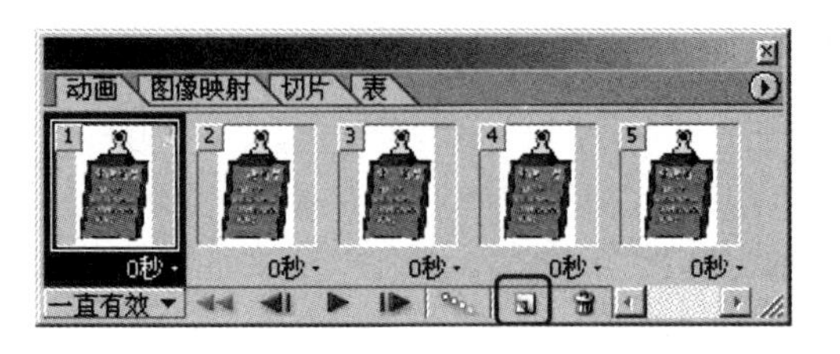

图 6.32　复制图层

（4）为每一层处理不同的效果：第一层不变，第二层里把“幸”字删除，如图 6.33（A）所示，第三层里把“福”字删除，如图 6.33（B）所示，依次把四个字删除一次，即可完成闪烁效果的制作。

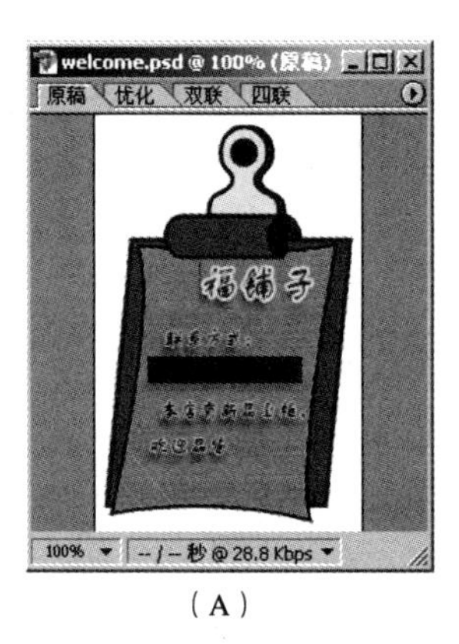

（A）

（B）

图 6.33　制作动画效果

（5）延时设置：在动画对话框中，可以为每一次设置不同的停留时间，第一层因为是完整的，所以可以设置停留时间为 5 秒，如图 6.34 所示，单击图层下的“0 秒”处，在出现的下拉框内选择需要的时间间隔即可。依次为每一层设置不同的延迟时间，如图 6.35 所示。

单击动画面板中的播放按钮 即可预览动画效果，如果有不合适的地方可以选择调整，直到适合为止。

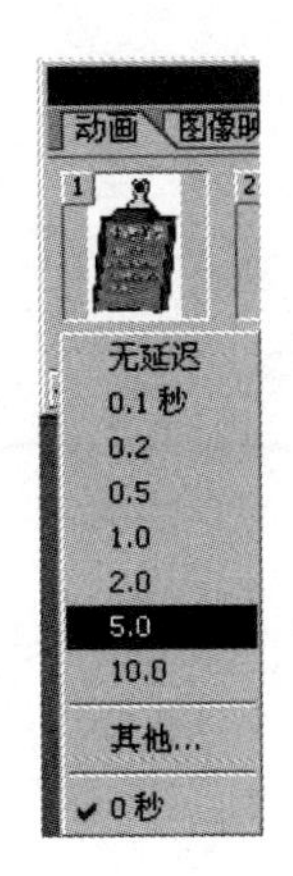

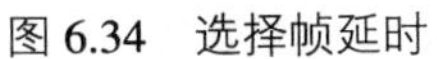
图 6.34 选择帧延时

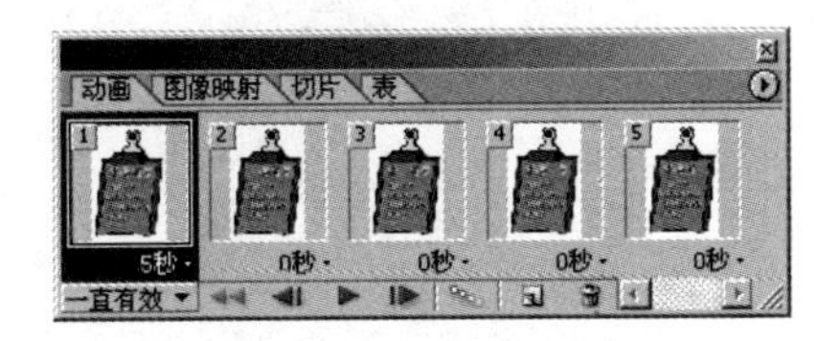

图 6.35 为每一帧设置延迟时间

（6）保存动画：单击“文件”—“将优级化结果存储为”，即可完成动画的保存，如图 6.36 所示。

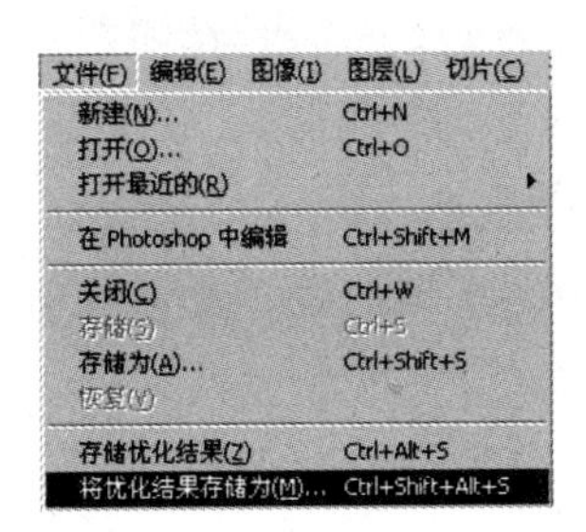

图 6.36 保存动画

 6.5 在网店中使用图片导航

上面制作的欢迎图片和分类导航图片都需要在网店中使用才能让顾客看到并产生效果。接下来介绍如何把分类导航图片应用于网店之中。

首先需要把制作的图片保存在网络空间中，如 http://www.123game.cn/use/文件夹下，分别有 welcome_move.gif、index1.gif、index2.gif、index3.gif 四张图片，都保存在相应的路径下，如图 6.37 所示。

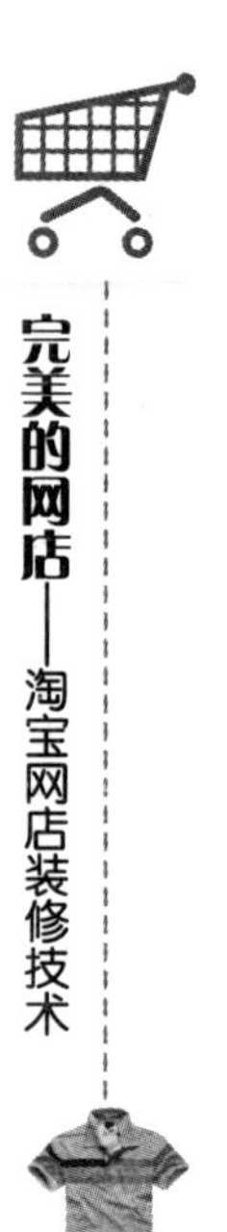

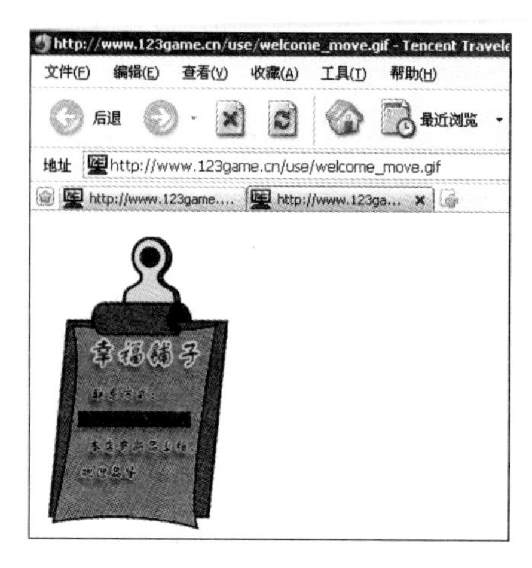

图 6.37　将图片保存在网络空间中

（1）登录“我的淘宝”，在“我是卖家”区域单击“管理我的店铺”链接，进入“店铺管理平台”，如图 6.38 所示。

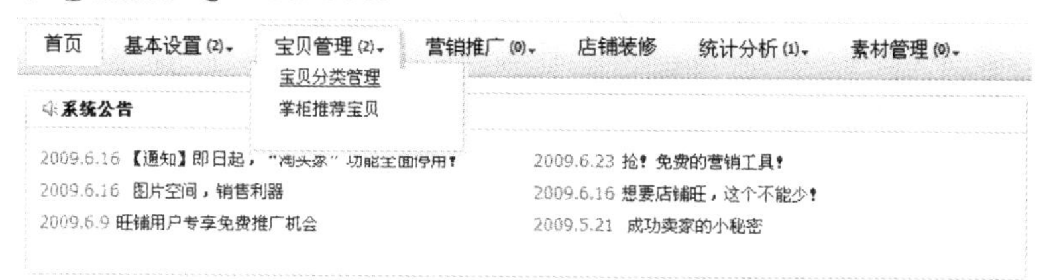

图 6.38　店铺管理平台

（2）进入宝贝分类管理：在店铺管理平台中，鼠标移动至“宝贝管理”选项，在下拉框中单击“宝贝分类管理”即可进入宝贝分类管理页面，如图 6.39 所示。

（3）添加新分类：在已有的分类基础上再添加一个新分类，以放置欢迎图片，如图 6.40 所示。

（4）添加图片：单击“welcome”分类后的“添加图片”按钮，打开“添加图片”对话框，如图 6.41 所示，把图片的网络地址粘贴到地址栏内，单击“确定”即可完成图片的添加。这一步完成后，要单击底部的“保存”按钮，以确定修改。

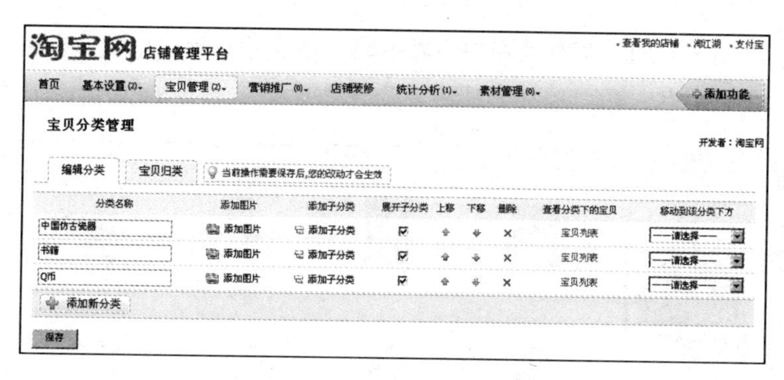

图 6.39　宝贝分类管理页面

宝贝分类管理

开发者：淘宝网

编辑分类　宝贝归类　当前操作需要保存后,您的改动才会生效

分类名称	添加图片	添加子分类	展开子分类	上移	下移	删除	查看分类下的宝贝	移动到该分类下方
welcome	添加图片	添加子分类	☑	↑	↓	×	宝贝列表	----请选择----
中国仿古瓷器	添加图片	添加子分类	☑	↑	↓	×	宝贝列表	----请选择----
书籍	添加图片	添加子分类	☑	↑	↓	×	宝贝列表	----请选择----
Q币	添加图片	添加子分类	☑	↑	↓	×	宝贝列表	----请选择----

添加新分类

保存

图 6.40　添加新分类

添加图片　添加子分类　展开子分类　上移　下移

添加图片　添加子分类

图片地址 123game.cn/use/welcome_move.gif　确定

图 6.41　添加图片

添加完图片后，店铺的显示效果如图 6.42 所示。

图 6.42　店铺的显示效果

（5）添加分类图片：按上面的步骤依次添加每个分类的图片，完成后保存，即可顺利实现图片的分类效果，如图 6.43 所示。

图 6.43　图片导航栏完成后的效果

6.6　关于分类和子分类

淘宝店铺为宝贝分类提供了最多两级功能，即可以是一层分类型也可以是一层下又分子层的两层类型。如图 6.44（A）为两层分类型，是某手机网店的分类导航栏，它的首层采用图片形式，第二层则采用纯文字型的分类；如图 6.44（B）则为纯图片型的一层式导航栏。应该来说分类越细对于买家来说就更方便找到所需要的东西，但也并不是越细越好，因为分类过多意味着买家需要花更多的时间来区分类别。

（A）

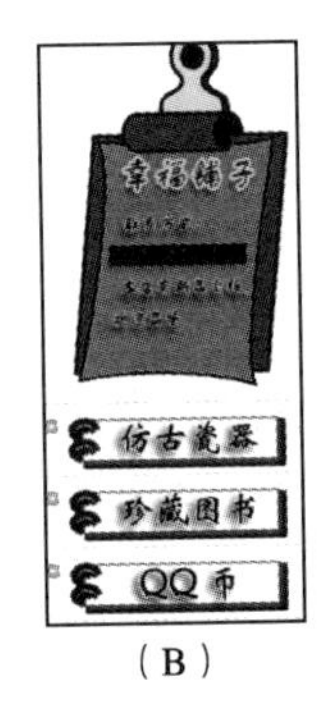

（B）

图 6.44　分类和子分类

打开淘宝店铺管理平台，如图 6.45 所示，可以看到有“添加新分类”按钮，当单击此按钮时是添加一层式分类，如果已经存在分类，那么在每一个分类后面都有“添加子分类”按钮，单击即可添加子分类，即二层式导航栏。子分类同样可以采用图片式的。添加方法同 6.5 所述的方法是一样的。

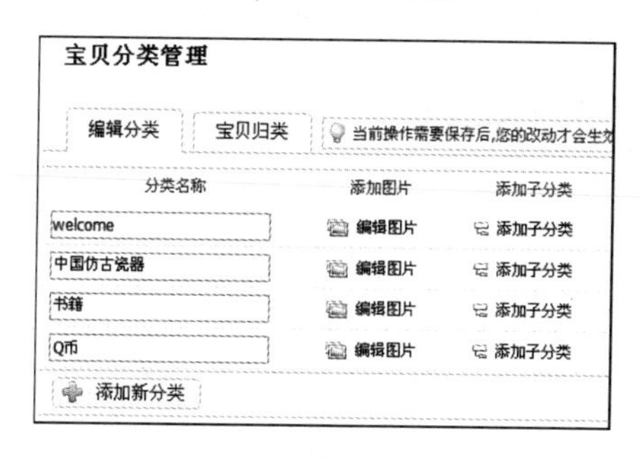

图 6.45　添加分类和子分类

6.7　一个分类导航的实例

以制作手机店铺的分类导航为例加以阐述。可以采用手机元素来设计分类导航，突出主题。首先需要搜索素材图片，图 6.46 所示为将要用到的图片素材。

图 6.46　手机图标素材

6.7.1　制作导航的背景图片

制作背景图片的流程如下：

（1）打开 Photoshop 新建 400×300 像素大小的文件，把素材图片导入到新建文件中，并把素材图片的大小调整好，如图 6.47 所示。导航条的宽度是固定的，只有 150 像素宽，这里把画布大小设置为 400×300 是为了方便编辑，在完成后可以剪切。

（2）制作第一个导航图标：所有的素材图片都有一个共同的特点，左上角是一个四方形角，所以把素材图片放在右侧，左侧用来制作成文字区。在图片素材的左边加上方框并加上文字分类，即制作完成，如图 6.48 所示。

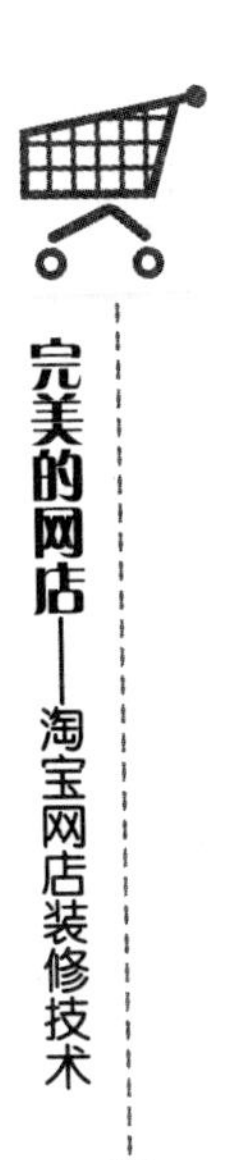

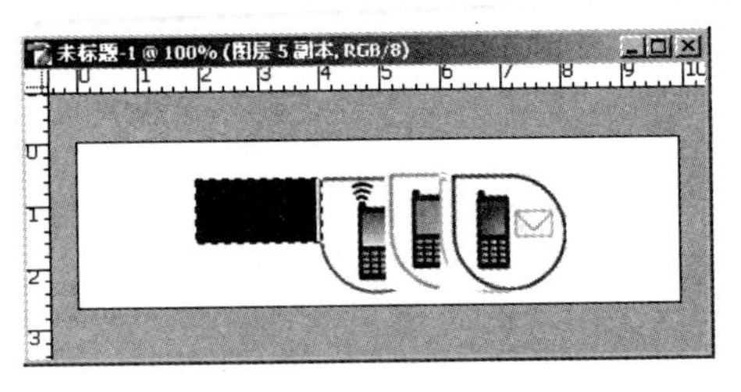

图 6.47 导入素材图片

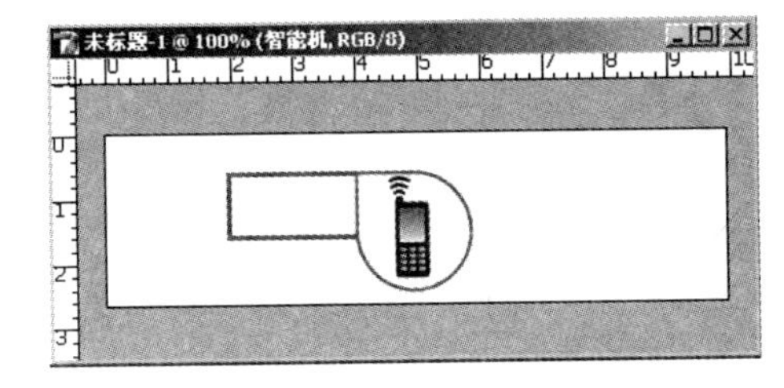

图 6.48 制作第一个导航图

（3）用同样的方法把其他几个分类导航图制作完成，如图 6.49 所示。

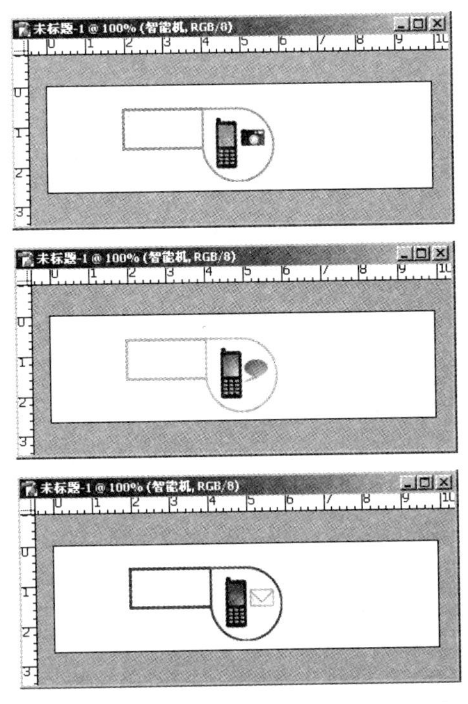

图 6.49 分类图标制作完成

6.7.2　制作导航的文本内容

按手机的品牌类型，制作不同的导航栏。在 Photoshop 中增加文字图层，如输入“诺基亚”，调整大小和颜色，如图 6.50 所示。

用相同的方法制作其他类型的图标，如图 6.51 所示。

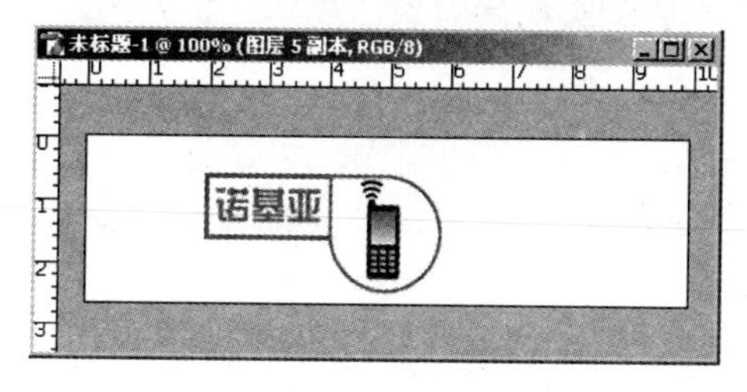

图 6.50　制作文字内容

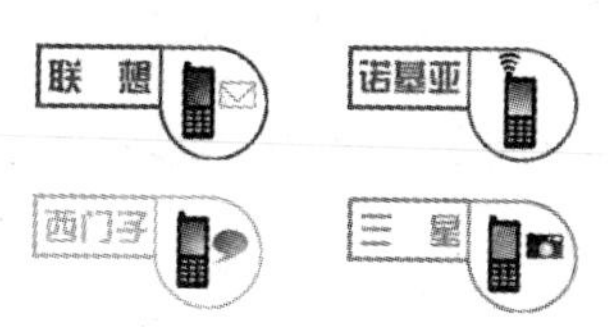

图 6.51　文字内容制作完成

6.7.3　在店铺中应用导航条

将上面制作的导航条应用到店铺中，具体的发布方法这里不再赘述，可以参照前面的方法。发布后的效果如图 6.52 所示。

图 6.52　导航条实图

本章小结

正如字典的索引一样，网店的分类导航能让买家一进入网店就能在多达上百种的商品中快速找到想要的商品，淘宝给网店提供了文字和图片两种导航类型。本章主要介绍了分类导航的设计与制作。

6.1 节介绍了分类导航的相关规定，并就几家女鞋网店、女装网店、户外用品店、IT 用品店的实例导航条作简单评析，清晰地呈现给读者不同网店对导航条的不同要求。

6.2 节具体介绍了分类导航中的图片制作，主要包括：如何收集图片素材，如何处理欢迎部分图片，以及如何处理分类部分图片。

6.3 节则详细介绍了分类导航中的文字制作，包括欢迎图片中的文字制作和分类项中的文字制作。

6.4 节以制作动画欢迎图片为例讲述了怎么制作动画分类导航栏。

6.5 节介绍如何把分类导航图片应用于网店之中，使导航条发挥应有的作用。

6.6 节介绍了导航条按层级的分类和子分类，并简要阐述了如何使用恰当的分类层级。

6.7 节以一个分类导航的制作实例全面介绍了导航条的制作流程：① 如何制作导航的背景图片；② 如何制作导航的文本内容；③ 如何在店铺中应用导航条。

第7章 商品描述模板设计

商品描述页面，是对所售商品的展示与说明，主要包括对商品性能、型号、价格、售后服务等内容做详细介绍，以使顾客对产品有一个比较直观和全面的了解，增加产品销量并减少不必要的沟通环节。此外，商品描述页面也可以附带提供新品展示、促销信息等内容，吸引顾客的眼球，给店铺其他产品带来销量。所以，商品描述页面在店铺中有着举足轻重的作用。本章主要介绍如何设计和制作实用有效而不失美观的商品描述模板。

如图 7.1 所示是某商品描述页面的全图。其中标红区域为可编辑区域即可以自由设置的区域。在这个区域卖家可根据情况做成图片形式或者网页格式，当然最简单的莫过于直接在淘宝店铺后台添加“所见即所得”效果，这是最容易操作的。

7.1 商品描述模板的相关规定

就像大多数淘宝店铺中可编辑区域的规定一样，商品描述模板也没有硬性的规定，除了宽度因美观因素不能设置太宽外，没有特别的规定。商品描述模板页根据店铺类型不同而拥有不同的宽度。普通店铺的商品描述模板最多不能超过 930 像素，如图 7.1

所示即为普通店铺中商品描述页面的效果，基本上是一个满屏的效果。而淘宝旺铺的商品描述模板最多不能超过 710 像素，如图 7.2 所示。因为旺铺页面的左侧有一个掌柜介绍栏和商品分类栏，所以相对来说旺铺的商品描述页会窄些。

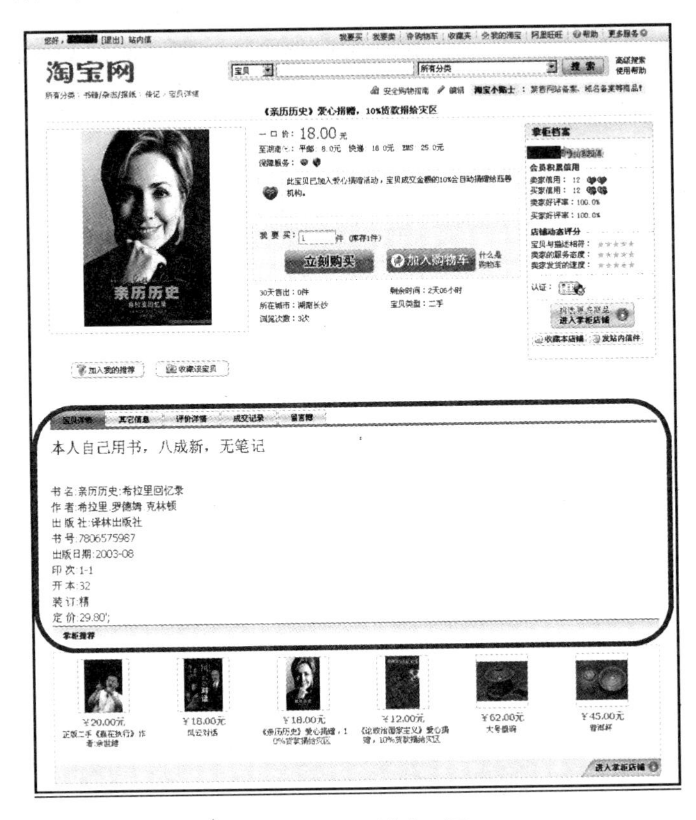

图 7.1　商品描述页面

一个普通的商品描述模板通常包括以下内容：

（1）促销信息：因为一个店铺的促销信息是一个共享的东西，所以可以放在每一个商品的描述页里，起到宣传的作用。

（2）新品展示：新品也像促销品一样，是需要大力宣传的，而商品描述页不失为一个宣传的好阵地，所以大部分商家都会选择在描述模板页发布相关的新品信息。

图 7.2 旺铺的商品描述页

（3）商品描述与展示：商品描述页最大的功能还是在于对所售商品的展示与说明。所以这个内容是占到商品描述页的大部分篇幅的，而且这也是描述页最正统的用处所在。

（4）提醒买家：往往在很多网店的商品描述页内都能见到提醒买家的相关内容，这种提示也是对买家负责任的表现，一般在此会说明一些重要问题或值得注意的事情。

（5）物流说明：在此说明物流运输的相关问题，如费用、快递公司等相关信息，以便于买家以此作出相应的判断。

（6）联系方式：有时候卖家可能不在旺旺上，所以留下其他的联系方式有助于买家方便地联系到卖家，也为卖家增加了成交率。

 7.2 商品描述模板的制作流程

一个商品描述模板的制作，无论是普通的店铺的还是旺铺的，都需要经过以下几个步骤（如图 7.3）：

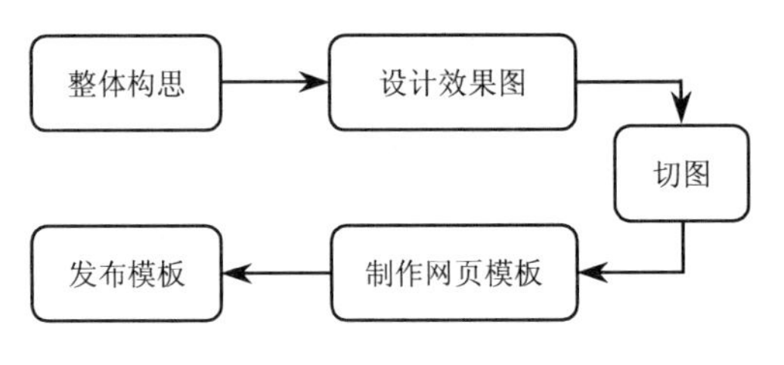

图 7.3 商品模板制作流程图

（1）整体构思：包括整理素材，布局安排，内容的设计等。

（2）效果图的设计：利用 Photoshop 等制图工具把整体构思设计成一张效果图。

（3）切图：把整张的效果图切成小图片，用于网页中的图片布局。

（4）制作网页模板：把图片素材和文字材料等相关内容组织起来，通过 HTML 语言制作成网页模板。

（5）发布模板：通过淘宝店铺后台即可发布商品描述模板。

7.3 一个简单的商品模板实例

遵循以上流程，一步一步开始制作商品描述页模板。另外需要有切图的知识，虽然切图看似容易但真要符合网页制作的要求，还是有相当技巧的。同时还需要有网页代码的相关知识，即制作网页的相关知识，才能把制作的各部分素材组合成一个整体。接下来比较详细地介绍商品模板的制作。

7.3.1 设计商品描述模板的效果图

设计效果图前需要对其有一个整体的构思，现在需要做的是一个普通店铺的商品描述页，即宽度为 930 像素的页面。本店铺的主题是以书和收藏用品为主的，所以色彩使用古典色彩比较合适。主要内容分为如下五块：新品信息、联系信息、商品描述、卖家提醒、物流说明。

1. 在网上搜索需要的素材

方法已经在前面的章节中介绍过了，这里就不重复了。在网上搜索到如下需要使用的素材，如图 7.4 和如图 7.5。

图 7.4 欢迎图片

图 7.5 分类导航内容

2. 设计版式

有了承袭前面章节中讲述的分类导航栏的设计风格，在此也把商品描述页做成两栏式，即左右两栏，左边为宽度 190 像素的商品分类和其他信息发布区，右边区域为 740 像素的内容介绍区域。

3. 制作左侧边框

（1）打开 Photoshop，依次单击“文件”—“新建”，打开新建对话框，宽度调整为 930 像素，高度调整为 500 像素，宽度是固定的，而高度是可以灵活处理的，根据内容安排的多少而有所

取舍，所以在此把高度留多点，以备制作的需要，如图 7.6 所示。

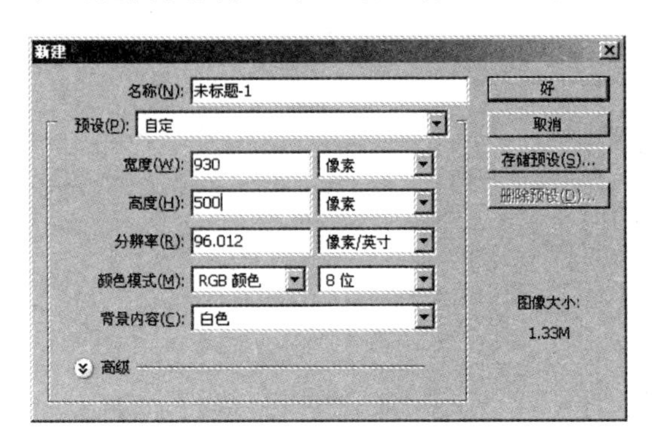

图 7.6　新建图像

（2）制作分栏：在新建文件的左侧建一个宽度为 190 像素的边框。单击图层面板中的创建新的图层按钮 ，新建一透明图层，并命名为“左侧边框”，如图 7.7 所示。

图 7.7　新建图层

（3）单击工具栏中的矩形选框工具 ，在打开的选项对话框中，样式选择“固定大小”，然后把宽度选择在 192 像素，而高度选择 500 像素，如图 7.8 所示。

图 7.8　设置矩形选框

（4）制作边框：在新建文件中单击鼠标左键，即出现虚线矩形选框，调整到适当的位置，如图 7.9（A）所示，然后按组合键“Alt+Del”组合键，作用在于填充矩形选框为前景色，黑认为白色。然后，双击图层面板中的“左侧边框”图层，打开“图层样式”对话框，勾选描边，大小为 1，位置选择“内部”，颜色选择#C27302，如图 7.9（B）所示，单击“好”按钮即可完成边框的制作，如图 7.9（C）所示。

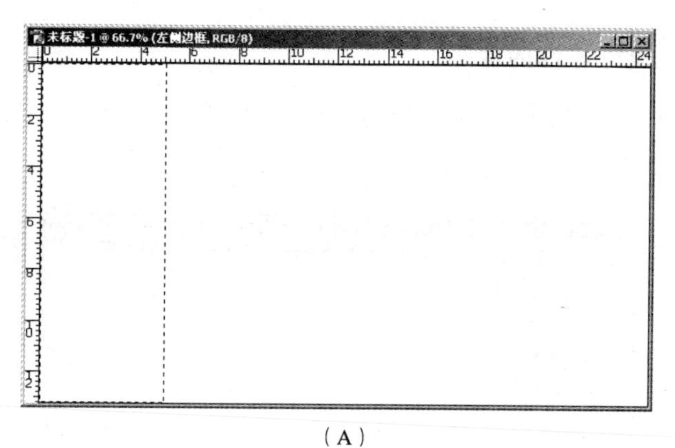

(A)

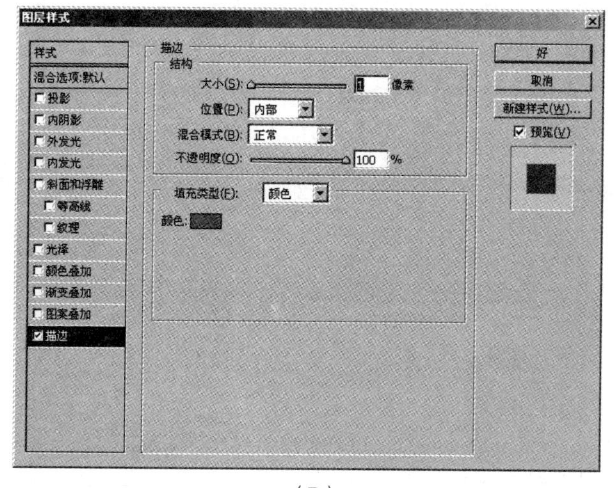

(B)

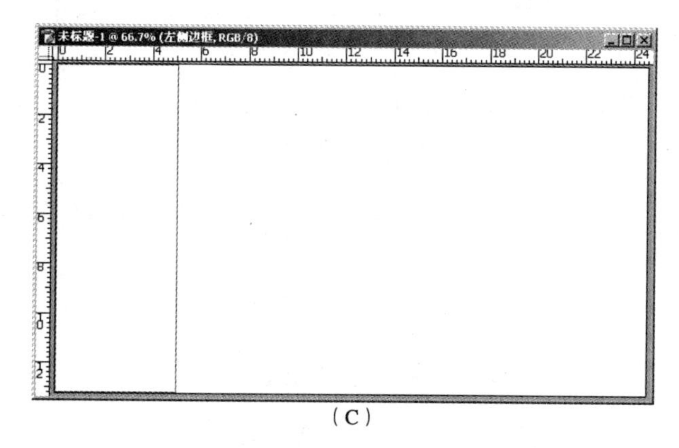

(C)

图 7.9　制作左侧边框

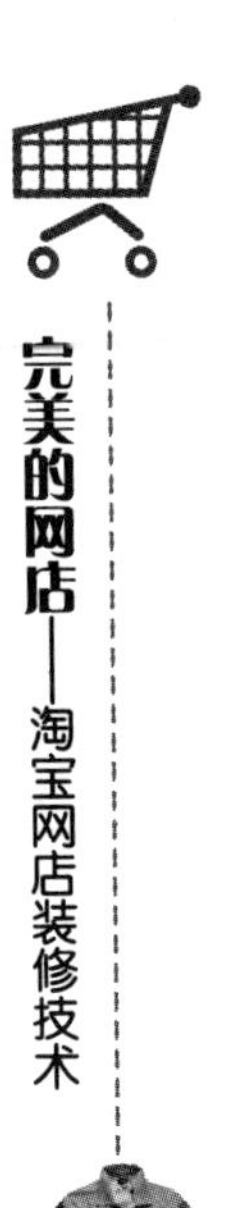

4. 制作左侧内容

左侧内容包括欢迎内容和导航条。新建一图层，把欢迎图片导入到新建图层，如图 7.10 所示。

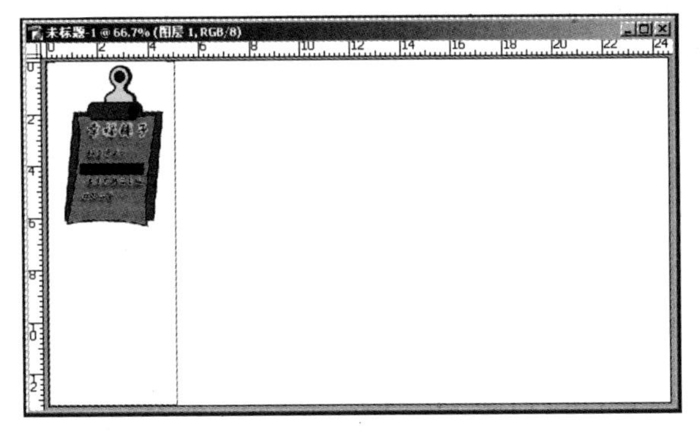

图 7.10　制作欢迎图片

新建图层，使用相同的方法把商品导航栏制作完成，如图 7.11 所示。

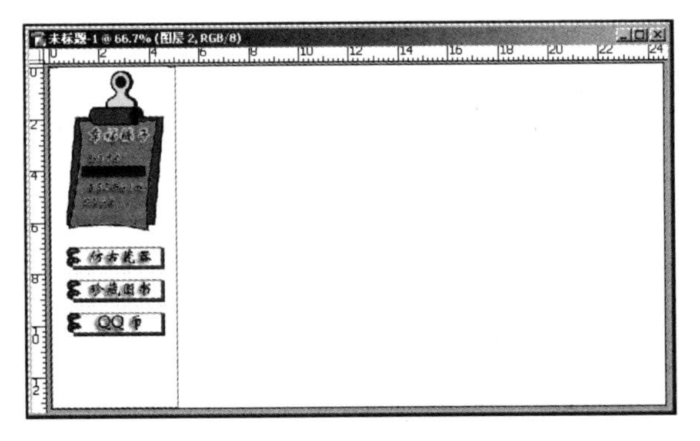

图 7.11　制作导航栏

加入图标修饰：在分类栏前加入小图标标志，如图 7.12 所示。

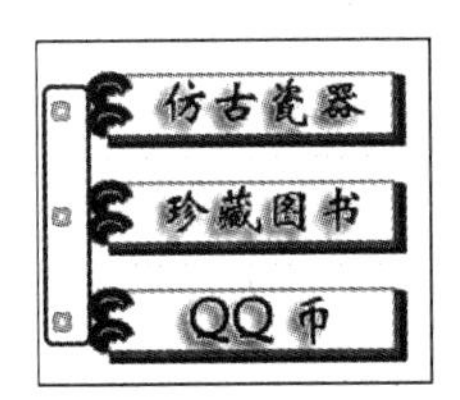

图 7.12　在分类栏前加入适当的图标

5．为图层创建分组

当效果图做到这一步，你会发现在图层面板中已经出现了很多层，可以预见图层会越来越多，这个时候会发现图层的内容连自己都记不清楚，如果要修改某个局部，已经找不到所在的图层。这里介绍一点小技巧，即为图层分类，并归入不同的文件夹内。单击图层面板中的“创建新组”按钮，即出现如图 7.13（A）所示的“序列 1”文件夹图标，双击把名称改为“左侧内容”，如图 7.13（B）所示。然后把图层用鼠标拖动至“左侧内容”图层夹里即可。可以单击图层夹前面的小三角来展开或收缩图层夹，这样做简化了图层分类，有利于对图层的分类管理。图 7.14（A）所示为图层夹收缩后的样子，而图 7.14（B）则是图层夹展开后的样子。

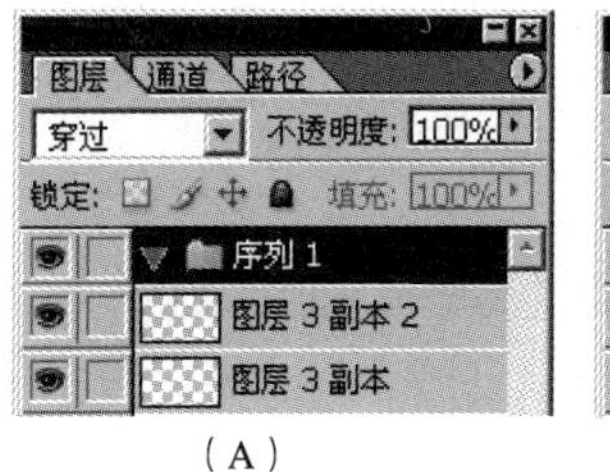

（A）

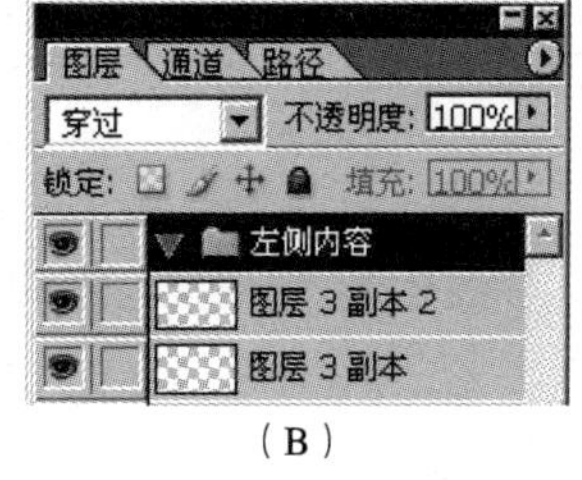

（B）

图 7.13　创建图层夹

（A）

（B）

图 7.14　图层夹的收缩与展开

6．制作右侧内容

（1）首先要制作右侧顶部新品促销信息区，计划将这部分内容放置于一个长方形的边框内，与左侧颜色相呼应。采用制作左侧边框的方法制作右侧长方形边框，如图 7.15 所示。

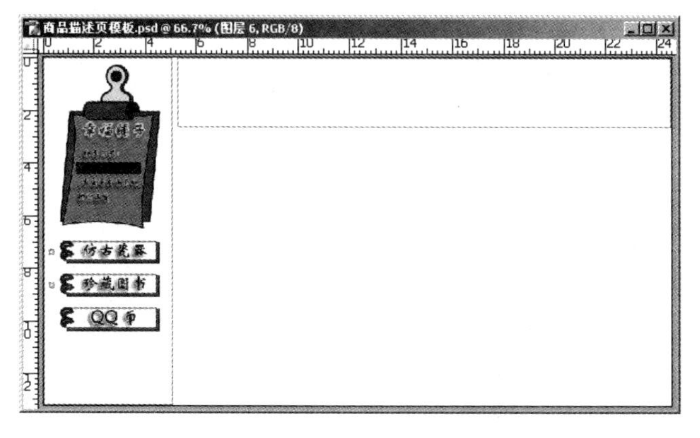

图 7.15　制作右侧长方形边框

（2）为边框加入修饰，因为这是一个固定模板，所以可以为这块内容加上“新品促销”等文字内容，其中的主要内容可以在应用模板的过程中再加入，现在只需要把标志加上。

（3）为其加入“新品促销”文字修饰。

单击工具栏上的“竖排文字工具”按钮 IT，然后新建一文字图层，输入文字“新品促销”，如图 7.16 所示。

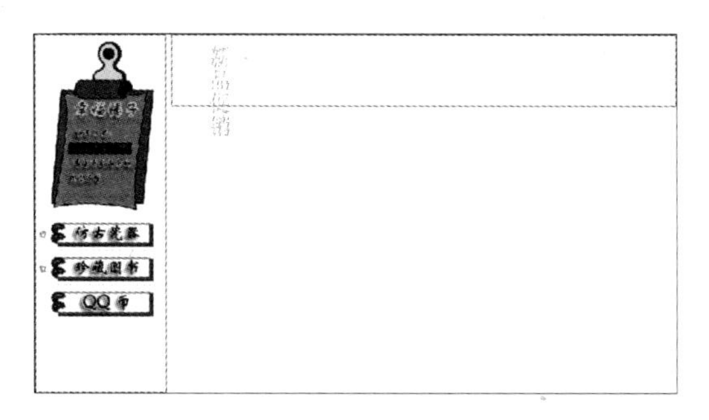

图 7.16　输入竖排文字

（4）为文字设置适当的字体和大小，如图 7.17 所示，字体设

置为经典综艺简体，大小设置为 17，颜色为黑色，设置完成后效果如图 7.18 所示。

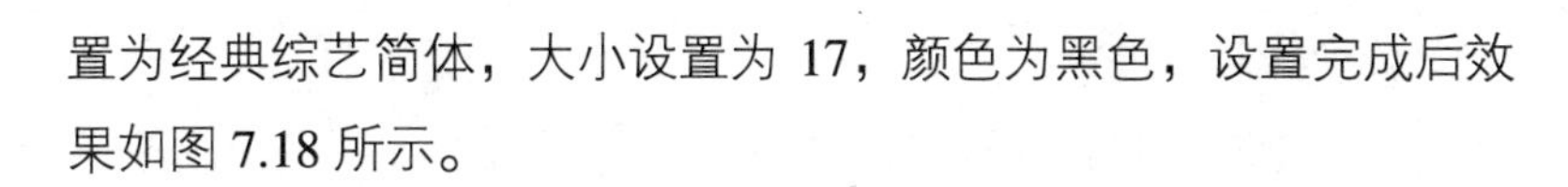

图 7.17 文字设置

图 7.18 文字设置效果

关于字体：虽然字体与这节的内容关系不大，不过还是向大家介绍一下有关字体的知识。在 Photoshop 中有一个字体选择工具，其实这些字体是与 Windows 共享的字体，都保存在 Windows 相关文件夹内。在系统盘的 Windows 文件夹下有一个 fonts 文件夹，里面保存的就是所有字体文件，如图 7.19 所示。字体文件在网上是有下载的，只需要查找字体即可搜索到许多相关的字体信息，把下载的文件保存到上面所讲的文件夹内即完成了新字体的安装，安装完毕后，记得重启 Photoshop 即可在字体设置下拉框中见到刚安装的新字体。

（5）为文字作其他修饰：上面的步骤只是简单地为文字设置了字体大小及颜色，接下来要为文字加上其他修饰效果。效果如图 7.20 所示，制作流程如下：

把图像扩大至 400 倍，然后把文字图层栅格化，即选中文字图层单击右键选择“栅格化图层”即可。

依次选择“编辑”—“自由变换”命令，如图 7.21（A）所示，此时文字上有变换点了，如图 7.21（B）所示。

图 7.19　字体保存路径

图 7.20　文字修饰

拉到文字的左上角和右下角的变换点，并按下“Ctrl”键，出现如图 7.22（A）所示的三角形时可往内拉动变换点。两个角的变换点都拉完后，双击鼠标即可见效果如图 7.22（B）所示。文字呈现明显的往右缩进的效果。

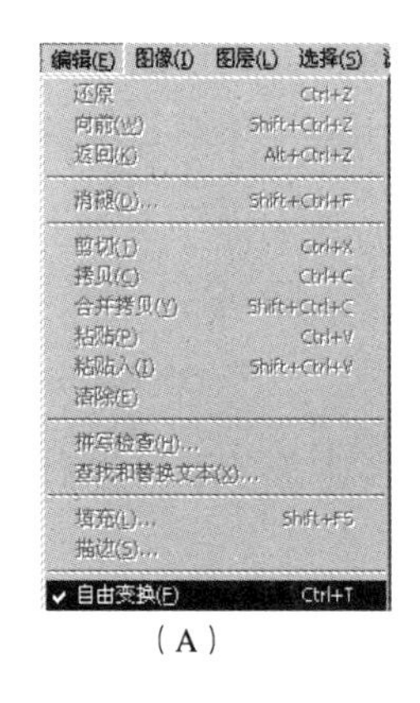

（A）

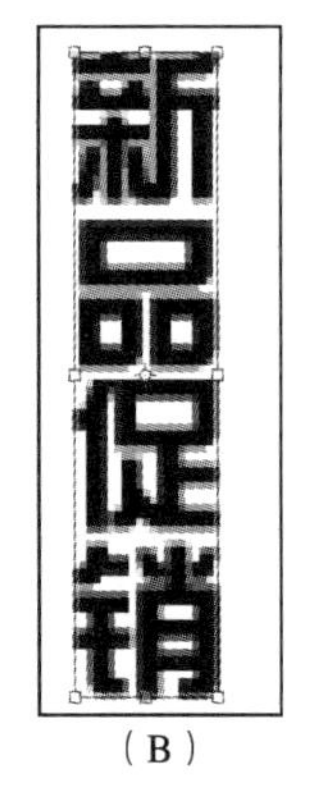

（B）

图 7.21　选择自由变换文字

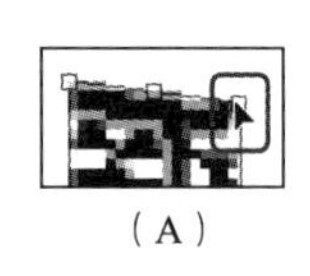

（A）

（B）

图 7.22　文字的缩进效果

镜面效果的制作：把上面新建的文字图层复制一层，依次单击“编辑”—“变换”—“水平翻转”命令，移动到与原图片平等的位置，效果如图 7.23 所示。

把镜面层的不透明度设置为 15%，如图 7.24（A）所示，效果如图 7.24（B）所示。接下来分别为两个图层加上适当的描边效果，最终效果如图 7.24（C）所示。

图 7.23 翻转图层

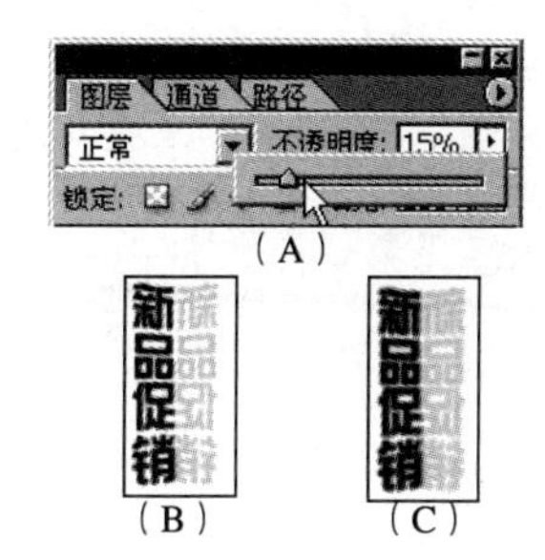

图 7.24 制作镜面效果

到目前为止的效果如图 7.25 所示。

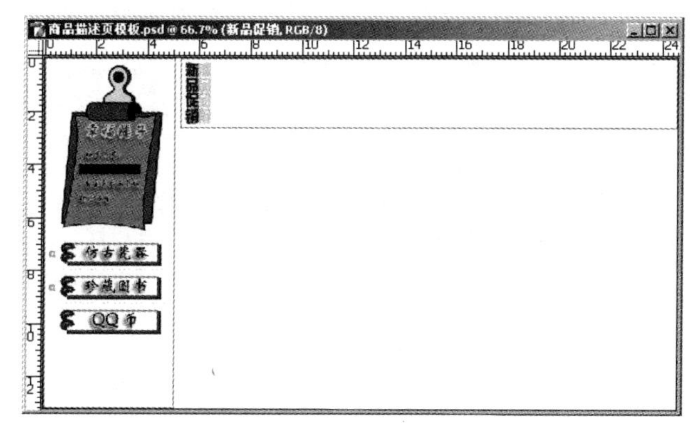

图 7.25 制作完成小部分的效果图

（6）制作商品描述区：商品描述的主要内容包括内容简介、摘要等。所以这一块会做得比较简单，因为每一件商品的介绍是不一样的，为了保证其兼容性，所以需要做得简单明了，才能适应大多数商品的描述要求。

在此准备设计一个有圆角的四方形边框。单击工具栏中的圆角矩形工具，新建一个图层，在新建图层中选择一个适当大小的圆角四方框，如图 7.26 所示。

在矩形框内单击右键，选择建立选区，如图 7.27（A）所示，选择完成后，刚才的实线矩形框就成了虚线矩形框，如图 7.27（B）所示。

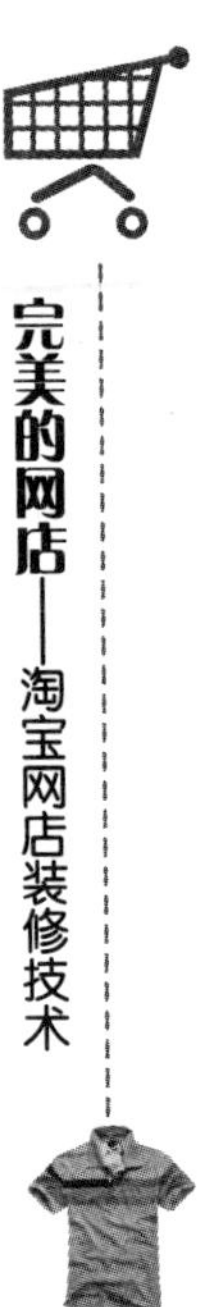

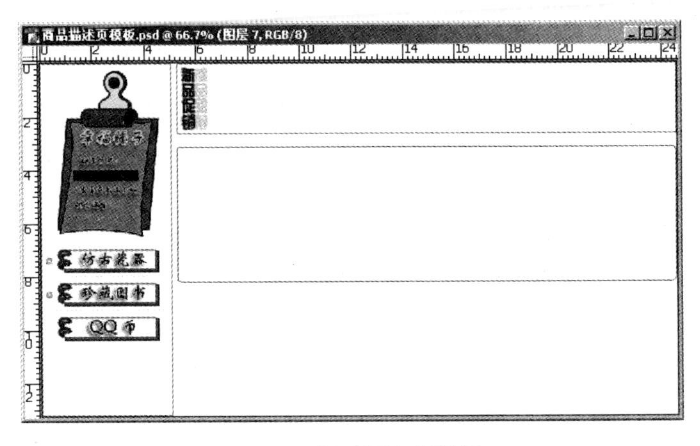

图 7.26 新建圆角矩形框

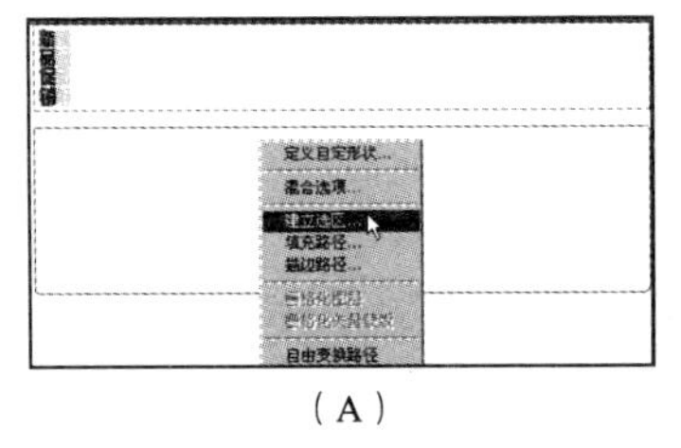

（A）

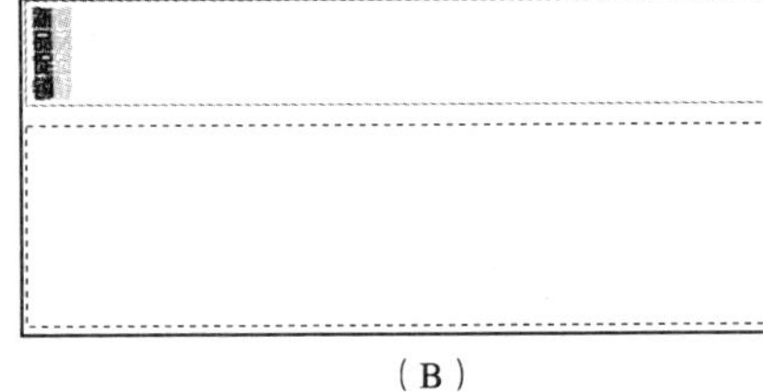

（B）

图 7.27 建立选区

按“Alt+Del”组合键使选区填充前景色白色，双击图层打开“图层样式”对话框，勾选描边效果，大小选择 4，位置选择内部，颜色选择#DE9903，效果如图 7.28 所示。

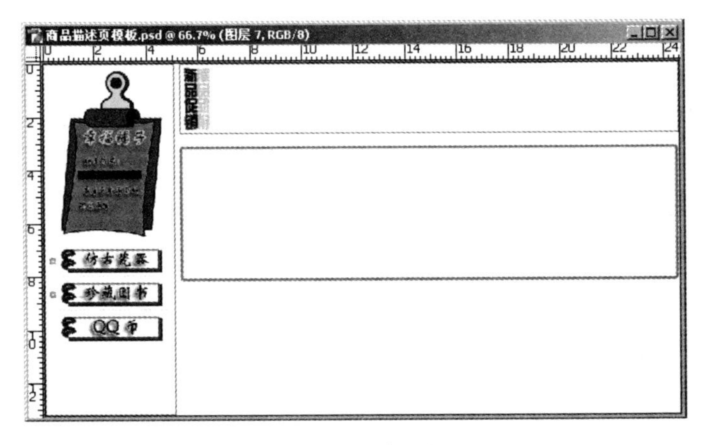

图 7.28 圆角方框

在圆角方框的内部加一个直角方框：单击工具栏中的魔棒工具，选中圆角方框内的白色区域，然后新建一图层，把选区填充白色，调出“图层样式”对话框，制作描边，效果如图 7.29 所示。

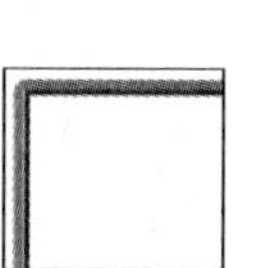

图 7.29　制作直角内边框

在上一步中有一个小技巧。如图 7.30（A）所示，圆角框图层加上了描边效果，此时用魔棒工具无法对内部白色区域加以选择，而是会对整体进行选择，如果想只选择内部白色区域，首先需要把加上了效果的图层变成普通图层。如何才能变成普通图层呢？在圆角框图层的下方新建一透明图层，如图 7.30（B）所示。选中圆角框图层，然后依次选择菜单中“图层”—“向下合并”即把圆角框图层转变成了普通图层，此时的名字继承了透明图层的层名，如图 7.30（C）所示。

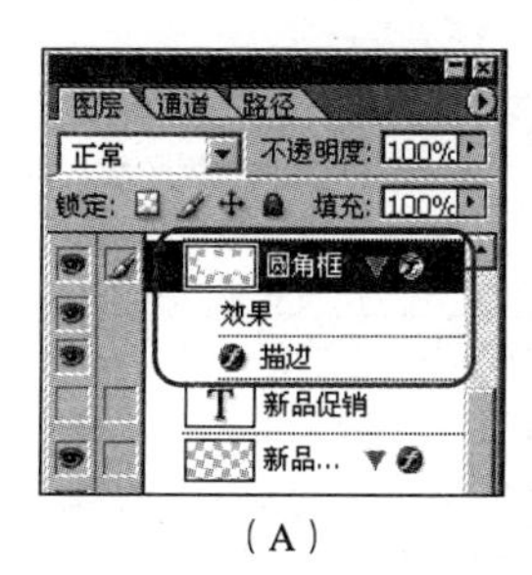

（A）

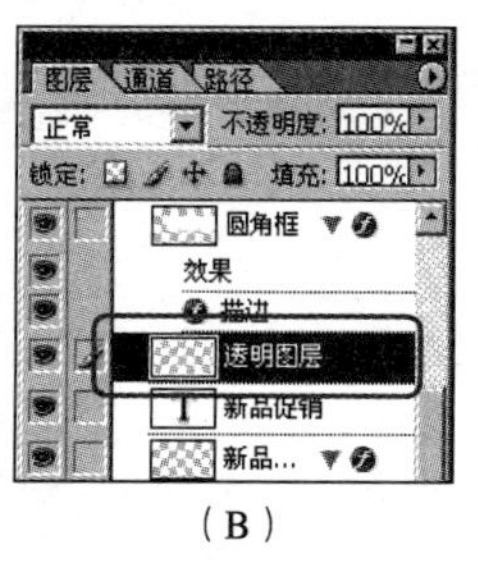

（B）

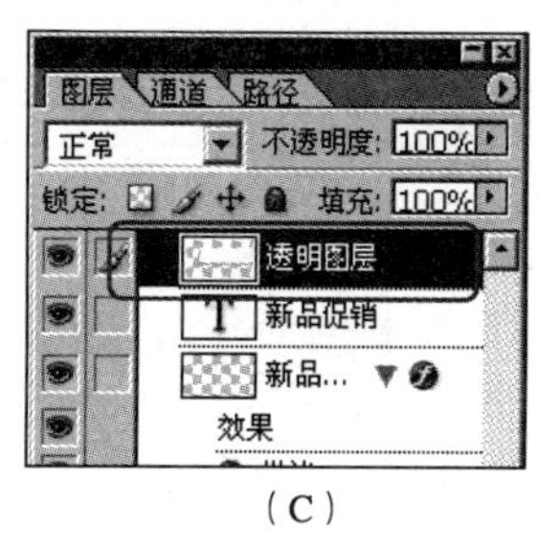

（C）

图 7.30　把效果图层转变为普通图层

（7）制作买家注意区域：在商品描述区域的下方再加上买家注意这一块内容。整个页面才算完整。买家注意区域的制作和新品促销区域的制作应该有相似的效果。以首尾相映，符合美学原理。

首先把和新品促销区域有关的所有图层放入图层夹“新品促销区”内，如图 7.31 所示。

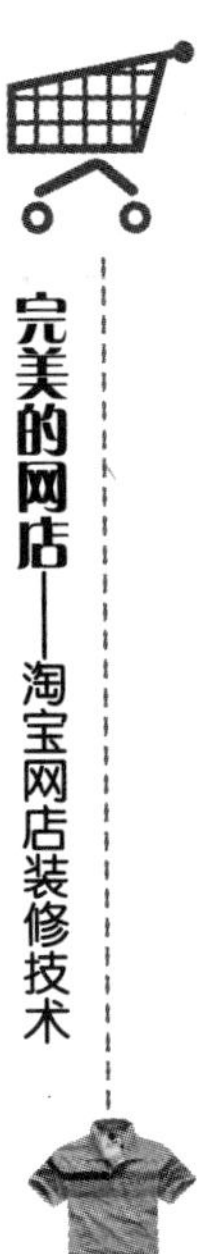

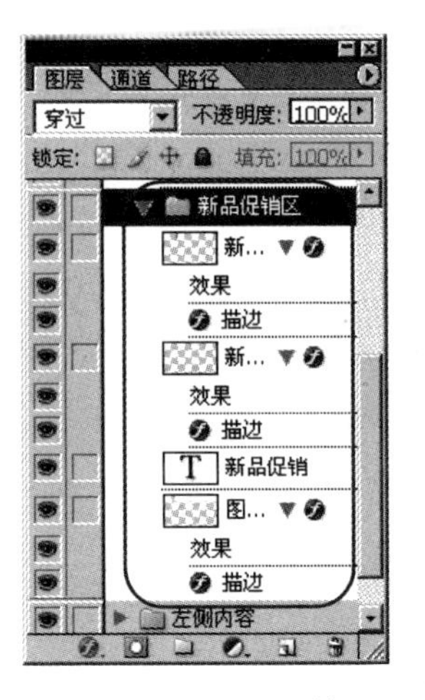

图 7.31 把图层放入新品促销区图层夹内

复制“新品促销区”图层夹，按住鼠标左键选中新品促销区图层夹，拖动至创建新图层按钮上，即可复制整个图层夹。选择移动工具把整个图层夹里的图层位置向下移到适合位置，效果如图 7.32 所示。

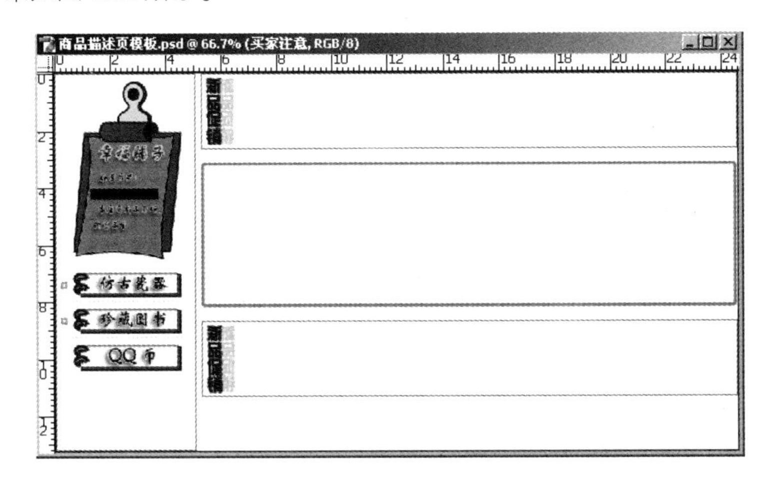

图 7.32 复制并移动图层夹角

修改文字并制作效果：把文字修改为“买家注意”并加上一些文字修饰，效果如图 7.33 所示。

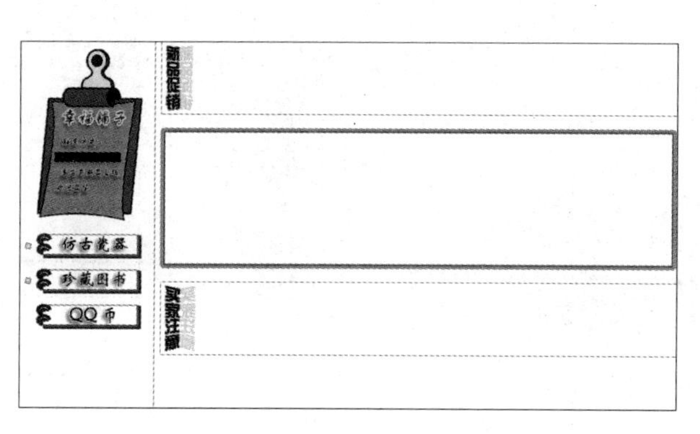

图 7.33　商品描述模板的效果图

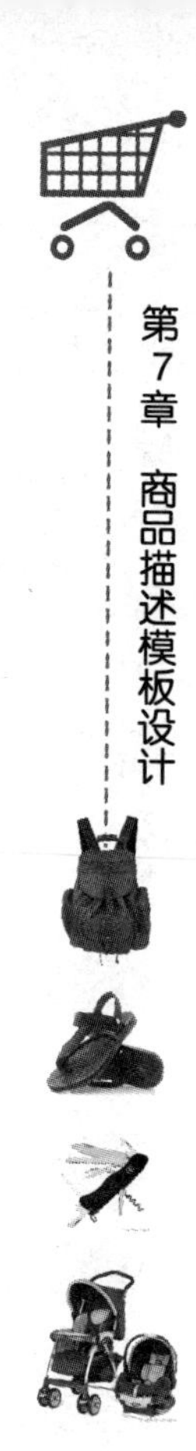

7.3.2　切图并整理

网页中的图片，应尽量在不失真的情况下压缩文件大小。因为图片的大小会直接影响网页打开的速度。所以要注意两点，一是能保存为 GIF 格式的图片千万不要保存为 JPG 格式，因为 JPG 格式保存的文件比 GIF 格式要大得多。二是在切图的过程中要把所有多余的部分都切掉，以减少图片的大小。

1．准备工作

依次选择菜单栏内的“视图”—“标尺”命令，确保标尺被勾选。单击工具栏中的切片工具，把鼠标置于图片外围标尺处，按住左键不放拖动至图片中，可拖出蓝色切线，如图 7.34 所示。

2．切图

把“新品促销”作为一个小图片切下来，先用准备工作中讲到的方法拖出四条切线把“新品促销”围成一个四方形，如图 7.35（A）所示，图片放大后发现有多余的部分，可以单击工具栏中的“移动工具”，把鼠标拖动至切线上使其变成形状即可按住鼠标拖动以调整大小。然后选择切片工具，从四方框的左上角一直拖动到右下角，形成一个切片区域，如图 7.35（B）所示。

图 7.34　拖出切线

（A）

（B）

图 7.35　切图

当上一步完成后，依次选择菜单栏内的“文件”—“存储为 Web 所用的格式”命令，打开如图 7.36 所示的对话框。可见图中“新品促销”区域为高亮显示，其他区域都亚光显示，表示这一操作只对“新品促销”区域有效，并只为其设置相关格式。在预设区内选择图片格式为 GIF 格式（图中红框处）。

设置完成，单击“存储”按钮，打开“将优化结果存储为”对话框，选择保存类型为“仅限图像（*.gif）”，如图 7.37（A）所示。单击“保存”按钮，如图 7.37（B）所示。

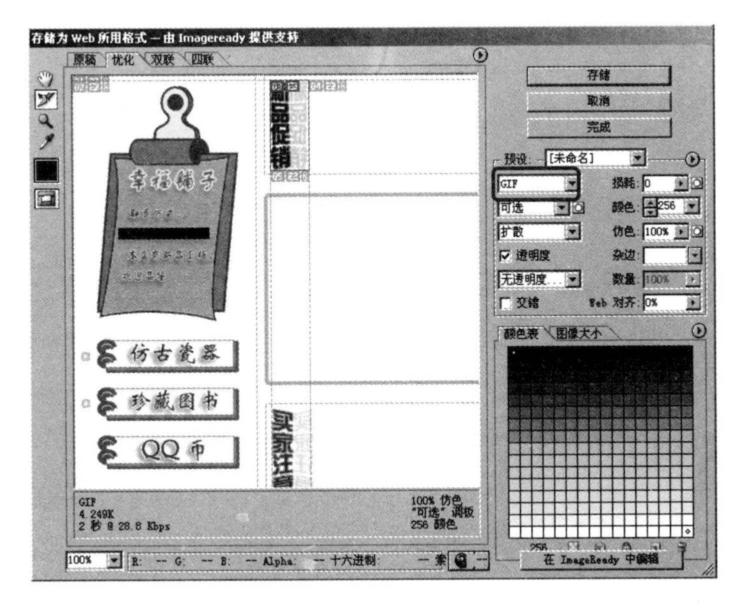

图 7.36　格式设置对话框

（A）

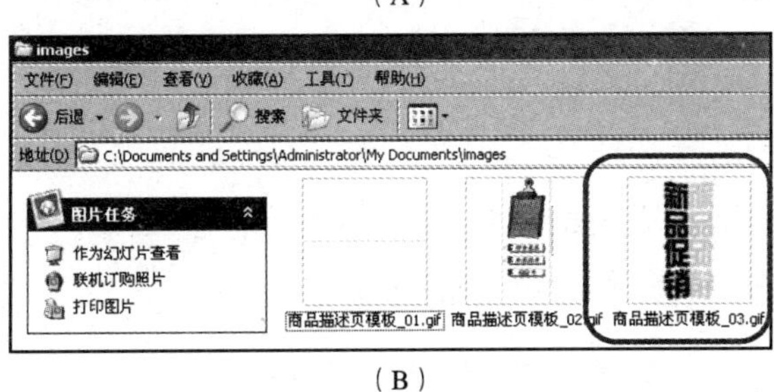

（B）

图 7.37　存储图片

按照上面提供的方法把所有需要用到的图片都切下来，存入文件夹中，如图 7.38 所示。

图 7.38　保存需要的切图

7.3.3 制作模板中的动画

在 6.4 节中介绍过如何通过 ImageReady 来制作简单的网页动画。相信读者能举一反三地制作出不同类型的动画。今天介绍一种代码形式的简单动画。<marquee> </marquee>是主要用到 HTML 代码。

首先来制作基本的网页内容：

```
<html>
<head>
<title>简单的网页动画</title>
</head>
<body>
<marquee>看我动起来了</marquee>
</body>
</html>
```

上面这段代码的显示效果如图 7.39 所示。会看到“看我动起来了”从 IE 窗口的右侧向左侧移动。

图 7.39 从右至左的动画

现在来为<marquee>加上其他效果，再来看看动画效果如何。

Marquee 可以使用如下一些属性，即把如下属性加入 marquee 标签中会得到不同的动画效果。

（1）direction 表示滚动的方向，值可以是 left，right，up，down，默认为 left。

（2）behavior 表示滚动的方式，值可以是 scroll（连续滚动）、slide（滑动一次）、alternate（来回滚动）。

（3）loop 表示循环的次数，值是正整数，默认为无限循环。

（4）scrollamount 表示运动速度，值是正整数，默认为 6。

（5）scrolldelay 表示停顿时间，值是正整数，默认为 0，单位是毫秒。

（6）align 表示元素的垂直对齐方式，值可以是 top，middle，bottom，默认为 middle。

（7）bgcolor 表示运动区域的背景色，值是十六进制的 RGB 颜色，默认为白色。

（8）height、width 表示运动区域的高度和宽度，值是正整数（单位是像素）或百分数，默认 width=100% height 为标签内元素的高度。

（9）hspace、vspace 表示元素到区域边界的水平距离和垂直距离，值是正整数，单位是像素。

（10）onmouseover=this.stop() onmouseout=this.start() 表示当鼠标称到以上区域时滚动停止，当鼠标移开时又继续滚动。

通过上面的属性介绍，接下来制作这样一种效果：文字在窗口中来回走动，当鼠标移到文字上时文字停止运动，当鼠标移开时文字恢复运动，并为文字加上黑色背景色，文字成为白色显示。代码如下：

```
<html>
<head>
<title>简单的网页动画</title>
</head>
<body>
<marquee behavior=alternate direction=right scrolla
mount=8 scrolldelay=0 onmouseover=this.stop() onmouseout
```

```
=this.start() bgcolor=#000000 width=200><font color=#ffffff>看我动起来了</font></marquee>
    </body>
    </html>
```

看到的显示效果都是因为 marquee 里增加了许多属性，接下来一条条解释属性的作用：

（1）behavior=alternate 表示动画的显示方式是左右晃动；

（2）direction=right 文字先从右边走向左边；

（3）scrollamount=8 运动速度为 8 毫秒；

（4）scrolldelay=0 表示没有延迟；

（5）onmouseover=this.stop() onmouseout=this.start()表示鼠标在文字上时停止运动，鼠标离开文字时恢复运动；

（6）bgcolor=#000000 表示背景为黑色；

（7）width=200 表示宽度为 200 像素，即在 200 像素宽的空间内运动；

（8）<font color=#ffffff>看我动起来了</font>文字的颜色为白色显示。

显示效果如图 7.40 所示。

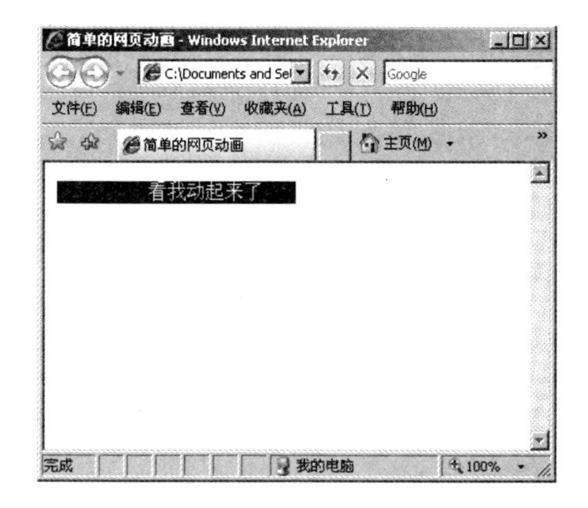

图 7.40 显示效果

7.3.4 制作页面代码

网页效果可以有两种方式实现，一是通过所见即所得编辑器制作，另外一种是通过手写代码来实现。最常用的所见即所得编辑器有 Dreamweaver 和 Frontpage，前者是美国 MACROMEDIA 公司开发的集网页制作和管理网站于一身的所见即所得网页编辑器，它是第一套针对专业网页设计师特别发展的视觉化网页开发工具，利用它可以轻而易举地制作出跨越平台限制和跨越浏览器限制的充满动感的网页。FrontPage 也是一个所见即所得的网页制作工具。无论是创建单个 Web 页面，还是规划、建设和维护大型网站，FrontPage 都能够胜任。FrontPage 可以说是最容易使用的网页制作工具。但是微软已宣布不再对 FrontPage 进行更新和支持，所以 FrontPage 正在退出人们的视野。

现在我们以 Dreamweaver 为例来介绍商品描述模板页的制作。虽然用所见即所得软件来制作网页容易得多，但还是需要简要地介绍页面代码的相关知识。

首先简要介绍用表格来布局整个网页。将 7.3.1 节中的商品描述模板页效果图制作成网页效果，首先要对网页整体布局。淘宝店铺只支持表格布局，所以这里只能用<table>来进行布局。首先把框架做出来。

代码如下：

```
<html>
 <head>
  <title>商品描述页模板</title>
 </head>
 <body>
  <table cellpadding=0 cellspacing=0 width=930 height
  =500 border=1>
   <tr>
    <td width=190>左侧</td>
    <td width=740>右侧</td>
```

```
      </tr>
     </table>
    </body>
   </html>
```

这是一段完整的 HTML 代码，所有的内容都包含在<html></html>中，<head></head>表示网页的头部，即标题栏内容，在<body></body>标签内加入了<table>标签，表示加入一个表格，这个表格的列用<td></td>表示，而表格行用<tr></tr>来表示，从上面代码中的标签数量可知，表格为 1 行 2 列。显示效果如图 7.41 所示。总体布局为左右分栏（表格的两列）。

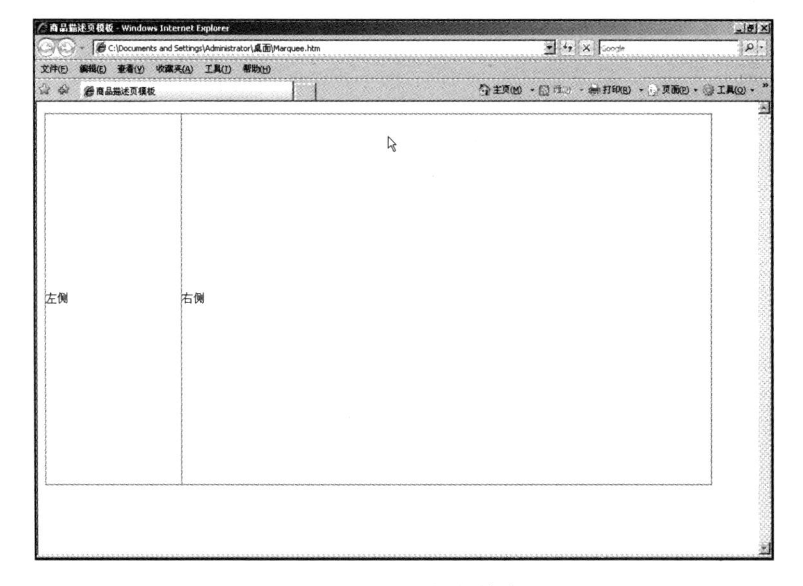

图 7.41　左右分栏整体布局

用 Dreamweaver 来实现上面的效果步骤如下：

（1）打开 Dreamweaver，新建 HTML 文件，如图 7.42 所示。

（2）插入表格：单击常用工具栏中的表格按钮，打开表格属性对话框，设置表格的宽度为 930 像素，1 行 2 列，如图 7.43 所示。

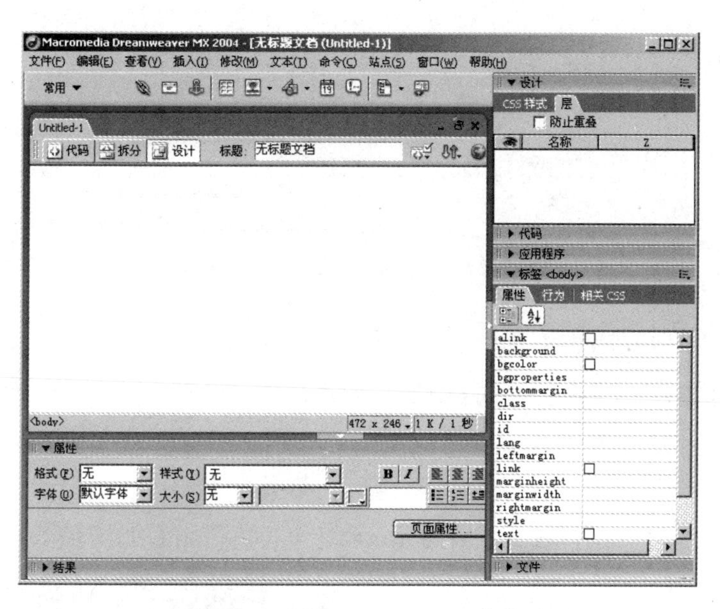

图 7.42　新建 Dreamweaver 文件

表格
表格大小
行数: 1　列数: 2
表格宽度: 930 像素
边框粗细: 1 像素
单元格边距:
单元格间距:
页眉
无　左　顶部　两者
辅助功能
标题:
对齐标题: 顶部
摘要:
帮助　确定　取消

图 7.43　表格属性对话框

选择“确定”按钮后效果如图 7.44 所示；表格只有宽度并没有高度。实际上在制作网页过程中，高度一般都不会设置为固定值，所以默认的表格高度为可灵活调节的，没有固定设置。

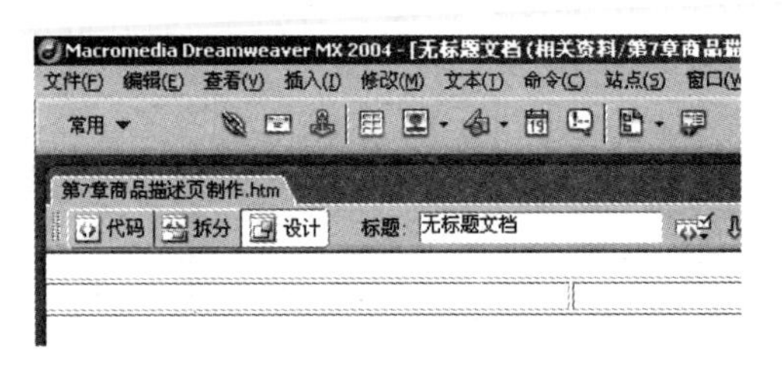

图 7.44　在 Dreamweaver 中插入表格

（3）制作左侧内容：首先要设置左侧宽度，将鼠标置于表格左列中，在底部打开的表格属性对话框中，设置左列为 190 像素宽，如图 7.45 所示。

单击常用工具栏中的插入图片按钮，打开图片对话框，选择欢迎图片的位置，打开后插入到适当位置，如图 7.46 所示。

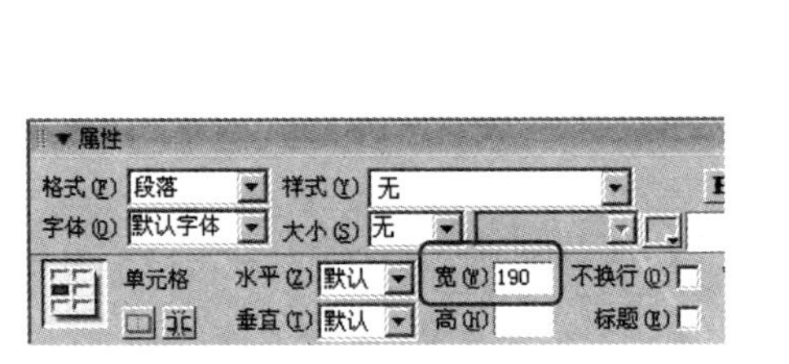

图 7.45　设置表格列宽

图 7.46　插入欢迎图片

插入横隔虚线：在欢迎图片下方插入一个 1 行 1 列的表格，高度为 1 像素，宽度为 180 像素，背景用图片填充，效果如图 7.47 所示。这里没有直接插入一根虚线图片，而是在表格里填充背景图片形成虚线，主要是为了控制图片的大小，以便快捷地打开网页。

图 7.47　插入横隔虚线

注意：在使用表格背景图片填充获得 1 像素高的虚线时，一定要把填充和间距设置为 0，如图 7.48 所示。

插入第一个分类，在第一行虚线下插入一个 1 行 2 列的表格，表格左列插入图片，右侧插入超级链接，如图 7.49 所示。

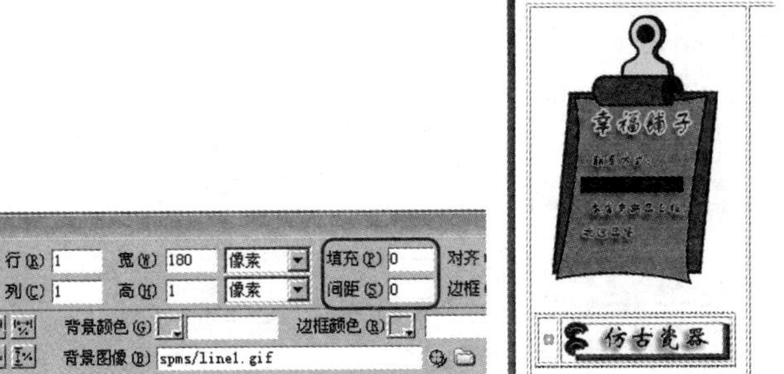

图 7.48　设置填充和间距

图 7.49　插入分类

依上面的方法插入其他分类，完成后效果如图 7.50 所示。

在制作左侧内容时主要是采用表格嵌套的方式布局。即在表格里再使用表格的方式。这样做的好处是容易对图片进行定位，而且不会导致变形，但缺点是嵌套的层次越多网页打开的速度就越慢。

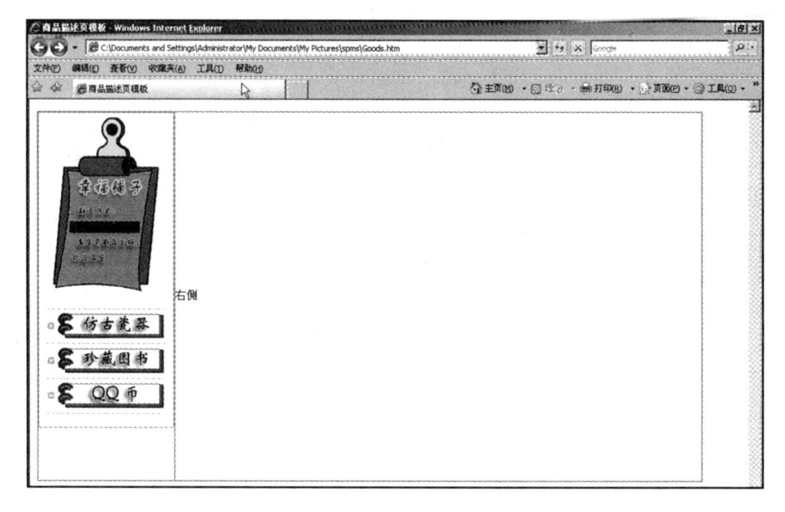

图 7.50　左侧内容设计

（4）制作右侧内容：首先要制作右侧上面的新品促销信息区，插入一个 1 行 2 列的表格，表格线设置为黄色，在表格左列插入新品促销图片，右列加入相应的促销说明，效果如图 7.51 所示。

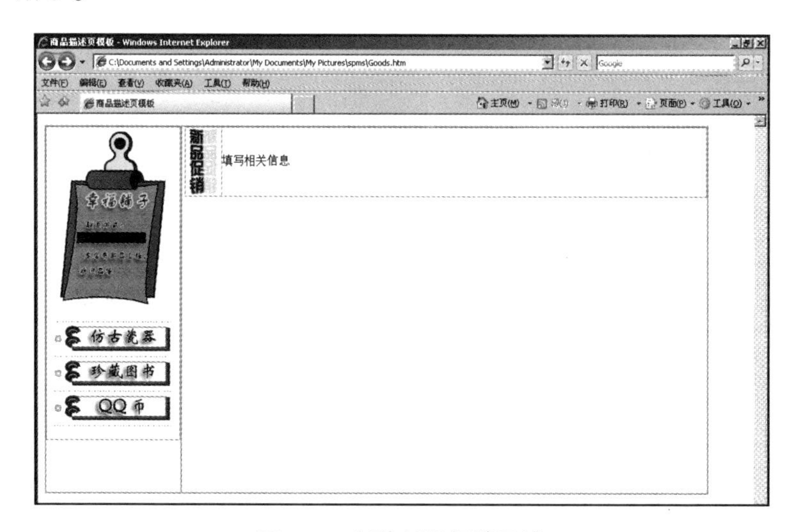

图 7.51　制作新品促销区域

注意：在制作表格的细边框时，如果直接设置边框大小为 1，然后设置边框颜色，则显示时的边框会比较粗。细边框是这样

制作出来的，先把整个表格的背景颜色设置为需要的边框颜色，然后把表格的填充设为0，间距设为1，如图7.52所示。最后一步把表格每一个单元格的颜色设置为白色，这个时候看起来表格的边框会很细。

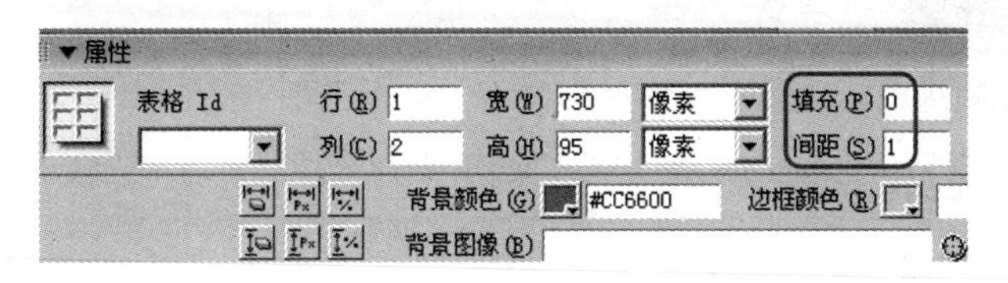

图7.52　设置极细表格边框

接下来制作商品描述区：插入一个3行1列的表格，在第一行插入边框的上部分图片，在第三行插入边框下部分图片，在中间一行插入填充背景，以便在表格高度变化时边框看上去不会变形，效果如图7.53所示。

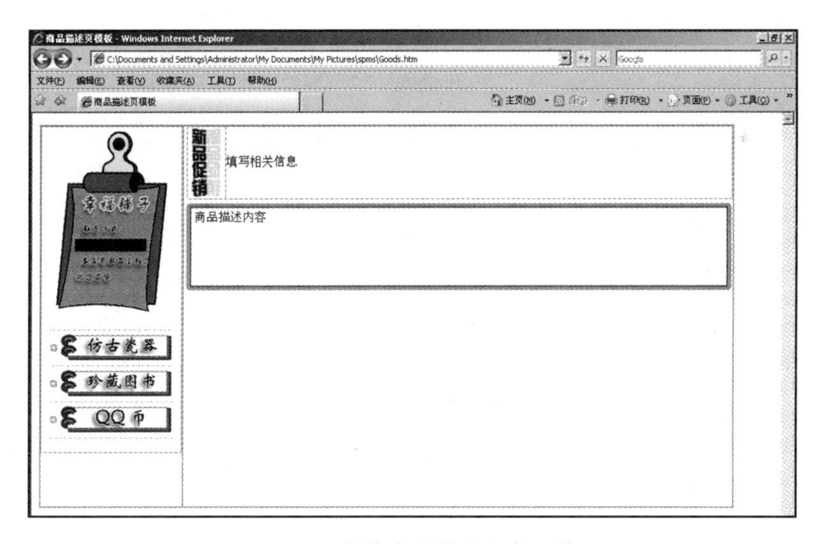

图7.53　制作商品描述内容区域

最后制作买家注意区域：它的制作类似于新品促销区的制作。也是插入一个1行2列的表格，在表格左列插入买家注意图片，右列加入相应的说明，效果如图7.54所示。

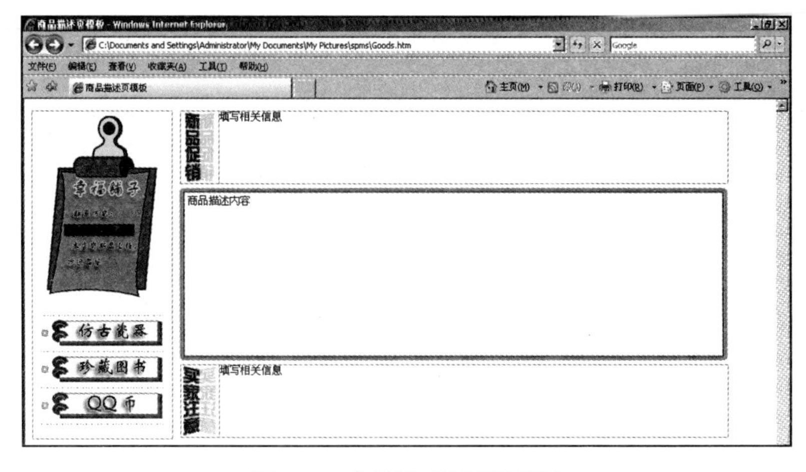

图 7.54　商品描述页网页模板

7.3.5　将页面代码进行整理

实际上，上面的代码已经是完整的商品描述页模板代码，之所以要整理，是因为这个模板是要用在淘宝店铺中的。而在淘宝店铺中，图片是不能保存的，需要先把图片存储在网络中的某个地方。代码中的地址类似于<img src=mjzy.gif>这种格式，src 后面接的就是图片的地址，显然这是一个本地地址，无法在网络中使用。我现在假设把所有上面制作过程中使用的图片都存储在网络中的 http://www.123game.cn/use/文件夹下，那就需要在每个引用地址前加上这一个绝对地址位置。如<img src= http://www.123game.cn/ use/mjzy.gif>这样才能在网络中引用，而不会出现不能显示的结果。把图片地址转换成绝对地址后的代码如下：

```
<html>
 <head>
  <title>商品描述页模板</title>
 </head>
 <body>
  <table cellpadding=0 cellspacing=0 width=930 height
  =500 border=0>
   <tr>
```

```
<td width=190 valign=top>
 <table cellpadding=0 cellspacing=1 width=190 height
 =0 border=0 bgcolor=#DE9903>
  <tr>
   <td bgcolor=#ffffff valign=top align=center>
    <img src=http://www.123game.cn/use/welcome_
    move.gif><br><br>
    <table  cellpadding=0 cellspacing=0 width=88%
    height=1 background=http://www.123game.cn/use/
    line1.gif><tr><td></td</tr></table>
    <table><tr><td><img src=http://www.123game.cn/
    use/dot.gif></td><td>
     <a href="http://shop33379552.taobao.com/?cat
     Id=49451646&queryType=cat&categoryName=1tC5
     %2BrfCucW0ycb3&encodeCategoriesName=y&search
     =y">
      <img src=http://www.123game.cn/use/index1.
      gif border=0>
     </a>
    </td></tr></table>
    <table  cellpadding=0 cellspacing=0 width=88%
    height=1 background=http://www.123game.cn/
    use/line1.gif><tr><td></td</tr></table>
    <table><tr><td><img src=http://www.123game.cn/
    use/dot.gif></td><td>
     <a href="http://shop33379552.taobao.com/?catId
     =49481738&queryType=cat&categoryName=yum8rg
     %3D%3D&encodeCategoriesName=y&search=y">
      <img src=http://www.123game.cn/use/index2
     .gif border=0>
     </a>
    </td></tr></table>
    <table  cellpadding=0 cellspacing=0 width=88%
    height=1 background=http://www.123game.cn/use/
    line1.gif><tr><td></td</tr></table>
    <table><tr><td><img src=http://www.123game.cn/
    use/dot.gif></td><td>
     <a href="http://shop33379552.taobao.com/?cat
```

```
      Id=114431428&queryType=cat&categoryName=UbHS&
      encodeCategoriesName=y&search=y">
       <img src=http://www.123game.cn/use/index3
       .gif border=0>
      </a>
     </td></tr></table>
     <table  cellpadding=0 cellspacing=0 width=88%
     height=1 background=http://www.123game.cn/use/
     line1.gif><tr><td></td</tr></table><br>
    </td>
   </tr>
  </table>
 </td>
 <td width=740 valign=top align=right>
  <table width=730 height=95  cellpadding=0 cellspacing
  =1 bgcolor=#DE9903>
   <tr bgcolor=#ffffff>
    <td width=50 align=center><img src=http://www.
    123game.cn/use/xpms.gif></td>
    <td valign=top>
     <p style="font-size:14px"> 填写相关信息</p>
    </td>
   </tr>
  </table>
  <table  cellpadding=0 cellspacing=0 width=88% height
  =5><tr><td></td</tr></table>
  <table cellpadding=0 cellspacing=0 width=731
  height=0 border=0>
   <tr><td height=7><img src=http://www.123game.cn/
   use/di1.gif></td></tr>
   <tr><td background=http://www.123game.cn/use/
   di3.gif height=210 valign=top align=center>
    <table width=715 height=100% border=0><tr><td
    valign=top>
     <p style="font-size:14px"> 商品描述内容</p>
    </td></tr>
    </table>
   </td></tr>
```

```
        <tr><td height=7><img src=http://www.123game.
        cn/use/di2.gif></td></tr>
       </table>
       <table  cellpadding=0 cellspacing=0 width=88% height
       =5><tr><td></td</tr></table>
       <table width=730 height=95  cellpadding=0 cellspacing
       =1 bgcolor=#DE9903>
        <tr bgcolor=#ffffff>
         <td width=50 align=center><img src=http://www.
         123game.cn/use/mjzy.gif></td>
         <td valign=top>
          <p style="font-size:14px">   填写相关信息</p>
         </td>
        </tr>
       </table>
      </td>
     </tr>
    </table>
   </body>
  </html>
```

以上这段代码运行后的效果如图 7.54 所示，与在本地显示没有任何不同。当然唯一的不同可能是打开网页时显示的速度有些不同，因为使用绝对地址后所有的图片都需要从网上下载后才能在浏览器中显示。所以显示速度会稍微有点慢，这也是在切图章节所讲的尽量把图片的多余部分切除掉，图片的大小直接影响打开网页的速度。

7.3.6　发布商品描述模板

以上的代码是一个模板，没有商品内容，具有通用性，即所有的商品发布页都可以使用的模板，在淘宝店铺中发布的页面肯定不会仅仅是个模板，而是用模板生成的商品描述页面。下面以某本书描述页为例，先制作一个详细的商品描述页面，然后在淘宝店铺中发布。

下面讲解制作详细的商品描述页。

商品描述页的内容来自如图 7.55 所示的页面，需要把杂乱无章的内容组织在上节制作的商品描述模板内。

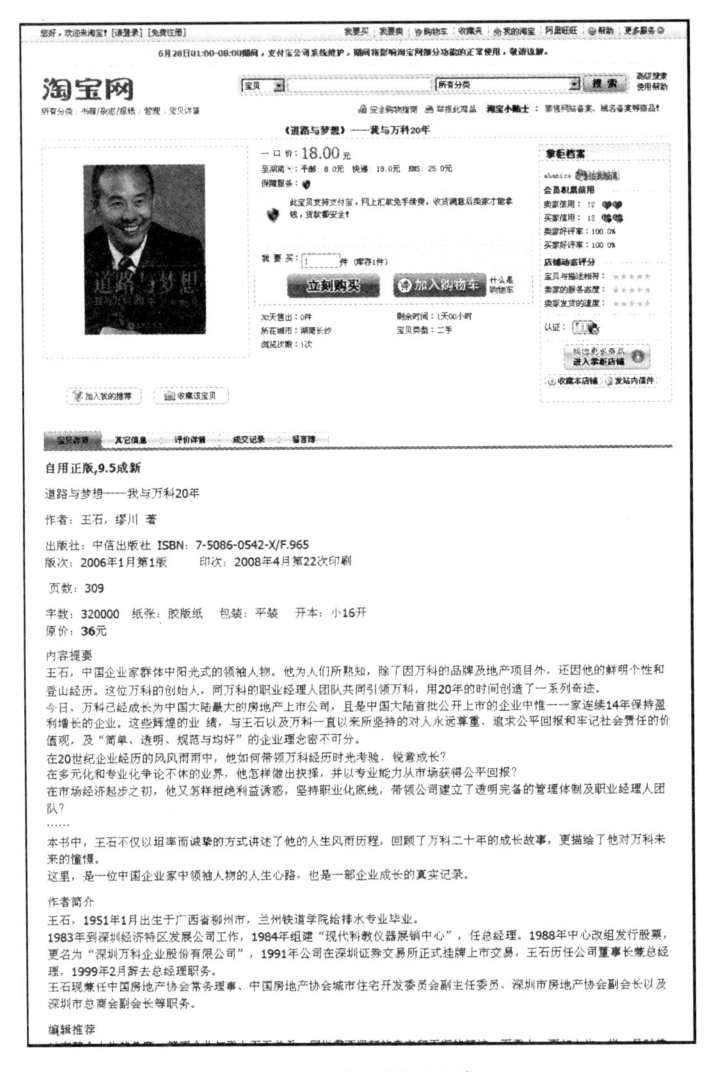

图 7.55　商品描述内容

制作完成后，代码如下：

```
<html>
 <head>
```

```
<title>商品描述页模板</title>
</head>
<body>
<table cellpadding=0 cellspacing=0 width=930 height
=500 border=0>
 <tr>
  <td width=190 valign=top>
   <table cellpadding=0 cellspacing=1 width=190 height
   =0 border=0 bgcolor=#DE9903>
    <tr>
     <td bgcolor=#ffffff valign=top align=center>
      <img src=http://www.123game.cn/use/welcome_
      move.gif><br><br>
      <table  cellpadding=0 cellspacing=0 width=88%
      height=1 background=http://www.123game.cn/use/
      line1.gif><tr><td></td</tr></table>
      <table><tr><td><img src=http://www.123game.
      cn/use/dot.gif></td><td>
       <a href="http://shop33379552.taobao.com/?cat
       Id=49451646&queryType=cat&categoryName=1tC5%
       2BrfCucW0ycb3&encodeCategoriesName=y&search=y">
        <img src=http://www.123game.cn/use/index1.
        gif border=0>
       </a>
      </td></tr></table>
      <table  cellpadding=0 cellspacing=0 width=88%
      height=1 background=http://www.123game.cn/
      use/line1.gif><tr><td></td</tr></table>
      <table><tr><td><img src=http://www.123game.
      cn/use/dot.gif></td><td>
       <a href="http://shop33379552.taobao.com/?cat
       Id=49481738&queryType=cat&categoryName=yum
       8rg%3D%3D&encodeCategoriesName=y&search=y">
        <img src=http://www.123game.cn/use/index2
        .gif border=0>
       </a>
      </td></tr></table>
      <table  cellpadding=0 cellspacing=0 width=88%
```

```
height=1 background=http://www.123game.cn/
use/line1.gif><tr><td></td</tr></table>
<table><tr><td><img src=http://www.123game.
cn/use/dot.gif></td><td>
 <a href="http://shop33379552.taobao.com/?cat
 Id=114431428&queryType=cat&categoryName=Ub
 HS&encodeCategoriesName=y&search=y">
  <img src=http://www.123game.cn/use/index3.
  gif border=0>
 </a>
</td></tr></table>
<table  cellpadding=0 cellspacing=0 width=88%
height=1 background=http://www.123game.cn/
use/line1.gif><tr><td></td</tr></table><br>
</td>
</tr>
</table>
</td>
<td width=740 valign=top align=right>
<table width=730 height=95  cellpadding=0 cellspacing
=1 bgcolor=#DE9903>
 <tr bgcolor=#ffffff>
  <td width=50 align=center><img src=http://www.
  123game.cn/use/xpms.gif></td>
  <td valign=middle align=center>
   <table cellpadding=0 cellspacing=0 width=98%
   height=95%>
    <tr><td align=center>
     <span style="font-size:16px;color:#ff0000; font-
     weight:bold;">自用正版,9成新,5折销售</span>
    </td></tr>
   </table>
  </td>
 </tr>
</table>
<table  cellpadding=0 cellspacing=0 width=88%
height=5><tr><td></td</tr></table>
<table cellpadding=0 cellspacing=0 width=731
```

```
height=0 border=0>
 <tr><td height=7><img src=http://www.123game.
 cn/use/di1.gif></td></tr>
 <tr><td background=http://www.123game.cn/use/
 di3.gif height=210 valign=middle align=center>
  <table width=715 height=100% border=0><tr><td
  valign=top align=left>
   <P><FONT size=4><b>内容提要</b></font><BR>
   <P><FONT size=4>在这里输入商品的详细信息</FONT>
   </P>        </td></tr>
  </table>
 </td></tr>
 <tr><td height=7><img src=http://www.123game.
 cn/use/di2.gif></td></tr>
</table>
<table  cellpadding=0 cellspacing=0 width=88%
height=5><tr><td></td</tr></table>
<table width=730 height=95  cellpadding=0 cellspacing
=1 bgcolor=#DE9903>
 <tr bgcolor=#ffffff>
  <td width=50 align=center><img src=http://www.
  123game.cn/use/mjzy.gif></td>
  <td valign=top align=left>
   <table with=720 height=95% border=0><tr><td
   align=left>
   <span style="font-size:14px">
   1.买家拍下宝贝后第一时间联系店主,以确认宝贝详细信息;
   <br>
   2.所有宝贝拍下后 24 小时之内发货,一律走快递;<br>
   3.买家拿到宝贝后,第一时间检查宝贝,有问题第一时间联系
   店主完成退换事宜;<br>
   </span>
   </td></tr></table>
  </td>
 </tr>
</table>
</td>
</tr>
```

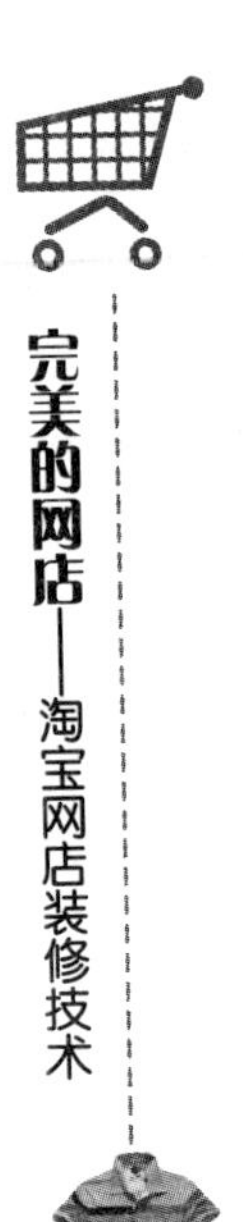


```
  </table>
 </body>
</html>
```

现在需要把代码加入到宝贝的描述页内，登录我的淘宝，打开宝贝发布页，如图 7.56 所示。单击编辑源文件，切换到源文件编辑窗口，把上一步中制作的源文件全部复制后粘贴到此窗口，如图 7.57 所示。

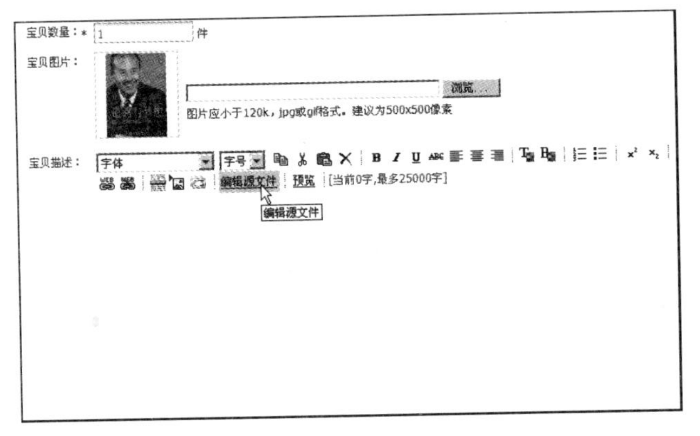

图 7.56　宝贝描述发布窗口

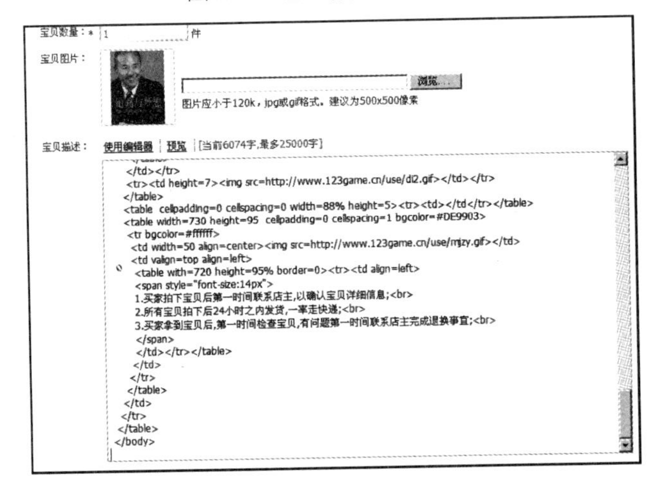

图 7.57　粘贴源文件

单击“使用编辑器”按钮，返回到所见即所得模式，如图 7.58 所示。

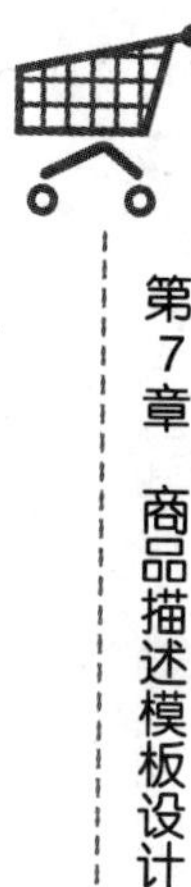

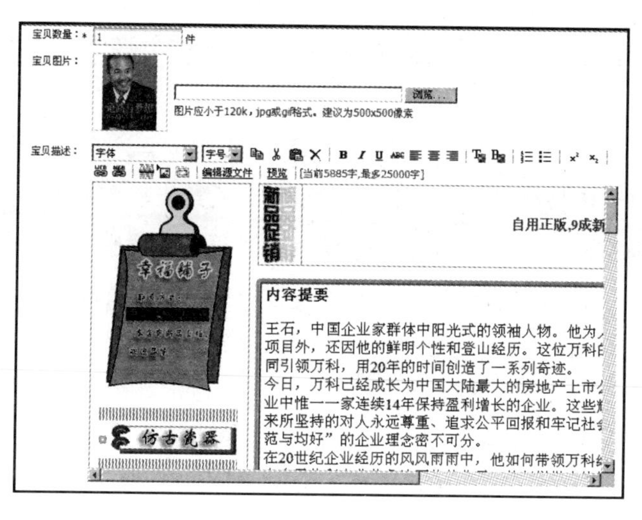

图 7.58　编辑器模式

确认无误后，即可单击页面底部“预览”按钮，查看效果，如图 7.59 所示为商品描述页顶部和底部的效果。

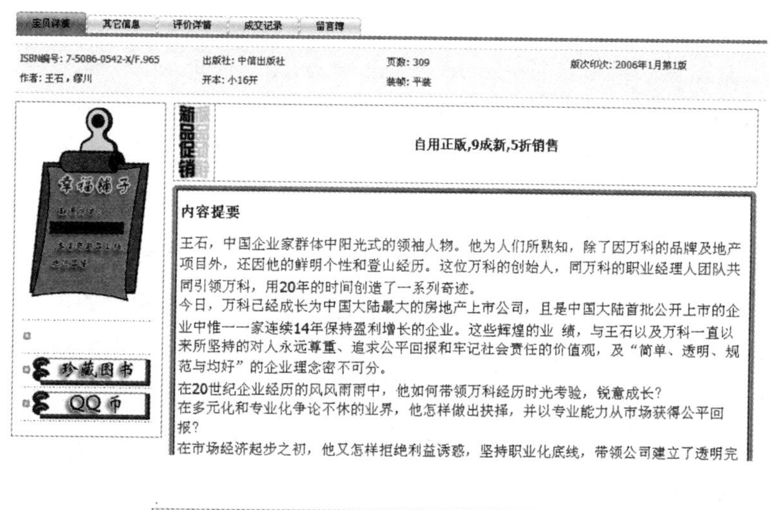

图 7.59　预览效果

预览无误后即可返回宝贝发布页单击“确认”按钮发布宝贝。至此，商品描述页的制作从模板制作到内容发布全部完成。

7.4 制作商品描述模板需要注意的问题

总的来说，在制作商品描述模板过程中需要注意如下事项：

（1）模板是通用的，即需要多个宝贝共用一个模板，只是里面的内容不一样，所以在制作模板的过程中注意模板的通用性。需要注意不要把模板的布局设计得过于复杂，因为每件商品的特性不一样介绍内容也会不一样，如果布局过于复杂会影响其通用性。

（2）面制作源代码时，页面布局只能用表格，而不能用现时流行的 CSS 样式表控制，淘宝暂时不支持 CSS 样式表，所以在制作文字等格式时，一定把样式直接写进 body 区域，而不要把它写在 head 区域，如果写在 head 区域会在发布过程中丢失；引起不必要的麻烦。

（3）在设计效果图时，为了页面的美观，需要加载一些很少用的但很美观的字体，不过要注意兼容性，不是每台计算机都会安装相同的字体，所以尽量少用偏僻的字体，以减少因兼容性而带来的问题。

（4）模板中可以使用漂亮的图片，但是要注意图片的大小，尽量用 GIF 格式，因为 JPG 格式比 GIF 格式大，当然色彩复杂的图片还是用 JPG 格式保存为妙，这样可减少因失真带来的视觉上的差异；另外所有需要使用的图片一定要上传到网络空间里；现在免费的网络空间，因使用了防盗链技术，很难再从空间里引用，所以如果有可能，最好是在网络中租用一个收费的空间用以保存网店所需的图片等资料。

（5）网络中图片和链接所引用的地址一定要用绝对地址，如果不是绝对地址就不能引用，会导致打不开文件。如<img src=http://www.123game.cn/usr/line1.gif>这是一个绝对地址，在网络中，绝对地址一定是以 http://开头的。而形如<a href="usr/line1.gif">的地址则是相对地址，在网络中是无法识别的，所以千万不能引用相

对地址，以免发生不必要的错误。

本章小结

本章主要介绍了如何设计和制作实用有效而不失美观的商品描述模板。

7.1 节简要介绍了商品描述模板的相关规定和模板包括的主要内容。

7.2 节简单讲述了商品描述模板制作的主要流程。

7.3 节以一个简单的商品描述模板制作为例，详细阐述了商品描述模板制作的整个流程：

（1）如何设计商品描述模板的效果图。

（2）如何切图并整理。

（3）如何制作模板中的动画。

（4）如何制作页面代码。

（5）如何将页面代码进行整理。

（6）如何发布商品描述模板。

7.4 节对制作商品描述模板需要注意的问题进行了说明。

第 8 章 关于淘宝旺铺

淘宝旺铺是淘宝开辟的一项增值服务，相比普通店铺而言是一种更加个性化和更豪华的店铺界面。能帮助卖家更好地经营店铺提高人气，所有淘宝普通店铺的卖家都可申请加入旺铺。当然需要支付一定的费用。

8.1 什么是淘宝旺铺

先来看图 8.1（A）和 8.1（B）两幅图，相信一眼就能看出图 8.1（A）是某普通店铺的首页界面，而图 8.1（B）是某旺铺的首页界面。普通店铺的可设计区域有限，商品图片很小只 80×80 像素大小，而旺铺的商品图片则比普通店铺的大一倍达到了 160×160 像素。同时旺铺的可编辑区域比普通店铺大得多。图中标红区域为可编辑区域，普通店铺的可编辑区域非常小，页面布局排版比较呆板，而旺铺的可编辑区域相对就要大得多，除了店主信息区域不可编辑外，其他地方都可手动编辑，所以布局排版相对灵活，而且可以自由设计内容，如可设置五个自定义页，如图 8.2 所示。比普通店铺豪华很多。

旺铺与普通店铺的区别具体可通过表 8.1 比较出来。

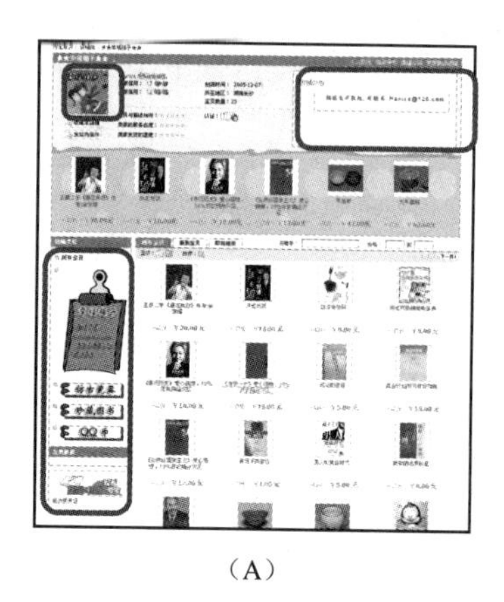

（A）

（B）

图 8.1　普通店铺与旺铺首页截图

图 8.2　五个自定义页面

表 8.1　旺铺与普通店铺的比较

比　较　项	旺　　铺	普 通 店 铺
资费	根据不同的旺铺等级支付不同的费用	无
个性化首页	有店招和促销栏，首页更个性	无
自定义页	可设置五个自定义页	无
宝贝图片	160×160	80×80
首页推广区	可设置三大推广区	无
掌柜推荐	最多可设置 16 个	6 个
宝贝描述页	有店招，侧边栏	无店招、无侧边栏
店内自动推荐	即将推出	无

8.2　申请成为淘宝旺铺

任何淘宝普通店铺的店主都可以让自己的普通店铺申请为淘宝旺铺扶植版，这个是免费的，可以在“店铺管理”中的“店铺装修”页面单击相关按钮即可完成升级。具体步骤如下：

（1）打开淘宝：登录“我的淘宝”，在“店铺管理”区域单击“店铺装修”链接，如图 8.3（A）所示，进入如图 8.3（B）所示的店铺装修页。

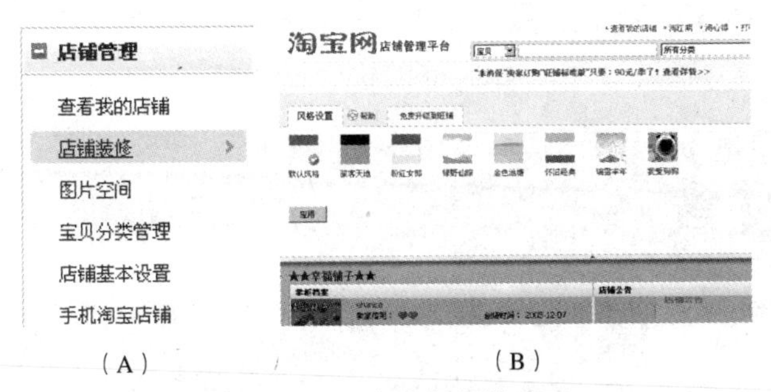

（A）　　　　　　　　（B）

图 8.3　打开卖家服务管理页

（2）单击“免费升级到旺铺”按钮，即可打开如图 8.4 所示的旺铺装修页面。

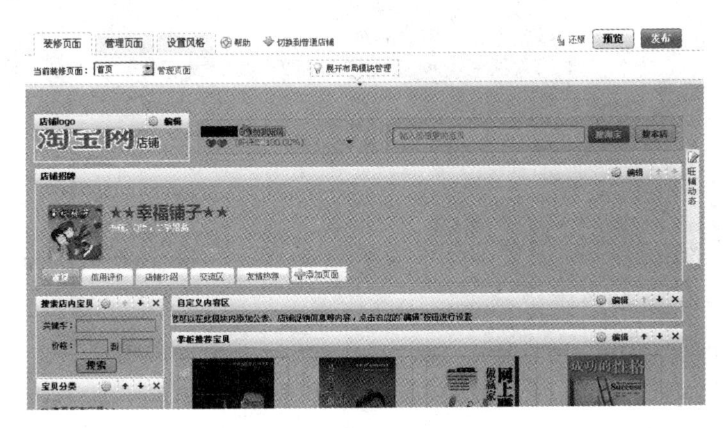

图 8.4　旺铺装修页面

上面讲的是旺铺扶植版的申请，扶植版主要针对大批小卖家推出的产品，功能上有较多的限制，如果需要使用功能强大的旺铺功能，可以把旺铺升级到标准版、拓展版或旗舰版，不过这些版本不是免费的，而是需要付费的。

8.3　在淘宝旺铺中都可以做什么

在前面的比较中已经知道，旺铺及普通店铺除了导航条的大小与设计有相似之处外，其他地方完全不一样，如普通店铺只有

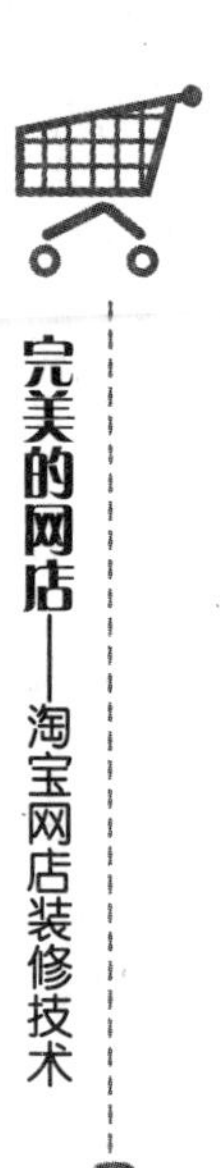

一块 100×100 像素的小店标，而旺铺则拥有 950×120 像素的店招。普通店铺没有所谓的促销区，而旺铺则拥有理论上无限大的促销区。图 8.5 是旺铺的可编辑区域介绍。

图 8.5　旺铺可编辑区域

8.3.1　拥有全新的店招

旺铺中的店招相当于普通店铺的店标，只不过店标只有 100×100 像素大小，如图 8.6（A）所示，这么小的图片中其实表现不了什么丰富的内容，仅仅只是一个小图片而已，而旺铺虽然没有店标这一说法，却拥有一块面积 950×120 像素的任意设计的店招区，如图 8.6（B）所示。这么大的面积，不但可以表达丰富的信息还可以设计精美的图案，能吸引更多的眼球。

8.3.2　拥有促销区

在普通店铺中有一个 350×100 像素的公告区，永远是固定的由下往上滚动的效果，100 的高度很难淋漓尽致地表达想要表达的内容，如图 8.7（A）所示为某普通店铺的公告区，而图 8.7（B）则为某旺铺的促销区，旺铺的促销区是一个面积 740×500 像素的区域，比公告区要大得多，而且这个区域不论是内容还是效果完全由自己

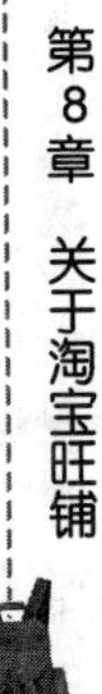

设计，所以避免了枯燥无味的单一效果，也留有更多的创意空间。

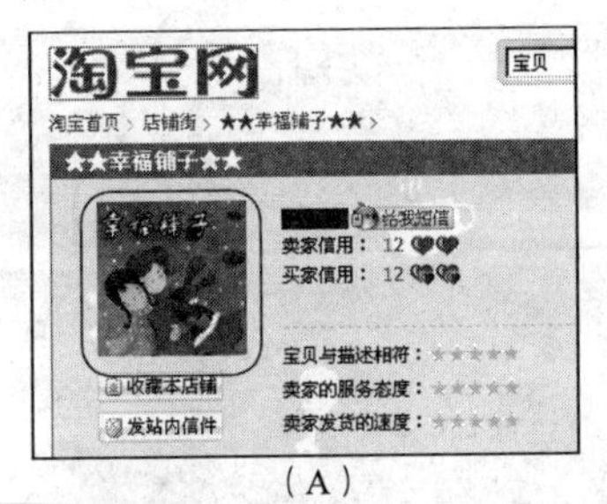

（A）

（B）

图 8.6　店标与店招的比较

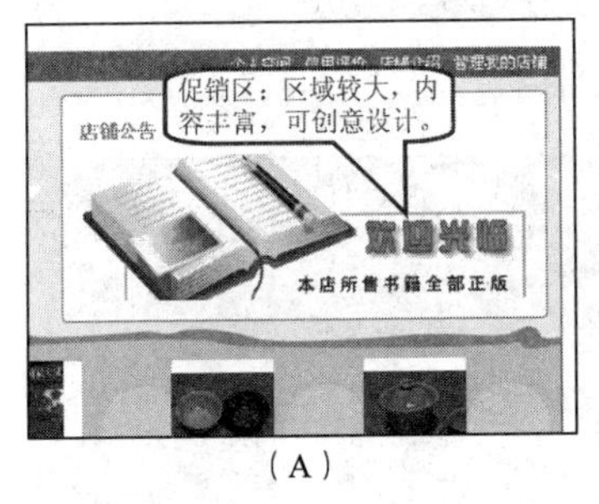

（A）

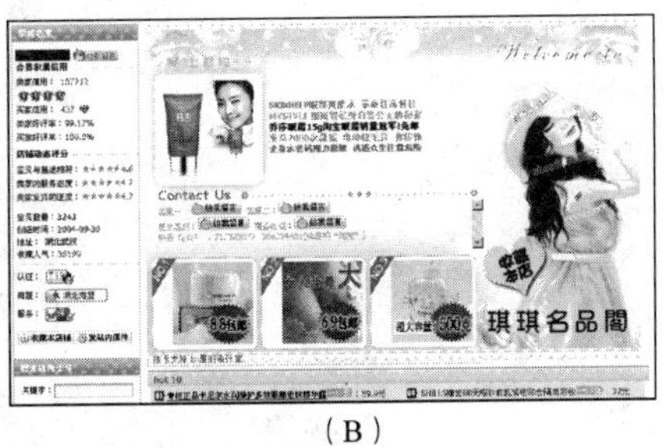

（B）

图 8.7　公告区与促销区的比较

8.3.3　可以更加灵活地控制页面效果

普通店铺因为可设计区域很小，很难做到有自己的特色，所以看到的普通店铺都长一个样，除了选择的风格不一样外，布局内容基本都一个样。而旺铺因为可设计区域变大，能充分发挥设计创意，所以旺铺的风格各异，下面分析几个富有特色的旺铺首页。

图 8.8 为某名表店的店铺首页，黑色调尊显高贵气质，店招和促销区经过精心设计，浑然天成。

图 8.9 为某首饰店的首页，以浅咖啡色为主，凸显首饰的晶莹剔透美感，当然美中不足之处在于白色区域推荐首饰的地方，所占面积不小，但所推荐的首饰却显得比较小气，如果换成更大更

有金属质感的首饰更能相得益彰。

图 8.8　某表店铺首页

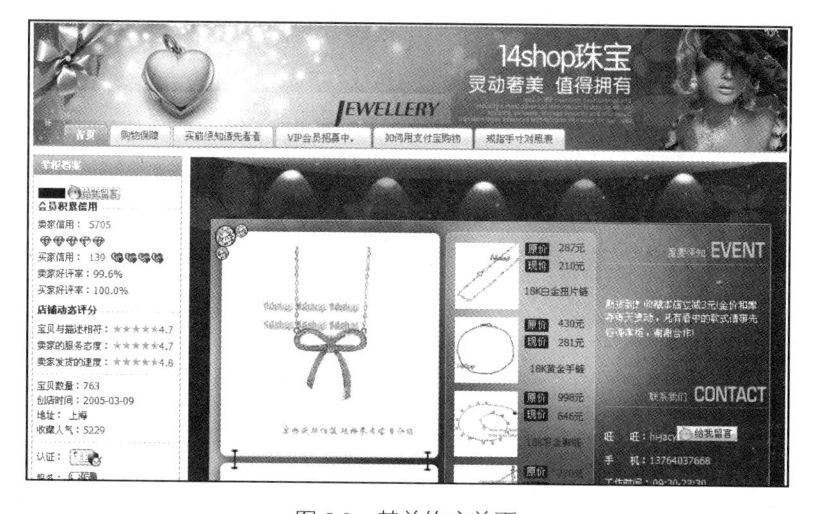

图 8.9　某首饰店首页

图 8.10 为某家居用品店的首页，此店店招很有特色，融入中国山水画的风格，透着一股古典美，当然如果促销区的产品图片能设计精美一些会更有美感。

图 8.11 为某书店的首页，统一和谐的蓝色、繁体的书字配合、简笔画的背景，有一种复古风味，画面简洁，一目了然。

图 8.10　某家居用品店首页

图 8.11　某书店的首页

8.4　淘宝旺铺可以带来什么好处

因为旺铺能做更多的修饰，能做得更美观有特色，所以更能吸引眼球，而且旺铺都是相对职业的人在经营，不像普通店铺，可能仅仅是为了把手头上的二手品处理掉，而并非想去精心经营。所以旺铺的成交率和服务都会更好。下面简单阐述一下旺铺所带来的好处。

8.4.1 更加丰富的店铺首页

旺铺的首页可以加入的设计元素很多，要充分发挥设计者的灵感，制作出别具一格的风格来。而普通店铺则完全做不到这一点，它的总体设计区域还不到旺铺的一个店招的大小，没有可回旋的余地，没有整体美感。

8.4.2 更方便的产品展示

普通店铺产品展示的都是小图，大小只有 80×80 像素，而旺铺的产品图片展示则有 160×160 像素的大小，长和宽是普通店铺的两倍。如图 8.12（A）所示是普通店铺的产品图片，图片很小，而且只显示了商品的名称和价格，没有其他的提示信息，旺铺则不一样，如图 8.12（B）所示旺铺图片较大，能直观的表现产品，而且除了产品名称和价格外，还能看到已出售的件数并能知道买家对单件商品的评价如何。这些可以说都是普通店铺不能比拟的。

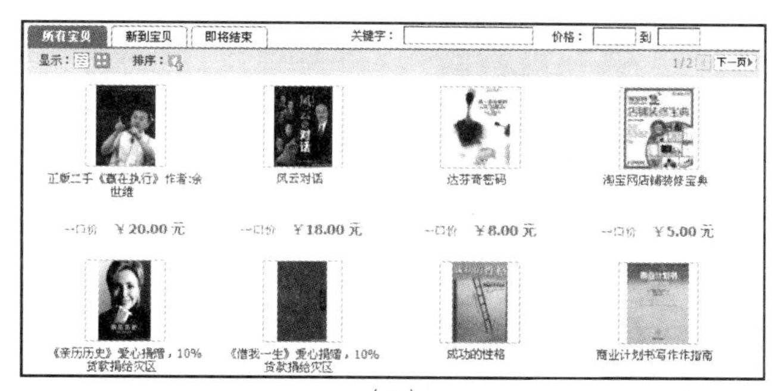

（A）

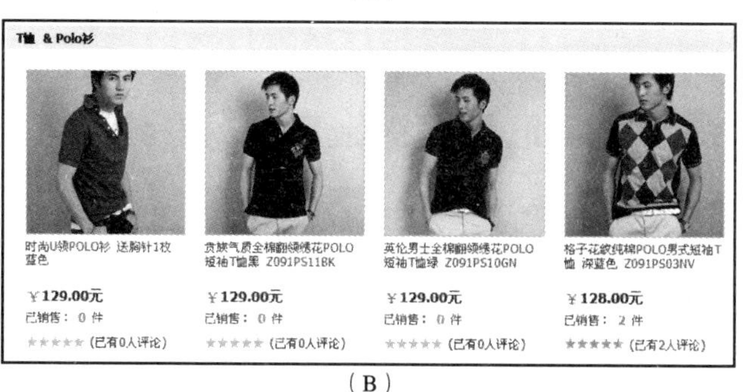

（B）

图 8.12　旺铺与普通店铺的产品展示

本章小结

从本章开始介绍旺铺装修的相关知识。与普通店铺相比较，旺铺没有店标但有面积更大的店招，旺铺没有公告区但有形式灵活的促销区，旺铺的产品图片比普通店铺的产品图片大一倍，能让访问者感受更多的细节。

本章主要介绍旺铺与普通店铺的区别。在接下来的几章内容将会介绍旺铺的详细装修方法。

第 9 章 旺铺店招设计

在前面的章节中介绍了普通店铺的店标设计，导航栏的设计。从这章开始介绍旺铺的具体设计细节。

9.1 旺铺店招的简介

如图 9.1 所示即为某旺铺的店招，从图中可见店招是一个长方形的区域，面积比较大，位于店铺的上部。淘店旺铺规定，店招的大小为 950×120 像素。文件大小控制在 80K 以内，支持的图片格式有 JPG、GIF 和 PNG 三种。

图 9.1　某旺铺店招

 9.2　旺铺店招的设计流程

与普通店铺的店标设计流程一样，先要对店招有一个整体的构思，然后搜索需要的素材，最后动手制作。下面以制作某钟表店铺的店招为例加以介绍。

首先需要有一个整体构思：在店招内要体现表这一主题，需要用到表的元素和其他的一些修饰。

其次搜索图片素材，如图 9.2 所示为需要用到的图片素材。

图 9.2　表的图片素材

9.2.1　设计店招中的图片

有了构思有了素材现在可以开始设计店招了。

（1）打开 Photoshop，依次选择“文件”—“新建”命令，打开新建对话框，高度和宽度分别设置为 120 像素和 950 像素，如图 9.3（A）所示，建立新图片，如图 9.3（B）所示。

（2）制作背景：背景色用黑色为主，凸显名表的尊贵。新建一图层，命名为“黑色背景”，如图 9.4 所示。

选中该层，在图层面板中为蓝底白字显示，即表示选中了黑色背景图层，可以对其进行操作了，如图 9.4 所示。单击工具栏中的渐变工具，打开渐变工具条如图 9.5 所示，单击图中红框处，打开渐变编辑器对话框，如图 9.6 所示。

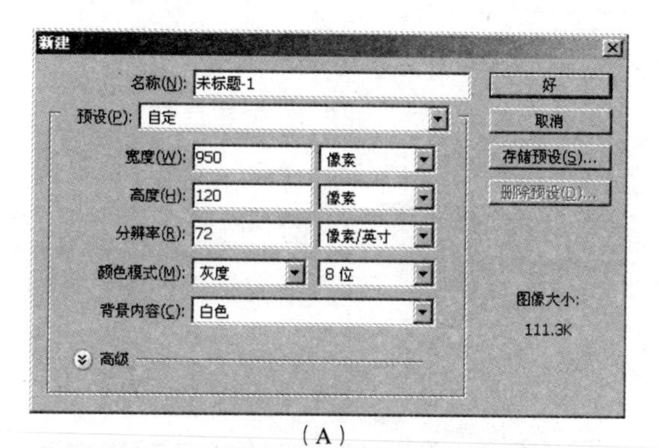

（A）

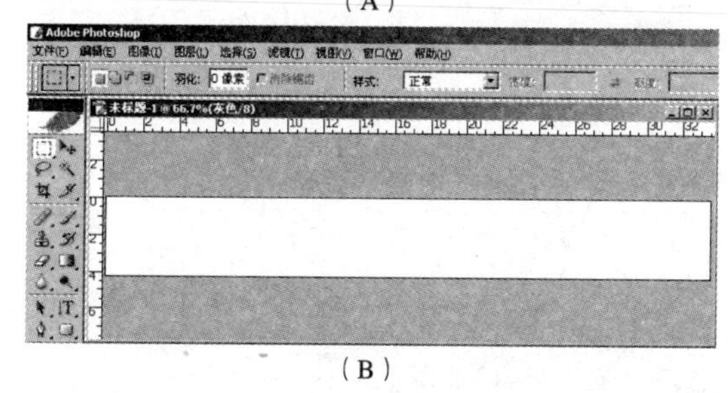

（B）

图 9.3　新建文件

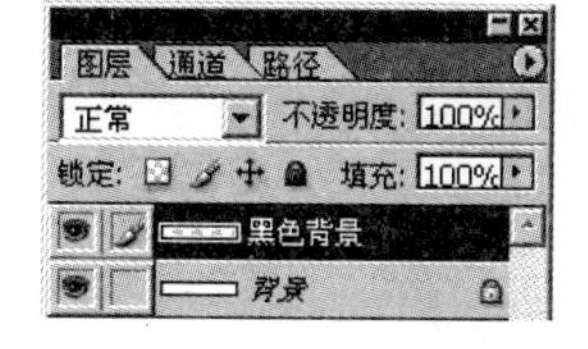

图 9.4　新建黑色背景图层

图 9.5　渐变工具条

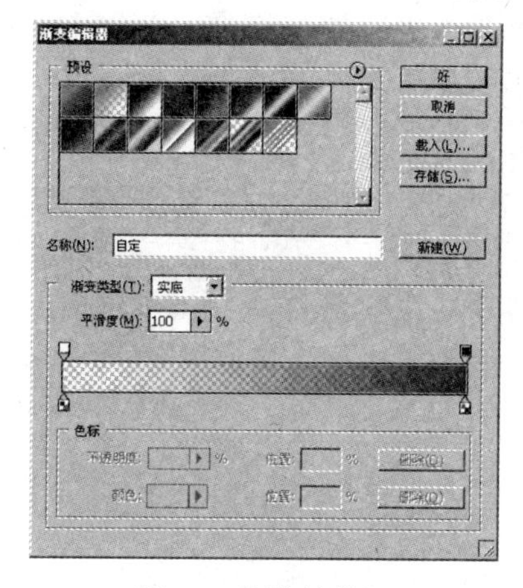

图 9.6　渐变编辑器

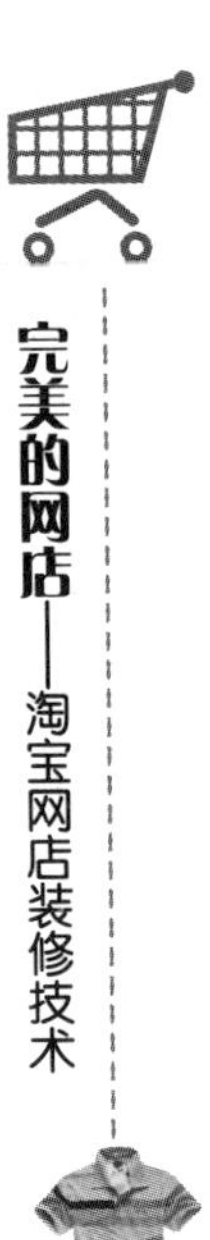

在预设框中选择渐变类型为黑白渐变，如图 9.7（A）所示。此时渐变条显示为如图 9.7（B）所示的样子。

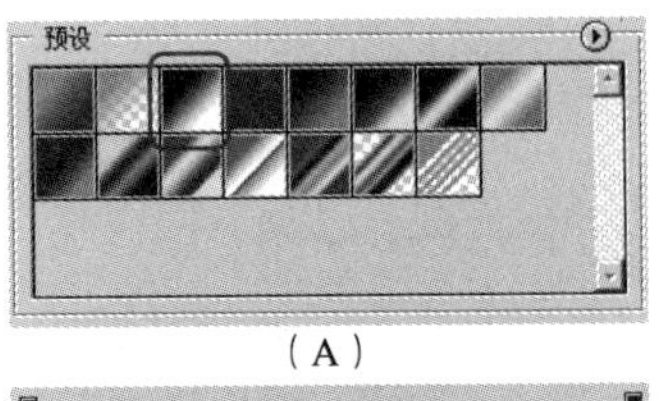

（A）

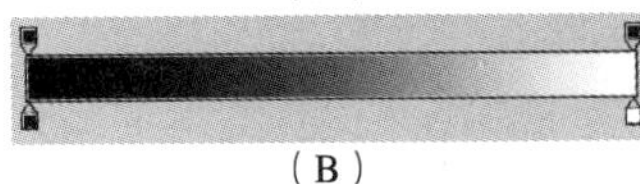

（B）

图 9.7　设置渐变类型

回到画布页面，按住鼠标左键从四方框的左侧拖动至右侧，此时会发现拖出来的直线有倾斜度，如果同时按住“Shift”键则能拖出一条水平直线。松开鼠标后发现方框中已填充了黑白渐变色，如图 9.8 所示。

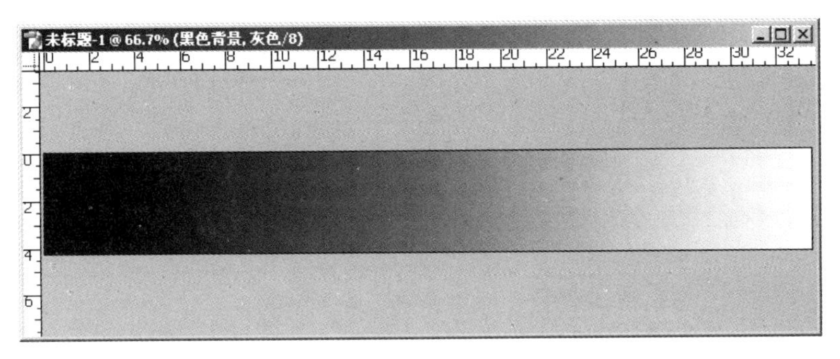

图 9.8　填充渐变色

（3）加入表元素：打开名表图片，如图 9.9 所示。

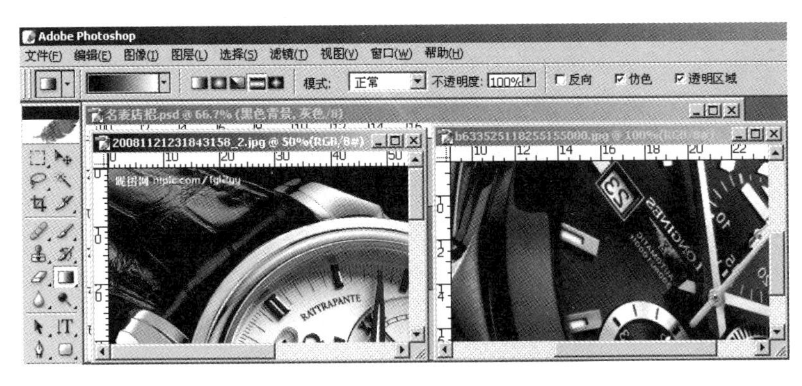

图 9.9　打开表元素

选择工具栏中的移动工具，把两张名表的图片拖至新建图片

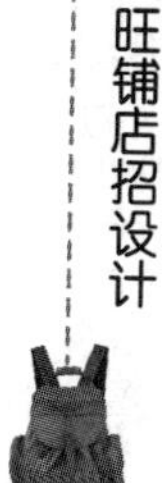

中。此时图层显示如图9.10所示。分别命名两图层为表1和表2。

（4）调整表元素的大小：分别选中表图层，选择“编辑”—“自由变换”命令，调整图片到适合的大小。如图9.11所示，从图中可见，这种组合是比较机械的，有明显的接口，画面并不美观。

图9.10 把表图片拖至新图片中

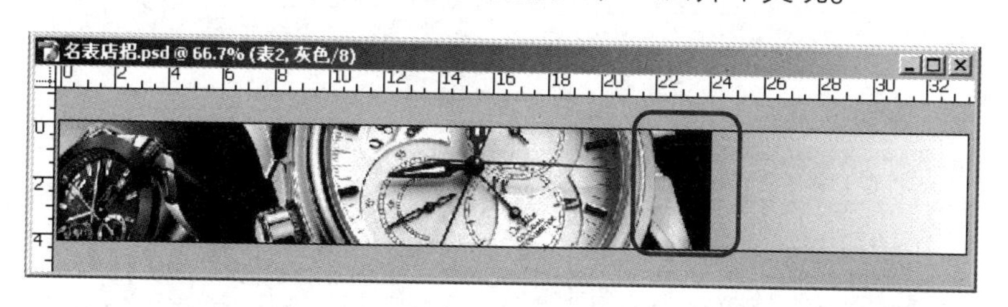

图9.11 调整表元素大小

（5）修饰表元素使其与画面结合更和谐：选中表1图层，然后选择工具栏中的魔棒工具，单击画面黑色区域，图9.11矩形框处。选中黑色区域，然后按“Delete”键，删除掉黑色部分，效果如图9.12所示。这时接口部分没有明显的断层，而且与背景融为一体。

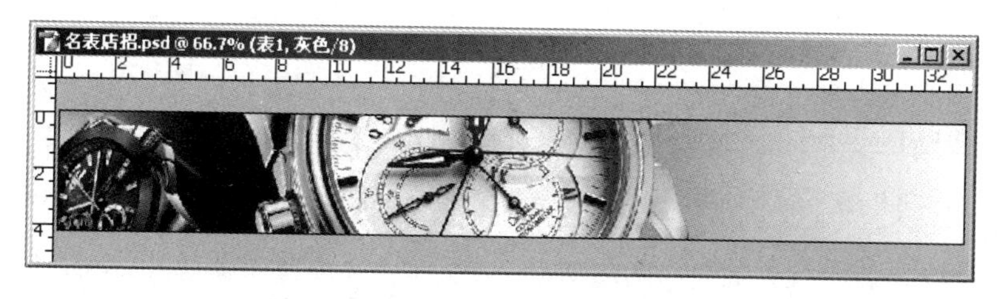

图9.12 图片修饰效果

9.2.2 制作店招中的文字

上一步骤中制作的图片突出了表元素，两个表的组合简洁而有立体感，文字也不宜过多过花，加入店名“匠心表行”即可。

（1）输入文字：单击选择工具栏中的文字工具T，然后单击

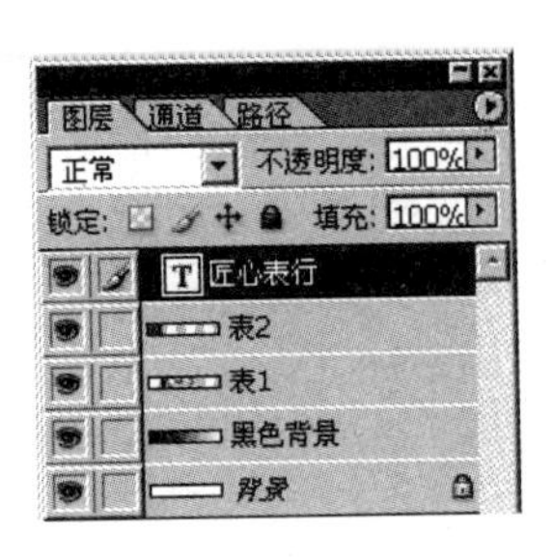

图 9.13　文字图层

画面，新建一文字图层，输入“匠心表行”，如图 9.13 所示。

（2）设置文字效果：双击文字图层，选中文字，设置字体为黑体，大小为 60 点，浑厚效果，颜色为黑色，如图 9.14 所示，文字效果如图 9.15 所示。

图 9.14　文字设置栏

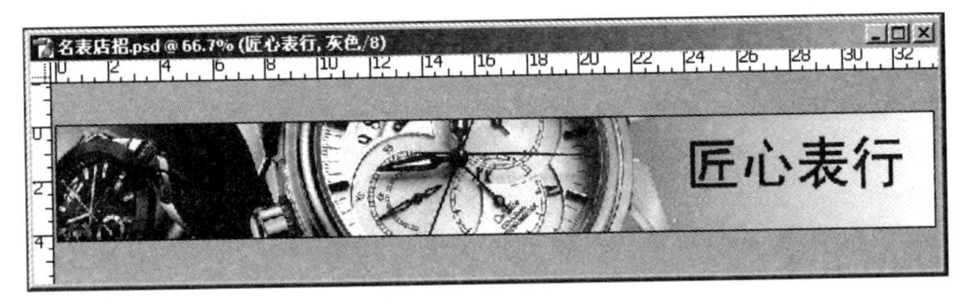

图 9.15　文字效果

图 9.16　双击区域

（3）加入文字修饰：为文字制作特殊效果。双击文字图层中文字与图层标志之间的位置，如图 9.16 手指所示位置，注意一定要双击这个位置才能打开图层样式对话框。打开图层样式表之前，先复制一层文字图层。

（4）设置图层样式：打开图层样式对话框，首先设置阴影，如图 9.17（A）所示，设置角度+60 度，距离为 15 像素，大小为 5 像素，产生阴影效果，如图 9.17（B）所示。

设置描边效果，在图层样式表中，勾选描边，设置大小为 2 像素，位置在外部，颜色为纯白色，如图 9.18（A）所示，文字效果如图 9.18（B）所示。

再设置一层黑色描边效果：选中复制的文字图层，打开图层样式表，勾选描边，设置大小为 5 像素，位置为外部，颜色为纯黑色，如图 9.19（A）所示，文字效果如图 9.19（B）所示。

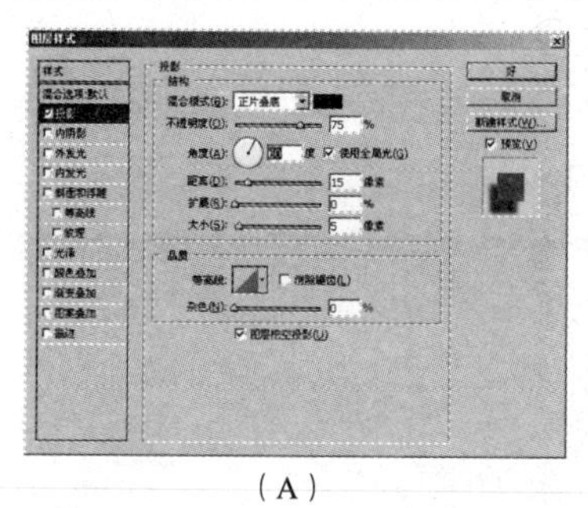

（A）

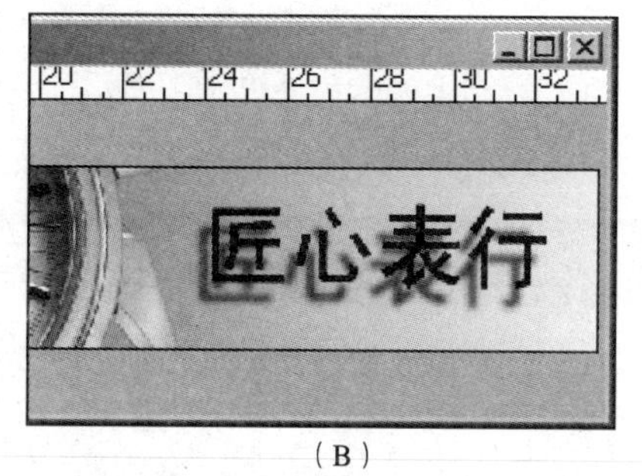

（B）

图 9.17　设置阴影效果

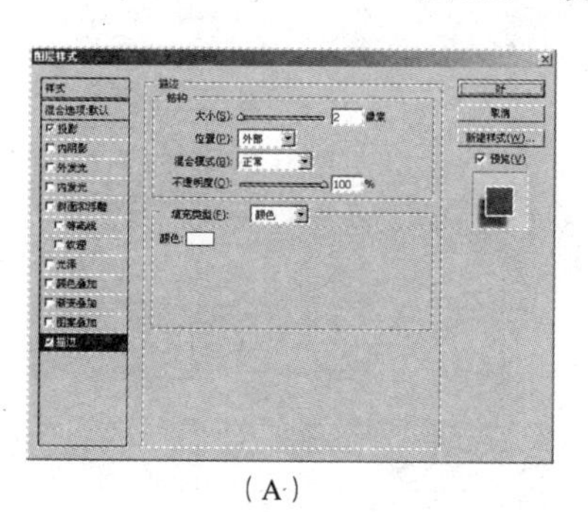

（A）

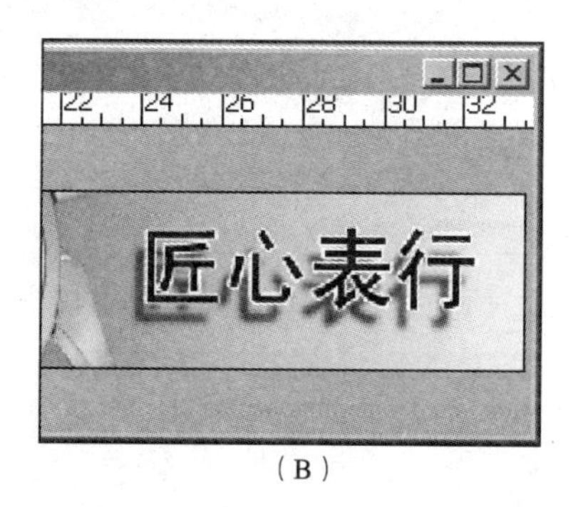

（B）

图 9.18　设置描边效果

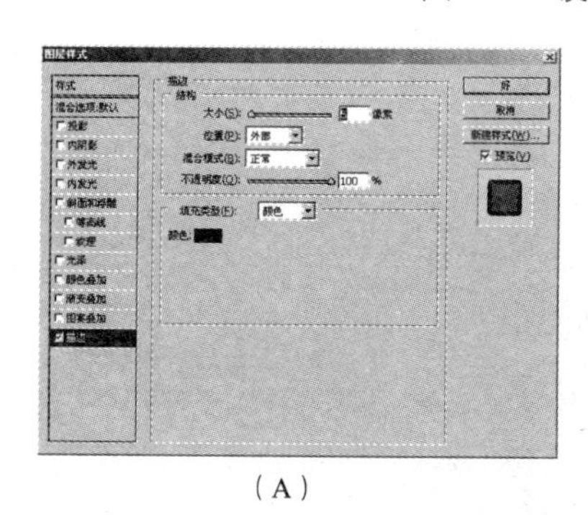

（A）

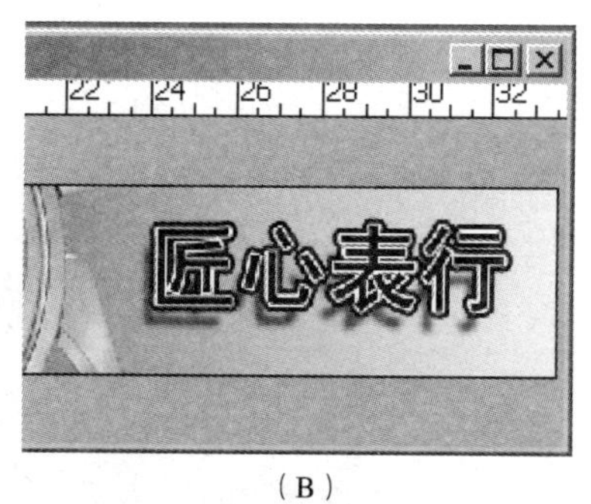

（B）

图 9.19　再设置描边效果

至此，整个店招的静态部分制作完毕，效果图如图 9.20 所示。

图 9.20　整体效果图

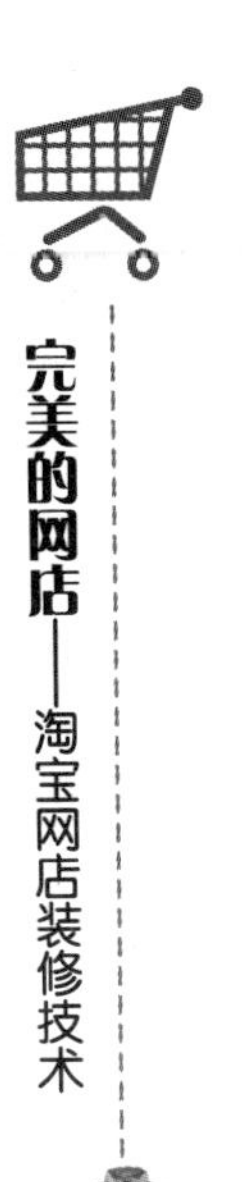

9.2.3 制作店招中的动画

利用 ImageReady 制作一个简单的动画：让匠心表行文字闪烁显示。制作流程如下：

（1）用 ImageReady 打开上一步中制作的旺铺店招源文件，如图 9.21 所示。

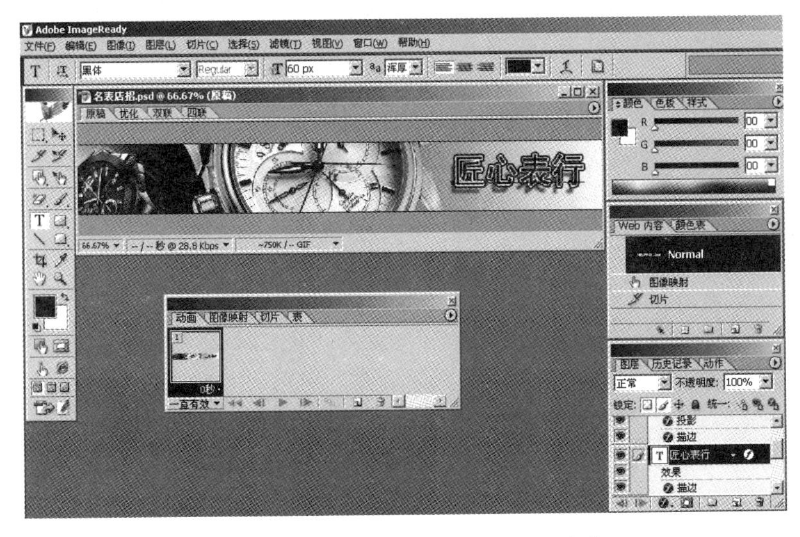

图 9.21 用 ImageReady 打开 PS 源文件

（2）制作帧：单击动画面板中的“复制当前帧”按钮复制当前帧，如图 9.22 所示。

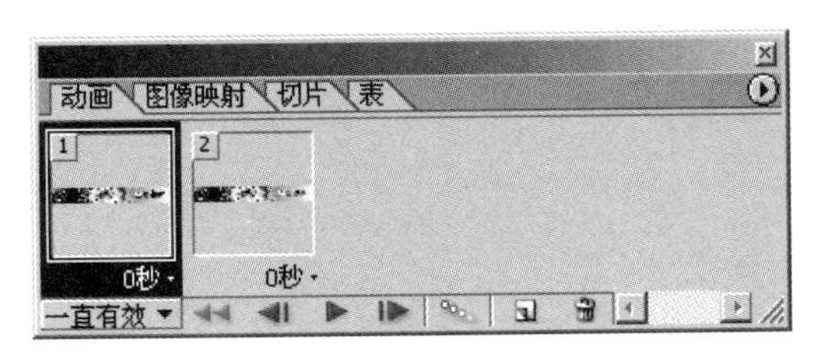

图 9.22 复制当前帧

（3）制作闪烁效果：选中第二帧，如图 9.23（A）所示，在图层面板中把“匠心表行”文字图层隐藏，即把图层前的小眼睛去掉，如图 9.23（B）所示。

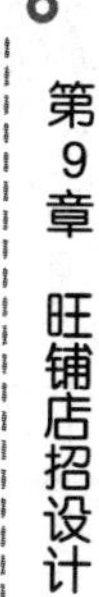

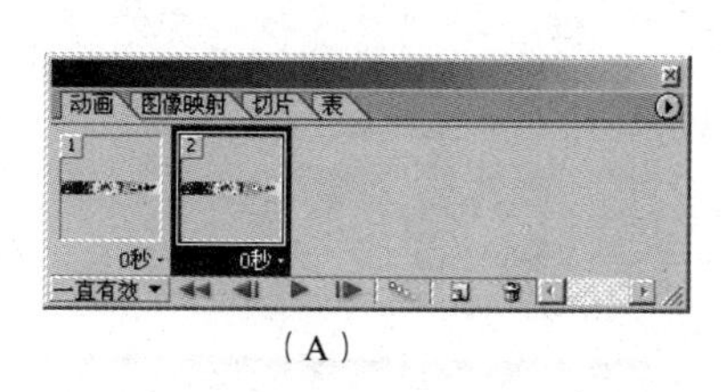

（A）

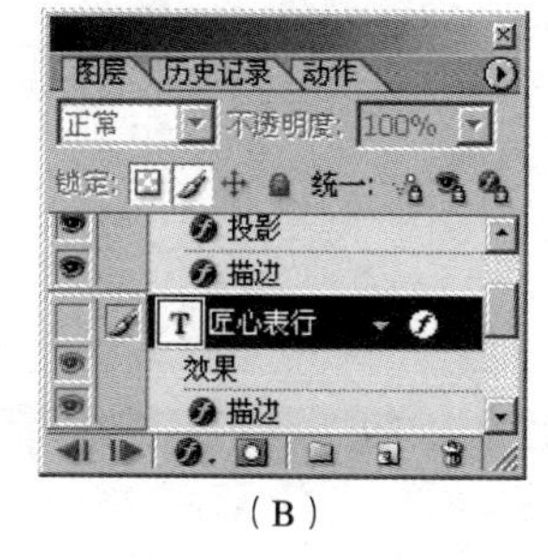

（B）

图 9.23　制作闪烁效果

（4）调整效果：单击动画面板中的播放按钮▶，可见文字的闪烁效果，但会发现闪烁过于频繁，并不起到很好的效果，如何才能在闪烁一次后停留几秒后再闪烁一次呢？复制第一帧，并把它拖动到最后一帧的位置，如图 9.24 所示，之所以复制第一帧，是为了保留第一帧的效果。

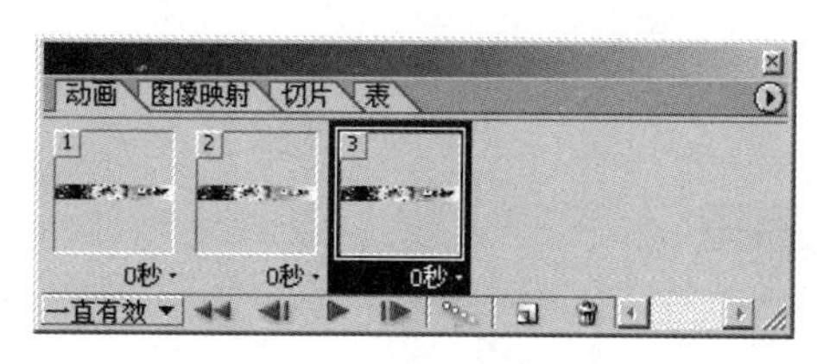

图 9.24　复制帧

单击第三帧 0 秒处选择 5 秒，如图 9.25 所示，表示动画播放到此帧后停留 5 秒继续前面的闪烁效果。单击播放按钮后，可见闪烁效果比不停地闪烁好多了。

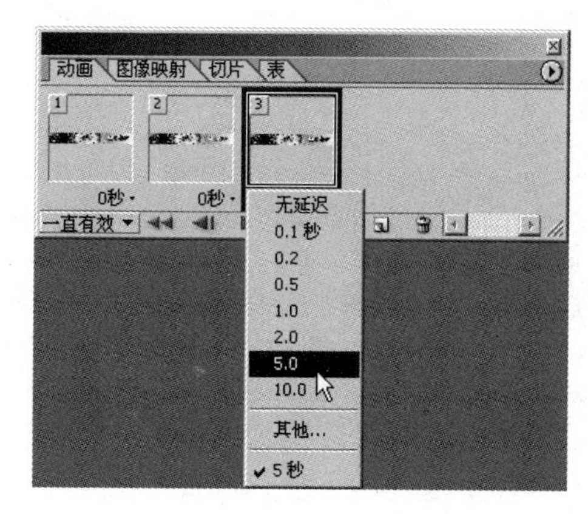

图 9.25　调整闪烁效果

（5）保存动画：依次选择“文件”—“将优化结果存储为”命令如图 9.26（A）所示，打开文件存储对话框，选择保存为 GIF 图片，如图 9.26（B）所示。一定要保存为 GIF 格式，因为只有 GIF 格式才能显示动画，而 JPG 为纯图片格式，不支持动画。

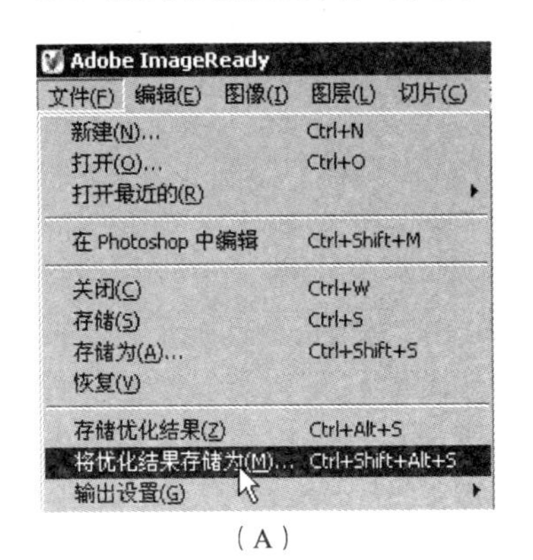

（A）

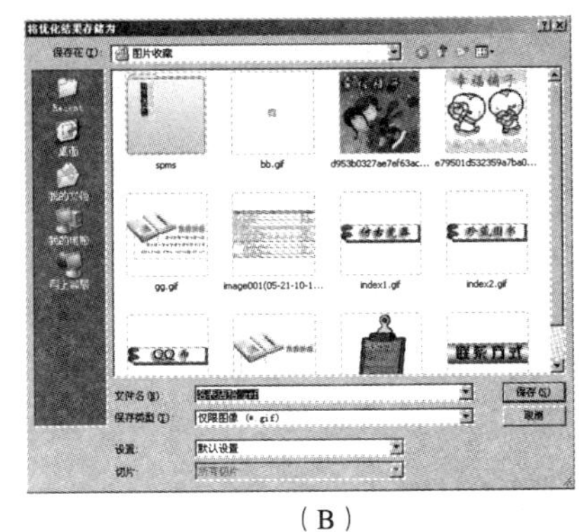

（B）

图 9.26　保存动画

9.2.4　应用店招

在网店中应用制作的店招。登录“我的淘宝”，单击“管理我的店铺”，打开店铺管理平台，在店铺管理平台中单击“店铺装修”按钮，打开如图 9.27 所示的页面。

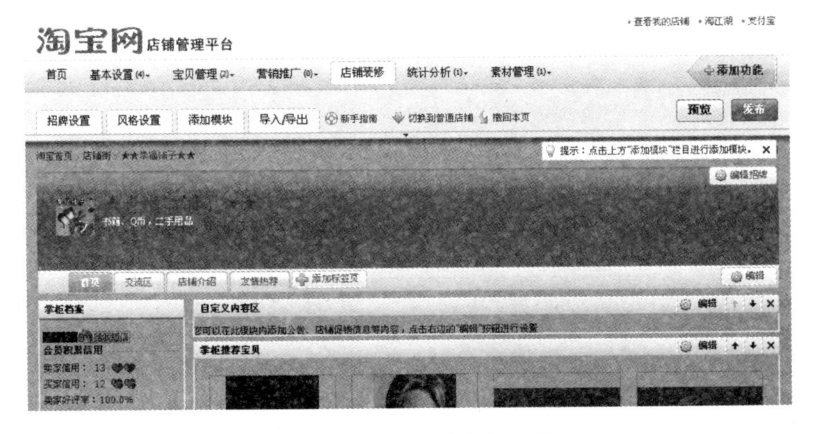

图 9.27　打开店铺装修页面

单击“招牌设置”按钮，打开如图 9.28 所示的招牌设置页面。

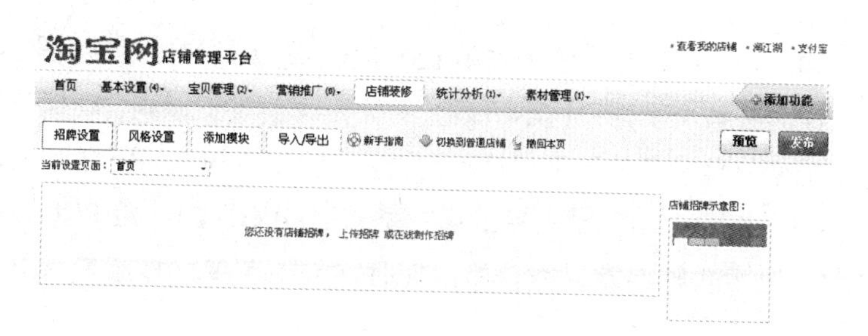

图 9.28　招牌设置页面

单击“上传招牌”链接，打开如图 9.29 所示的对话框，单击“浏览”按钮以选择图片保存的地址，完成后单击“确定”按钮即可实现对店招的应用。

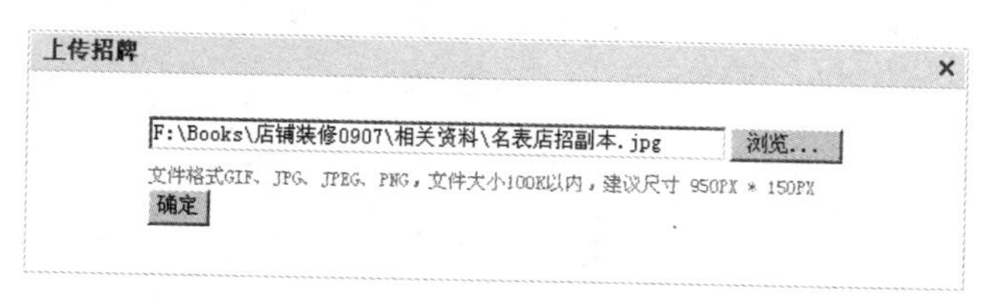

图 9.29　上传店招

图 9.30 所示为店招上传成功后的效果图。

图 9.30　店招的应用

9.3　店招设计中要注意的问题

在店招的设计过程中需要注意如下问题：

（1）大小：首先是尺寸950×120像素，过小与整体效果有出入，过大又会在整个页面中显示不下。文件大小在80K以内，所以不宜在店招中使用过多的元素和花哨动画。否则文件过大不符合要求。

（2）格式：淘宝网支持的店招格式有JPG、GIF和PNG，如果是其他格式则不能显示，所以保存文件时需要注意选择合适的文件类型。

（3）店招设计应醒目，一目了然，就像进店买东西前人们习惯看店面招牌一样，店招的作用就是提示人们门店销售商品的类型，所以钟表店千万别用卡通形象，让人感觉像是进了玩具店。

（4）店招中不能使用链接。这是淘宝的规定，在所有店招中都不能使用图片或者文字链接，只能用单纯的图片或者GIF动画，用Flash制作的SWF动画也是不支持的。

9.4 一个精美的店招实例

以花店"花言草语"为例来介绍店招制作的实例。花店的店招讲究制作的精美及色彩的艳丽，当然要用到花元素来制图。同时还可以用卡通人物来构图，如图9.31为需要用到的图片素材。

图9.31 图片素材

9.4.1 设计店招的背景图片

店招的设计流程如下：

（1）打开 Photoshop，新建 950×120 像素大小的文件，并打开素材图片，如图 9.32 所示。

图 9.32　打开素材图片

（2）把素材图片拖动到新建文件中，其中背景图片先调整好，如图 9.33 所示。

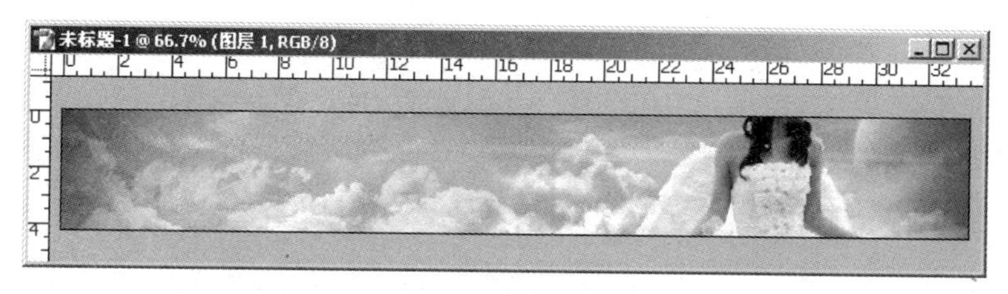

图 9.33　调整背景图片

（3）加入卡通图片，并调整好大小，如图 9.34 所示。调整图像大小是利用“编辑”—“自由变换”命令即可实现自由调整图像大小。

（4）加入另外一个卡通人物并调整大小，同时把透明度调整为 30%，效果如图 9.35 所示。

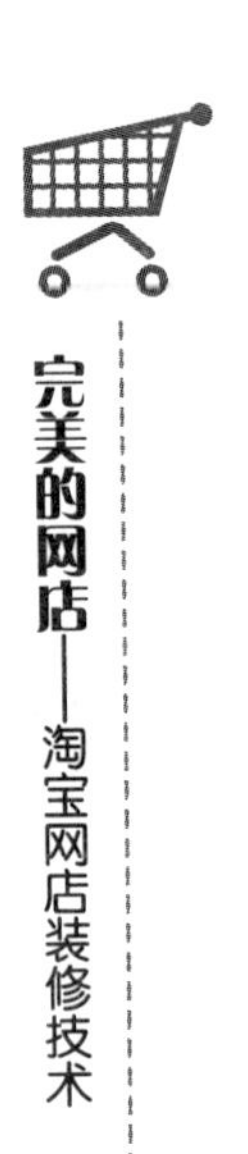

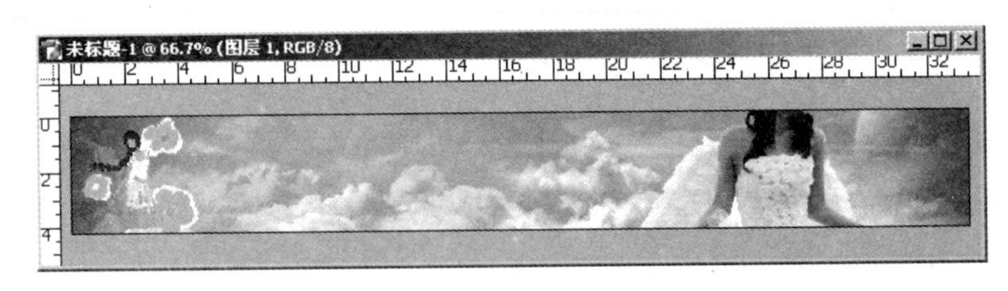

图 9.34　调整卡通人物的大小

图 9.35　加入另外一个卡通形象

（5）加入玫瑰花图片，让人物看起来像是手握一束玫瑰花的样子，效果如图 9.36 所示。

图 9.36　加入玫瑰花

至此，店招的背景图层制作完毕。

9.4.2　制作店招的文本内容

招店的文字内容主要是店名，在店招的中部加入店名，再加上一行宣传标语即可。流程如下：

（1）加入店名：选择常用工具栏中的文字工具，插入文字图层，并输入文字“花言草语”，如图 9.37 所示。

（2）为店名文字加入效果：复制文字图层，为接下来制作镜面效果作准备。选择复制的文字图层，然后选择“编辑”—“变换”—“垂直翻转”命令，将复制的文字图层垂直翻转并向下移动，如图 9.38 所示。

图 9.37　插入文字图层

图 9.38　文字垂直翻转效果

（3）为文字制作不同的效果：双击文字图层，打开图层样式表，为文字加上阴影和描边效果，如图 9.39 所示。

图 9.39　为文字制作效果

（4）为复制文字图层制作效果：为复制文字图层制作描边和倾斜效果，效果如图 9.40 所示。

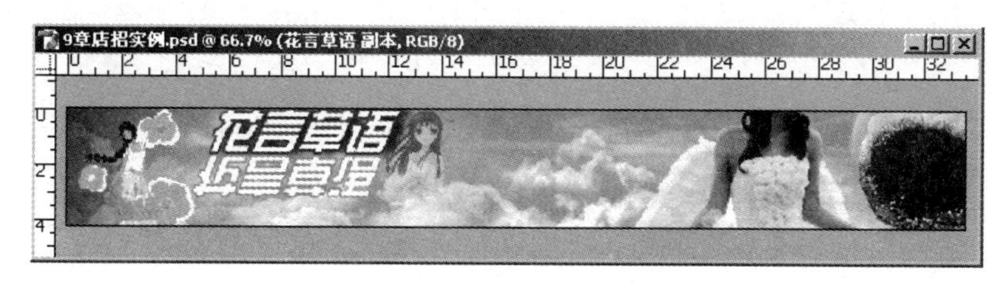

图 9.40　制作复制文字的效果

（5）加上宣传标语：如加上“专业、专营、专心”宣传标语，然后加上适当的效果即可，效果如图 9.41 所示。

图 9.41 加上宣传标语

至此整个店招的静态部分已制作完毕。接下来制作简单的店招动画。

9.4.3 制作店招动画

首先需要设计动画效果。动画可以通过文字表现出来，如把店招设置成闪烁效果，宣传标语也设置成轮闪效果。具体的制作流程如下：

（1）在 Photoshop 中选择“文件”—“ImageReady 中编辑”命令即可在 ImageReady 打开图片文件，如图 9.42 所示。

图 9.42 在 ImageReady 打开图片

（2）单击动画面板中的复制当前帧按钮，连续复制 4 帧，

如图 9.43 所示。

（3）设置动画效果：把第 2 和第 4 帧中的宣传标语图层隐藏掉，并把第一帧的停留时间设置成 5 秒，把第 3 帧中的玫瑰花图设置成隐藏，如图 9.44 所示。

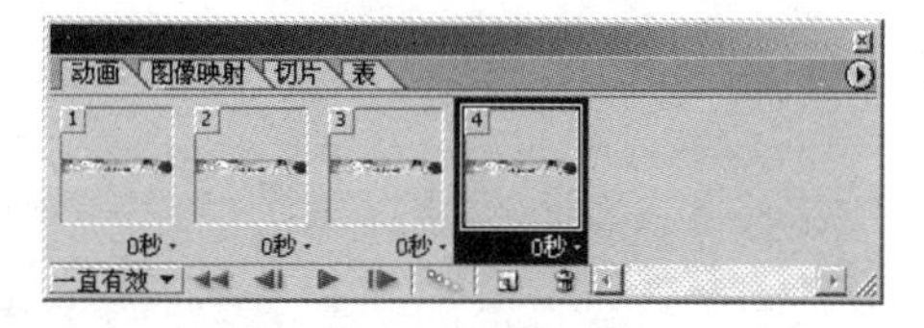

图 9.43　复制当前帧

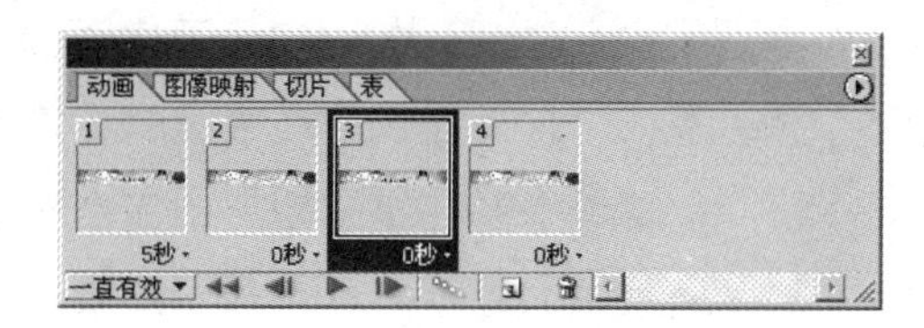

图 9.44　设置动画

（4）存储动画：当动画设置完成后，选择菜单栏中“文件”—“将优化结果存储为”命令，即可将结果输出为动画格式。

9.4.4　整合店招的内容并发布

发布店招的具体方法这里不再介绍，可以参照前面章节的内容。图 9.45 是整合后的旺铺店招发布的效果。

图 9.45　发布店招

本章小结

本章主要介绍了旺铺店招的制作流程和制作方法。在普通店铺中发布相关图片时，需要先把图片保存在网络空间中，引用网络地址才能实现对相应图片的访问。而本章介绍的店招的发布与前面介绍的有些不同，旺铺店招的发布不需要事先把店招图片保存在网络中，而是可以直接上传图片，9.2.4 节中有详细的介绍。其实在旺铺后台管理系统中，还提供了在线编辑店招的功能，但在本章中没有介绍，主要考虑到在线编辑店招完全属于一种程式化的操作，只需要根据系统的提示即可完成相应操作，所以没有加以介绍。

第 10 章 旺铺促销区设计

旺铺的促销区相当于普通店铺的公告区，相信淘宝用户对普通店铺那一小块由下往上滚动的公告区不会陌生，在弹丸之地需要想尽办法把大量的信息集中在里面。旺铺则不同，虽然没有了滚动的公告区，但有一块足够大的促销区。如图 10.1 所示，其中图 10.1（A）图是普通店铺的公告区，图 10.1（B）图为旺铺的促销区。

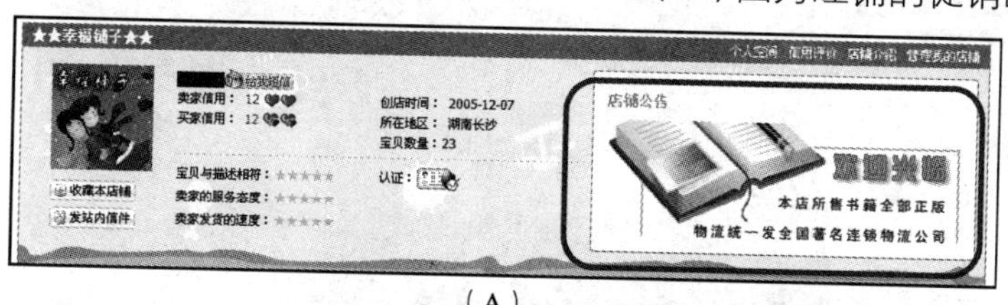

（A）

（B）

图 10.1　公告区与促销区

10.1 旺铺促销区的简介

旺铺促销区是一块 740×500 像素的区域，在此区域可以使用网页效果，可以编辑源文件，同时还支持 GIF 动画，滚动字幕和 DIV 层效果等。卖家可以在此区域打上重要信息，如打折促销，新品上市及其他宣传内容。

下面介绍几个经典的旺铺促销区设计。

图 10.2 所示为迪士尼玩具旺铺，整体色彩鲜艳，设计细腻。促销区用色活泼，使用经典的迪士尼玩偶形象，背景用实体店的全景照，突出了专业性，能足够吸引买家的眼球。是旺铺设计中不可多得的佳作。

图 10.2 迪士尼玩偶旺铺促销区

图 10.3 为某家具旺铺的促销区，用色新鲜，体现时尚潮流气息。内容丰富，包含活动区，热卖区以及其他促销活动信息，而且布局合理，符合人们的审美倾向。

图 10.4 所示为某鲜花店的促销区，用色鲜艳，充分体现花店的特色，设计简洁，但并不空洞。

图 10.5 所示为某 zippo 网店促销区。用色深沉，背景粗犷，商品质感突出。让人看到宣传画就有购买的冲动。

图 10.3　某家具旺铺促销区

图 10.4　某鲜花店的促销区

图 10.5　某 zippo 网店的促销区

 10.2 旺铺促销区的设计流程

本节以设计匠心表行的旺铺促销区为例，详细介绍旺铺促销区的设计制作。考虑到钟表网店的风格，用色需要深沉，而且离不开男人形象和钟表素材。图 10.6 为需要用到的素材。

图 10.6　所需素材

10.2.1　设计促销区的效果图

接下来介绍如何制作促销区的效果图。

（1）打开 Photoshop，新建一个 740×500 像素的图片文件，如图 10.7 所示。

图 10.7　新建图片文件

（2）打开图片素材，并导入到新建文件中，调整各图片的大小与位置，如图 10.8 所示。

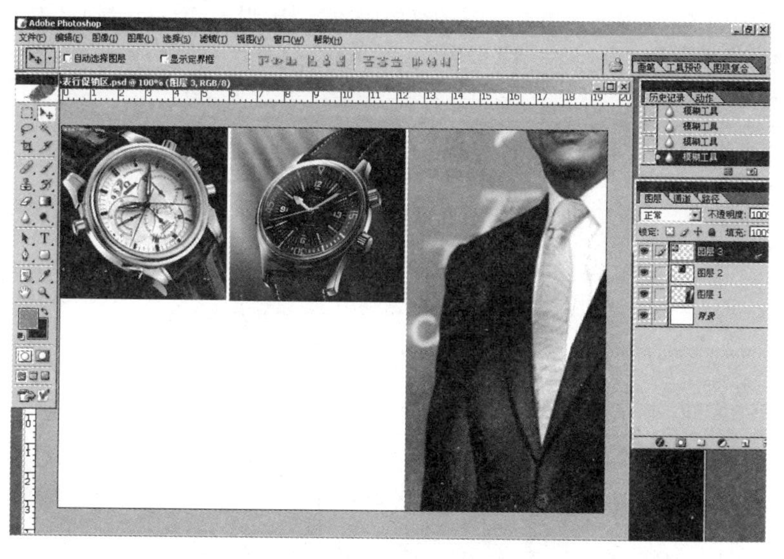

图 10.8　调整各素材的位置及大小

（3）把背景填充为黑色，如图 10.9 所示。

图 10.9　背景填充为黑色

（4）加入分隔线：画面左半部上方钟表与下方背景没有明显地区别开来，需要加入一条白色的分隔线。右键单击矩形选框工具，在选框内选择单行选框工具，如图 10.10 所示。在画面单击即可拖出一条单行选框，填充为白色并调整线条的位置即可，如图 10.11 所示。

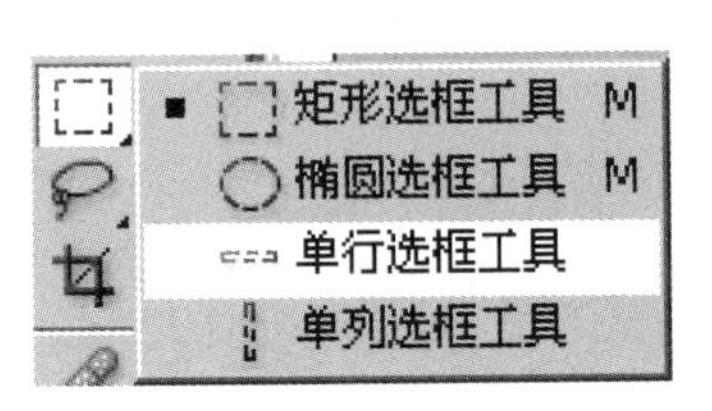

图 10.10 选择单行选框工具

图 10.11 加入白色分隔线

（5）设计滚动文字区域：在画面的右侧区域用矩形选框工具选择一个长方形选区，填充为黑色，设置透明度为 50%，并为方框加入白色的描边效果，如图 10.12 所示，把这里做成滚动信息区域。

（6）左下部黑色区域为文字信息区，可为商品加入相应的文字说明。

图 10.12 滚动信息区域

10.2.2 切图和整理

利用前面章节所讲的知识，把整张图片切割成网页图片。单击工具栏中的切片工具，拖出如图 10.13 所示的浅蓝色切线。

图 10.13 拖出切线

然在分割区域内用切线工具切割出区块，如图 10.14 所示。

图 10.14　切割图片

保存图片：选择“文件”—“存储为 WEB 所用的格式”命令，打开对话框，适当设置图片格式，在此为了保证图片的效果，保存为 JPG 格式。设置完成后，单击“保存”按钮即完成了图片的切割和保存，如图 10.15 所示。

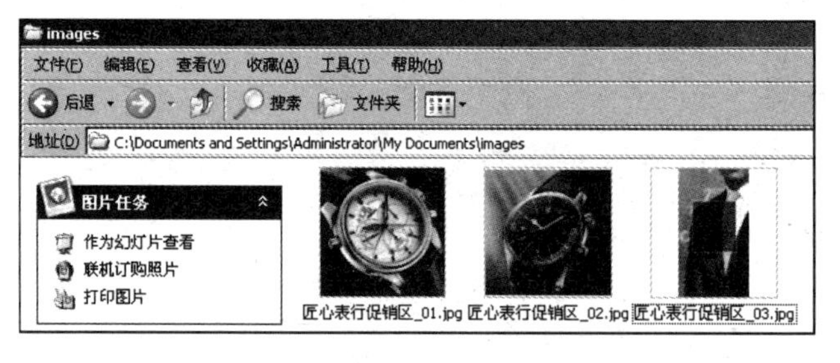

图 10.15　保存切图

10.2.3　制作促销区的动画

在制作动画前，先在 Photoshop 中新建文字图层，输入“认证

商家”四个文字，为了制作出效果，为每一个文字建立一个图层，如图 10.16（A）所示，效果如图 10.16（B）所示。

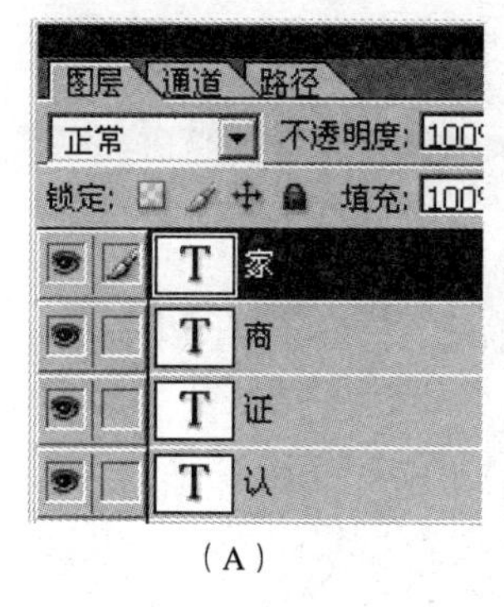

（A）

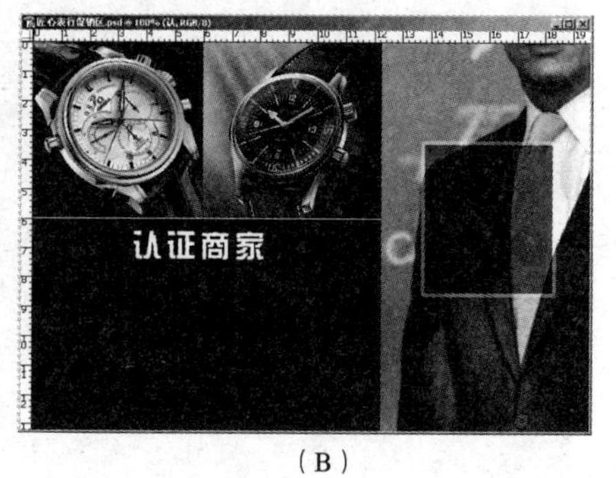

（B）

图 10.16　新建文字图层

选择“文件”—“在 ImageReady 中编辑”命令，打开 Image Ready，复制当前帧 5 帧，如图 10.17 所示。

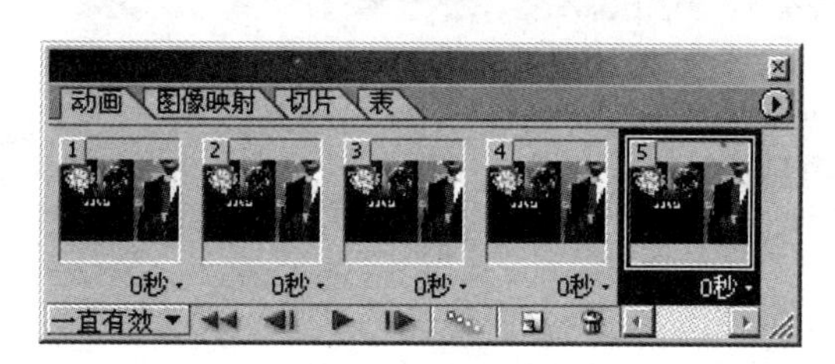

图 10.17　复制当前帧

每帧隐藏一个文字，如第 1 帧隐藏“认”字，依次隐藏一个文字，第 5 帧不隐藏。并设置第 5 帧的延迟为 2 秒。则制作出了文字的闪烁效果。单击“播放”按钮可预览效果。

保存动画：只需要保存四个文字的动画，不需要整个图片都保存下来。单击工具栏中的切片工个，按住鼠标选择文字，如图 10.18 所示。

选择“文件”—“将优化结果存储为”命令即可把文字动画保存下来，如图 10.19 所示。

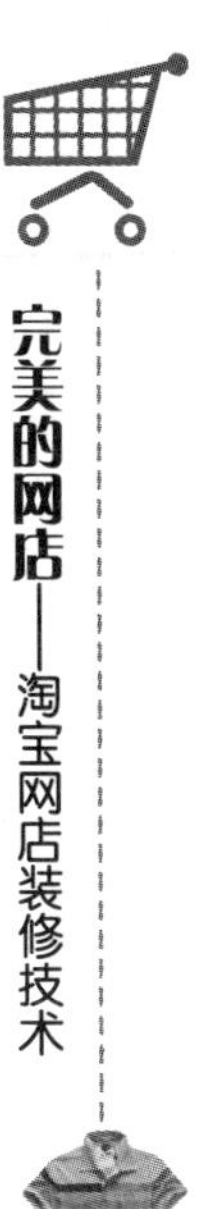

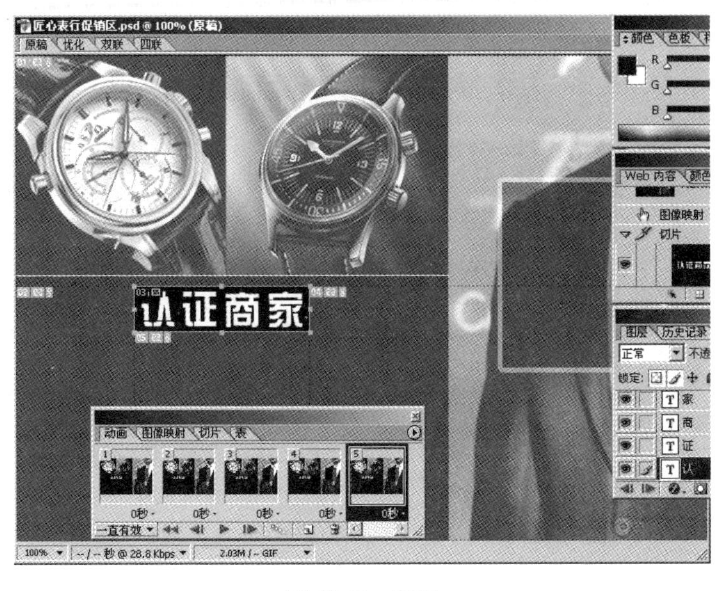

图 10.18　切图

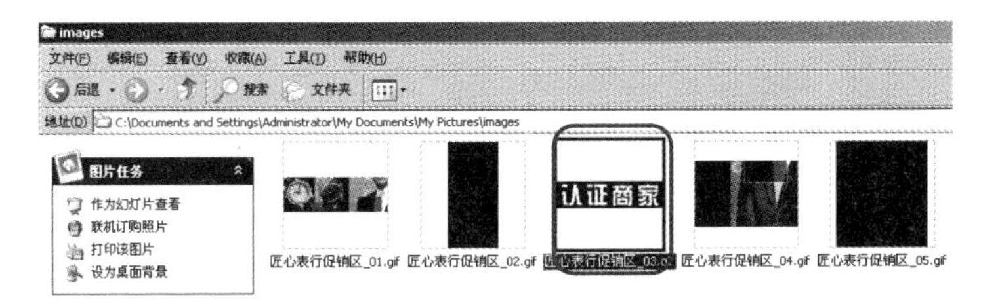

图 10.19　文字动画保存成功

10.2.4　制作促销区的代码

纯手写代码有点麻烦，这里使用一种著名的所见即所得工具 FrontPage 来编写网页文件。

（1）打开 FrontPage：选择“开始”—“程序”—FrontPage 命令即可打开如图 10.20 所示界面。

在界面底部有“普通”、“HTML”和“预览”三个选项，表示可以在三个功能之间切换。所见即所得模式即所谓的普通模式。下面的操作都在普通模式下进行。

（2）插入一个两列的表格：根据设计的效果，制作成两栏式的网页。选择顶部菜单栏内“表格”—“插入”—“表格”命令，

如图 10.21（A）所示，打开表格属性框，如图 10.21（B）所示。设置表格行数为 1，列数为 2，宽度设定 740 像素，边框为 1，单元格边距为 0，单元格间距为 0，设置完成后单击“确定”按钮即可插入表格，如图 10.22 所示。

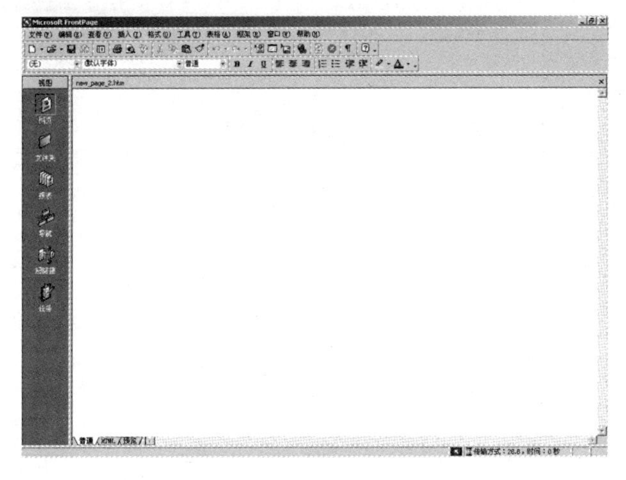

图 10.20　FrontPage 界面

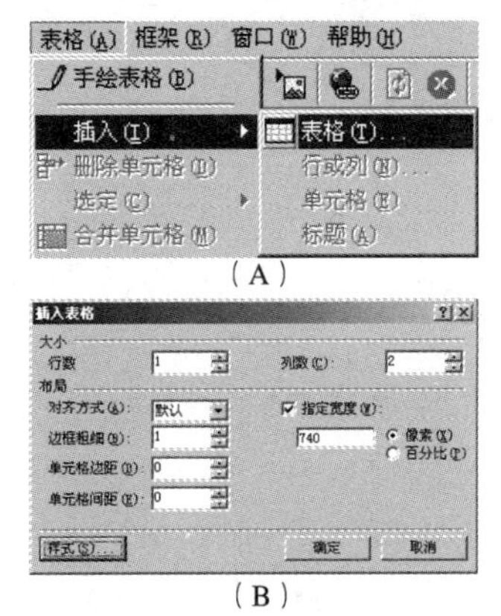

（A）

（B）

图 10.21　插入表格

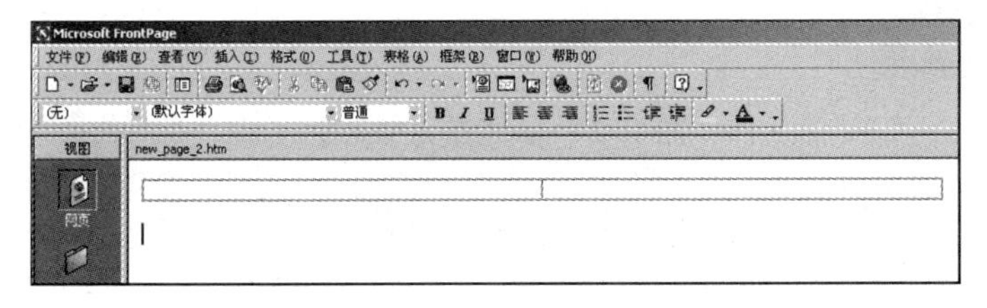

图 10.22　表格效果

（3）设置表格高度：把鼠标置于表格内，单击右键，选择“单元格属性”命令，如图 10.23（A）所示，打开“属性”对话框，如图 10.23（B）所示。设置单元格高度为 500 像素。

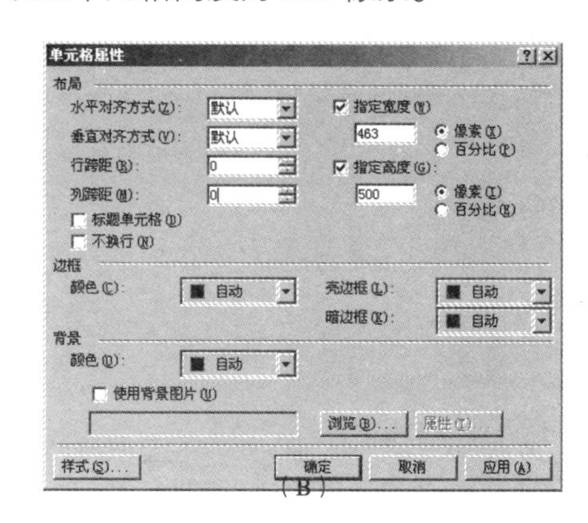

图 10.23 设置单元格属性

效果如图 10.24 所示，表格的高度已调整为 500 像素了。

图 10.24 设置单元格高度

（4）在右侧单元格中插入图片，把鼠标置于右侧单元格内，单击菜单栏内“插入”—“图片”—“来自文件”，选择相应的图片，确认即可插入图片，如图 10.25 所示。

图 10.25　插入图片

（5）左侧区域布局：在左侧区域插入一个表格，3 行 1 列，高度和宽度都是 100%，效果如图 10.26 所示。

图 10.26　左侧区域布局

（6）插入图片：在左侧第一行先插入一个 1 行 2 列的表格，

然后把两张钟表的图片分别插入到表格的两个单元格内，调整第二行的高度为 1 像素，颜色为白色，第三行底色为黑色，高度适当调整，效果如图 10.27 所示。

图 10.27　插入图片并调整高度

（7）在左侧第三行单元格内插入闪烁文字图片，效果如图 10.28 所示。

图 10.28　插入文字图片

（8）把所有表格的边框去掉，在网页中即可见到效果如图 10.29 所示。

图 10.29 网页效果

10.2.5 发布促销区

发布促销区前需要把促销区用到的图片先保存在网络中，并在源代码中把图片地址替换成网络地址，并复制源代码，如图 10.30 所示。

促销区的发布需要在店铺后台进行。登录“我的淘宝”，单击“管理我的店铺”进入店铺管理平台，单击“店铺装修”按钮，进入店铺装修页面，在装修页面即可编辑促销区，如图 10.31 所示。

在自定区域内单击“编辑”链接，打开如图 10.32 所示的促销区编辑框，并单击按钮，切换到 HTML 源代码编辑模式，粘贴前面所复制的源代码，并按“保存”按钮即可完成促销区的发布。

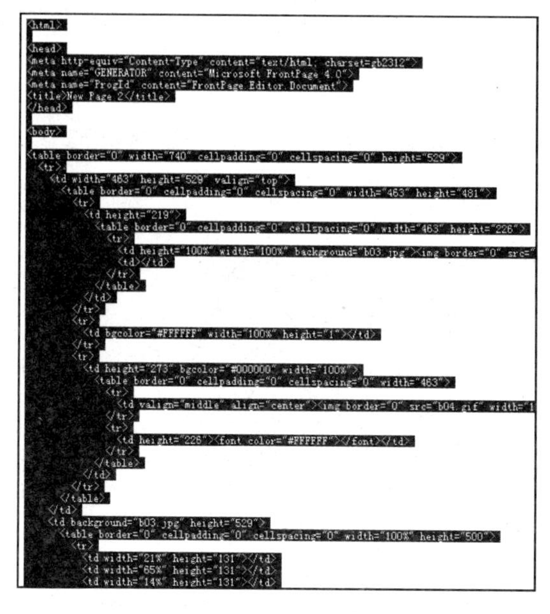

```
<html>

<head>
<meta http-equiv="Content-Type" content="text/html; charset=gb2312">
<meta name="GENERATOR" content="Microsoft FrontPage 4.0">
<meta name="ProgId" content="FrontPage.Editor.Document">
<title>New Page 2</title>
</head>

<body>

<table border="0" width="740" cellpadding="0" cellspacing="0" height="529">
  <tr>
    <td width="463" height="529" valign="top">
      <table border="0" cellpadding="0" cellspacing="0" width="463" height="481">
        <tr>
          <td height="219">
            <table border="0" cellpadding="0" cellspacing="0" width="463" height="226">
              <tr>
                <td height="100%" width="100%" background="b03.jpg"><img border="0" src="
                <td></td>
              </tr>
            </table>
          </td>
        </tr>
        <tr>
          <td bgcolor="#FFFFFF" width="100%" height="1"></td>
        </tr>
        <tr>
          <td height="273" bgcolor="#000000" width="100%">
            <table border="0" cellpadding="0" cellspacing="0" width="463">
              <tr>
                <td valign="middle" align="center"><img border="0" src="b04.gif" width="1
              </tr>
              <tr>
                <td height="226"><font color="#FFFFFF"></font></td>
              </tr>
            </table>
          </td>
        </tr>
      </table>
    </td>
    <td background="b03.jpg" height="529">
      <table border="0" cellpadding="0" cellspacing="0" width="100%" height="500">
        <tr>
          <td width="21%" height="131"></td>
          <td width="65%" height="131"></td>
          <td width="14%" height="131"></td>
```

图 10.30　复制源代码

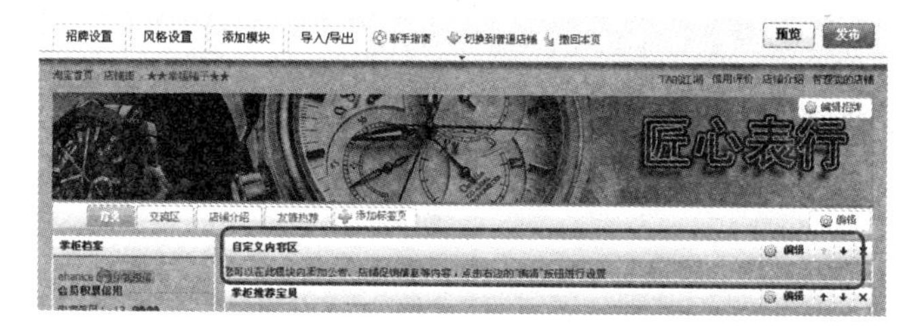

图 10.31　编辑促销区域

图 10.32　发布促销区

完成后确认即可见到效果，如图 10.33 所示，其中认证商家下的详细信息及右侧区域内的滚动信息就没有填写。只需要在制作过程中把相关信息加入其中即可。

图 10.33　设计完成的促销区效果图

10.3　促销区设计中要注意的问题

促销区的设计最重要的一个问题是布局，因为促销区主要集中在页面的右下部分，整体页面呈两栏式布局，所以在促销区内的布局就需要与整体协调，可以采用左右分栏式布局，以使整体看起来呈三栏格局，既符合美学原则，也能突出主题，不会让空间显得特别拥挤。

旺铺中促销区可以使用大量的图片，但需要有自己的存储空间，淘宝本身不会提供存储空间。另外虽然促销区没有限制使用图片，但如果过多的使用图片，会明显降低网页的打开速度，所以在设计过程中要美观与速度兼顾。

促销区的主要功能是向买家展示产品，同时传达重要的信息，所以不要让促销区成为纯粹的图片堆积区，需要注重其实际功能，不应喧宾夺主。

10.4 一个精美的促销区实例

以牧童玩具店的促销区为例，制作一个精美的促销区。首先当然是要搜索有关的图片素材，如图 10.34 所示为搜索到的图片素材。

图 10.34 图片素材

10.4.1 设计促销区的效果图

促销区效果图的设计流程如下：

（1）在 Photoshop 里新建 740×500 像素大小的文件，把图片素材拖入到新建文件中，如图 10.35 所示。

图 10.35 制作导入图片素材

（2）加入店名“牧童玩具”，并加入相应的特效。如描边和阴影等，效果如图 10.36 所示。

图 10.36　加入店名

（3）加入宣传内容，如加入“永恒的经典，经典的永恒”几个宣传标语，效果如图 10.37 所示。

图 10.37　加入宣传标语

（4）在图片的下方加入导航条，先加入一个黑色的边框，然后再加入分类导航文字，效果如图 10.38 所示。

（5）在右下角制作滚动文字框，效果如图 10.39 所示。

图 10.38　加入导航栏文字

图 10.39　滚动信息框

（6）在左下边区域加入玩具图片，当然所有玩具图片都需要把背景抠掉，变成透明背景，效果如图 10.40 所示。

图 10.40　加入玩具元素

10.4.2　切图和整理

当图片制作完成后，需要把其切为小图以便应用于网页中。具体步骤如下：

（1）拉出参考线，按住鼠标从画布左边和顶部标尺处可直接拖出参考线，如图 10.41 所示。

图 10.41　拉出参考线

（2）切片，选择常用工具栏中的切片工具，把图片切成小片，如图 10.42 所示。

图 10.42　切片

（3）保存切片：选择“文件”—“存储为 Web 所用的格式”命令，打开对话框，选择“存储”即可保存切片，如图 10.43 为保存下来的切片。

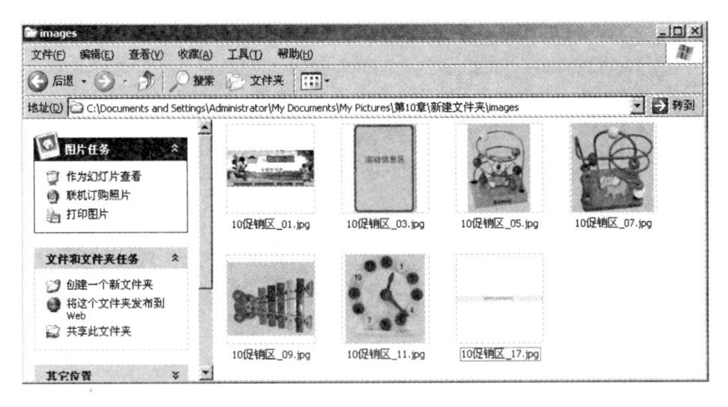

图 10.43　保存的切片

10.4.3　制作促销区的动画

用 ImageReady 制作简单动画已经介绍过了，这里只讲述动画

的构成，对动画的制作步骤不再详细讲解。

促销区的动画主要由两部分构成，一是用 ImageReady 制作简单的图片动画，如店名的闪烁效果，导航条的闪烁效果等；另一种是指用 HTML 语言<marquee>来控制的动画，如滚动信息区等。

10.4.4 制作促销区的代码

这里采用 Dreamweaver 软件制作促销区代码。具体流程如下：

（1）打开 Dreamweaver，新建 HTML 文件，单击“设计”切换到所见即所得模式，如图 10.44 所示。

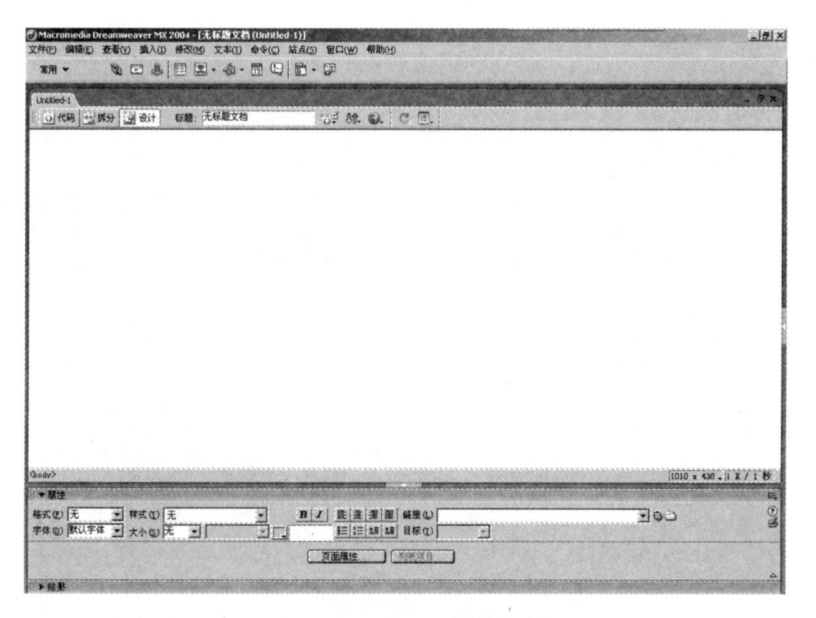

图 10.44　所见即所得模式

（2）插入一个 2 行 1 列的表格，并把表格背景色设置为 #9DDDF9，表格的第一行插入图片，如图 10.45 所示。

（3）在大表格的第二行插入一个 2 行 2 列的表格，并把第二列合并，插入滚动信息框，如图 10.46 所示。

图 10.45　在表格中插入图片

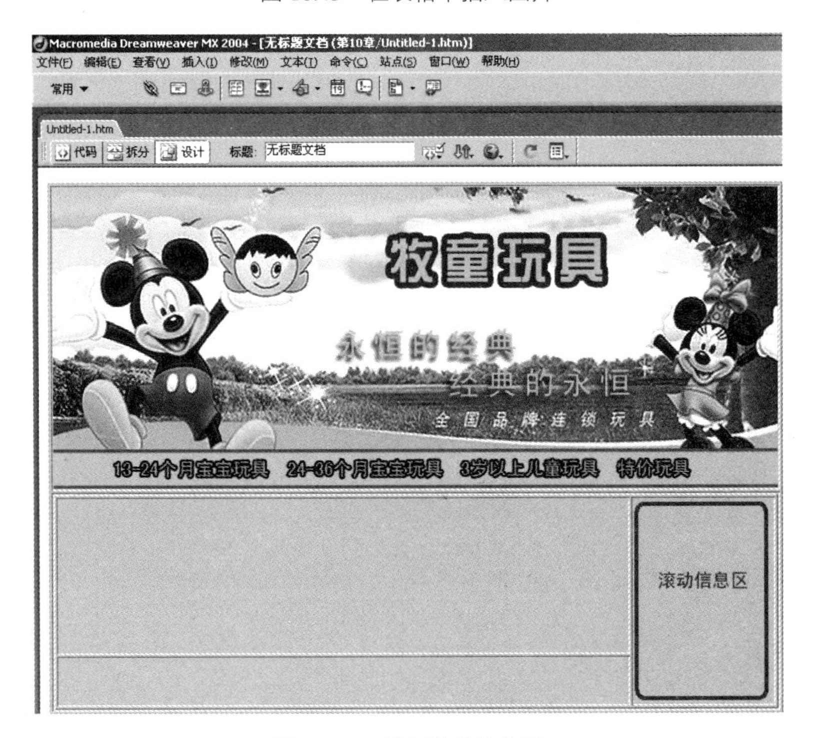

图 10.46　插入滚动信息框

（4）加入玩具元素：在表格的相应位置加入几个玩具元素，如图 10.47 所示。

图 10.47 加入玩具元素

（5）用<marquee>制作滚动信息：单击“代码”按钮切换到代码模式，将鼠标置于需要插入滚动信息的位置，单击标签选择器 ，在打开的对话框中选择相应的标签，如图 10.48 所示。

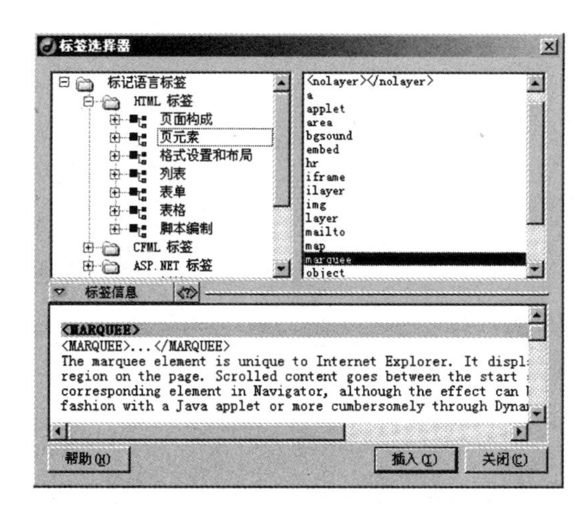

图 10.48 标签选择器

属性	行为	相关 CSS
align		
behavior	alternate	
bgcolor	#CEEEFC	
class		
dir		
direction	right	
height		
hspace		
id		
lang		
loop		
scrollamount		
scrolldelay		
style		
title		
truespeed		
vspace		
width	300	

图 10.49　设置属性

（6）设置属性：选择“窗口”—“标签检查器”命令，打开“属性”对话框，在其中设置相应的属性，如 behavior 设置为 alternate，bgcolor 设置为#CEEEFC，width 设置为 300，如图 10.49 所示。

（7）把表格的边框去掉，存储为 HTML 文本，然后在浏览器中打开预览文件，效果如图 10.50 所示。

图 10.50　浏览器中的效果

10.4.5　发布促销区

在网店中发布促销区首先需要把图片全部存储在网络空间中，并把上面制作的源代码中的图片和链接地址全部用绝对地址替代，然后才可发布在网店中。具体的方法请参照前面相关章节的内容。图 10.51 为促销区发布在网店中的效果。

图 10.51　促销区发布在网店中

本章小结

本章属于淘宝旺铺系统介绍的第三部分，即旺铺促销区的介绍。在淘宝系统中，旺铺与普通店铺相比较，旺铺的促销区相当于普通店铺的公告栏。旺铺的促销区不论从位置还是区域大小都与公告栏有明显不同。本章的开始部分介绍了旺铺的相关内容，接下来着重讲述一个完整旺铺促销区的制作流程和制作方法。包括效果图的整体构思，在 Photoshop 中设计效果图，对整张效果图进行切图处理，到最终编辑成代码模式并发布旺铺促销区。

整个过程的目的在于帮助读者深入了解旺铺促销区的特点，以及了解简单的旺铺设计。整个设计紧扣淘宝对于店铺的相关规定，具有很好的可移植性和时效性。

第 11 章 店铺装修的细节和辅助工具

当店铺装修完毕，其实还可以对其进行深入的修饰，以使整个店铺更合理、更实用。比如可以给店铺加上计数器，以统计访客信息，有利于及时调整促销手段。还可以为鼠标加上漂亮的动画效果，应用于儿童玩具和精美首饰店铺中更能相得益彰。还可以为店铺加上美妙的背景音乐，让逛店的人不仅有视觉的更有听觉的享受。

11.1 添加计数器

计数器一般都是采用第三方提供的计数系统，把相应的代码加入自己的网店中，实现对访客的信息统计。接下来一步一步介绍如何为网店添加计数器。

目前网络上提供第三方统计服务的网站有很多，鱼龙混杂，有好有坏。需要买家多方比较才能选择到合适的计数系统。下面以 www.haodianpu.com 网站提供的免费计数系统为例加以说明。

（1）注册。打开网站首页，单击免费注册链接，如图 11.1（A）所示，进入如图 11.1（B）所示的信息填写页，填写信息完成注册。

我的好店铺 赚钱联盟 代理平台 帮助中心

您好，[请登录]，[免费注册] 请输入关键字 搜索

（A）

新用户注册

用户名：		检查用户名（登录网站时使用）
密码：		（密码长度不小于5位）
确认密码：		
电子信箱：		（请填写真实有效的Email地址，否则不能…码！）
确认电子信箱：		（请重新输入上面的电子信箱。）
验证码：	5707	（请输入图中显示的字符）
旺旺：		（正确填写，买家能联系您）
QQ号码：		（正确填写，买家能联系您）
MSN：		（选填）
电话：		（选填）
手机：		（选填）
服务条款：	查看服务条款	

我接受，创建我的账号 不接受

（B）

图 11.1　注册用户

（2）登录。输入注册信息，单击“我接受，创建我的账号”按钮，出现登录框，输入刚注册的用户名和密码，登入首页，如图 11.2 所示。

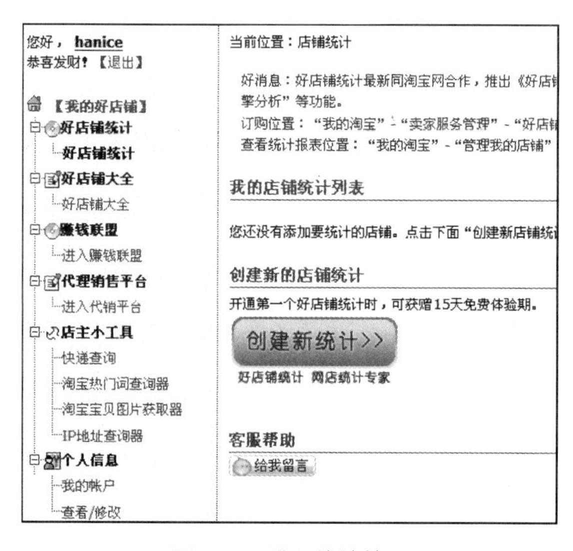

图 11.2　登入统计首页

（3）创建新统计：单击页面中“创建新统计”按钮，创建了一个统计信息，并出现如图 11.3（A）所示的页面，单击“查看统计报表”，因为是第一次使用，所以打开如图 11.3（B）所示的页面，输入相关信息，单击“下一步”出现如图 11.3（C）所示的确认信息，确认后单击“下一步”按钮提示初始化成功，如图 11.3（D）所示。

我的店铺统计列表

统计编号：154938-128044

您的统计尚未初始化，请点击右侧的“查看统计报表”按钮开始使用。

第一次使用或不熟悉流程请点击这里查看教程 >>>

如果有其他问题请联系旺旺：好店铺统计

有 效 期：2009-06-28 ~ 2009-07-13

统计状态：正常 >> 续订 不知道如何续订？

查看统计报表

强大 稳定 准确

（A）

1. 输入店铺相关信息　2. 验证店铺详细信息　3. 初始化成功

请输入您的淘宝用户名、旺旺或者店铺的首页地址：　下一步>>

（B）

1. 输入店铺相关信息　2. 验证店铺详细信息　3. 初始化成功

店铺编号：	
店铺名称：	★★幸福铺子★★-书籍/杂志/报纸 - 淘宝网
店铺类型：	普通店铺
店主旺旺：	

我确认：上面的信息（包括链接）都是我的店铺信息

<<上一步　下一步>>

（C）

1. 输入店铺相关信息　2. 验证店铺详细信息　3. 初始化成功

恭喜，统计系统初始化成功！

>> 我第一次使用“好店铺统计”，我要查看使用教程。<<

>> 我已经了解“好店铺统计”了，马上投放代码，开始店铺统计。<<

（D）

图 11.3　初始化统计信息

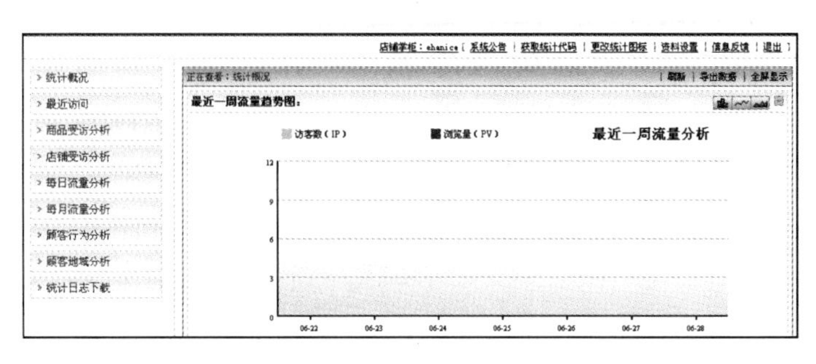

图 11.4　统计后台

（4）设置统计模板：进入统计后台账户，如图 11.4 所示。

单击“更改统计图标”链接，进入图标选择页，网站提供了几十种图标供选择，如图 11.5 所示。

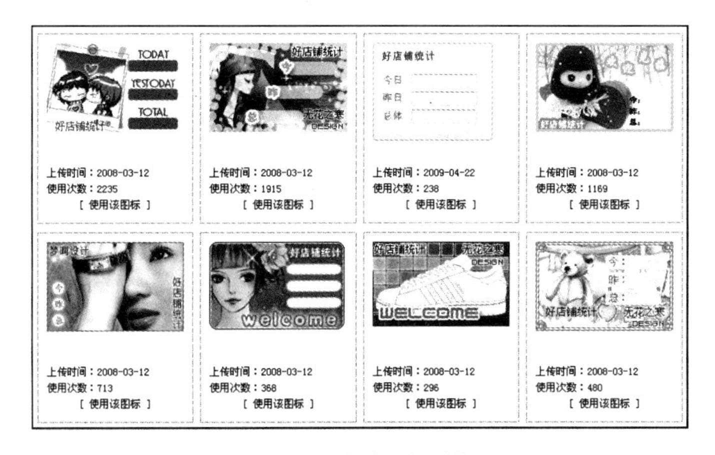

图 11.5　统计图标选择

选中某种统计图标，如图 11.6 所示，单击使用该图标链接，进入代码获取页面，如图 11.7 所示。

图 11.6　选中统计图标

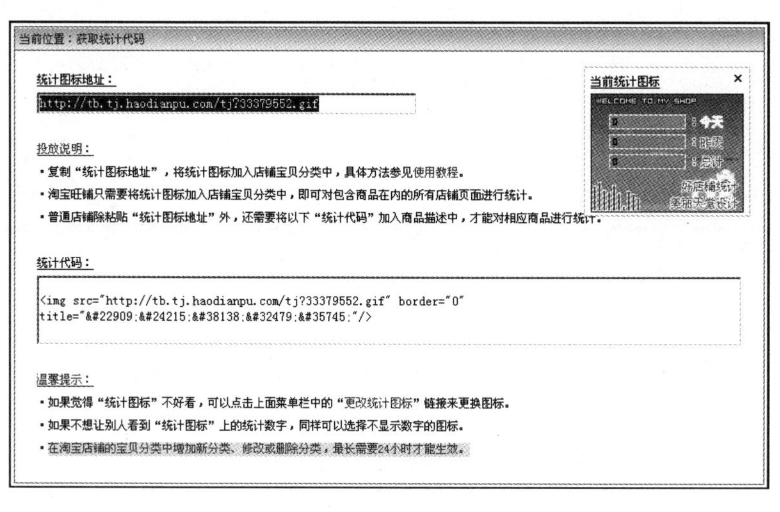

图 11.7　获取统计代码

根据系统提示，把代码复制后粘贴到宝贝分类中。

（5）在淘宝店铺中使用统计代码：登录我的淘宝，进入宝贝分类管理页面，新建一个分类，并把从上一步中获得的统计图标地址粘贴到分类图片地址中，如图 11.8 所示。

编辑分类　宝贝归类　当前操作需要保存后,您的改动才会生效

分类名称	添加图片	添加子分类	展开子分类	上移	下移	删除	查看分类下的宝贝	移动到该分类下方
welcome	编辑图片	添加子分类	☑	↑	↓	×	宝贝列表	---请选择---
中国仿古瓷器	编辑图片	添加子分类	☑	↑	↓	×	宝贝列表	---请选择---
书籍	编辑图片	添加子分类	☑	↑	↓	×	宝贝列表	---请选择---
Q币	编辑图片	添加子分类	☑	↑	↓	×	宝贝列表	---请选择---
店铺分类	编辑图片	添加子分类	☑	↑	↓	×		---请选择---

图片地址 http://tb.tj.haodianpu.com/tj?3337　确定

添加新分类

保存

图 11.8　新建统计分类

如果店铺是旺铺，则到这一步就完成了，统计会自动开始；如果是普通店铺，则需要把统计代码粘贴到商品描述页，打开某商品编辑页，在宝贝描项中选择源文件模式，把统计代码加入源文件模式中，如图 11.9 所示，保存即可完成统计。

完成后，普通店铺的统计显示如图 11.10 所示。

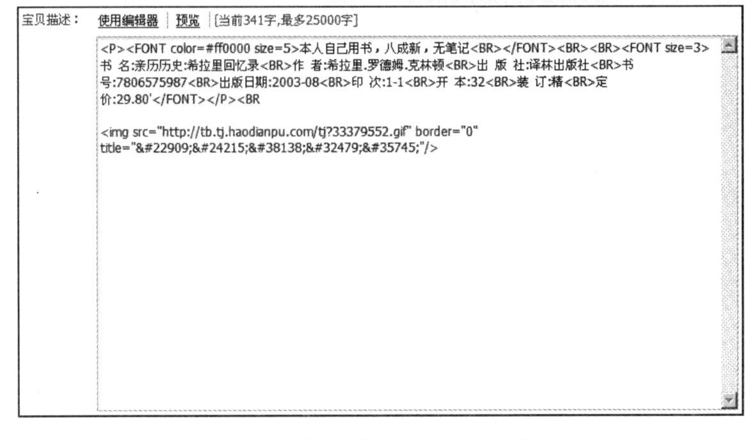

图 11.9　在商品描述页中加入统计代码

图 11.10　统计显示

 11.2　设计可爱的鼠标效果

系统默认的鼠标效果如图 11.11 所示。

在网页中，鼠标效果是受 cursor 属性控制的。当然鼠标效果是先做好的，格式为.ani。可以在网上下载相应的鼠标效果。如图 11.12 为网上下载的一个鼠标效果。

图 11.11　系统默认的鼠标效果

图 11.12　鼠标效果

在网页源文件中，找到最外层的<table>标志，在里面加上cursor属性，即可改变鼠标形状。下面这句HTML标志加上了cursor属性，鼠标显示效果如图 11.13 所示。

图 11.13　新的鼠标效果

```
<table border="0" width="740" cellpadding="0" cells-
pacing="0" height="529" style="CURSOR:url('SizeNWSE.ani')
">
```

在上述<table>语句中，加入了 style="CURSOR:url('SizeNWSE.ani')"属性，表示鼠标形状的改变，其中 SizeNWSE.ani 表示鼠标指针的存储位置及文件名。如果要在网络中使用该鼠标指针，则需要把此鼠标指针上存储到网络空间中，并引用绝对地址，才能显示与图 11.13 所示相同的鼠标效果。

11.3 加入背景音乐

在 HTML 语言中，背景音乐是由<bgsound>标志所控制。在能进行 HTML 源文件编辑的地方都能加入背景音乐。例如，公告区、商品描述面和旺铺促销区都能加入背景音乐。

首先要获得背景音乐的地址，可以在网络上搜索，如图 11.14 所示打开百度音乐。搜索需要的音乐，如“今天”，打开搜索页，如图 11.15 所示。

图 11.14 百度音乐搜索

	歌曲名	歌手名	专辑名	试听	歌词	铃声	大小	格式	链接速度
1	今天	刘德华	中国巡回演唱会-上海	试听		铃声	3.5 M	mp3	
2	今天	刘德华	中国巡回演唱会-上海	试听		铃声	0.9 M	wma	
3	今天 莆田话版			试听	歌词		1.4 M	wma	
4	今天	刘德华	中国巡回演唱会-上海	试听		铃声	3.5 M	wma	
5	今天	刘德华	中国巡回演唱会-上海	试听		铃声	3.5 M	mp3	
6	今天	刘德华	中国巡回演唱会-上海	试听		铃声	1.1 M	rm	

图 11.15 搜索结果页

在搜索结果页中单击选中的歌曲，打开链接页，如图 11.16 所示。

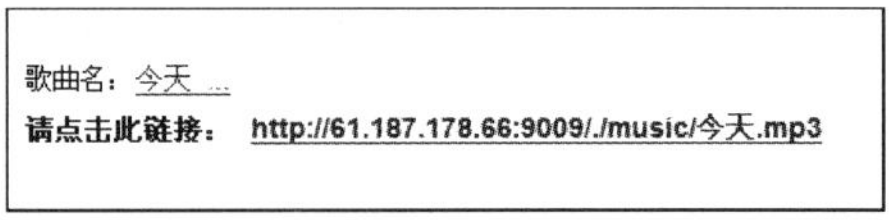

歌曲名：今天 ...

请点击此链接： http://61.187.178.66:9009/./music/今天.mp3

图 11.16 歌曲链接页

再单击链接后的超链接即为歌曲的网络地址，复制下来以备

之后使用。

在编辑源文件状态下，加入<bgsound loop=-1 src=http://61.187.178.66:9009/./music/今天.mp3">其中loop=-1表示循环播放，如果是正数则表示播放几次后停止播放。

打开普通店铺的公告设置页面，在源文件状态下加入bgsound标志则可以播放背景音乐了。

11.4 制作滚动评价

下面学习通过Dreamweaver软件制作由下往上滚动的文字评价。流程如下：

（1）打开Dreamweaver界面，新建一个HTML文件，如图11.17所示。

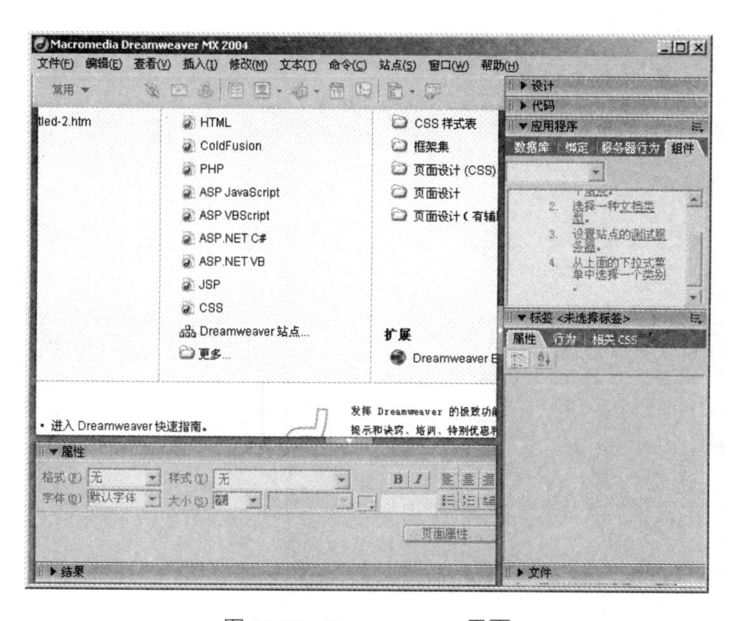

图11.17 Dreamweaver界面

（2）插入滚动标签：单击标签选择器按钮，打开“标签选择器”对话框，选择marquee标签，如图11.18所示，插入即可。

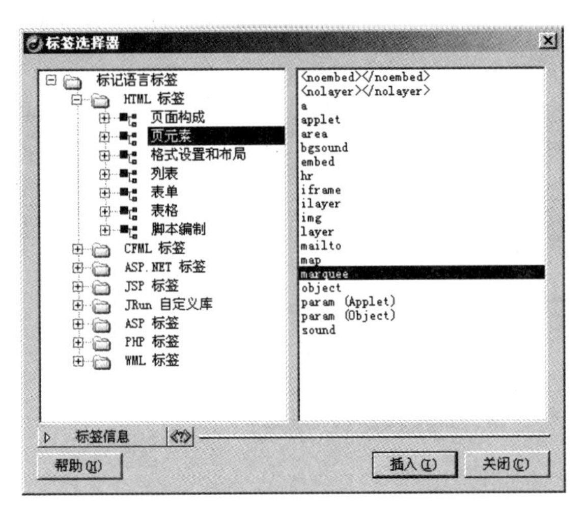

图 11.18　标签选择器

（3）选择“窗口”—“标签检查器”命令，打开标签检查器，如图 11.19 所示。

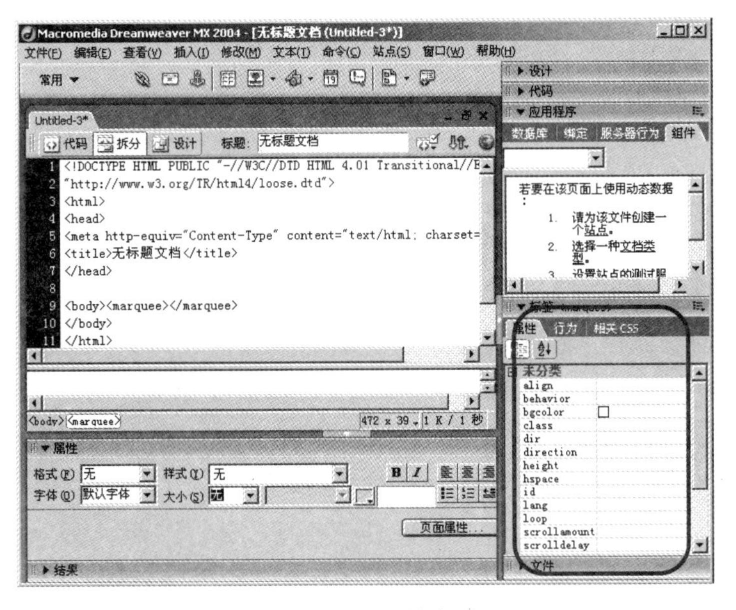

图 11.19　标签检查器

（4）参数设置：behavior 选择 scroll，bgcolor 选择#FFFFCC，direction 选择 up，height 选择 100，width 选择 200，如图 11.20 所示。

在代码之间加入文字，如图 11.21 所示，中间用
分隔，表示分行显示的意思，保存文件，预览效果，会看到两行文字由下往上移动。至此，滚动效果制作完毕，当然这只是最简单的滚动效果，如果要比较复杂的效果，需要再加另外的修饰，但万变不离其宗，只要按照以上的方法继续添加即可。

图 11.20 设置参数

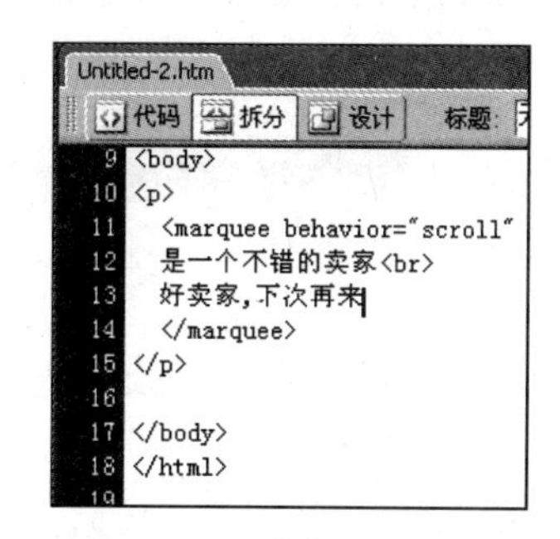

图 11.21 代码中加入文字

11.5 使用分割线

在网页中分割线的使用往往能使整个页面层次分明，简洁明了。在 HTML 代码中，分割线是由<hr>元素控制的。设置不同的属性可以做成不同的效果。下面介绍几种不同效果的分割线。

图 11.22 所示为虚线效果的分割线，代码为：

<hr width=80% size=1 color=#5151A2 style="border:1 dashed #5151A2">，width 表示分割线宽度，size 表示分割的高度，color 表示分割线的颜色，style 控制分割线的效果。

图 11.22 虚线效果的分割线

图 11.23 所示为画双线效果的分割线，代码为：

```
<hr width=80% size=3 color=#5151A2 style="border:3 double green">
```

图 11.23　画双线效果的分割线

图 11.24 所示为立体效果的分割线，代码为：

```
<hr width=80% size=3 color=#5151A2 style="filter:progid:DXImageTransform.Microsoft.Shadow(color#5151A2,direction:145,strength:15)">
```

图 11.24　立体效果的分割线

图 11.25 所示为纺锤形效果的分割线，代码为：

```
<hr width=80% size=30 color=#5151A2 style="filter:alpha(opacity=100,finishopacity=0,style=2)">
```

图 11.25　纺锤形效果的分割线

图 11.26 所示为两头渐变透明效果的分割线，代码为：

```
<hr width=80% size=3 color=#5151A2 style="FILTER:alpha(opacity=100,finishopacity=0,style=3)">
```

图 11.26　两头渐变透明效果的分割线

图 11.27 所示为左右渐变透明效果的分割线，代码为：

```
<hr width=80% size=3 color=#5151A2 style="FILTER:alpha(opacity=100,finishopacity=0,style=1)">
```

图 11.27　左右渐变透明效果的分割线

图 11.28 为两头渐变效果分割线的实例应用，颜色是深黄色，

由 color=#999900 控制，代码如下：

```
<hr width=20% size=3 color=#999900 style="FILTER:alpha
(opacity=100,finishopacity=0,style=3)">
```

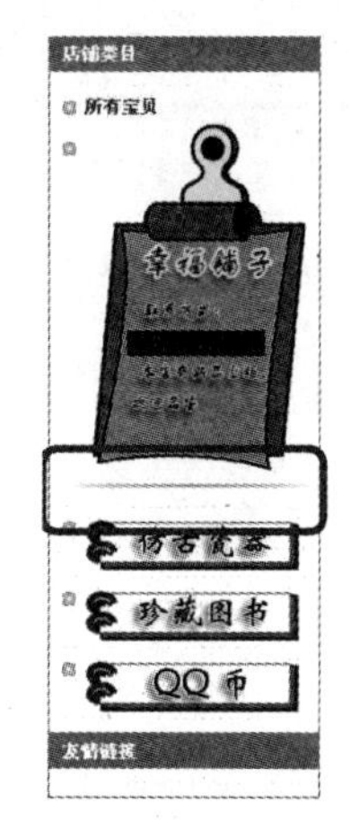

图 11.28　分割线的实例应用

本章小结

店铺装修的一些细节可以体现出店主对待店铺，以及对待产品，甚至是对待服务的态度。所以一定不能忽略店铺装修的一些细节问题。这些小技巧可以让店主店铺管理得更加省心省力。另外要注意多利用网络中已有的资源，这会让你的店铺装修变得容易。

本章主要介绍添加计数器、鼠标效果、背景音乐、滚动评价还有分隔线等辅助装修的内容，这些内容看似简单，但是合理运用的难度还是很大的，要尽量避免画蛇添足的事情发生。

第 12 章 一个普通店铺的装修实例

实际上，普通店铺的装修已经在前面的章节中全部讲过了，但却没有系统地整合。本章将对普通店铺的装修作一全面的阐述，使各点连成一线。

12.1 店铺的整体构思

以卖女装的服装店为例，来进行整体的构思。对于普通店铺来说，需要动手制作的部分包括店标、公告区、导航区和商品模板页。就整体来说，颜色需要亮丽一点，这样也符合女性的审美需求。

店标的制作需要体现装修店的特色和名称，因为普通店铺主要靠这么一小块地方来表现，女装店标或时尚或优雅都要体现自己店铺的独特风格。而由于技术原因或为了省事，很多女装店铺的店标就是一个简单的动画，缺乏整体美感，无法为店铺提供持续的吸引力。

公告区区域虽然很小，作用却相当大。因为在普通店铺里只有这一区域是一个由下往上的动画构成，客户群打开网站首先看到的往往就是这一区域。所以公告区的制作也显得尤为重

要，除了在这一块区域把最重点的信息如促销信息、联系方式甚至物流方式等体现出来外，整个区域的画面设置、色调搭配等都要精心设计。

导航区可以采用图片加文字，或者纯图片、纯文字的格式，这个区域主要给人一个清晰的指示：店铺主要售卖什么，有哪些分类。所以导航区最关键的就是要“醒目”、“一目了然”。

商品描述页的内容相对来说就丰富多了。可以加上适当的宣传页面，这样既弥补了店铺首页宣传空间不足的问题，同时也美化了页面，可谓一举两得。

12.2 制作店标

假设需要装修的女装店的名字叫星期衣，店标的选择要突出店名，同时加上一些时尚亮丽的元素，配合动画效果来制作出一个漂亮、有吸引力的店标。

12.2.1 制作店标的内容

先根据店名从自己的图片或从网络中搜索到制作店标的素材，如图 12.1 所示的两幅图片都可以用到店标制作中的。

图 12.1 店标素材

用 Photoshop 制作店标的流程如下：

（1）新建文件，长宽都锁定在 100 像素，如图 12.2 所示。

新建

名称(N): 未标题-1　　好

预设(P): 自定　　取消

宽度(W): 100 像素　　存储预设(S)...

高度(H): 100 像素　　删除预设(D)...

分辨率(R): 96.012 像素/英寸

颜色模式(M): RGB 颜色 8 位　　图像大小:

背景内容(C): 白色　　29.3K

高级

图 12.2　锁定店标尺寸

（2）打开图 12.1 所示的店标素材，如图 12.3 所示。

图 12.3　打开素材图片

（3）把素材拖至新建文件中，建立两个独立的图层，分别命名为素材 1 和素材 2，如图 12.4 所示。

（4）调整素材的大小，以适应 100 像素的空间，如图 12.5（A）和图 12.5（B）所示；之所以会看到图 12.5（A）和图 12.5（B）有不同的效果，是因为隐藏了不同的素材图层。

图 12.4 建立素材图层

（A）

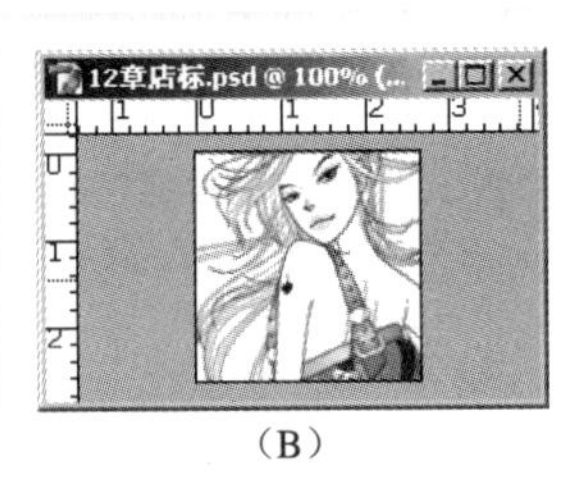

（B）

图 12.5 调整素材图片以适应大小

（5）输入店名“星期衣”，并对文字进行特效处理，效果如图 12.6 所示。

为了方便接下来动画的制作，先来看看图层的构成。如图 12.7 所示为第一步至第五步制作下来的图层构成：最底层为背景。素材一和素材二分别是加入的图片。接下来的“图层一”是添加的另一个背景层，是为了与主体图画区别开来，背景整体颜色为深蓝色，选择 80%的透明度，所以能看到图片素材二。“星期衣”分两层来制作，因为三个字的大小是不一样的，另外在接下来的动画制作中，“衣”字需要有闪烁效果，“星期”二字不需要，三个字分两层来做比较容易实现这个效果。

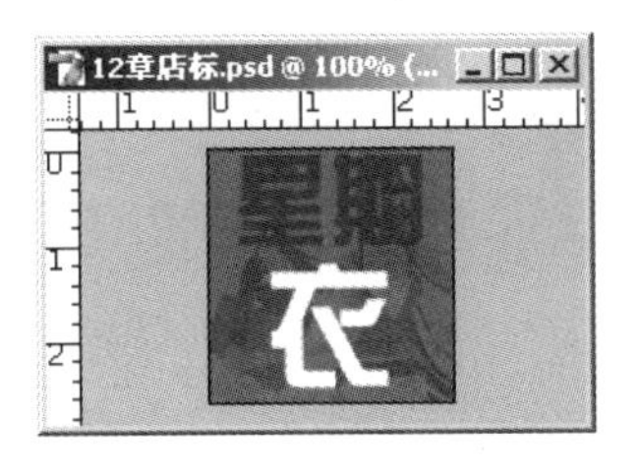

图 12.6 制作文字效果

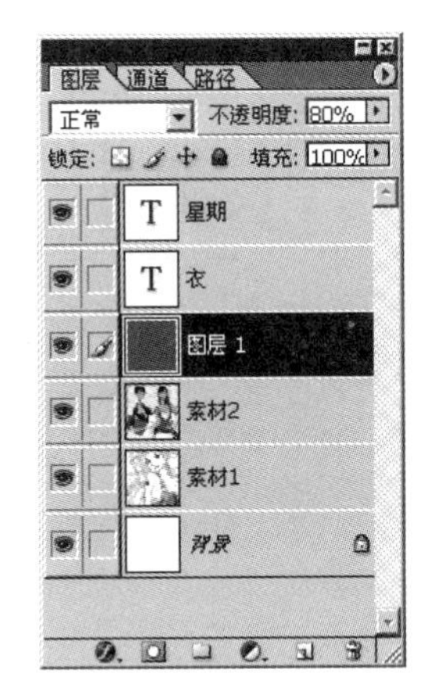

图 12.7 图层构成

12.2.2 制作店标动画

制作简单的动画采用 ImageReady 来完成。具体的操作步骤如下：

（1）用 ImageReady 打开上小节中制作的文件：通过选择 Photoshop 中“文件”—“在 ImageReady 中编辑”命令来实现用 ImageReady 打开文件，如图 12.8 所示。

图 12.8　用 ImageReady 打开文件

（2）复制帧，共复制六帧，并为不同的帧设置不同的效果，如图 12.9 所示；最重要的是要为每帧设置停留时间，连贯起来就成为了一个画面不断切换、衣字不断闪烁的动画。

图 12.9　设置帧

（3）保存动画：选择“文件”—“将优化结果存储为”命令，即可把文件储存为 GIF 格式，即动画格式。保存后双击即可查看效果。

 12.3 制作公告模板

首先需要搜索图片素材，如图 12.10 所示即为需要用到的图片素材，具体的制作流程接下来分小节阐述。

图 12.10 图片素材

12.3.1 添加公告图片

制作公告图片的流程如下：

（1）在 Photoshop 新建 348×100 像素的文件，并打开图片素材，拖动至新建文件中，并调整好大小，如图 12.11 所示。

图 12.11 使用图片素材

（2）对图片进行修饰，加上粉红色的背景，建立一个圆角的矩形选框，并加上描边效果，如图 12.12 所示，其中圆角的矩形框内可加入相关的公告文字。

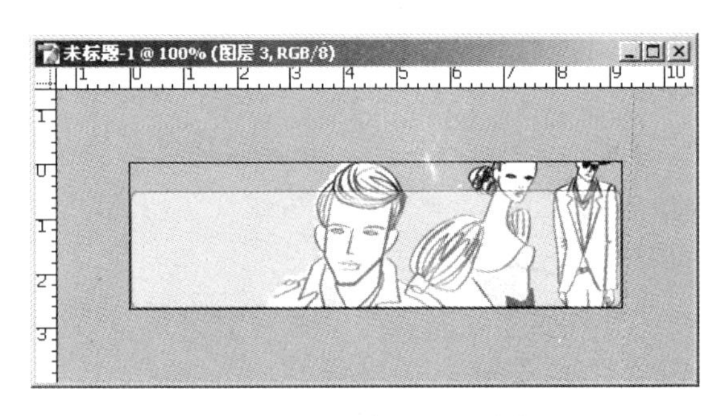

图 12.12 对背景进行修饰

12.3.2 添加公告文本

为公告图片加上文字内容，如图 12.13 所示，可加上欢迎内容，同时也可加上相关的优惠信息及联系方式。把这些信息放在公告区的显眼位置，可让买家在第一时间获得相关信息。

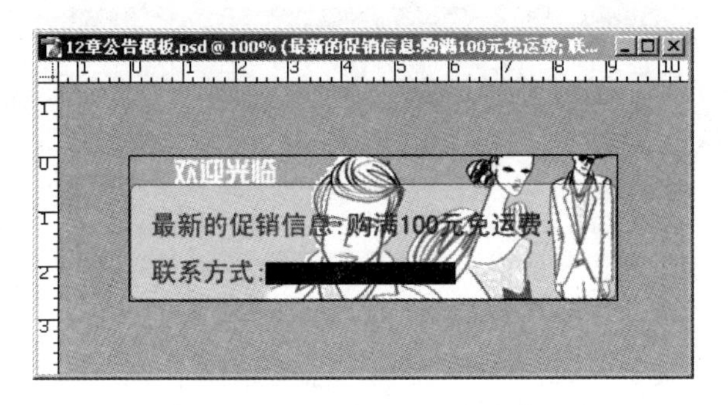

图 12.13 制作公告文字内容

12.3.3 使用代码控制公告模板

上面的图片公告已经可以完整的使用在淘宝店铺的公告区了，如果要使用代码控制公告的话，可以用代码中的<table>进行有效的布局，并补充一些其他内容，以使整个公告区的图片和文字内容更丰富，能传达更多的信息。具体的实现要用到 Dreamweaver。流程如下：

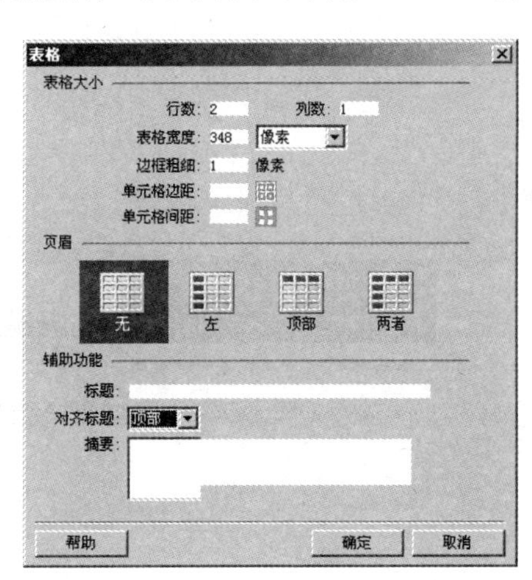

图 12.14 设置表格属性

（1）打开 Dreamweaver，在常用工具栏区单击表格按钮，在弹出的对话框中设置表格的基本属性，如 图 12.14 所示，设置为 2 行 1 列，边框为 1 像素（边框实际上是不需要的，只是为了在设计过程中能清晰的看到每个区域所以暂时保留，真正成稿时可以把边

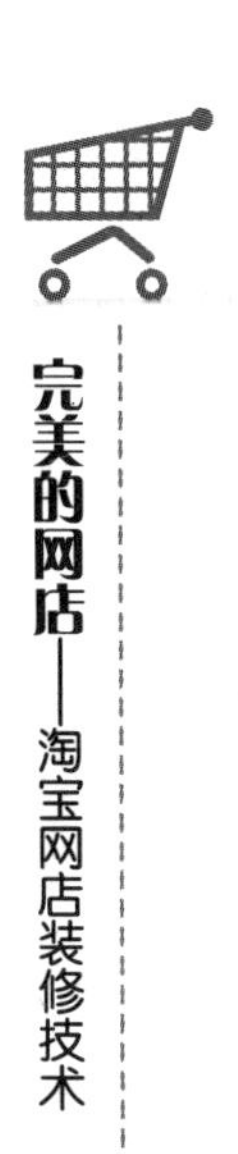

框隐藏掉），对齐方式为顶部。

（2）插入图片，在表格的第一行插入前面制作的公告区图片。具体方法是：把鼠标置于表格第一行中，然后单击常用工具栏中的图片按钮，插入公告图片，如图 12.15 所示。

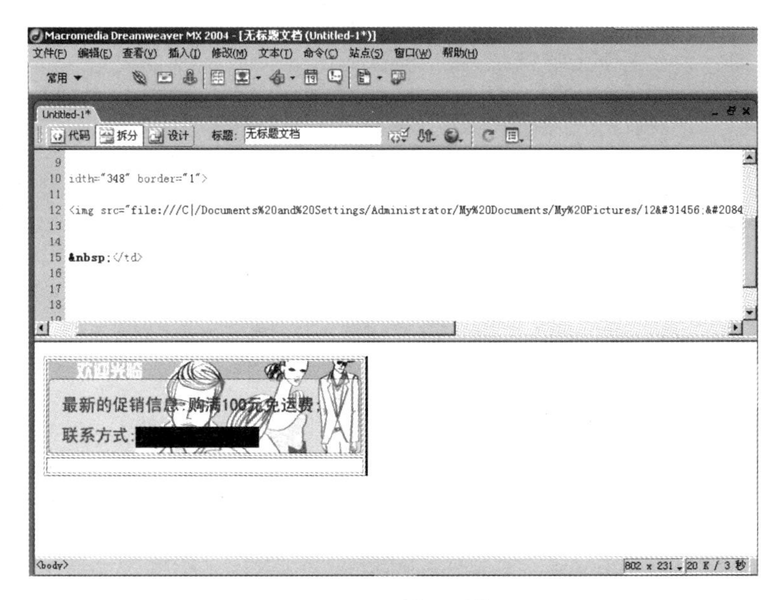

图 12.15　插入图片

（3）插入文字：在表格的第二行插入文字，如插入物流描述的相关文字，效果如图 12.16 所示。

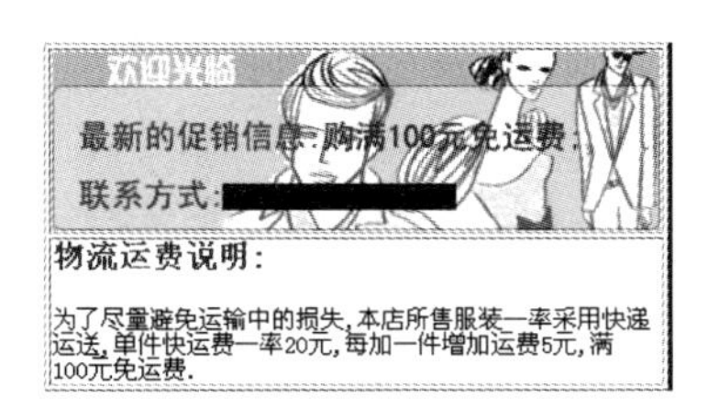

图 12.16　插入公告文字

12.3.4　将公告模板生成网页

在 Dreamweaver 中有所见即所得模式和代码模式，12.3.3 节所采用的方法即为所见即所得模式，而转换成源代码模式只需要

把所见即所得模式转换成代码模式即可，单击设计窗口中代码模式系统就会自动生成代码，如图 12.17 所示。

图 12.17　切换到代码模式

系统自动生成的代码如图 12.18 所示。

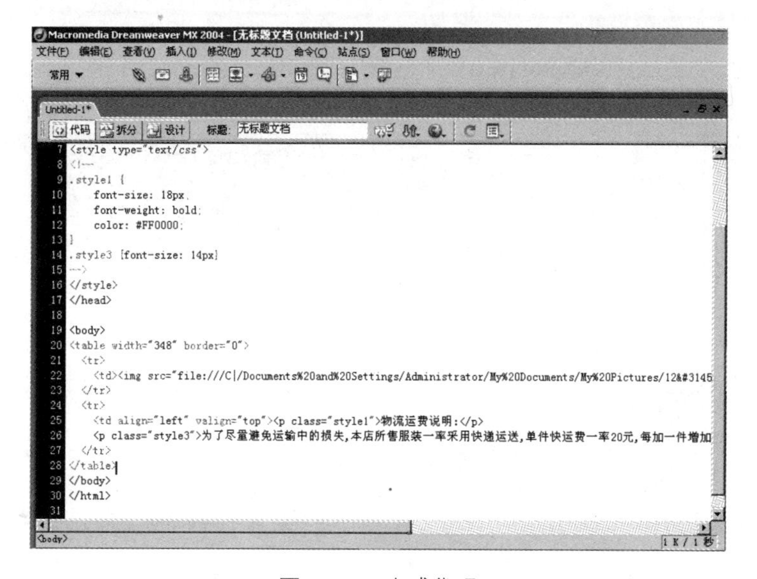

图 12.18　生成代码

12.4　制作分类导航

在制作“星期衣”这个店铺的分类导航时，需要注意与整体的设计风格相符。首先需要做的是搜索素材。图 12.19 为导航条中需要使用的图片素材。

图 12.19　导航条中需要使用的图片素材

12.4.1　制作的图片和文本

用 Photoshop 制作导航条图片的流程如下：

（1）打开 Photoshop，新建长宽为 160×40 像素的文件，然后打开图片素材，如图 12.20 所示。

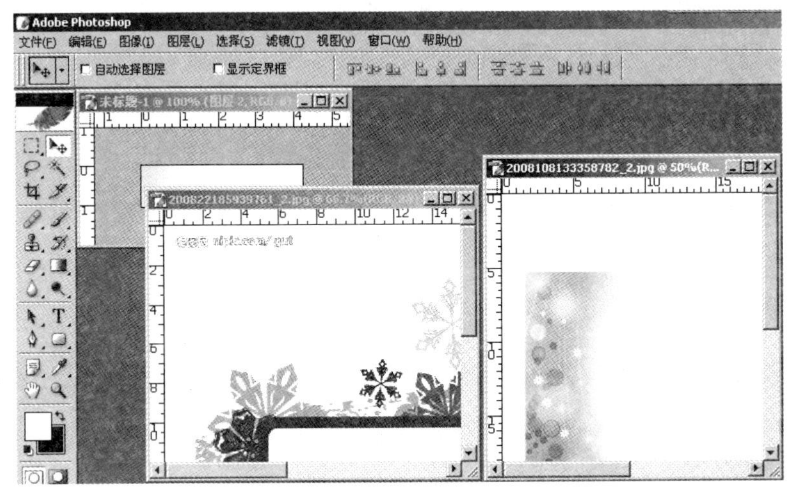

图 12.20　新建导航图片文件

（2）移动图片素材至新建文件并调整大小，把边框素材中间的淡蓝色部分去色，然后把另外一幅素材图片缩小到合适的大小，置于边框素材的下一层，使绿色花边成为边框的底部图案，如图 12.21 所示。

（3）制作文字部分：根据店铺商品的分类把导航条制作成不同的类型，如女式 T 恤、短裙、连衣裙和卫衣等几块。制作完成后加上适当的文字效果，如图 12.22 所示。

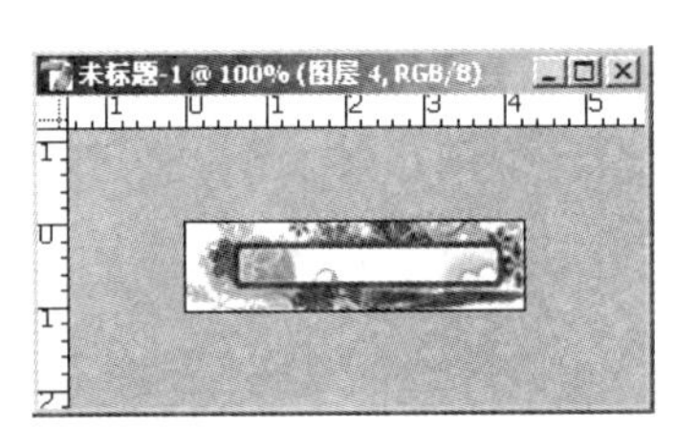

图 12.21　调整素材图片大小

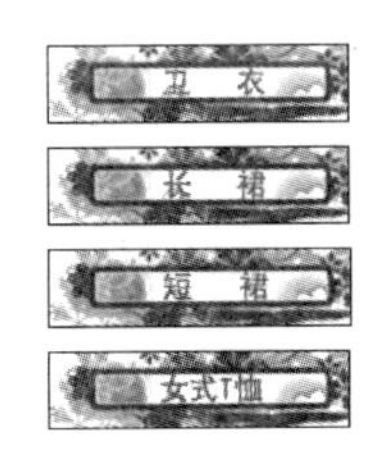

图 12.22　导航条效果图

12.4.2 控制分类导航的显示效果

这里的显示效果主要通过动画来表现，可以用 ImageReady 来制作简单的动画，前面章节已有详细地介绍，在此不再赘述。主要的效果是闪烁，但不需要所有的分类都用相同的效果，可以选择其中的两个用动画的形式表现，如卫衣和短裙采用闪烁的动画形式，这样避免了单调重复的形式，又起到了动画吸引眼球的作用。

在设置动画的过程中，要注意时间的设定，在制作动画的时候可以对每一帧的停留时间进行设置，在这个动画的制作中可以这样设置，卫衣闪烁动画设置为 5 秒钟，那么在制作长裙闪烁效果的时候先设置为等待 5 秒，当卫衣闪烁动画过后，接着播放长裙的闪烁效果，依此类推，动画的播放效果就是从最上面开始一个一个轮流闪烁，效果会比较好。

12.5 制作商品模板

普通店铺的商品模板页宽度为 930 像素左右，而高度可以自由调节，根据内容的多少来决定模板页的高度。首先需要对商品模板页有一个整体的构思，整体的构思可以通过效果图来表现。接下来制作商品描述模板页的效果图。

12.5.1 制作模板页效果图

模板页设计成上下分栏式，上半部分设计成宣传横幅，下半部分表现商品的详细信息。首先需要在网络中搜索制作的图片元素，选好图片后，制作流程如下：

（1）在 Photoshop 中新建 940×500 像素的文件，并在上半部分划出一 940×120 像素大小的区域，用于制作宣传横幅，如图 12.23 所示。

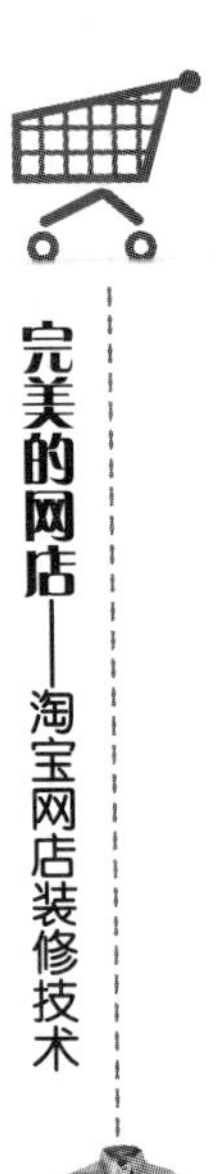

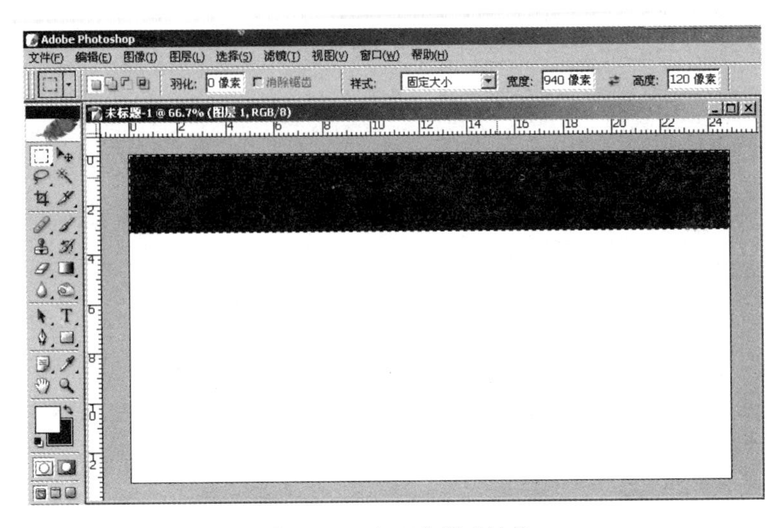

图 12.23　上下分栏式结构

（2）制作宣传部分，加入背景图片，并输入宣传性文字，加入阴影和描边效果，如图 12.24 所示。

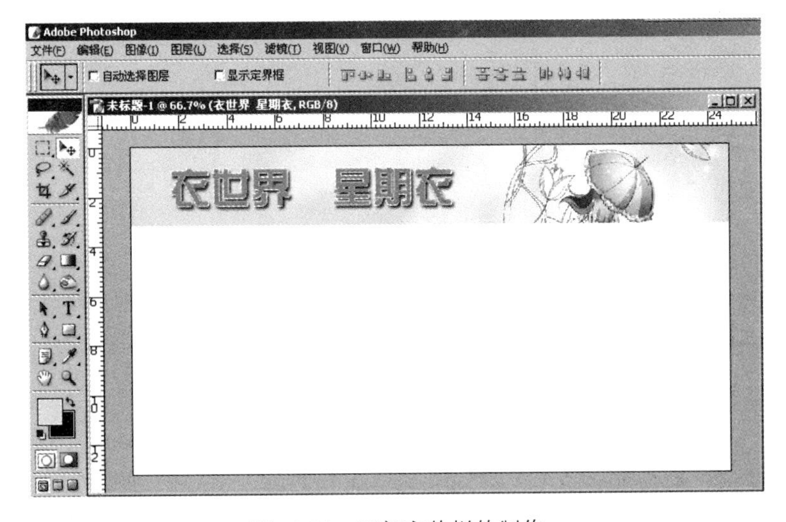

图 12.24　顶部宣传栏的制作

（3）制作左栏部分：包括一个滚动信息框和导航条，把前面制作的导航条加入商品描述页，会更有条理并方便买家操作，效果如图 12.25 所示。

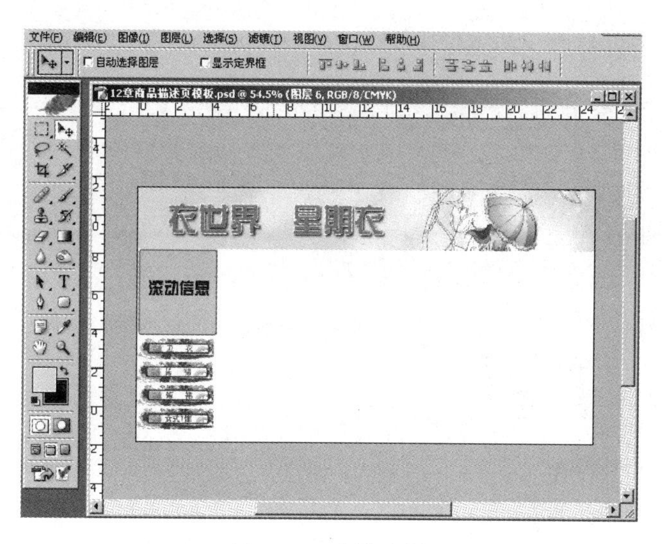

图 12.25　制作左栏

（4）制作右栏部分：主要显示卖家的相关信息及友情链接等几部分内容，效果如图 12.26 所示。

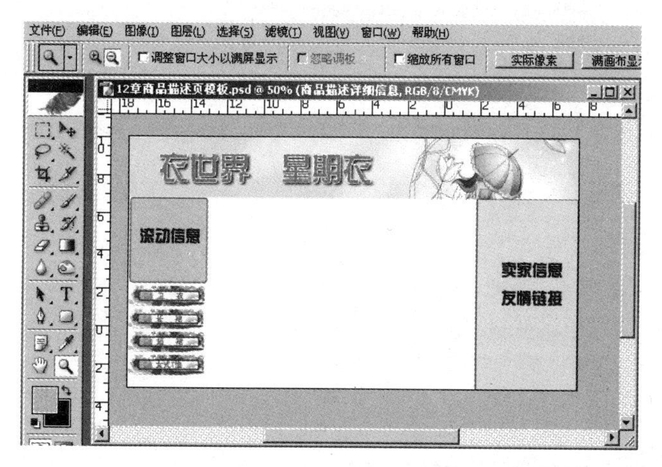

图 12.26　制作右栏

（5）制作商品描述部分：中部的主体部分放置商品的详细信息，可以在商品描述内容区顶部放置商品的样品图片，效果如图 12.27 所示。

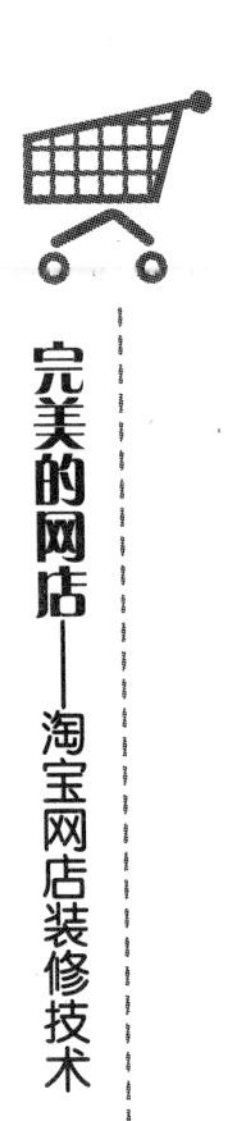

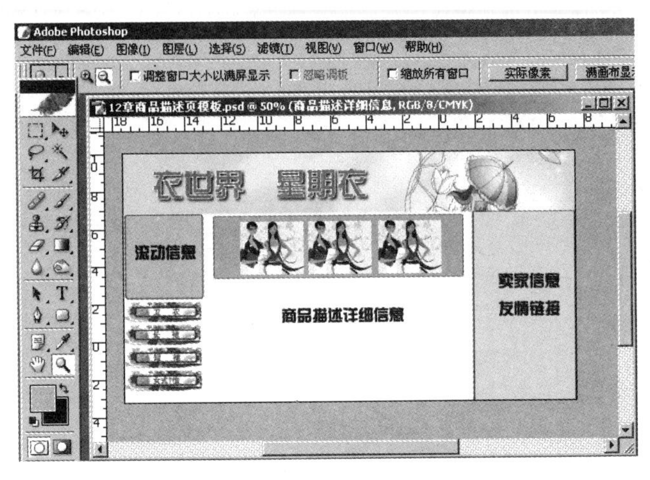

图 12.27　商品内容区的制作

（6）切图，把整块效果图切成适合网页制作的小图，具体方法参照前面的介绍，切图效果如图 12.28 所示。

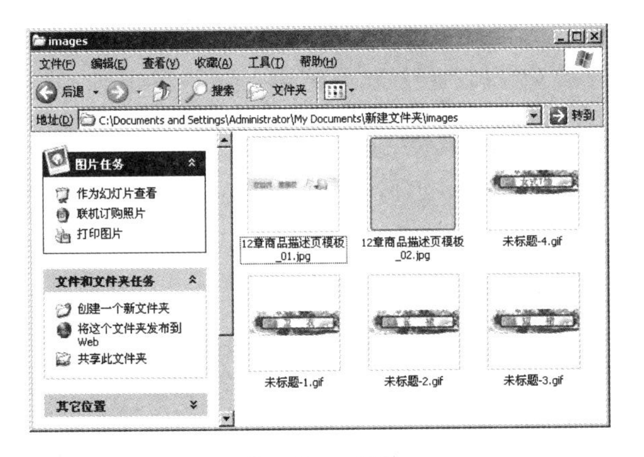

图 12.28　切图

12.5.2　制作模板中的动画

模板页的动画主要是滚动商品信息，用简单的 HTML 语言来实现，在前面的章节中有介绍，可以用<marquee>语句来实现左右滚动。

如下实现的效果就是“欢迎光临”从右至左滚动。欢迎光临可以用图片或者表格替代。

```
<marquee behavior="alternate" direction="right">欢迎光临</marquee>
```

如下代码则表示某幅图片从右至左滚动显示。

```
<marquee behavior="alternate" direction="right"><img src=" haha.gif></marquee>
```

12.5.3 制作页面代码

在 Dreamweaver 中制作商品描述页，把切成的图用网页格式组合起来，便于编辑。流程如下：

（1）在 Dreamweaver 中插入一个表格，2 行 3 列，并把第一行的 3 列合并，如图 12.29 所示。

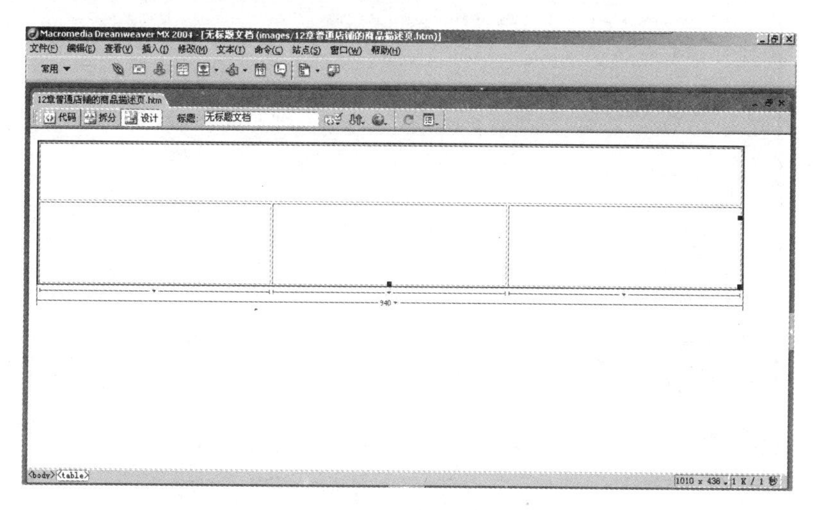

图 12.29 插入表格

（2）把宣传图片插入第一行单元格内，如图 12.30 所示。

（3）制作左栏内容：插入一个 2 行 1 列的表格，把滚动信息背景作为表格的背景插入，再把导航条插入表格的另一行内，效果如图 12.31 所示。

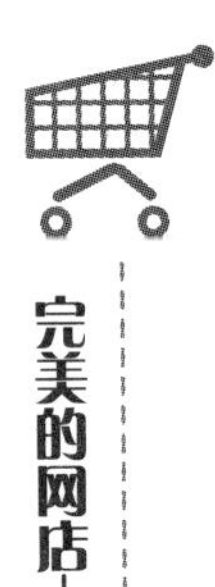

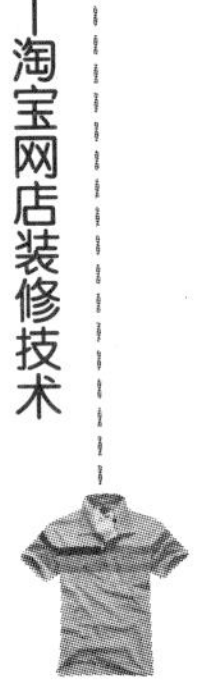

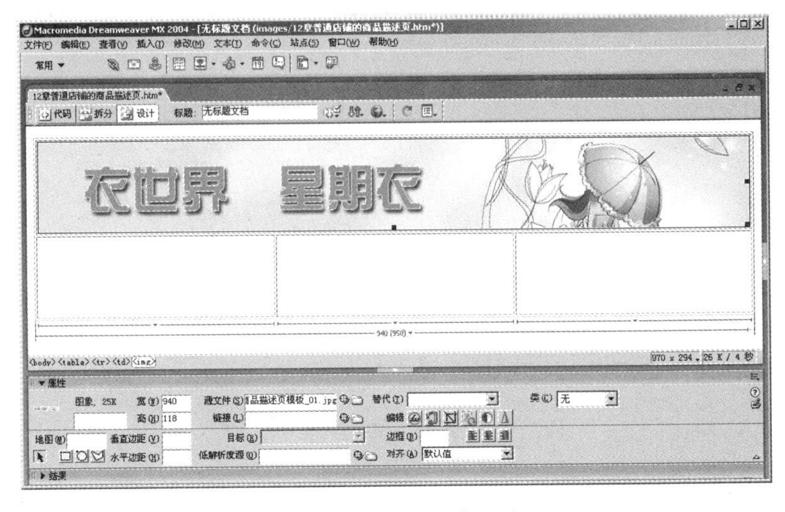

图 12.30 插入宣传图片

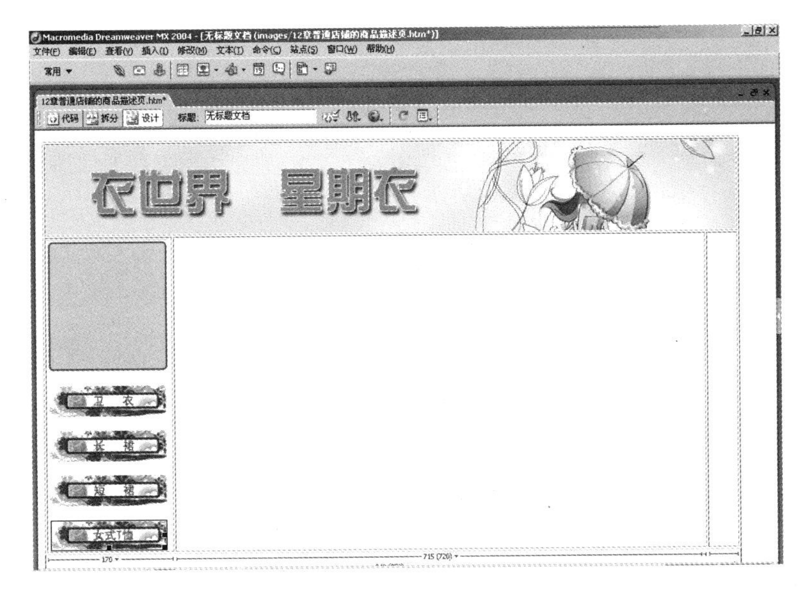

图 12.31 制作左栏内容

（4）制作右栏内容：把右栏宽度设置为 150 像素，填充为粉红色，效果如图 12.32 所示。

（5）制作商品描述内容区：如图 12.33 所示，内容区的制作也采用上下两栏版式，上半部分为商品滚动显示区，下半部分为商品详细信息显示区。

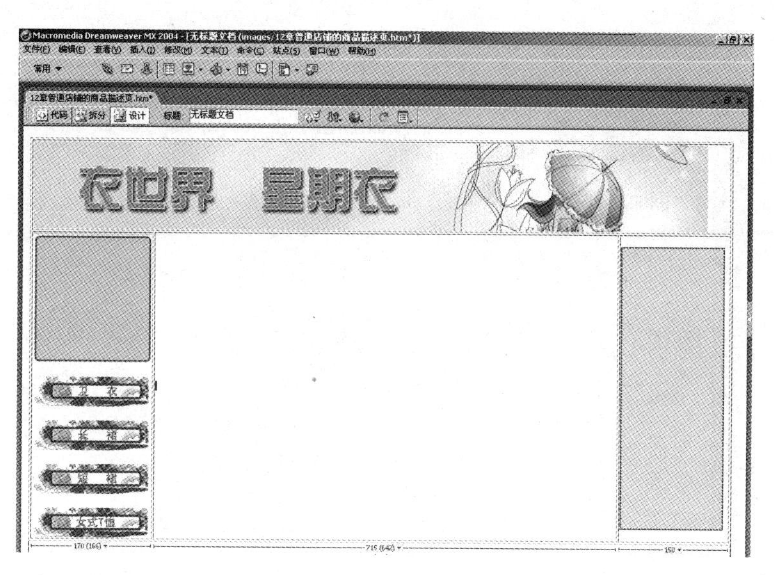

图 12.32 制作右栏内容

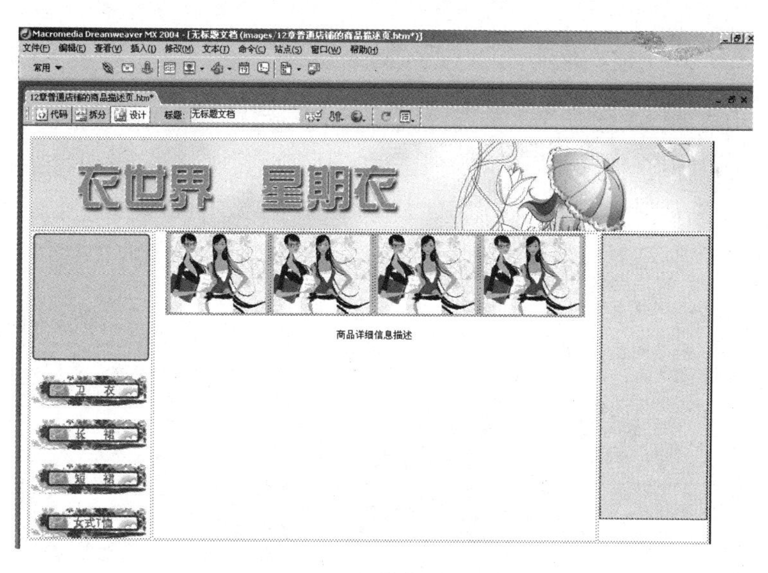

图 12.33 制作商品描述区

12.5.4 将页面代码进行整理

首先需要把图片全部存储在网络空间中，获得图片的网络地址。然后在 Dreamweaver 中切换到代码模式，如图 12.34 所示，把所有图片地址替换成网络地址。即可以在网络中发布模板。

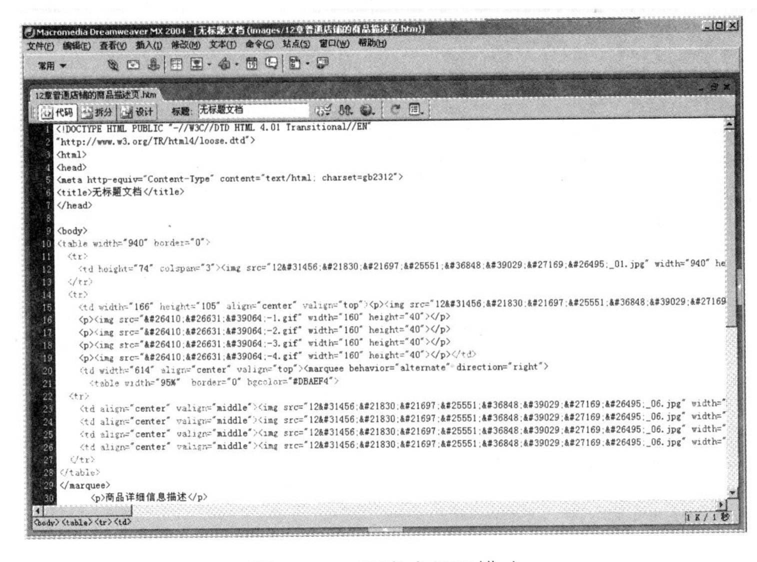

图 12.34　切换成代码模式

12.5.5　商品描述模板页的网络效果

如图 12.35 所示即为商品描述页的网页效果图，如果需要发布在店铺中，则需要把相关的内容如促销信息、卖家信息和商品的具体描述内容填入适当位置，这就是一个完整的商品描述页。在此不再介绍具体的操作，可参照前面章节的介绍。

图 12.35　商品描述页网页效果图

 12.6 星期衣店铺首页实图

分别把从第二节到第四节制作的店标、公告区和导航栏发布在店铺中。具体的发布操作步骤不再阐述，可以参照前面的章节。需要注意的一点是要把所有需要用到的图片都存储在网络空间中，以便能正确的引用和显示。

图 12.36 中店铺整体的色调以粉色为主，风格清新雅致。店标醒目很有特色，再加上实际显示的动画效果，将会更加有吸引力。导航条的设计与店标、背景色调都有衔接，整体感比较强，而且分类明晰，色彩鲜艳，与主体能成呼应之势。至于公告区由于是滚动显示，看到的内容有限，但整个色彩和设计都能与整体相符。这样，一个漂亮时尚的女装店就装修完毕了。

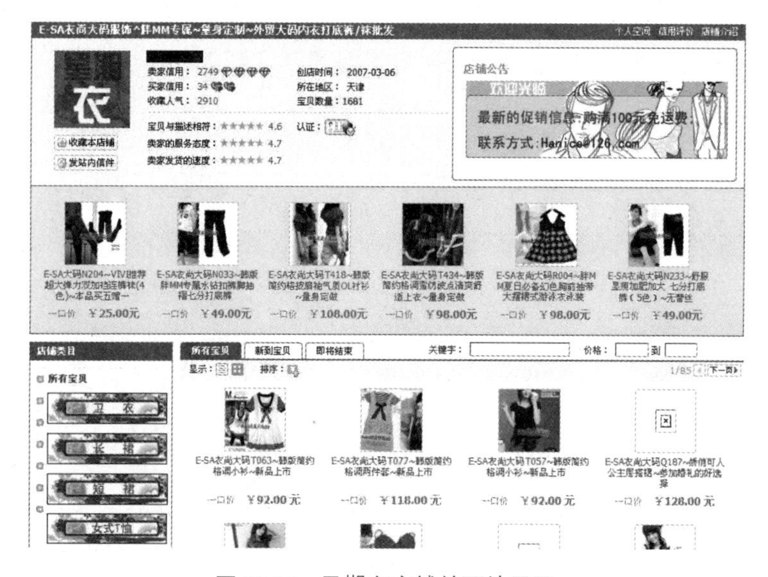

图 12.36 星期衣店铺首页效果图

至此整个普通店铺的装修过程就简单地介绍了一遍，在制作的过程中，具体的操作细节可以参考前面章节中地介绍。

本章小结

普通店铺的装修最重要的是要有一个整体的构思，并能够最大限度地发挥店铺装修中可以支配的资源。其实普通店铺虽然没有旺铺那么多功能，但是依然可以做得非常精美。利用有限的空间和自由度，做到最大限度地利用和发挥，这就是普通店铺装修的精髓。只要大家把握住这一点，在店铺的整体效果和细节上多下工夫，就一定可以做好普通店铺的装修。

本章主要讲解了普通店铺由最初构思，到最终发布的流程与方法。在整个流程中，公告、导航和商品的部分是核心内容，其中熟练地运用各种动画可以做到锦上添花的效果。

第 13 章 一个旺铺的装修实例

在第 12 章中介绍了普通店铺装修的整个制作流程，本章就来介绍旺铺的装修制作。与普通店铺不同，旺铺没有店标，取而代之的是店招，是一个 950×150 像素大小的区域。而且 740 像素宽度的促销区也取代了小小的公告区。旺铺的导航区与普通店铺的导航区没有什么区别，只要会制作普通店铺的导航条就能制作旺铺的导航条，在这一章就不再作过多的介绍了。接下来就开始介绍旺铺的装修过程。

13.1 化妆品店铺的整体构思

化妆品是呵护女性的必备品，所以装修宗旨要与女性高贵、典雅的气质相一致。本章以制作店名为“钟爱一生”的化妆品店铺为例，详细介绍店铺的装修过程。

首先要有一个整体构思：图片的选择要能突出产品的档次，色调的采用也能凸显女性高贵的气质，可采用紫色调，因为紫色是一种永恒经典之美。店招要突出店名，并配以相应的图案，融为一体。

促销区也可以以紫色调为主，配以丰富的图案，既有整体美感，又起到宣传的效果。

13.2 制作店招

首先需要选择制作店招的素材，可以是自己拍摄的图片，也可以在网上搜索，宗旨是素材精美、具有代表性，能充分体现店铺的核心价值和独特之处，如图 13.1 所示。

图 13.1 店招制作素材示例

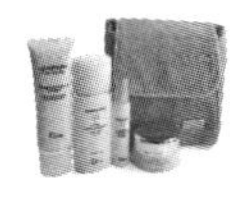

13.2.1 制作店招的内容

店招的制作流程如下：

在 Photoshop 中新建 950×150 像素大小的区域。导入图片，并制作文字，效果如图 13.2 所示。

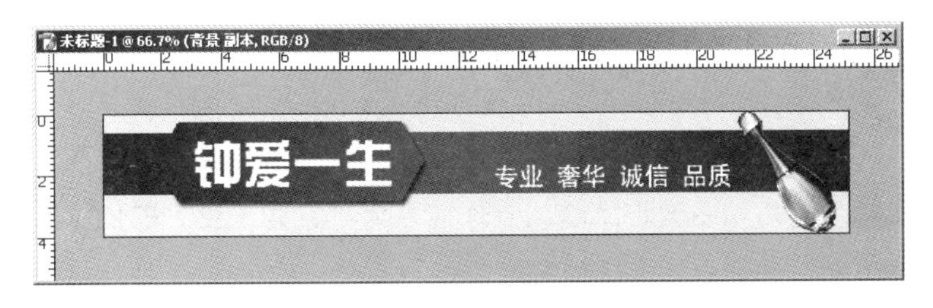

图 13.2 店招的制作

13.2.2 制作店招动画

用 ImageReady 打开刚制作的店招，如图 13.3 所示。复制 5 帧，使“钟爱一生”几个字出现闪烁效果。具体利用前面讲到的方法操作即可实现，不再重复介绍。

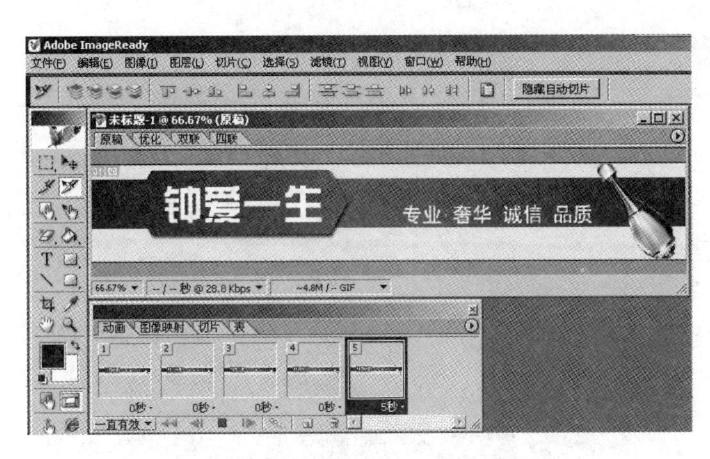

图 13.3　用 ImageReady 制作动画

13.3　制作促销区

旺铺的促销区是一个宽度为 740 像素的区域，高度可随内容的多少适当调整。下面简单介绍促销区的制作。需要使用的图片素材有如图 13.4 所示的图片。

图 13.4　素材图片

13.3.1　制作促销区图片

制作促销区图片的流程如下：

（1）打开 Photoshop，新建 740×500 像素的区域，导入图片，并调整位置，如图 13.5 所示。

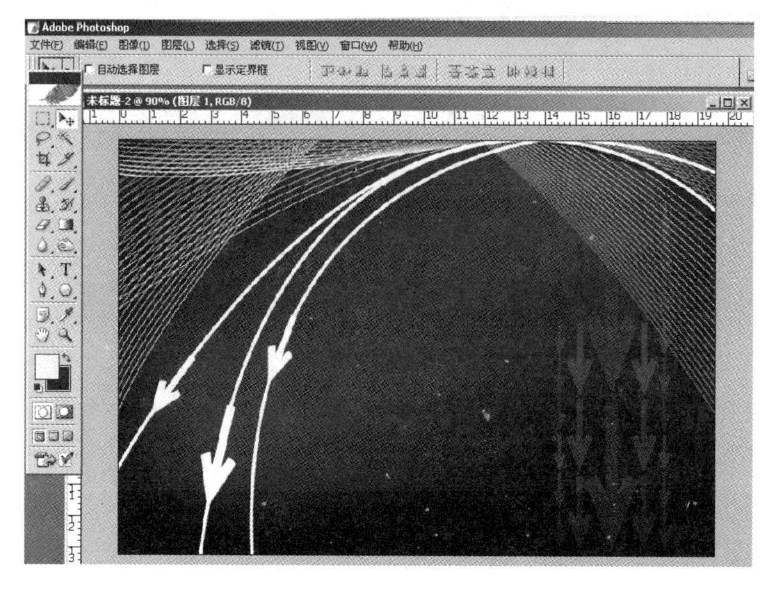

图 13.5　调整图片

（2）调整色相/饱和度，选择菜单栏中“图像”—“调整”—“色相/饱和度”命令，打开相应的对话框，如图 13.6 所示。拖动“色相”下的滑动点调整好色相使整体色调与店招相符，如图 13.7 所示。

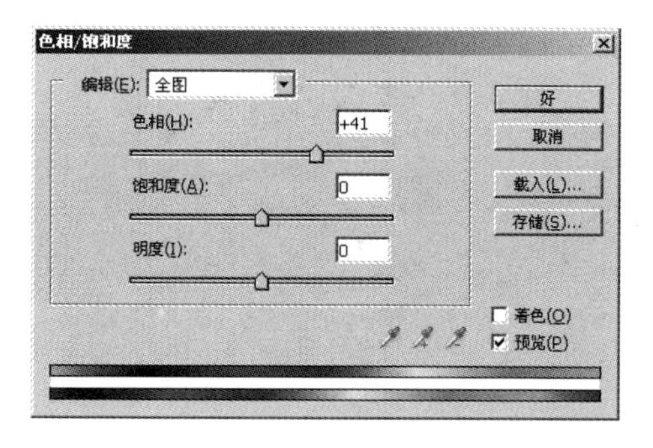

图 13.6　调整色相/饱和度

（3）制作左侧滚动信息框，促销区以大图为背景，在左侧做一个滚动的信息框，以安排促销打折等相关信息，效果如图 13.8 所示。

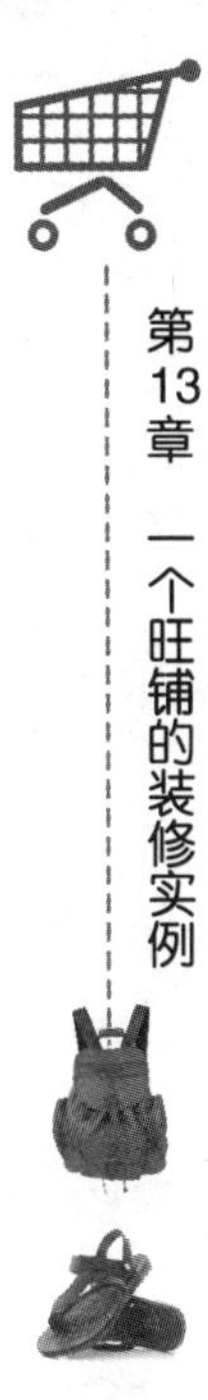

图 13.7 调整后的效果

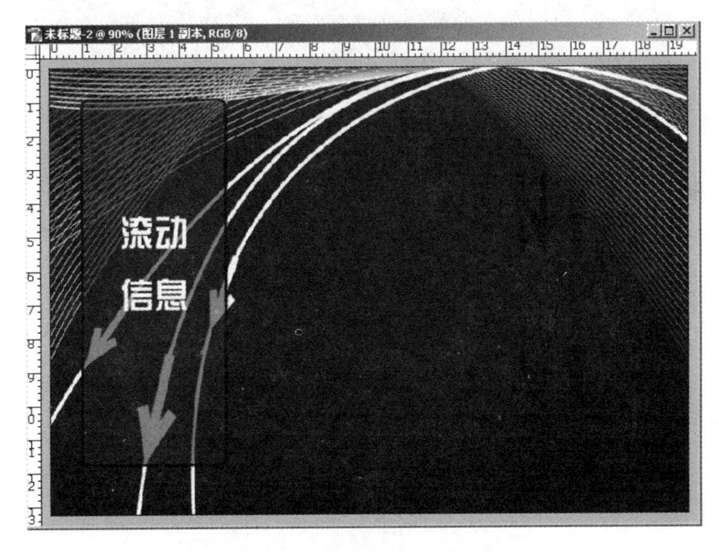

图 13.8 滚动信息框的制作

（4）加入化妆品图片元素，使整个画面看起来更合理，空间得到充分地利用，如图 13.9 所示。

13.3.2 制作促销区文字

促销区的文字主要集中在滚动信息框内，文字可以在网页模

板中直接加入。因为效果图是要用切成大小不等的图片来拼接成网页的，所以开始制作效果图时不需要文字描述，文字信息可以在制作网页模板时再加入。

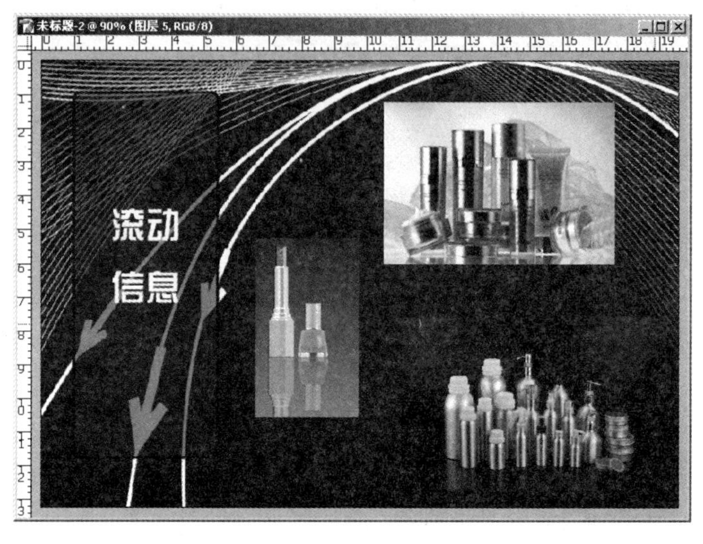

图 13.9　制作产品图片区

这里顺便再讲讲切图。上面制作的促销区有一整块图案背景，切割时要十分小心，既要控制大小，又要有完整性。为了让促销的可移植性更强，产品图片可以单独抠出来，方便以后更换产品图片，如果直接作为背景切入主图中，将来要更换产品图片就会很麻烦。

如图 13.10 所示，切出来的图片是比较合理的，具体操作不再赘述。

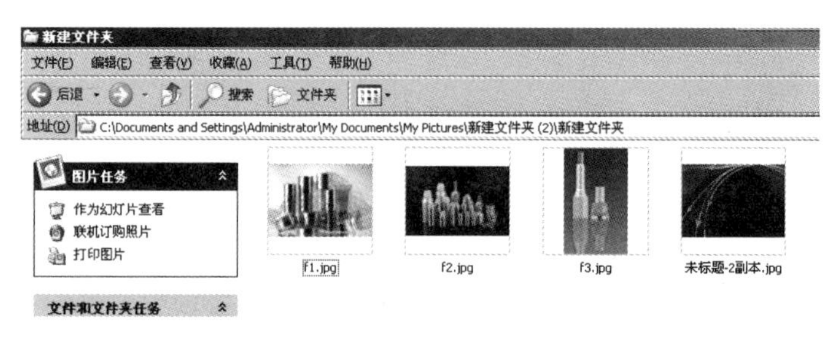

图 13.10　切图

13.3.3 使用代码控制促销区模板

在 Dreamweaver 中把所切的图片制作成网页格式，流程如下：

（1）打开 Dreamweaver，新建网页文件，插入一个 1 行 3 列的表格，并把整个表格的背景设置为所切的背景图片，如图 13.11 所示。

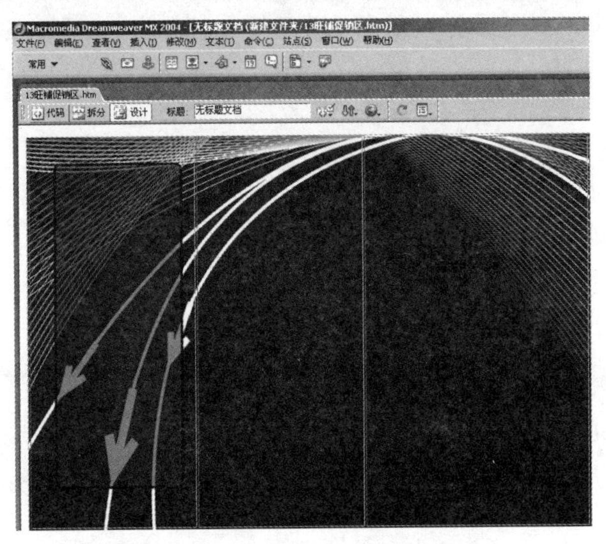

图 13.11 用 Dreamweaver 制作促销区

（2）分别把产品图片插入表格中，并排好版，如图 13.12 所示。

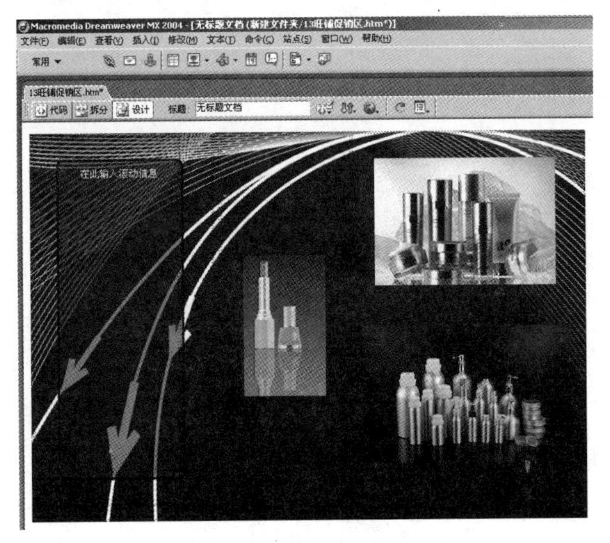

图 13.12 网页排版

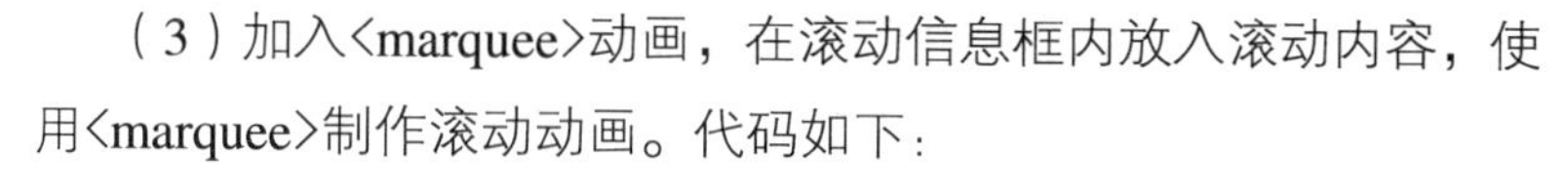

（3）加入<marquee>动画，在滚动信息框内放入滚动内容，使用<marquee>制作滚动动画。代码如下：

```
<marquee behavior="alternate" direction="up" height=
"380">在此输入滚动信息          </marquee>
```

这段代码表示滚动信息从信息框的底部往上滚动，滚动方式为来回滚动。

13.3.4　将促销区模板生成网页

在 Dreamweaver 所见即所得模式下单击“代码”按钮，即可转化为源代码模式，如图 13.13 所示。在代码状态下需要把所有的图片路径改为网络绝对路径，才可以在网店中使用。

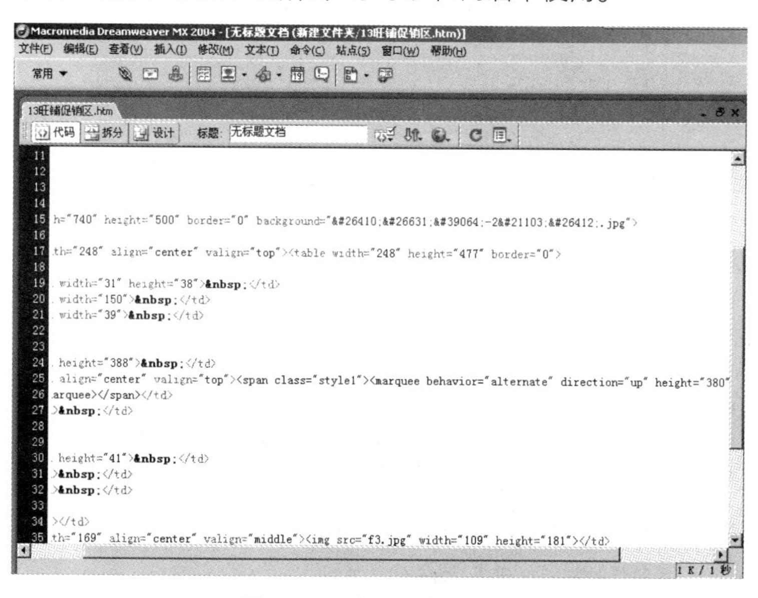

图 13.13　生成源文件模式

13.3.5　把制作的店招和促销区应用于网店中

把第一节中制作的店招和第二节中制作的促销区，发布在网店中，具体的发布方法参照前面章节，如图 13.14 所示为旺铺首页的效果，其中滚动信息框内加入需要的文字即可。

图 13.14 “钟爱一生”旺铺首页

13.4 制作商品模板

淘宝旺铺商品描述页的制作类似于促销区的制作，首先尺寸是一样的，商品描述页的宽度也是 740 像素宽，高度也没有限制。其次描述页内实际上也或多或少的带上了促销信息，只是更详尽具体。从这一点上说二者也没有严格的界限。

下面以某款化妆品为例来制作商品描述模板页。需要用到的素材如图 13.15 所示。

图 13.15 图片素材

13.4.1 制作描述页效果图

在制作效果图前需要对整个描述页有一个构思，风格延续店铺首页的风格，加上其他圆角等元素后，即可制作出漂亮的描述模板页。制作效果图的流程如下：

（1）在 Photoshop 中新建 740×500 像素大小的文件区域。并制作圆角效果，加入一个人物图像，效果如图 13.16 所示。

图中右侧矩形框内的连接是非常明显的，如图 13.17 所示，这

个图显得非常突兀，需要做一个无缝处理。

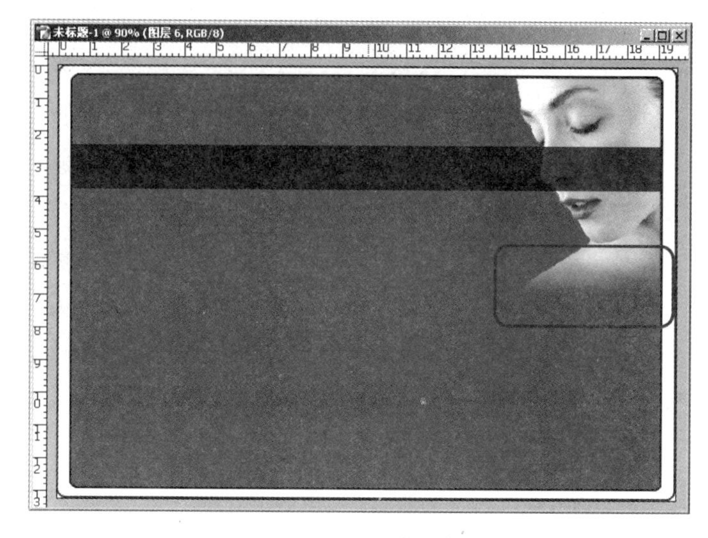

图 13.16　无缝组合

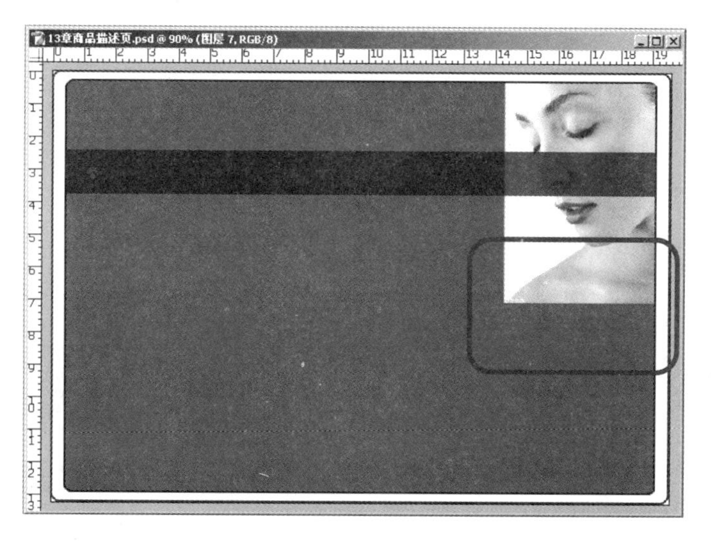

图 13.17　突兀的连接

处理如下：首先选中人像图层，然后选择工具栏内的矩形选框工具，选中图 13.17 中矩形框的位置，如图 13.18 所示。

然后选择工具栏中的渐变填充工具，选择渐变类型为由前景色向透明色过渡，如图 13.19 所示。

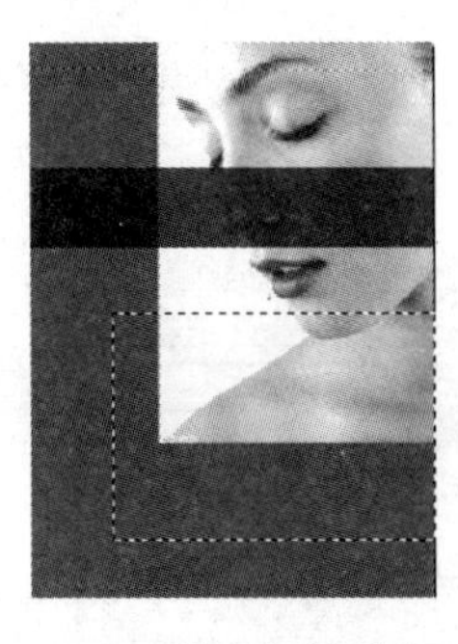

图 13.18 使用矩形选框工具

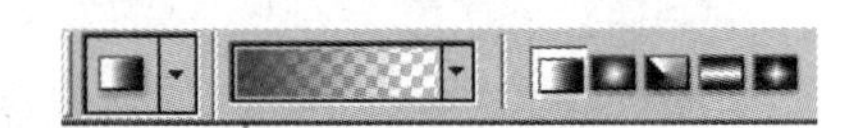

图 13.19 渐变填充

最后按住鼠标由矩形选框的下方向上填充，就能实现无缝连接效果。

（2）加入文字及产品图片效果，如图 13.20 所示。

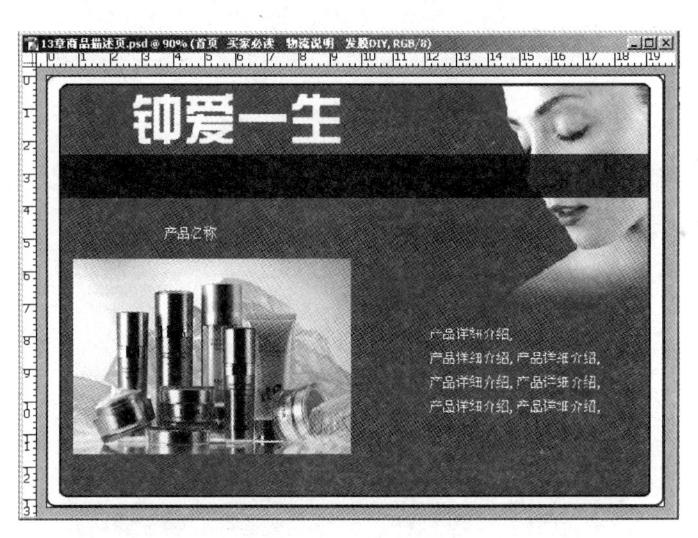

图 13.20 加入产品效果

（3）加入导航栏：在图中黑色矩形中加入导航条文字，效果如图 13.21 所示。

至此整个商品描述模板页的效果图就制作完毕。

13.4.2 制作模板中的动画

商品模板页的动画也是用 ImageReady 来制作的，虽然简单但

比起用 Flash 要容易上手得多，相信通过前面的实例制作你已经较好地掌握了它的用法。

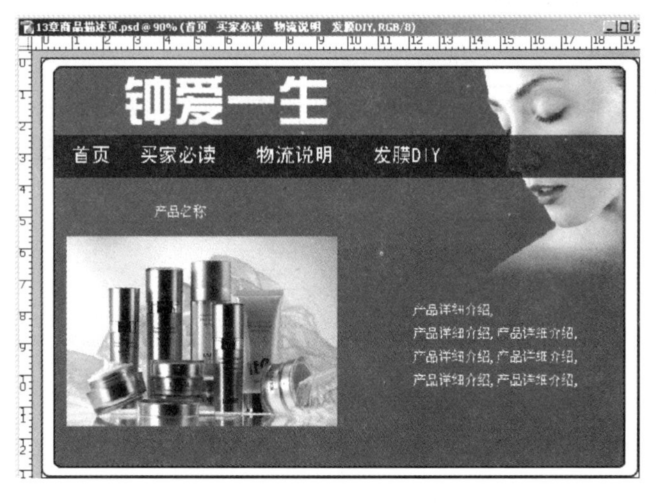

图 13.21　加入导航栏

在此把“钟爱一生”这几个字制作成闪烁效果，这次不是单个文字的轮流闪烁，而是整个店名的闪烁效果。流程如下：

用 ImageReady 打开文件，如图 13.22 所示。复制 4 帧，设置在第一帧上停留 5 秒，第 2 帧和第 4 帧把“钟爱一生”文字层隐藏，再播放时就有闪烁效果了。

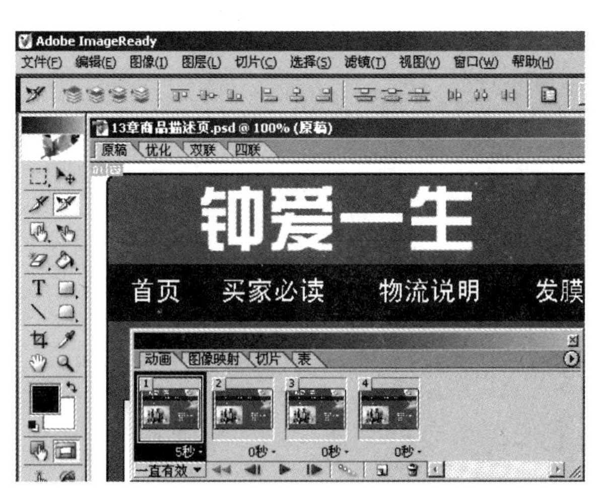

图 13.22　制作闪烁效果

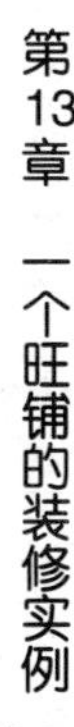

保存动画，单击工具栏内的切片工具，把钟爱一生这一块区域切割下来，如图 13.23 所示。

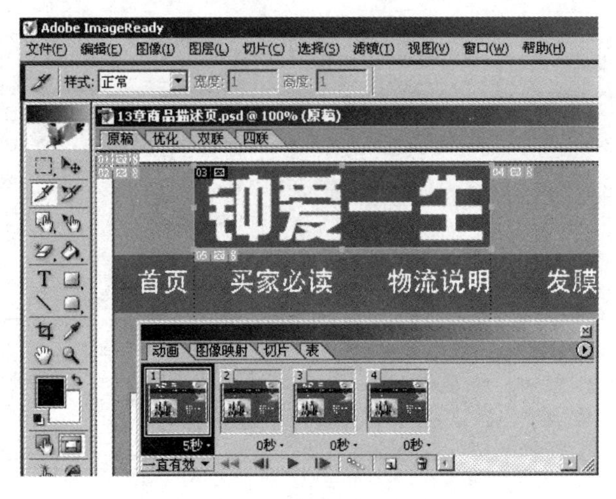

图 13.23 保存动画区域

单击“文件”—“将优化结果存储为”按钮，即可把动画区域保存下来，如图 13.24 所示。

图 13.24 动画保存成功

将动画保存完后，返回 Photoshop 中把剩余的图片切割保存下来即可为下面制作网页代码模式做好准备。

13.4.3 制作页面代码

用 Dreamweaver 制作网页模板的流程如下：

（1）打开 Dreamweaver 新建一个 3 行 2 列的表格，并插入背景和其他图片，如图 13.25 所示。

（2）写入商品的描述性文字，并把表格边框去掉，如图 13.26 所示。

图 13.25　制作商品模板

图 13.26　完成制作

13.4.4　将页面代码进行整理

在 Dreamweaver 中把所见即所得模式转换成代码模式只需要

单击“代码”按钮即可，如图 13.27 所示为转换后的代码模式。如果要在网上发布就需要把其中的图片地址全部用图片的网络地址替代，不然在网络中是显示不了的。

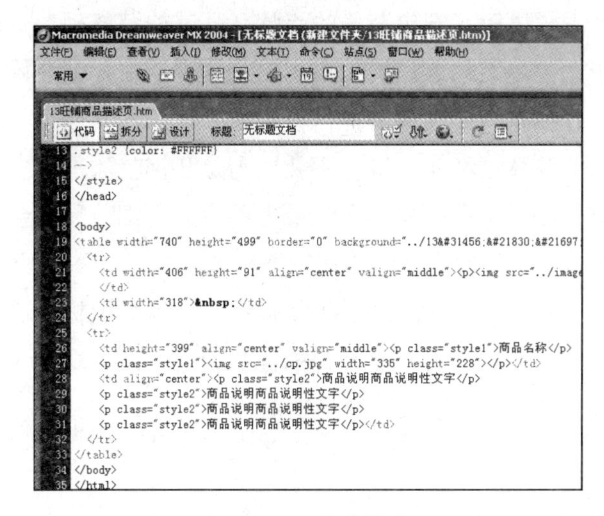

图 13.27 代码模式

13.4.5 发布商品描述模板

发布商品描述模板的具体操作这里就不再多说了，在前面的章节里有专门的介绍，图 13.28 是旺铺中商品描述页发布后的界面。其中的商品名称和商品详细情况的描述可以在后台的所见即所得模式中编辑。

图 13.28 旺铺商品描述页发布成功

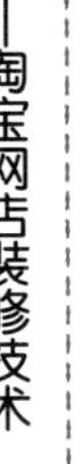

本章小结

本章主要讲解了旺铺装修的步骤。旺铺的装修相对普通店铺更加复杂，但是装修之后的效果也更加美观。在旺铺装修时，除了要针对旺铺特有的店招等进行设计，同时和普通店铺一样也要注意装修的整体性和实用性，不要因为是旺铺就添加很多没有作用的细节，因为很多时候过多的或者不合适的细节反而会破坏整体的装修效果，让整个店铺变得很不协调。

同时本章带有针对性地讲解了促销区和商品模板的制作流程与方法，因为这些地方正是旺铺的优势所在，合理地使用促销区和商品模板页面，可以做到事半功倍。

反侵权盗版声明

电子工业出版社依法对本作品享有专有出版权。任何未经权利人书面许可，复制、销售或通过信息网络传播本作品的行为，歪曲、篡改、剽窃本作品的行为，均违反《中华人民共和国著作权法》，其行为人应承担相应的民事责任和行政责任，构成犯罪的，将被依法追究刑事责任。

为了维护市场秩序，保护权利人的合法权益，我社将依法查处和打击侵权盗版的单位和个人。欢迎社会各界人士积极举报侵权盗版行为，本社将奖励举报有功人员，并保证举报人的信息不被泄露。

举报电话：（010）88254396；（010）88258888

传　　真：（010）88254397

E-mail：　dbqq@phei.com.cn

通信地址：北京市海淀区万寿路 173 信箱

电子工业出版社总编办公室

邮　　编：100036